La ley de la inocencia

Michael Connelly

La ley de la inocencia

Traducido del inglés
por Javier Guerrero Gimeno

AdN

Título original: *The Law of Innocence*

Publicado por acuerdo con Little, Brown & Company, Nueva York, Nueva York, EE. UU. Todos los derechos reservados.

Diseño de colección: Pep Carrió
Diseño de cubierta: Estudio Pep Carrió

PAPEL DE FIBRA
CERTIFICADA

Copyright © by Hieronymus, Inc., 2020

© de la traducción: Javier Guerrero Gimeno, 2021

© AdN Editorial (Grupo Anaya, S. A.), 2025
    Calle Valentín Beato, 21
    28037 Madrid
    www.adnovelas.com
    ISBN: 978-84-10138-34-6
    Depósito legal: M. 24.616-2024
    Printed in Spain

Al doctor Michael Hallisey, a los miembros
del Hartford Hospital Book Club
y a todos los que desde la primera línea
–entre ellos Kacey Rose Gajeski, R. N.–
han arriesgado su vida para salvar muchas otras.

Primera parte
Twin Towers

1

Lunes, 28 de octubre

Había sido un buen día para la defensa. Había conseguido que el acusado saliera libre de la sala de justicia. Ante el jurado, había convertido una acusación de agresión en un caso de legítima defensa. La supuesta víctima contaba con su propio historial de violencia, que testigos tanto de la acusación como de la defensa, entre ellos una exmujer, describieron de buena gana en el contrainterrogatorio. Asesté el golpe definitivo cuando volví a llamar al hombre al estrado y mi interrogatorio lo llevó al límite. Perdió la compostura y me amenazó; me dijo que le gustaría encontrarse conmigo en la calle, él y yo a solas.

–¿Aseguraría, entonces, que fui yo el que lo atacó, como hizo con el acusado en este caso? –pregunté.

El fiscal protestó y el juez admitió la protesta. Pero no hacía falta más. El juez lo sabía. El fiscal lo sabía. Todo el mundo en la sala lo sabía. Conseguí un veredicto de no culpable en menos de media hora de deliberación del jurado. No fue mi veredicto más rápido, pero poco le faltó.

En el círculo informal de los abogados defensores del centro de Los Ángeles existe el deber sagrado de celebrar un veredicto de no culpabilidad como un golfista celebra un hoyo en uno en la sede del club. Es decir, copas para todos. Mi celebración tuvo lugar en el Redwood de la calle Dos, a solo unas manzanas del centro cívico, donde había nada menos que tres tribunales en los que conseguir participantes. El Redwood no era un club de campo, pero era adecuado. La fiesta –es decir, la barra libre– empezó temprano y terminó tarde, y cuando Moira, la camarera cubierta de tatuajes que había estado llevando la cuenta, me entregó la dolorosa, digamos que cargué mi tarjeta de crédito con más dinero del que recibiría del cliente al que acababa de poner en libertad.

Había dejado el coche en un aparcamiento de North Broadway. Me puse al volante, giré a la izquierda al salir del aparcamiento y luego otra vez a la izquierda para volver a la calle Dos. Los semáforos me sonrieron y seguí por la misma vía hasta el túnel que pasaba por debajo de Bunker Hill. Estaba en medio del túnel cuando vi el reflejo de unas luces azules en las baldosas verdes manchadas de humo de las paredes. Miré en el retrovisor y vi un coche patrulla del Departamento de Policía de Los Ángeles detrás de mí. Puse el intermitente y me cambié al carril de vehículos lentos para dejarlo pasar, pero el coche patrulla me siguió al mismo carril y se acercó a menos de dos metros. Entonces lo entendí. Me iban a parar.

Esperé hasta salir del túnel y giré a la derecha en Figueroa. Me detuve, paré el motor y bajé la ventanilla. En el retrovisor lateral del Lincoln vi a un agente uniformado acercarse a mi puerta. No vi a nadie más en el coche patrulla. El agente que estaba trabajando solo.

–¿Me permite su carnet de conducir, registro del vehículo y recibo del seguro, señor? –preguntó.

Lo miré. En su chapa identificativa constaba el nombre de Milton.

–Claro, agente Milton –dije–, pero ¿puedo preguntarle por qué me ha parado? Sé que no iba deprisa y todos los semáforos estaban en verde.

–Carnet, registro y seguro –insistió Milton.

–Bueno, supongo que ya me enteraré. El carnet está en el bolsillo interior de mi chaqueta. Lo demás está en la guantera. ¿Qué quiere ver primero?

–Empecemos por su carnet.

–Perfecto.

Mientras sacaba la cartera y extraía el carnet de uno de sus apartados, consideré mi situación y me pregunté si Milton había estado vigilando el Redwood en busca de abogados que salieran de mi fiesta y posiblemente estuvieran demasiado alegres para conducir. Había oído rumores de que algunos policías de patrulla hacían eso en las noches en que había celebración de un veredicto de no culpabilidad y podían parar a abogados defensores por diversas infracciones de tráfico.

Entregué a Milton mi carnet y abrí la guantera. El agente enseguida tuvo todo lo que había pedido.

–¿Ahora va a decirme de qué se trata? –pregunté–. Sé que no he…

–Salga del coche, señor –dijo Milton.

–Oh, vamos, ¿en serio?

–Por favor, salga del coche.

–Como quiera.

Abrí la puerta del coche, forzando agresivamente a Milton a dar un paso atrás, y bajé.

–Solo para que lo sepa –dije–, he pasado las últimas cuatro horas en el Redwood, pero no he tomado ni una gota de alcohol. No he tomado una copa en más de cinco años.

–Enhorabuena. Por favor, póngase detrás de su vehículo.

–Asegúrese de que tiene la cámara encendida, porque esto va a ser embarazoso.

Pasé a su lado para situarme detrás del Lincoln y me quedé ante los faros del coche patrulla detenido tras él.

–¿Quiere que camine en línea recta? –dije–. ¿Que cuente hacia atrás, que me toque la nariz con el dedo? ¿Qué? Soy abogado, me conozco todos los trucos y este es muy malo.

Milton me siguió y se unió a mí detrás de mi coche. Era alto y delgado, blanco, y llevaba el pelo muy corto en los lados. Vi la placa de la Metro Division en su hombro y cuatro galones en las mangas. Sabía que daban uno por cada cinco años de servicio. Era un veterano de Metro.

–¿Se da cuenta de por qué lo he parado, señor? –dijo–. Su coche no tiene matrícula.

Miré el parachoques trasero del Lincoln. No había placa de matrícula.

–Maldita sea –dije–. Uh… Será una broma. Estábamos de celebración; he ganado un caso hoy y he conseguido la libertad de mi cliente. Es una matrícula personalizada y uno de esos tipos ha debido de pensar que sería gracioso robarme la placa.

Traté de pensar en quién había salido del Redwood antes que yo, en quién habría pensado que eso era gracioso. Daly, Mills, Bernardo… Podía haber sido cualquiera.

–Mire en el maletero –dijo Milton–. Podría estar ahí.

–No, necesitarían una llave para ponerla en el maletero –dije–. Voy a hacer una llamada para ver si puedo...

–Señor, no va a hacer ninguna llamada hasta que terminemos aquí.

–Eso no cuela. Conozco la ley. No estoy detenido, puedo hacer una llamada.

Hice una pausa para ver si Milton subía la apuesta. Me fijé en la cámara que llevaba en el pecho.

–Tengo el teléfono en el coche –dije.

Empecé a volver hacia la puerta abierta.

–Señor, alto ahí –dijo Milton detrás de mí.

Me volví.

–Qué.

El agente encendió una linterna y enfocó el haz de luz al suelo, detrás del coche.

–¿Eso es sangre? –preguntó.

Volví atrás y miré el asfalto resquebrajado. La linterna del agente estaba enfocando una mancha de líquido debajo del parachoques de mi coche. Era granate en el centro y casi traslúcida en los bordes.

–No lo sé –dije–. Pero, sea lo que sea, ya estaba ahí. No...

Justo cuando lo decía, ambos vimos que otra gota caía del parachoques y golpeaba el asfalto.

–Señor, abra el maletero, por favor –me pidió Milton al tiempo que se guardaba la linterna en una funda en el cinturón.

En mi mente se precipitaron preguntas muy diversas, que empezaban por lo que había en el maletero y terminaban por si Milton tenía causa probable para abrirlo si me negaba.

Otra gota de lo que supuse que era alguna clase de fluido corporal cayó en el asfalto.

–Póngame la multa por la matrícula, agente Milton –dije–. Pero no voy a abrir el maletero.

–Señor, en ese caso voy a tener que detenerlo –dijo Milton–. Coloque las manos en el maletero.

–¿Detenerme? ¿Por qué? No he...

Milton me agarró y me hizo girar hacia el coche. Cargó todo su peso en mí y me dobló sobre el maletero.

–¡Eh! No puede...

Primero me puso un brazo a la espalda y luego el otro, para esposarme. Luego me agarró por la parte posterior del cuello de la camisa y la chaqueta y me apartó del coche.

–Está detenido –dijo.

–¿Por qué? –dije–. No puede sin...

–Por su seguridad y por la mía voy a meterlo en la parte de atrás del coche patrulla.

Me agarró del codo para hacerme dar la vuelta otra vez y me condujo a la puerta posterior derecha del coche. Me puso la mano encima de la cabeza y me empujó hacia el asiento de plástico. Luego se inclinó para abrocharme el cinturón.

–Sabe que no puede abrir el maletero –dije–. No tiene causa probable. No sabe si eso es sangre ni si procede del interior del coche. Podría haber pisado algo.

Milton salió del coche y me miró.

–Circunstancias perentorias –dijo–. Podría haber alguien ahí que necesita ayuda.

Cerró la puerta de golpe. Observé que volvía a mi Lincoln y estudiaba el maletero en busca de algún mecanismo de apertura. Al no encontrar ninguno, fue a la puerta abierta del conductor y metió el brazo para sacar las llaves.

Abrió el maletero con el mando a distancia y se quedó a un lado, por si alguien salía disparando. Se abrió el portón trasero y se encendió una luz interior. Milton la complementó con su propia linterna y se movió de izquierda a derecha, caminando de lado y manteniendo la atención y el haz de luz en el contenido del maletero. Desde mi ángulo en la parte de atrás del coche patrulla, no podía ver el maletero, pero, por la forma en que estaba maniobrando Milton y doblándose para ver más de cerca, sabía que había algo.

Milton inclinó la cabeza para hablar por el micrófono de la radio que llevaba en el hombro y luego hizo una llamada. Probablemente para solicitar refuerzos. Probablemente una unidad de homicidios. No me hacía falta ver el maletero para saber que Milton había encontrado un cadáver.

2

Domingo, 1 de diciembre

Edgar Quesada estaba sentado a mi lado en una mesa de la sala comunitaria mientras yo leía las últimas páginas de la transcripción de su juicio. Me había pedido que revisara el expediente de su caso como un favor, con la esperanza de que yo pudiera ver algo que lo ayudara en su situación. Estábamos en el módulo de alta seguridad de la prisión Twin Towers del centro de Los Ángeles. Era allí donde los reclusos se mantenían en régimen de aislamiento mientras esperaban juicio o, como en el caso de Quesada, sentencia para prisión estatal. Era la tarde del primer domingo de diciembre y hacía frío en la cárcel. Quesada llevaba calzoncillos largos debajo de su mono azul y las mangas bajadas hasta las muñecas.

Estaba en un entorno familiar. Había recorrido ese camino antes y lucía tatuajes que daban fe de ello. Era un miembro de tercera generación de la banda White Fence, de Boyle Heights, con mucha tinta, lo que afirmaba su lealtad a la banda y a la mafia mexicana, la banda más grande y más poderosa en los calabozos y sistemas penitenciarios de California.

Según los documentos que había estado leyendo, Quesada iba conduciendo el coche en el que iban otros dos miembros de White Fence cuando estos dispararon su arma automática y atravesaron los escaparates de una bodega en East First Street, donde el propietario llevaba dos semanas de retraso en el pago de impuestos con los que White Fence había estado extorsionándolo durante casi veinticinco años. Los que dispararon apuntaron alto, porque el ataque pretendía ser una advertencia. Sin embargo, una bala rebotada le perforó la parte superior de la cabeza a la nieta del propietario de la bodega, que estaba agachada detrás del mostrador. Se llamaba Marisol Serrano. Murió al instante, según el testimonio del forense que leí.

Ningún testigo del crimen identificó a los que dispararon. Eso habría sido un ejercicio de valentía fatal. Sin embargo, una cámara de tráfico captó la matrícula del coche fugado. Se descubrió que correspondía a un vehículo robado del aparcamiento de larga estancia de la vecina Union Station. Y las cámaras de allí habían captado un atisbo del ladrón: Edgar Quesada. Su juicio solo duró cuatro días y fue condenado por conspiración para cometer asesinato. Al cabo de una semana, Quesada recibió una sentencia que lo enfrentaba a un mínimo de quince años en prisión, con la perspectiva de muchos más. Todo porque iba al volante en un tiroteo de advertencia que terminó en asesinato.

–¿Y? –dijo Quesada cuando yo pasé la última página.

–Bueno, Edgar –dije–, creo que estás jodido.

–Tío, no me digas eso. ¿No hay nada? ¿Nada en absoluto?

–Siempre puedes hacer algo. Pero las posibilidades son escasas, Edgar. Diría que tienes más que suficiente aquí para una moción de AIC, pero…

–¿Qué es eso?

–Asistencia letrada ineficaz. Tu abogado se quedó de brazos cruzados todo el juicio. Dejó pasar una y otra vez la oportunidad de protestar. Dejó que el fiscal... Bueno, ¿ves esta página?

Volví a la transcripción de una página de la que había doblado la esquina superior.

–Aquí el juez incluso dice: «¿Va a protestar, señor Seguin, o tengo que seguir haciéndolo por usted?». Eso no es un buen trabajo en un juicio, Edgar, y podrías tener una oportunidad de probarlo, pero esta es la cuestión: como mucho ganas la moción y consigues otra oportunidad, pero eso no cambia la prueba. Sigue siendo la misma prueba y con el siguiente jurado caerás otra vez, aunque tengas un abogado nuevo que sepa mantener al fiscal en su sitio.

Quesada negó con la cabeza. No era mi cliente, así que no conocía todos los detalles de su vida, pero tenía unos treinta y cinco años y se enfrentaba a mucho tiempo encerrado.

–¿Cuántas condenas tienes? –pregunté.

–Dos –dijo.

–¿Delitos graves?

Quesada asintió y yo no tuve que decir nada más. Mi evaluación original se mantenía. Estaba jodido. Probablemente pasaría el resto de su vida entre rejas. A menos...

–Sabes por qué te tienen aquí en alta seguridad en lugar de en el módulo de bandas, ¿no? –dije–. Cualquier día te sacarán de aquí, te meterán en una sala y te harán la gran pregunta. ¿Quién estaba contigo en el coche ese día?

Hice un gesto hacia el grueso fajo de hojas de la transcripción.

—Aquí no hay nada que te ayude –dije–. Lo único que puedes hacer es conseguir un acuerdo para reducir la condena dando los nombres.

Dije la última parte susurrando. Pero Quesada no respondió con tanta calma.

—¡Eso es ridículo! –gritó.

Miré la ventana alta de espejo de la sala de control, aunque sabía que no podía ver nada al otro lado. A continuación, miré a Quesada y vi que empezaban a latirle las venas en el cuello, incluso debajo del collar de lápidas que llevaba tatuado.

—Calma, Edgar –dije–. Me pediste que mirara tu expediente y eso es justo lo que estoy haciendo. No soy tu abogado. La verdad es que deberías hablar con él sobre…

—No puedo acudir a él –dijo Quesada–. Haller, no sabes un carajo.

Lo miré y finalmente lo comprendí. Su abogado estaba controlado por la misma gente a la que tendría que delatar: White Fence. Acudir a él casi con seguridad resultaría en la preparación del apuñalamiento de un chivato urdido por la mafia mexicana, tanto si estaba en el módulo de alta seguridad como si no. Se decía que la eMe, como se la conocía de manera más informal, podía llegar a cualquiera en cualquier centro de reclusión de California.

Me salvó la campana, literalmente. Sonó la sirena de advertencia que indica que quedan cinco minutos para acostarse. Quesada se estiró por encima de la mesa y cogió bruscamente sus documentos. Había terminado conmigo. Se levantó mientras ajustaba las páginas sueltas en una pila ordenada. Sin decir ni gracias ni mandarme a la mierda, se dirigió a su celda.

Y yo me dirigí a la mía.

3

A las ocho de la noche la puerta de acero de mi celda se cerró, deslizándose automáticamente con un ruido metálico que me sacudió todo el cuerpo. Cada noche ese ruido me pasaba por encima como un tren. Llevaba cinco semanas encerrado y era algo a lo que no me acostumbraba y a lo que no quería acostumbrarme. Me senté en el colchón de siete centímetros de grosor y cerré los ojos. Sabía que la luz del techo permanecería encendida una hora más y necesitaba aprovechar ese tiempo, pero era mi ritual. Tratar de eliminar todos los sonidos bruscos y miedos. Recordarme quién seguía siendo. Padre y abogado, pero no un asesino.

–Has cabreado mucho a Quesada.

Abrí los ojos. Era Bishop, desde la celda de al lado. Había una rejilla de ventilación en lo alto de la pared que separaba nuestras celdas.

–No era mi intención –dije–. Supongo que la próxima vez que alguien de aquí necesite un abogado simplemente pasaré.

–Buen plan –dijo Bishop.

–¿Y tú dónde estabas, por cierto? Estaba a punto de llegar la hora de matar al mensajero. He mirado a mi alrededor y ni rastro de Bishop.

–No te preocupes, tío, te tenía cubierto. Estaba mirando desde la barandilla. Te cubría las espaldas.

Pagaba cuatrocientos dólares a la semana a Bishop en concepto de protección, una cantidad entregada en efectivo a su novia y madre de su hijo en Inglewood. Su protección se extendía a través del cuadrante del octógono de alta seguridad donde nos alojábamos: dos plantas, veinticuatro celdas individuales, con otros veintidós reclusos que presentaban para mí distintos niveles de amenaza conocida y desconocida.

Mi primera noche, Bishop me ofreció protegerme o hacerme daño. No negocié. Normalmente, él se quedaba cerca cuando yo estaba en la sala de estar comunitaria, pero no lo vi en la barandilla del pasillo de la segunda planta cuando le di a Quesada la mala noticia sobre su caso. Sabía muy poco de Bishop, porque en la cárcel no se hacen preguntas. Su piel negro oscuro ocultaba los tatuajes hasta el punto de preguntarme por qué se los había hecho. Pero distinguí las palabras VIDA CRIP en los nudillos de las manos.

Busqué bajo la cama la caja de cartón que contenía los documentos de mi propio caso. Examiné primero las gomas. Había envuelto las cuatro pilas de documentos con dos bandas cada una, una horizontal y otra vertical, que se cruzaban en puntos determinados de la hoja superior. Eso me decía si Bishop o alguien había fisgoneado entre mis cosas. Tuve un cliente al que casi lo condenaron por asesinato en primer grado porque un chivato de la prisión había tenido acceso a los expedientes de su celda y había leído lo suficiente del material de revelación de pruebas como para urdir una confesión falsa pero convincente que aseguraba que le había hecho mi cliente. Lección aprendida. Preparé la trampa de las gomas y así si alguien miraba mis papeles lo sabría.

Esa vez era yo el que se enfrentaba a una acusación de asesinato en primer grado e iba *pro se,* defendiéndome a mí mismo. Sabía lo que había dicho Lincoln y probablemente muchos otros hombres sabios antes y después que él. Tal vez tenía un loco por cliente, pero no me veía poniendo mi futuro en otras manos que no fueran las mías. Así pues, en el caso del estado de California contra J. Michael Haller, la sala de operativos de la defensa era la celda 13, nivel K10 de la penitenciaría Twin Towers.

Saqué mi paquete de mociones de la caja y retiré las gomas después de confirmar que nadie había tocado los documentos. Había una vista de mociones programada para la mañana siguiente y quería prepararme. Tenía tres peticiones ante la sala, la primera de las cuales era una moción para reducir la fianza. Se había establecido durante la acusación formal en cinco millones de dólares, ya que la fiscal había argumentado con éxito que no solo existía riesgo de fuga, sino que yo constituía una amenaza para los testigos del caso, porque conocía el funcionamiento interno del sistema de justicia local como la palma de mi mano. No ayudaba que el juez encargado de la vista fuera el honorable Richard Rollins Hagan, cuyos fallos en juicios anteriores yo había logrado que se revocaran dos veces en apelación. Me la tenía jurada y estuvo de acuerdo con la solicitud de la fiscalía de más que duplicar la fianza recomendada por la normativa: dos millones de dólares por asesinato en primer grado.

En ese momento, la diferencia entre dos y cinco millones no importaba. Debía decidir si quería apostar todo lo que tenía en mi libertad o en mi defensa. Me decidí por la segunda opción y fijé mi residencia en

Twin Towers, donde se me asignó un régimen de alejamiento como agente del tribunal que tenía potenciales enemigos en las celdas de la población general.

Sin embargo, al día siguiente me presentaría ante una jueza –con la que creía que no me había cruzado nunca– y pediría una reducción de la fianza. Tenía otras dos mociones también y revisé mis notas para poder defender y argumentar ante la jueza sin necesidad de leer.

Más importante que la moción de fianza era la moción de revelación de pruebas que acusaba a la fiscalía de retener información y pruebas a las que tenía derecho, así como el cuestionamiento de la causa probable del alto de la policía que condujo a mi detención.

Tenía que asumir que la jueza Violet Warfield, a quien le había tocado el caso en rotación, impondría un límite temporal a los argumentos en todas las mociones. Necesitaba estar preparado, ser conciso e ir al grano.

—Eh, Bishop –dije–. ¿Sigues despierto?

—Estoy despierto –dijo Bishop–. ¿Qué pasa?

—Quiero practicar contigo.

—¿Practicar qué?

—Mis argumentos, Bishop.

—Eso no forma parte del trato, tío.

—Ya lo sé, pero van a apagar las luces y no estoy preparado. Quiero que escuches y me digas tu opinión.

En ese momento se apagaron las luces de la planta.

—Está bien –dijo Bishop–. Vamos a oírlo. Pero tendrás que pagarme más por esto.

4

Lunes, 2 de diciembre

Por la mañana fui en el primer furgón al tribunal, después de comer un sándwich de Bolonia y una manzana roja magullada para desayunar. Era el mismo desayuno cada mañana y lo servían otra vez a la hora de comer. En mis cinco semanas allí solo tuvimos un descanso el Día de Acción de Gracias, cuando la salchicha de Bolonia fue sustituida por una rodaja de pavo prensado que sirvieron en las tres comidas. Había superado cualquier repulsión hacia la comida en Twin Towers. Era la rutina y ya devoraba todo deprisa y con facilidad en cada desayuno y almuerzo. Aun así, calculaba que ya había perdido entre cinco y diez kilos durante mi encarcelamiento y lo veía como una preparación para el pesaje previo al que seguramente sería el combate de mi vida.

En el furgón iba con otros treinta y nueve reclusos, la mayoría de los cuales se dirigían a una lectura oficial de cargos en el tribunal. Como abogado, había visto las miradas desorbitadas por el miedo en clientes a los que veía para una consulta inicial en sus primeras comparecencias. Pero eso era siempre en el tribunal y siempre conmigo calmándolos y preparándolos para lo que tenían por delante. En los furgones, me sentía rodeado por ese miedo. Hombres que se enfrentaban a su primera experiencia de encarcelamiento. Hombres que habían estado encerrados muchas veces antes. Novatos o reincidentes, había una sensación de desesperación palpable en todos ellos.

Descubrí que los trayectos en furgón de ida y vuelta al tribunal eran mis propios momentos de máximo temor. La carga de personas respondía a una selección aleatoria. No tenía ningún Bishop, ningún guardaespaldas. Si me ocurría algo, los agentes estaban delante, al otro lado de una reja de hierro: el conductor y el llamado *agente de seguridad*. Su papel sería simplemente el de separar los vivos de los heridos cuando terminase lo que hubiera de ocurrir. No estaban allí para servir y proteger, sino solo para mover personas por el submundo del sistema judicial.

En esa ocasión se trataba de uno de esos furgones modernos con asientos compartimentados, la vista del cual me llenó de más pavor todavía. La nueva flota se había diseñado después de que se produjeran disturbios a gran escala en furgones. Con el Departamento del Sheriff como responsable de la seguridad de los reclusos, los disturbios dieron como resultado decenas de demandas por fallos en la protección de aquellos que resultaron heridos o muertos. Yo mismo había presentado un par de ellas y, por tanto, era consciente de las debilidades de los diseños viejos y los nuevos.

Los segundos estaban divididos mediante rejas de acero en compartimentos de asientos para ocho reclusos cada uno. De este modo, si se desataba una pelea, quedaba limitada a un máximo de ocho contendientes. Los furgones tenían cinco compartimentos de este tipo y se cargaban de atrás adelante, llenando primero los asientos de la sección de atrás. Los presos iban esposados juntos en una cadena de cuatro, con un grupo a cada lado del pasillo en cada compartimento.

Esta configuración también era el borrador para un problema significativo. Si el furgón estaba en tránsito y se desataba una pelea en el compartimento trasero, el agente de seguridad desarmado debía abrir y pasar cinco puertas y cuatro compartimentos –cuatro espacios estrechos llenos de reclusos acusados, en algunos casos, de crímenes violentos– para separar una pelea en el quinto. La idea era absurda y, en mi opinión, la solución del departamento en realidad había redoblado el problema. Así que las peleas en los compartimentos traseros se desarrollaban hasta que el furgón llegaba a su destino. Aquellos que podían salir por su propio pie lo hacían y aquellos que no podían eran asistidos.

El furgón estacionó en el garaje oscuro de debajo del centro de justicia penal Clara Shortridge Foltz y nos descargaron y escoltaron al interior del laberinto vertical de celdas que daban servicio a las veinticuatro salas de juzgado del edificio.

Como *pro se,* tenía derecho a algunas ventajas legales que no se concedían ni a la mayoría de los hombres ni mujeres que bajaban de los furgones. Me condujeron a una celda privada donde podría hablar con mi investigador y mi abogada suplente: la letrada asignada como mi respaldo para ocuparse de la impresión, la presentación y, en algunos casos, la afinación de mociones y otros documentos producidos como parte del caso. Mi investigador era Dennis *Cisco* Wojciechowski y la suplente era mi socia, Jennifer Aronson.

Todo se mueve con lentitud en el encarcelamiento. Tuve que levantarme a las cuatro de la mañana en Twin Towers para llegar a mi sala de conferencias privada a las 8.40, todo para una distancia de cuatro manzanas. Había traído conmigo una pila de documentos unidos con una goma elástica –las mociones– y estaba extendiendo los papeles sobre la mesa metálica cuando un agente hizo pasar a mi equipo a las nueve en punto.

Se exigió a Cisco y a Jennifer que se sentaran al otro lado de la mesa, enfrente del que ocupaba yo. Ni estrechar manos ni abrazos. La sala estaba bajo el privilegio abogado-cliente y era privada. Pero no había ninguna cámara en la esquina del techo. Nos observarían, pero la cámara no tenía audio de respaldo para el agente que la monitorizaba, o eso se aseguraba. No lo creía del todo, y en las anteriores reuniones de equipo que había mantenido ocasionalmente había comentado o proferido una orden concebida para enviar al fiscal en una misión imposible si se daba el caso de que alguien estaba escuchando ilegalmente. Usaba la palabra en clave *Baja* en cada afirmación para alertar a mi equipo de la treta.

Yo llevaba un mono azul oscuro con las palabras LAC DETENTION marcadas por delante y por detrás. Como Edgar Quesada la noche anterior, llevaba calzoncillos largos debajo. Había aprendido deprisa durante mi estancia bajo custodia del condado que los trayectos en furgones de primera hora de la mañana y las celdas del tribunal carecían de calefacción, y me vestí en consecuencia.

Jennifer iba vestida para el tribunal con un traje gris marengo y una blusa de color crema. Cisco, como era su rutina, iba vestido para un recorrido bajo la puesta de sol por la autovía del Pacífico en su Harley Panhead clásica, con Cody Jinks atronando en su casco estéreo: tejanos negros, botas y camiseta. Parecía que su piel era insensible al aire frío y húmedo de la celda de conferencias. Que fuera originario de Wisconsin podría haber tenido algo que ver con eso.

–¿Cómo está mi equipo esta agradable mañana? –dije con alegría.

Aunque era yo el encarcelado y el que llevaba ropa de presidiario, sabía que era importante mantener a mi gente comprometida y no preocupada por mi situación. Actúa como ganador y serás un ganador, como decía David *Legal* Siegel, socio de mi padre y el hombre que había sido mi mentor en el mundo del derecho.

–Muy bien, jefe –dijo Cisco.

–¿Cómo estás tú? –preguntó Jennifer.

–Mejor estar en el tribunal que en el calabozo –dije–. ¿Qué traje ha elegido Lorna?

Lorna Taylor era mi gerente de casos, así como mi consultora de moda. Este segundo deber se extendía desde el tiempo en que fue mi esposa, mi segunda esposa, en una unión que solo duró un año y precedió a su matrimonio con Cisco. Aunque no iba a presentarme ese día ante un jurado, había conseguido previamente la aprobación de la jueza Warfield de una moción que me permitiera vestir con mi ropa profesional durante todas las apariciones en audiencia pública. Mi caso había atraído una atención considerable de los medios y no quería que una foto mía con ropa de recluso se hiciera viral. El mundo fuera del tribunal era una gran reserva de jurados de la cual doce personas serían elegidas para juzgarme. No quería que ellos, fueran los que fueran, ya me hubieran visto con la ropa azul de prisión. Mi cuidadosa selección de trajes europeos también contribuía a mi seguridad cuando me presentaba ante el tribunal para defender mi caso.

—El Hugo Boss azul con camisa rosa y corbata gris —dijo Jennifer—. Lo tiene el alguacil.

—Perfecto —dije.

Cisco puso los ojos en blanco por mi vanidad. No le hice caso.

—¿Qué pasa con el tiempo? —pregunté—. ¿Has hablado con el secretario?

—Sí, la jueza ha asignado una hora —dijo Jennifer—. ¿Será suficiente?

—Probablemente no con la argumentación de Dana. Puede que tenga que omitir algo si Warfield se ciñe al horario.

Dana era Dana Berg, la fiscal estrella de la Unidad de Delitos Graves asignada a condenarme y enviarme a prisión para el resto de mi vida. Entre los miembros de la abogacía, era conocida como Dana *Corredor de la Muerte*, por su propensión a buscar las penas máximas, o, alternativamente, como Iceberg, por su actitud al negociar pactos. El hecho era que su determinación no podía fundirse y con mucha frecuencia se le asignaban casos donde el juicio era inevitable.

Y esa era la situación conmigo. El día después de mi detención, emitió una declaración a los medios a través de Jennifer en la que negaba categóricamente las acusaciones contra mí y prometía defenderme en el juicio. Probablemente fue esa declaración lo que provocó que el caso se asignara a Dana Berg.

—Entonces, ¿qué omitimos? —preguntó Jennifer.

–Pongamos la fianza en segundo plano –dije.

–Espera, no –dijo Cisco.

–¿Qué? Quería empezar con eso –dijo Jennifer–. Necesitamos sacarte de aquí para tener sesiones de estrategia sin restricciones en una oficina, no un teléfono móvil.

Jennifer levantó las manos para asimilar el espacio donde estábamos sentados. Sabía que ambos cuestionarían mi decisión sobre la fianza. Pero pretendía aprovechar mejor mi tiempo ese día ante la jueza.

–Mira, no es que me lo esté pasando bien en Twin Towers –dije–. No es el Ritz. Pero hay que lograr cosas más importantes hoy. Quiero conseguir una vista plena sobre el cuestionamiento de causa probable. Eso es lo primero. Y luego quiero cuestionar la revelación de pruebas. ¿Estás lista para esto, Bullocks?

Hacía mucho tiempo que no llamaba a Jennifer por el apodo de sus inicios en la abogacía. La contraté directamente nada más salir de la Facultad de Derecho de Southwestern, que ocupaba el edificio que había albergado unos grandes almacenes Bullocks. Entonces quería a alguien con un título en derecho de clase obrera y el impulso y la ferocidad del desamparado. En los años transcurridos desde entonces, Jennifer había demostrado mi genialidad al elegirla, pasando de abogada asociada a la que le pasaba los casos con menos ingresos a socia plena y confidente leal que podía defender su posición y ganar en cualquier sala de justicia del condado. No estaba interesado en usarla como una mera presentadora de documentos. Quería que se enfrentara cara a cara con Dana Berg por los retrasos de la fiscalía en el proceso de compartir pruebas. Me hallaba ante el caso más importante de mi carrera y la quería a mi lado en la mesa de la defensa.

—Estoy lista —dijo—. Pero también estoy lista para discutir la fianza. Tienes que estar fuera para poder preparar el juicio sin que necesites un guardaespaldas que te vigile mientras comes putos sándwiches de Bolonia.

Me reí. Supuse que me había quejado con demasiada frecuencia del menú de Twin Towers.

—Mira, ya lo pillo —dije—. Y no pretendo reírme. Pero necesito seguir pagando las nóminas y no quiero salir de esto en bancarrota y sin dejar nada a mi hija. Alguien tiene que pagar la facultad y no va a ser Maggie McFierce.

Mi primera exmujer y madre de mi hija era fiscal de la Oficina del Fiscal del Distrito. Su nombre real era Maggie McPherson. Se ganaba bien la vida y había educado a nuestra hija, Hayley, en un barrio seguro de Sherman Oaks, sin contar una temporada de dos años en el condado de Ventura, adonde fue a trabajar para la fiscalía mientras esperaba que un incendio político se extinguiera por sí solo en Los Ángeles. Yo había pagado siempre las escuelas privadas y Hayley ya estaba en primero de Derecho en la Universidad del Sur de California después de graduarse en Chapman en mayo. Eso conllevaba una cara factura que me correspondía pagar solo a mí. Lo había planeado y lo tenía cubierto con ahorros, pero no si sacaba el efectivo y lo dedicaba a una caución no retornable solo para quedar en libertad para preparar el juicio.

Había hecho los cálculos y no merecía la pena. Aun en caso de que convenciéramos a la jueza Warfield de que redujera la fianza a la mitad, todavía necesitaría doscientos cincuenta mil dólares para pagar el diez por ciento de garantía de una fianza que solo equivalía a tres meses de libertad. Al fin y al cabo, me había negado a rechazar mi derecho a un juicio rápido y tenía a la fiscalía contrarreloj: sesenta días hábiles para llevarme a juicio. Eso significaba que solo faltaban dos meses para febrero, y el veredicto, o bien me devolvería la libertad, o la suspendería de forma permanente. En muchas ocasiones anteriores había aconsejado a clientes míos ahorrarse el dinero de la fianza y derrocharlo en Twin Towers.

Normalmente, eso lo hacía para asegurarme de que tuvieran dinero para pagarme. Pero en ese momento también fue el consejo que me di a mí mismo.

–¿Has hablado con Maggie de esto? –preguntó Jennifer–. ¿Te ha ido a visitar?

–Sí, me ha visitado, y sí, hemos hablado –dije–. Dice lo mismo que tú y no estoy en desacuerdo en que sería mejor. Pero se trata de prioridades. Las prioridades del caso.

–Mira, sabes que Lorna, Cisco y yo dijimos que podemos posponer las nóminas hasta que esto acabe. Realmente pienso que es una prioridad del caso y tienes que reconsiderarlo. Además, ¿qué pasa con Hayley? Ya te perdiste Acción de Gracias con ella. ¿Quieres perderte también la Navidad?

–Está bien, tomo nota. A ver si tenemos tiempo de llegar a eso hoy. Si no, lo sacaremos la próxima vez. Vamos más allá de las mociones. Cisco, ¿qué está pasando con la revisión de casos anteriores?

–Lorna y yo hemos revisado más de la mitad de los archivos –dijo Cisco–. Hasta el momento, nada llama la atención. Pero estamos trabajando en ello y haciendo una lista de posibles.

Estaba refiriéndose a una lista de antiguos clientes y enemigos que podrían tener el móvil y los recursos para colgarme una acusación de asesinato.

–Está bien; necesitaré eso –dije–. No puedo simplemente entrar en el juicio y decir que me tendieron una trampa. Un caso de culpabilidad de un tercero requiere a ese tercero.

–Estamos en ello –dijo Cisco–. Si está ahí, lo encontraremos.

–¿«Si»? –pregunté.

–No quería decir eso, jefe –dijo Cisco–. Solo quería…

–Escucha –dije–. He pasado los últimos veinticinco años de mi vida diciendo a los clientes que no me importaba si lo habían hecho o no, porque mi trabajo era defenderlos, no juzgarlos. Culpable o inocente, recibes el mismo trato y el mismo esfuerzo. Pero ahora que estoy del otro lado sé que es absurdo. Necesito que vosotros dos y Lorna me creáis.

–Claro que te creemos –dijo Jennifer.

–No hay ni que decirlo –añadió Cisco.

–No respondáis tan deprisa –dije–. Seguro que tenéis preguntas al respecto. El argumento de la fiscalía es más que persuasivo. Así que, si en algún momento Dana *Corredor de la Muerte* os convierte en creyentes, necesito que os levantéis y salgáis. No os querré en el equipo.

–Eso no va a ocurrir –dijo Cisco.

–Nunca –añadió Jennifer.

–Bien –dije–. Entonces, vamos a la guerra. Jennifer, ¿puedes traerme el traje para prepararme?

–Vuelvo ahora mismo –dijo.

Se levantó y golpeó en la puerta de acero con una mano mientras hacía una seña a la cámara cenital con la otra. Pronto oí el crujido metálico de la puerta desbloqueándose. Un agente la abrió para dejar salir a Jennifer.

–Bueno –dije cuando Cisco y yo estuvimos solos–. ¿Cómo está la temperatura del agua estos días en Baja?

–Oh, está bien –dijo Cisco–. Hablé con mi colega de allí y me dijo que unos treinta grados.

–Demasiado caliente para mí. Dile que me avise cuando baje a veintiuno. Eso sería perfecto para mí.

–Se lo diré.

Hice una señal de asentimiento a Cisco y traté de no sonreír a la cámara cenital. Con suerte, esa última parte de la conversación sería lo bastante intrigante para enviar a cualquiera que estuviera escuchando ilegalmente a seguir una pista falsa en México.

–¿Qué hay de nuestra víctima? –dije.

–Sigo trabajando en ello –dijo Cisco con vacilación–. Espero que Jennifer consiga más material hoy en revelación de pruebas para que pueda seguir sus movimientos y descubrir cómo y cuándo terminó en tu maletero.

–Sam Scales era un tipo escurridizo. Localizarlo será complicado, pero voy a necesitarlo.

–No te preocupes, lo tendrás.

Asentí. Me gustaba la seguridad de Cisco. Esperaba que diera frutos. Pensé un momento en mi antiguo cliente Sam Scales, el estafador definitivo que incluso me había estafado a mí. Yo era la víctima en la mayor estafa de todas, una trampa para colgarme un asesinato, y sabía que iba a ser muy difícil salir.

—Eh, jefe, ¿estás bien? –preguntó Cisco.

—Sí, bien –dije–. Solo pensando. Esto va a ser divertido.

Cisco asintió. Él sabía que iba a ser cualquier cosa menos divertido, pero entendía el sentimiento. Actúa como un ganador y te convertirás en un ganador.

La puerta de la celda se abrió otra vez y Jennifer volvió a entrar con mi ropa del tribunal en dos perchas. Normalmente reservaba el rosa Oxford para apariciones ante un jurado, pero estaba bien. Solo ver el corte elegante del traje me subió el ánimo a un nuevo nivel. Empecé a prepararme para la batalla.

5

El traje me quedaba suelto. Me sentía como si estuviera nadando en él. Lo primero que le dije a Jennifer cuando me llevaron al tribunal y me quitaron las cadenas fue que le pidiera a Lorna que fuera a mi casa, cogiera dos de mis trajes y los llevara a un sastre para arreglarlos.

–Va a ser difícil si no estás ahí para que te tomen medidas –dijo ella.

–Da igual, es importante –dije–. No quiero parecer un tipo con un traje prestado delante de los medios. Eso llega a la reserva de jurados y envía cierto mensaje.

–Está bien, lo entiendo.

–Dile que los reduzca una talla.

Antes de que ella respondiera, Dana Berg se acercó a la mesa de la defensa y dejó un conjunto de documentos.

–Nuestras respuestas a sus mociones –dijo–. Estoy segura de que saldrá todo en la vista oral.

–Justo a tiempo –dijo Jennifer, queriendo decir exactamente lo contrario.

Empezó a leer. No me molesté. Berg pareció dudar, como si esperara una réplica mía. Me limité a levantar la mirada y sonreí.

–Buenos días, Dana –dije–. ¿Qué tal su fin de semana?

—Mejor que el suyo, seguro —respondió ella.

—Eso se da por hecho —contesté.

Berg hizo una mueca y volvió a la mesa de la acusación.

—Sin sorpresas; está objetando a todo —dijo Jennifer—. Incluida la reducción de fianza.

—Lo normal —dije—. Como te he dicho, no te preocupes por la fianza hoy. Haremos…

Me silenció la voz atronadora de Morris Chan, el secretario del juzgado, anunciando la llegada de la jueza Warfield. Nos mandaron que nos quedáramos sentados y llamaron al orden.

Creía que había tenido suerte cuando asignaron a Warfield al caso. Era una jurista dura en pro de la ley y el orden, pero también había pertenecido al colegio de abogados. A menudo, los abogados defensores que se convierten en jueces parecen desvivirse por mostrar imparcialidad favoreciendo a la acusación. No era eso lo que había oído de Warfield. Aunque nunca antes había tenido un caso con ella, había escuchado las conversaciones de algunos profesionales de la defensa en el Redwood y el Four Green Fields en el pasado, y la imagen que me formé fue la de una jueza que apuntaba al centro. Además, era afroamericana, y eso la convertía en una desamparada. Para ascender tuvo que ser mejor que los otros juristas. Eso exigía una mentalidad que me gustaba. Conocía muy bien las desventajas a las que me enfrentaba al tratar de defenderme a mí mismo. Y suponía que tendría en cuenta ese conocimiento a la hora de tomar sus decisiones.

—Estamos en autos en *California contra Haller* y tenemos que considerar una serie de mociones de la defensa –dijo la jueza–. Señor Haller, ¿lo argumentará usted o lo hará su codefensora, la señora Aronson?

Me levanté para responder.

–Con la venia –empecé–, nos gustaría formar equipo hoy. Me gustaría empezar con la moción para excluir.

–Muy bien –dijo Warfield–. Adelante.

Ahí fue donde se complicó. Había presentado lo que se conocía técnicamente como *moción «in limine»* para excluir pruebas obtenidas de manera inconstitucional. Iba a cuestionar el alto policial que condujo al hallazgo del cadáver de Sam Scales en el maletero de mi coche. Si ganaba la moción, el caso contra mí probablemente estaría muerto. Pero era muy osado creer que una jueza, por imparcial que había oído que era Warfield, pusiera semejantes trabas a la fiscalía. Y con eso contaba, porque tampoco quería que eso ocurriera. Con cualquier otro cliente, habría deseado ese fallo. Pero era mi propio caso. No quería ganar con un tecnicismo. Necesitaba ser exonerado. El truco consistía en obtener una vista completa sobre la constitucionalidad del alto policial que me puso entre rejas. Pero solo lo deseaba para poner al agente Milton en el estrado y poder sacarle su historia y fijarla bajo juramento. Porque creía que me habían tendido una trampa y que la trampa tenía que incluir a Milton de alguna manera, tanto si él lo sabía como si no.

Con la copia impresa de la moción, me acerqué al atril situado entre las mesas de la acusación y de la defensa. Por el camino, miré disimuladamente a la tribuna del público y vi al menos a dos personas que reconocí como periodistas que se ocupaban del caso. Ellas eran el conducto que usaría para llevar mi defensa al mundo.

También vi a mi hija, Hayley, en la fila del fondo. Supuse que se estaba saltando sus clases en la Universidad del Sur de California, pero no podía estar demasiado enfadado. Le había prohibido que me visitara en prisión. No quería que me viera nunca con ropa carcelaria y había llegado al extremo de no incluirla en mi lista de visitantes autorizados. Así que la sala era el lugar donde podía verme y apoyarme, y eso no se me pasaba por alto. También sabía que estaba dejando el mundo de fantasía de la Facultad de Derecho y consiguiendo una educación real sobre la ley al estar ahí.

La saludé con la cabeza y le sonreí, pero verla en ese momento me recordó lo mal que me quedaba el traje. Parecía prestado y anunciaba a todos los observadores de la sala que era un recluso. Era como si llevara la ropa de prisión. Traté de sacudirme esos pensamientos cuando llegué al atril y dirigí mi atención a la jueza.

—Señoría —dije—, como afirma la moción ante esta sala, la defensa sostiene que me tendieron una trampa en este caso. Y esa trampa se llevó a cabo con el alto ilegal e inconstitucional de la policía en la noche en que fui detenido. He re...

—¿Una trampa de quién, señor Haller? —preguntó la jueza.

Me sorprendió la pregunta. Por válida que pudiera ser, no la esperaba de la jueza, y menos antes de que terminara mi argumento.

—Señoría, eso es irrelevante en esta vista —dije—. Se trata del alto policial y de si fue constitucional. Se...

—Pero dice que le tendieron una trampa. ¿Sabe quién se la tendió?

–Repito, señoría, que es irrelevante. En febrero será relevante cuando vayamos a juicio, pero no veo por qué tengo que revelar mis argumentos a la fiscalía al cuestionar la validez de un alto policial.

–En ese caso, continúe.

–Gracias, señoría, lo haré. La…

–¿Es una pulla?

–¿Disculpe?

–Lo que ha dicho, ¿es una pulla para mí, señor Haller?

Negué con la cabeza, confundido. Ni siquiera podía recordar lo que había dicho.

–Eh, no, no es una pulla, señoría –dije–. No recuerdo lo que he dicho, pero en modo alguno pretendía…

–Muy bien, continúe –dijo la jueza.

No salía de mi perplejidad. La jueza parecía susceptible a algo que había interpretado como un cuestionamiento de su capacidad o autoridad. Pero era bueno registrarlo en un momento tan inicial del proceso.

–Bueno, me disculpo si algo que he dicho ha sonado irrespetuoso –dije–. Como iba diciendo, he presentado una moción de exclusión, cuestionando la causa probable para obligarme a parar el coche y la causa probable que apoyaba un registro sin orden judicial del maletero del vehículo que conducía. Se solicita una vista probatoria sobre las cuestiones planteadas, con la asistencia del agente que me paró y registró mi vehículo. Me gustaría programar esa vista. Pero antes de que podamos hacer eso tengo otras cuestiones que necesito abordar. Mi investigador, señoría, lleva cinco semanas intentando hablar con el policía que me paró, el agente Roy Milton, y no ha tenido éxito a pesar de las numerosas solicitudes a él y al Departamento de Policía. Sé que discutiremos nuestra moción de revelación de pruebas después, pero, lo mismo digo, no hay cooperación de la fiscalía en relación con la detención. Esto es una continuación del esfuerzo de la fiscalía desde el primer día para impedir que se celebre un juicio justo.

Berg se puso en pie, pero Warfield levantó una mano para impedirle hablar.

–Permita que lo pare aquí, señor Haller –dijo la jueza–. Acaba de hacer una acusación muy seria. Será mejor que la respalde ahora mismo.

Ordené mis ideas antes de continuar.

–Señoría –empecé por fin–, la acusación claramente no quiere que interrogue al agente Milton, y se ve desde el momento en que toma la decisión de acudir a un jurado de acusación para obtener un auto de procesamiento y hacerlo testificar en secreto en lugar de mantener una vista preliminar en la que podría interrogarlo.

En los tribunales de California, un cargo criminal puede llevarse a juicio solo después de una vista preliminar en la que se presentan ante un juez las pruebas de causa probable para la detención y el acusado queda en espera de juicio. Una alternativa a la vista preliminar es que el fiscal presente el caso a un jurado de acusación y solicite un auto de procesamiento por el cargo. Eso era lo que Berg había hecho en mi caso. La diferencia entre los dos procedimientos era que una vista preliminar se celebra en audiencia pública, donde a la defensa se le permite interrogar a cualquier testigo delante del juez, mientras que un jurado de acusación opera en secreto.

–El jurado de acusación es una opción perfectamente válida que la acusación puede elegir –dijo Warfield.

–E impide que interrogue a mis acusadores –dije–. El agente Milton claramente llevaba una cámara corporal la noche de mi detención, cumpliendo con las normas del Departamento de Policía de Los Ángeles, y no se nos ha entregado ese vídeo. También me fijé en que había una cámara de vídeo en el coche de policía, y tampoco se nos ha dado ese vídeo.

–¿Señoría? –dijo Dana Berg–. El estado protesta al argumento de la defensa. Está convirtiendo una moción para eliminar pruebas del caso en una solicitud de pruebas. Estoy perpleja.

–Yo también –dijo Warfield–. Señor Haller, he permitido que se defienda a sí mismo porque es un abogado experimentado, pero cada vez suena más como un aficionado. Por favor, diga qué quiere.

–Bueno, en ese caso, yo también estoy perplejo, señoría –dije–. Presenté una moción legalmente suficiente para excluir los frutos de un registro sin orden. Le corresponde a la señora Berg demostrar la justificación de ese registro. Sin embargo, no veo al agente Milton en la sala. Así que, a menos que la acusación esté a punto de anunciar una concesión, la señora Berg no está preparada para defenderse contra la moción. Sin embargo, la señora Berg actúa como si estuviera ofendida y yo debiera limitarme a argumentar y terminar con esto.

»Señoría, la cuestión es que solicito una vista probatoria y una oportunidad para preparar esa vista después de recibir el archivo de divulgación de pruebas al que tengo derecho. No puedo argumentar adecuada y plenamente la moción de exclusión, porque la acusación está infringiendo las reglas de revelación de pruebas. Solicito a la sala que discuta esto hoy, ordene a la acusación que cumpla sus obligaciones respecto a la revelación de pruebas y programe una vista probatoria plena sobre la moción en un momento en que los testigos, incluido el agente Milton, puedan estar presentes.

La jueza miró a Berg.

–Sé que tenemos una moción de revelación de pruebas en la pila del señor Haller –dijo Warfield–, pero ¿dónde estamos respecto a esos elementos que se acaban de mencionar? El vídeo del agente y del coche. Ya deberían haber sido entregados ahora.

–Señoría –dijo Berg–, tuvimos problemas técnicos con la transferencia de…

–Señoría –rugí–, no pueden sacar la excusa de los problemas técnicos. Fui detenido hace hoy cinco semanas. Mi libertad está en juego, y que digan que problemas técnicos han retrasado mi derecho a un juicio justo es patentemente indigno. Están tratando de impedir que acceda a Milton. Tan sencillo como eso. Lo hicieron cuando acudieron a un jurado de acusación en lugar de a una vista preliminar y lo están haciendo otra vez aquí. No he renunciado a mi derecho a un juicio rápido y la fiscalía está haciendo todo lo que puede para empujarme a un retraso.

–¿Señora Berg? –dijo Warfield–. ¿Qué responde?

–Señoría –dijo Berg–, si el acusado dejara de interrumpirme antes de que termine una frase, habría oído que tuvimos, en pretérito, problemas técnicos, pero se solucionaron y tengo los vídeos del coche del agente y la cámara corporal para entregarlos hoy al acusado. Además, el estado protesta ante cualquier insinuación de que está enlenteciendo o presionando de alguna manera al acusado para retrasar este caso. Estamos listos para empezar, señoría. No estamos interesados en un retraso.

—Muy bien —dijo Warfield—. Entregue los vídeos a la defensa y haremos...

—Señoría, cuestión de orden —dije.

—¿Qué pasa, señor Haller? —dijo la jueza—. Estoy perdiendo la paciencia.

—La letrada se ha referido a mí como el acusado —dije—. Sí, soy el acusado en este caso, pero cuando estoy argumentando ante el tribunal soy el abogado de la defensa y exijo que el tribunal inste a la señora Berg a referirse a mí adecuadamente.

—Está hablando de cuestiones semánticas, señor Haller —dijo Warfield—. El tribunal no ve ninguna necesidad de tal instrucción a la fiscalía. Usted es el acusado. También es el abogado de la defensa. No hay diferencia en este caso.

—Los miembros de un jurado podrían ver la diferencia, señoría —dije.

Warfield una vez más levantó la mano como un agente de tráfico antes de que Berg pudiera expresar una protesta.

—No es necesario un argumento de la acusación —dijo—. La solicitud de la defensa no ha lugar. Continuaremos con esta moción el jueves por la mañana, señora Berg, y espero que tenga aquí al agente Milton para que sea interrogado sobre el alto al señor Haller. Estaré encantada de firmar una citación a tal efecto si es necesario. Pero tenga la seguridad de que si no aparece me veré inclinada a conceder esa moción. ¿Está claro, señora Berg?

—Sí, señoría —dijo Berg.

–Muy bien. Pasemos a la siguiente moción –dijo Warfield–. Tengo que dejar el tribunal a las once por una reunión externa. Continuemos.

–Señoría, mi codefensora, Jennifer Aronson, discutirá la moción para solicitar la revelación de pruebas.

Jennifer se levantó y se acercó al atril. Yo volví a la mesa de la defensa y nos rozamos ligeramente los brazos al cruzarnos.

–A por ellos –susurré.

6

Las ventajas que recibía como recluso *pro se* se extendían al centro de detención, donde se me concedían espacio y tiempo para reuniones diarias con mi equipo de trabajo. Programé esas reuniones de lunes a viernes a las tres de la tarde, tanto si había cuestiones de estrategia que discutir como si no. Necesitaba esa conexión con el exterior, aunque solo fuera para mantener la salud mental.

Las reuniones eran un palo para Cisco y Jennifer, porque tanto sus pertenencias como ellos mismos eran registrados al entrar y al salir, y la norma era que el equipo tenía que estar en su lugar en la sala abogado-cliente antes incluso de que me sacaran del módulo en el que estaba. En la cárcel, todo se movía a un ritmo indiferente establecido por los agentes que dirigían el cotarro. Lo último que se concedía a un recluso, por más que fuera *pro se*, era la puntualidad. Por la misma razón me levantaban a las cuatro de la mañana para una comparecencia seis horas después y a solo cuatro manzanas de distancia. Esos retrasos e incordios implicaban que Cisco y Jennifer tenían que presentarse en la entrada de abogados de la prisión a las dos de la tarde para que pudiera verlos durante una hora a partir de las tres.

La reunión que siguió a la vista en el tribunal era más importante que una hora de salud mental. La jueza Warfield había firmado una orden que permitía a Jennifer Aronson llevar un reproductor a la reunión en prisión del equipo legal para que yo pudiera ver los vídeos que finalmente había entregado la acusación.

Llegué tarde a la reunión porque habían tardado casi cuatro horas en devolverme en furgón a la cárcel desde el tribunal. Cuando me pusieron en la sala de abogados, Jennifer y Cisco llevaban casi una hora esperándome.

—Lo siento, chicos —dije cuando me hizo entrar un agente—. No controlo las cosas por aquí.

—No hace falta que lo jures —dijo Cisco.

Nos colocamos siguiendo la misma configuración que en la sala de abogados del tribunal. Ellos se sentaron frente a mí. Había una cámara que supuestamente no grababa audio. La diferencia era que se me permitía usar un bolígrafo para tomar notas cuando estaba en la sala o escribir mociones para el tribunal. No se me permitía llevarme el bolígrafo a mi celda porque podía utilizarse como un arma, una pipa o una fuente para tinta de tatuar. De hecho, solo se me permitía un bolígrafo de tinta roja, porque se consideraba un color de tatuaje indeseable si de alguna manera conseguía llevármelo a mi rincón.

—¿Todavía no habéis visto los vídeos? —pregunté.

—Solo unas diez veces mientras esperábamos —dijo Cisco.

—¿Y?

Miré a Jennifer al preguntar. Ella era la abogada.

—Tu recuerdo de lo que se dijo y lo que ocurrió es excelente —dijo.

–Bien –contesté–. ¿Podéis soportar verlo otra vez? Quiero tomar notas para el interrogatorio al agente Milton.

–¿Crees que es la mejor manera de actuar? –preguntó Jennifer.

La miré.

–¿Te refieres a que interrogue yo al hombre que me detuvo?

–Sí. Podría parecerle vengativo al jurado.

Asentí.

–Podría ser. Pero no habrá un jurado.

–Probablemente habrá periodistas. Llegará a la reserva de jurados.

–Está bien. Voy a escribir preguntas y lo decidiremos en el último momento. Tú también deberías escribir lo que preguntarías, y lo compararemos mañana o el miércoles.

Yo no estaba autorizado a tocar el ordenador. Cisco giró la pantalla hacia mí. Reprodujo en primer lugar la grabación de la cámara corporal de Milton. Estaba unida al uniforme del agente a la altura del pecho. La grabación empezó con una vista del volante del coche patrulla y rápidamente pasó a Milton saliendo del coche y avanzando por el arcén de la carretera hacia un coche que reconocí como mi Lincoln.

–Páralo –dije–. Esto es absurdo.

Cisco pulsó el botón Stop.

–¿Qué es absurdo? –preguntó Jennifer.

–El vídeo –dije–. Berg sabe lo que quiero y está jugando con nosotros, aunque haya hecho el gran gesto de cumplir hoy en el tribunal. Quiero que vuelvas mañana a la jueza con una moción que pida el vídeo completo. Quiero ver dónde estaba este tipo y qué estaba haciendo antes de que supuestamente me cruzara en su camino. Dile a la jueza que queremos como mínimo la media hora anterior de la cámara corporal. Y queremos el vídeo completo antes de la vista del jueves.

–Entendido.

–Bueno, adelante con lo que nos han dado.

Cisco le dio otra vez al botón de reproducir y yo observé. Había un código temporal en la esquina de la pantalla e inmediatamente empecé a escribir tiempos y las notas que los acompañaban. El alto y lo que ocurrió después se correspondían bastante con lo recordaba. Vi varios momentos en los que pensé que podía anotar puntos interrogando a Milton y unos pocos más en los que pensaba que podría inducirlo a mentir.

Donde vi material nuevo en el vídeo fue cuando Milton abrió el maletero del Lincoln y bajó la mirada para examinar a Sam Scales en busca de algún signo de vida. Yo estaba en el asiento de atrás del coche patrulla de Milton en ese momento y mi visión del maletero era limitada y desde un ángulo bajo. Ahora estaba mirando el cadáver de Sam de costado, con las rodillas subidas al pecho y los brazos a la espalda, atado con varias vueltas de cinta americana. Tenía sobrepeso y daba la impresión de que a duras penas cabía en el maletero.

Alcancé a ver heridas de bala en el pecho y zonas del hombro, y lo que parecía una herida de entrada en la sien izquierda y una de salida a través del ojo derecho. Eso no era nuevo para mí. Ya habíamos recibido las fotos de la escena del crimen en la primera tanda de entrega de pruebas de Berg, pero el vídeo confería una realidad visceral al crimen y a la escena.

Sam Scales en vida no mereció ninguna compasión, pero muerto tenía un aspecto patético. La sangre de sus heridas se había extendido por el suelo del maletero y goteaba a través de un agujero creado por la bala que había salido por el ojo.

«Oh, mierda», dice Milton. Y luego sigue su exclamación con un zumbido grave que suena como una risa ahogada.

—Reproduce esa parte otra vez —dije—. Después de cuando Milton dice «Oh, mierda».

Cisco reprodujo la secuencia y escuché otra vez el sonido que había emitido Milton. Era casi como si estuviera regodeándose. Pensé que podía ser útil que un jurado lo oyera.

—Está bien, páralo —dije.

La imagen en la pantalla se congeló. Miré a Sam Scales. Lo había representado durante varios años y defendido de diferentes cargos, y de alguna manera me había caído bien incluso cuando en privado me unía al público en su indignación por las estafas que preparaba. Un semanario lo había llamado en cierta ocasión «el hombre más odiado del país», y no era una hipérbole. Vinculaba sus estafas a catástrofes. Sin mostrar ni un ápice de sentimiento de culpa, creó sitios web para recibir donaciones para supervivientes de terremotos, tsunamis, corrimientos de tierra y tiroteos en escuelas. Allí donde había una tragedia que horrorizaba al resto del mundo, Sam Scales aparecía con un sitio web montado en un abrir y cerrar de ojos, testimonios falsos y un botón que decía «¡DONE YA!».

Aunque realmente creía en el ideal de que todos los acusados de un delito merecen la mejor defensa posible, ni siquiera yo podía soportar a Sam Scales mucho tiempo. No es que hubiera rechazado pagar una tarifa acordada en el último caso del que me había ocupado por él. La gota que colmó el vaso cayó con el caso del que no me ocupé: su detención por solicitar donaciones para pagar ataúdes para los niños muertos en una masacre en una guardería de Chicago. Llovieron las donaciones a una web que había preparado Scales, pero, como de costumbre, el dinero fue directamente a su bolsillo. Me llamó desde el calabozo después de su detención. Cuando oí los detalles de la estafa, le dije que nuestra relación había terminado. Recibí una solicitud de sus expedientes de un abogado de oficio, y eso había sido lo último que oí de Sam Scales, hasta que apareció muerto en mi coche.

–¿Algo distintivo en la cámara del coche? –pregunté.

–La verdad es que no –dijo Cisco–. Lo mismo, desde un ángulo distinto.

–Está bien. Vamos a saltárnoslo por ahora. Nos estamos quedando sin tiempo. ¿Qué más había en las últimas pruebas de Dana *Corredor de la Muerte*?

Mi intento de inyectar una pequeña dosis de levedad en la discusión cayó en oídos sordos. Había mucho en juego como para que alguno de los dos hiciera bromas. Cisco respondió a mi pregunta en un tono completamente profesional que contradecía su aspecto y su porte.

–También tenemos el vídeo del agujero negro –dijo–. No he tenido tiempo para revisarlo todo, pero será mi prioridad en cuanto salga de aquí.

El «agujero negro» era el nombre que quienes iban cada día a trabajar al centro de la ciudad le daban al enorme aparcamiento subterráneo situado debajo del centro cívico. Descendía en espiral hacia el centro de la tierra en siete plantas. Había aparcado allí el día del asesinato de Sam Scales, después de darle el día libre a mi chófer, porque esperaba estar en el juicio todo el día. Según la teoría de la acusación, yo había raptado a Sam Scales la noche anterior, lo había metido en el maletero y le había disparado, y había dejado su cadáver allí durante la noche y todo el día siguiente mientras estaba en el tribunal. Para mí, esa teoría desafiaba el sentido común, y estaba convencido de que podría convencer de ello a un jurado. Pero hasta el juicio todavía había tiempo para que la acusación cambiara de teoría y se le ocurriera algo mejor.

La hora de la muerte se había establecido aproximadamente en veinticuatro horas antes del hallazgo del cadáver por parte del agente Milton. Eso también explicaba la filtración bajo el coche que supuestamente había alertado a Milton y lo había conducido al siniestro descubrimiento del contenido del maletero. El cadáver estaba empezando a descomponerse y los fluidos se filtraban en la superficie del maletero a través del orificio de bala.

–¿Alguna teoría de por qué la acusación quería esos ángulos en el garaje? –pregunté.

–Creo que quieren poder decir que nadie tocó tu coche en todo el día –dijo Jennifer–. Y si los ángulos de la cámara son lo bastante claros como para mostrar el goteo de fluidos corporales bajo el coche, entonces también tendrán eso.

–Sabremos más cuando pueda echar un vistazo –dijo Cisco.

Me recorrió un escalofrío al pensar que alguien había asesinado a Sam Scales en mi coche, probablemente cuando estaba aparcado en mi garaje, que luego yo había conducido un día entero, con el cadáver.

–Vale. ¿Qué más? –pregunté.

–Esto es nuevo –dijo Cisco–. Tenemos un informe de un testigo, alguien de la casa de al lado que oyó las voces de dos hombres discutiendo en tu casa la noche anterior.

Negué con la cabeza.

–Eso no ocurrió –dije–. ¿Quién fue, la señora Shogren o ese idiota de Chasen, que vive en la casa de abajo?

Cisco miró el informe.

–Millicent Shogren –leyó–. No pudo distinguir las palabras, solo voces enojadas.

–Vale, tienes que entrevistarla, sin asustarla –dije–. Luego habla con Gary Chasen, al otro lado de la casa. Siempre liga con alguien en West Hollywood y luego se meten en discusiones. Si Millie oyó una discusión, era de la casa de Chasen. Como es un barrio empinado y ella vive arriba de la colina, lo oye todo.

–¿Y tú? –preguntó Jennifer–. ¿Qué oíste?

–Nada –dije–. Te lo conté esa noche. Me fui a acostar temprano y no oí nada.

–Y te acostaste solo –confirmó Jennifer.

–Por desgracia –dije–. Si hubiera sabido que me iban a colgar un asesinato, tal vez habría ligado yo también.

Una vez más, había mucho en juego. Nadie esbozó ninguna sonrisa. Pero la discusión sobre lo que había oído Millie Shogren y desde dónde lo había oído planteaba una pregunta.

–¿Millie les dijo si también oyó disparos? –pregunté.

–Aquí no lo dice –dijo Cisco.

–Entonces, asegúrate de que se lo preguntas –dije–. Podríamos convertir su testigo en el nuestro.

Cisco negó con la cabeza.

–¿Qué? –pregunté.

–Es inútil, jefe –dije–. También hemos recibido el informe de balística en el paquete de pruebas y no pinta bien.

Entonces me di cuenta de por qué habían estado tan sombríos y yo había estado tratando de animarlos en lugar de viceversa. Habían dejado la bomba para el final y estaba a punto de oírla.

–Contadme –dije.

–Vale… Bueno, la bala que atravesó la cabeza de la víctima y perforó el suelo de tu maletero se encontró en el suelo de tu garaje –dijo Cisco–. Junto a sangre. La bala golpeó el suelo y se aplastó, así que la comparación no fue buena. Pero hicieron test de aleaciones de metales y hay coincidencia con las otras balas que había en el cadáver. Según lo que recibimos en el paquete, todavía se está analizando el ADN de la sangre, pero podemos asumir que también coincidirá con el de Sam Scales.

Asentí. Eso significaba que la fiscalía podía probar que Sam Scales fue asesinado en el garaje de mi casa en un momento en el que yo había confirmado que estaba en casa. Pensé en la conclusión legal que había ofrecido a Edgar Quesada la noche anterior. Ahora estaba en el mismo bote que se hundía. Legalmente hablando, estaba jodido.

–Vale –dije por fin–. Necesito sentarme con esto y pensar. Si vosotros dos no tenéis más sorpresas, entonces podéis salir de aquí y yo preparé alguna estrategia. Esto no cambia nada. Sigue siendo una trampa. Solo que es muy buena y necesito cerrar los ojos y pensar.

–¿Estás seguro? –preguntó Cisco.

–Podemos trabajar contigo –ofreció Jennifer.

–No, necesito estar solo –dije–. Os podéis ir.

Cisco se levantó y se acercó a la puerta, donde golpeó con fuerza en el metal con el lateral de su puño carnoso.

–¿Mañana a la misma hora? –preguntó Jennifer.

–Sí –dije–. A la misma hora. En algún momento tenemos que dejar de intentar comprender su caso y empezar a construir el nuestro.

La puerta se abrió y un agente recogió a mis colegas para el proceso de salida. La puerta se cerró y me quedé solo. Cerré los ojos y esperé a que vinieran a buscarme a mí a continuación. Oí el retumbar de puertas de acero y el eco de los gritos de los hombres encerrados. Hierro y eco eran los sonidos ineludibles de mi vida en Twin Towers.

7

Martes, 3 de diciembre

Por la mañana, notifiqué al agente de la sala comunitaria que necesitaba ir a la biblioteca para hacer investigaciones sobre mi caso. Pasaron noventa minutos antes de que otro agente me escoltara hasta allí. La biblioteca era simplemente una pequeña sala en la planta B donde había cuatro escritorios y una pared con estantes que contenían dos copias del Código Penal de California y varios volúmenes de jurisprudencia de casos y decisiones del tribunal supremo del estado y tribunales de apelación inferiores. Examiné unos cuantos libros en mi primera visita y descubrí que estaban muy poco actualizados y, por tanto, eran inútiles. Ya todo estaba informatizado y se actualizaba de inmediato con el cambio de una ley o el establecimiento de un precedente. Los libros en los estantes eran para aparentar.

Claro que yo no necesitaba la biblioteca para eso. Necesitaba escribir mis pensamientos sobre el caso de una noche de insomnio y se me autorizaba a pedir un bolígrafo y usarlo en la biblioteca. Por supuesto, Bishop me había ofrecido hacía mucho alquilarme un trozo de lápiz que podría usar a escondidas en mi celda, pero lo rechacé, porque sabía que antes de que lo recibiera tendría que entrar en la prisión y pasar de módulo en módulo en el recto de visitantes y reclusos. Cuando no estuviera usando el lápiz, también tendría que esconderlo de los registros del mismo modo.

Por eso preferí la biblioteca legal. Me puse a trabajar, escribiendo en el dorso de las páginas de una moción que ya había sido presentada y denegada.

Lo que reuní era esencialmente una lista de tareas para mi investigador y mi codefensora. Habíamos tenido reveses en la primera fase: no había cámaras en el aparcamiento donde dejé el coche la noche de la fiesta en el Redwood ni cámaras que funcionaran en casa de mis vecinos del otro lado de la calle. Mi propia cámara en la terraza delantera de mi casa no encuadraba el garaje ni la calle de abajo. Pero sentía que todavía había mucho que hacer para cambiar cosas y lograr impulso en nuestro favor. Primero y principalmente, necesitábamos conseguir una descarga completa de los datos de mi teléfono móvil y del coche, y ambos estaban bajo custodia policial. Necesitábamos presentar mociones para examinarlos y recuperar los datos. Sabía que un teléfono móvil era el mejor localizador del planeta. En mi caso, mostraría que, en la jornada en cuestión, el mío estuvo en mi casa toda la noche. Los datos del sistema de navegación del Lincoln mostrarían que el coche estuvo aparcado en el garaje toda la noche y hasta el momento estimado de la muerte de Sam Scales. Eso, por supuesto, no significaba que no pudiera haberme escabullido de casa en un coche prestado o con un cómplice para raptar a Sam Scales, pero entonces la lógica y el sentido común empezarían a minar el caso del estado. Si hubiera planeado el crimen tan cuidadosamente, ¿por qué iba luego a conducir durante un día con el cadáver en el maletero?

El coche y los datos del teléfono serían dos puntos poderosos para poner delante de un jurado y también servirían para arrinconar a la acusación en relación con la oportunidad, un elemento clave de la culpa. La carga de la prueba recaía en la acusación y, por tanto, tendrían que explicar cómo cometí ese crimen en mi propio garaje, cuando no podía demostrarse que ni mi coche ni yo hubiéramos salido nunca de la propiedad.

¿Había atraído a Sam Scales a la casa y luego lo había matado? Que lo demuestren.

¿Había usado un vehículo diferente para dejar la casa en secreto para raptar a Sam y luego había vuelto con él para meterlo en el maletero de mi propio coche y a continuación lo había matado? Que lo demuestren.

Eran mociones que necesitaba que Jennifer investigara y escribiera. Para Cisco tenía una tarea diferente. Lo había puesto inicialmente a inspeccionar mis casos anteriores en busca de alguien que pudiera querer hacerme daño: un cliente insatisfecho, un chivato, alguien al que hubiera puesto a los pies de los caballos en un juicio… Cargarme un asesinato era un poco extremo en cuanto a las tramas de venganza, pero sabía que alguien me había tendido una trampa y no podía dejar ninguna posibilidad sin revisar. Ahora sacaría a Cisco de ese ángulo de investigación y se lo entregaría a Lorna Taylor. Ella conocía mis casos y mis archivos mejor que nadie y sabría qué buscar. Podía ocuparse de la burocracia mientras ponía a Cisco a tiempo completo con Sam Scales. No había representado a Scales en años y sabía muy poco de él. Necesitaba que Cisco estudiara su historial y descubriera cómo y por qué fue elegido como la víctima en la trama para llegar a mí. Necesitaba saber todo lo que Sam tenía entre manos. No me cabía duda de que en el momento de su asesinato, o bien estaba preparando su siguiente estafa, o en medio de ella. En cualquier caso, tenía que conocer los detalles.

Parte de investigar la vida de Sam Scales también consistía en investigar su muerte. Habíamos recibido el informe de la autopsia en la primera carpeta de pruebas compartidas por la fiscalía, que era muy fina. Confirmaba lo evidente: que Scales había muerto por múltiples disparos de bala. Pero solo habíamos recibido el informe inicial de la autopsia, elaborado después del examen del cadáver. No incluía el informe de toxicología. Normalmente dicho informe tardaba de dos a cuatro semanas en completarse después de la autopsia. Eso significaba que los resultados de toxicología ya deberían haberme llegado, y el hecho de que no estuvieran incluidos en la última tanda de pruebas compartidas era sospechoso para mí. La acusación podría estar escondiendo algo y necesitaba descubrir qué era. También quería saber en qué nivel de función mental estaba Sam Scales cuando lo pusieron en el maletero de mi coche, presumiblemente vivo, y dispararon contra él.

Eso podía manejarse de dos formas. Jennifer simplemente podía presentar una moción solicitando el informe como parte de las pruebas o Cisco podía pasarse por la oficina del forense y tratar de gorronear una copia por su cuenta. Al fin y al cabo, era un registro público.

En mi lista de tareas, asigné la labor a Cisco por la sencilla razón de que, si conseguía una copia del informe toxicológico, habría posibilidades de que la acusación no fuera consciente de que lo teníamos. Era la mejor estrategia: no dejar que la acusación sepa lo que haces ni adónde vas a ir, a menos que se requiera.

Eso era todo en la lista de tareas. Por el momento. Pero no quería volver al módulo. Demasiado ruido, demasiadas distracciones. Me gustaba la tranquilidad de la biblioteca y decidí que, ya que tenía un bolígrafo en la mano, también podía esbozar la moción para examinar el teléfono móvil y el coche. Quería presentársela a la jueza Warfield en la vista del jueves para que pudiéramos movernos con rapidez. Si la esbozaba para Jennifer en ese momento, ella podría fácilmente tenerla lista para presentarla.

Sin embargo, justo cuando empecé, el agente asignado a la biblioteca recibió una llamada en su radio y me contó que tenía un visitante. Me sorprendió un poco, porque solo podía visitarme la gente que yo había puesto en la lista de visitantes que rellené al ingresar. La lista era corta y básicamente contenía los nombres de las personas de mi equipo de defensa. Ya estaba programada una reunión de equipo por la tarde.

Supuse que se trataría de Lorna Taylor. Aunque se ocupaba de mi bufete, no era abogada ni tenía licencia de investigadora, y eso impedía que pudiera unirse a las sesiones de la tarde con Jennifer y Cisco. Pero cuando me escoltaron a la cabina de visitas y miré por la ventana me sorprendió agradablemente ver a la mujer cuyo nombre había escrito en último lugar en mi lista como una esperanza remota.

Kendall Roberts estaba al otro lado del cristal. No la había visto en más de un año. Desde que me dijo que me dejaba.

Me situé en el taburete delante del cristal y cogí el teléfono. Ella cogió el teléfono al otro lado.

–Kendall –dije–. ¿Qué estás haciendo aquí?

–Bueno –dijo ella–. Oí que te detuvieron y tenía que venir. ¿Estás bien?

–Estoy bien. Esto es absurdo y lo superaré en el tribunal.

–Te creo.

Cuando me dejó, Kendall también dejó la ciudad.

–Eh, ¿cuándo has llegado? –pregunté–. A la ciudad, quiero decir.

–Anoche. Tarde.

–¿Dónde te quedas?

–En un hotel, al lado del aeropuerto.

–Bueno, ¿cuánto tiempo te vas a quedar?

–No lo sé. No tengo planes. ¿Cuándo es el juicio?

–Faltan al menos dos meses. Pero estaremos en el tribunal este jueves.

–A lo mejor me paso.

Lo dijo como si la hubiera invitado a la hora feliz o a una fiesta. No me importaba. Estaba preciosa. Me dio la impresión de que no se había cortado el pelo desde la última vez que la había visto. Ahora le enmarcaba la cara y le caía sobre los hombros. Los hoyuelos de las mejillas cuando sonreía estaban presentes, como siempre. Sentí una opresión en el pecho. Había estado con mis dos exmujeres un total de siete años. Había pasado casi el mismo tiempo con Kendall. Y cada uno de esos años fue bueno, hasta que empezamos a distanciarnos y ella dijo que quería irse de Los Ángeles.

Yo no podía dejar a mi hija ni mi profesión. Ofrecí reservarme más tiempo para viajar, pero no me iba a ir. Así que, al final, fue Kendall quien se marchó. Empaquetó todo lo que tenía un día mientras yo estaba en un juicio y me dejó una nota. Puse a Cisco con ello solo para tener el consuelo de saber dónde estaba y que estaba bien, o eso me dije. Cisco la localizó en Hawái, pero lo dejé ahí. Nunca crucé el océano para encontrarla y rogarle que volviera. Simplemente esperé y confié.

—¿De dónde vienes? —pregunté.

—De Honolulu —dijo—. He estado viviendo en Hawái.

—¿Has abierto un estudio?

—No, pero doy clases. Para mí es mejor no ser la propietaria. Ahora solo enseño. Voy tirando.

Había tenido un estudio de yoga en Ventura Boulevard muchos años, pero lo vendió cuando empezó a impacientarse.

—¿Cuánto vas a estar aquí?

—Ya te lo he dicho. Todavía no lo sé.

—Bueno, si quieres, puedes quedarte en la casa. Evidentemente, no la voy a usar, y podrías regar las plantas; de hecho, algunas son tuyas.

—Ah, puede ser. Ya veremos.

—La llave extra sigue debajo del cactus, en la terraza delantera.

—Gracias. ¿Por qué estás aquí, Mickey? ¿No puedes pagar la fianza o...?

—Ahora mismo me piden una fianza de cinco millones, lo que significa que podría salir con una caución del diez por ciento. Pero ese dinero no lo recuperas al final, culpable o inocente, y sería todo lo que tengo, incluida la hipoteca de mi casa. No me veo dando todo eso por un par de meses de libertad. Los tengo contrarreloj para un juicio rápido y voy a ganar esto y a salir de aquí sin tener que pagar a ningún prestamista ni un centavo.

Kendall asintió.

–Bien –dijo ella–. Te creo.

Las visitas solo duraban quince minutos y luego se cortaban los teléfonos. Sabía que casi se nos había acabado el tiempo. Pero verla me hizo pensar en todo lo que estaba en juego.

–Es muy bonito que hayas venido a verme –dije–. Siento que las visitas sean tan cortas y hayas venido de tan lejos.

–Me pusiste en tu lista de visitantes –dijo ella–. No estaba segura cuando me lo preguntaron, pero luego encontraron mi nombre. Ha sido bonito.

–No sé, solo pensaba que podrías venir si te enterabas. No sabía si sería noticia en Hawái, pero aquí fue una noticia grande.

–¿Sabías que estaba en Hawái?

Uf. Había dado un traspié.

–Eh, más o menos –dije–. Cuando te fuiste como lo hiciste, solo quería saber si estabas bien, ¿sabes? Hice que Cisco revisara las cosas y me contó que habías volado a Hawái. No sabía dónde ni nada, ni si era permanente. Solo que te habías ido.

La observé, pensando en mi respuesta.

–Vale –dijo, aceptándolo.

–¿Cómo te va por allí? –pregunté, tratando de superar mi metedura de pata–. ¿Te gusta?

–Está bien. Aislado. Estoy pensando en volver.

–Bueno, no sé qué puedo hacer desde aquí, pero, si necesitas algo, dímelo.

–Vale, gracias. Supongo que debería irme. Me han dicho que solo teníamos quince minutos.

–Sí, pero simplemente cortan los teléfonos cuando se acaba el tiempo. ¿Crees que volverás a visitarme? Estoy aquí cada día cuando no estoy en el tribunal.

Sonreí como si fuera un humorista en su número. Antes de que ella respondiera, sonó un fuerte zumbido electrónico en el teléfono y la línea quedó muda. Vi que Kendall hablaba, pero no oí nada. Ella miró el teléfono y luego a mí y lentamente volvió a colocarlo en su lugar. La visita había terminado.

La saludé con la cabeza y ella sonrió con torpeza. Hizo un leve saludo y luego se levantó de su taburete. Yo hice lo mismo y empecé a caminar hacia la fila de cabinas de visitantes, todas ellas abiertas detrás del taburete de preso. Miré a través de cada ventana al pasar y vislumbré varias veces a Kendall moviéndose en paralelo a mí por el otro lado.

Y luego desapareció.

El agente me preguntó si iba a volver a la biblioteca legal y le dije que quería volver al módulo.

Cuando me estaban devolviendo, repasé mi visión final de Kendall al teléfono. Había visto sus labios mientras hablaba con el teléfono cortado. Me di cuenta de lo que había dicho: «No lo sé».

8

Jueves, 5 de diciembre

El agente Roy Milton iba de uniforme y estaba sentado en la primera fila de la galería, detrás de la mesa de la acusación, cuando me hicieron entrar en la sala. Lo reconocí con facilidad de la noche de mi detención. Siguiendo el protocolo del Departamento del Sheriff, yo llevaba una cadena en la cintura y las manos esposadas a los lados. Me condujeron a la mesa de la defensa, donde el agente de custodia me quitó las cadenas, y Jennifer, que estaba de pie y esperando, me ayudó a ponerme la chaqueta del traje. Lorna de alguna manera había logrado que la sastrería terminara el trabajo en dos días y el traje me quedaba de maravilla. Me volví hacia la galería al soltar las esposas y me dirigí a Milton.

–Agente Milton, ¿cómo está hoy? –pregunté.

–No responda –dijo Dana Berg desde la mesa de la acusación.

La miré y ella me devolvió la mirada.

–Ocúpese de sus asuntos, Haller –contestó.

Abrí las manos con gesto de sorpresa.

–Solo estaba siendo amable –dije.

–Sea amable con alguien de su lado –respondió Berg.

—Muy bien —dije—. Como quiera.

Hice un barrido de ciento ochenta grados de la galería y vi a mi hija en su lugar habitual. Sonreí y asentí y ella hizo lo mismo. No vi a Kendall Roberts, pero tampoco esperaba verla. Había ido a hacerme la visita el otro día como para cumplir alguna especie de deber para conmigo. Pero no habría nada más.

Finalmente, aparté la silla de la mesa de la defensa y me senté al lado de Jennifer.

—Tienes buen aspecto —dijo ella—. Lorna ha hecho un buen trabajo con ese traje.

Habíamos hablado antes en el calabozo, junto con Cisco. Pero él se había ido con una bandeja llena de tareas de investigación que cumplir.

Oí susurros directamente detrás de mí y me volví; vi que dos de los periodistas que habían estado cubriendo el caso desde el principio estaban en su lugar habitual. Eran dos mujeres, una del *Los Angeles Times* y la otra del *Daily News*, competidoras a las que les gustaba sentarse juntas y charlar mientras esperaban a que se iniciara la sesión. Conocía desde hacía años a Audrey Finnel, la del *Times*, porque había cubierto algunos de mis casos. Addie Gamble era nueva en la sección de tribunales del *News* y solo la conocía de oídas.

Pronto la jueza Warfield apareció en el umbral, detrás del recinto del secretario, y se llamó al orden. Antes de empezar con la moción de exclusión, le dije a la jueza que tenía una nueva moción que presentar en el juicio con carácter de emergencia, porque la acusación todavía no estaba jugando limpio en lo relativo a las reglas de divulgación de pruebas.

—¿Qué pasa esta vez, señor Haller? —preguntó la jueza.

Su voz adoptó un tono de exasperación que me resultó desconcertante, porque la vista acababa de empezar. Cuando me acerqué al atril, Jennifer llevó copias de la nueva moción a la mesa de la acusación y al secretario del juzgado, que entregó los documentos a la jueza.

—Señoría, la defensa solo quiere aquello a lo que tiene derecho —dije—. Tiene ante usted una moción de divulgación de pruebas que solicita datos de mi coche y de mi teléfono móvil, que la fiscalía no ha proporcionado porque sabe que son exculpatorios y mostrarán que estaba en mi casa y que mi coche estaba en el garaje cuando supuestamente salí y rapté al señor Scales y luego lo llevé a mi casa para asesinarlo.

Dana Berg se levantó de inmediato y protestó. Ni siquiera tuvo que presentar los argumentos para la objeción. La jueza reaccionó al momento.

—Señor Haller —atronó—, presentar su caso a los medios en lugar de al tribunal es inaceptable y… peligroso. ¿Me ha entendido?

—Sí, señoría, y me disculpo —dije—. Defenderme a mí mismo me ha llevado a algunos abismos emocionales con los que normalmente no me enfrento.

—Eso no es excusa. Considere esto su primera y única advertencia.

—Gracias, señoría.

Pero mientras expresaba mi disculpa no pude evitar preguntarme qué me haría la jueza con una citación por desacato. ¿Meterme entre rejas? Ya estaba ahí. ¿Multarme? Buena suerte si cobraba de mí cuando no tenía ningún ingreso mientras combatía una acusación de asesinato.

—Continúe —ordenó la jueza—. Con cuidado.

–Señoría, la moción es clara –dije–. La fiscalía evidentemente tiene esta información y nosotros no la hemos recibido. Parece que es la práctica de la Oficina del Fiscal del Distrito retener las pruebas y no compartirlas a menos que la defensa las pida expresamente, y no es así como funciona. Esto es información vital sobre mi propiedad que necesito para defenderme, y la necesito ahora, señoría. No cuando a la acusación le parezca.

La jueza miró a Berg en busca de una respuesta y la fiscal ocupó el atril y bajó el pie del micrófono a su altura.

–Señoría, las suposiciones del señor Haller son completamente erradas –dijo–. La información que busca la adquirió el Departamento de Policía de Los Ángeles después de que se emitiera una orden de búsqueda que se tardó en escribir y ejecutar. El material que acompañaba esa búsqueda lo recibió mi oficina justo ayer y todavía no lo he revisado yo ni ningún miembro del equipo. Creo que las reglas de divulgación de pruebas me permiten al menos revisarlas antes de pasarlas a la defensa.

–¿Cuándo tendrá la defensa este material? –preguntó Warfield.

–Creo que mañana al final del día –dijo Berg.

–¿Señoría? –dije.

–Alto ahí, señor Haller –dijo Warfield–. Señora Berg, si no tiene tiempo para revisar el material, pídale a alguien que lo haga o entréguelo a ciegas. Quiero que se lo entregue a la defensa al final del día. Estoy hablando del día de hoy. Y me refiero a la jornada laboral. No a medianoche.

–Sí, señoría –dijo una escarmentada Berg.

–Señoría, todavía quiero que me escuchen –dije.

–Señor Haller, acabo de darle lo que ha pedido –dijo Warfield con impaciencia–. ¿Qué más hay que decir?

Me acerqué al atril mientras Berg se alejaba. Miré otra vez a la galería y vi a Kendall sentada junto a mi hija. Eso me dio seguridad. Volví a levantar el pie del micrófono.

–Señoría –empecé–, a la defensa le inquieta esta idea absurda de que las pruebas no deben compartirse hasta que se revisen. *Revisión* es una palabra amorfa, señoría. ¿Qué es una revisión? ¿Cuánto dura una revisión? ¿Dos días? ¿Dos semanas? ¿Dos meses? Pediría a esta sala que estableciera unas directrices claras sobre esto. Como sabe el tribunal, no he renunciado ni renunciaré a mi derecho a un juicio rápido y, por consiguiente, cualquier retraso en la transferencia de las pruebas deja a la defensa con mal pie.

–¿Señoría? –dijo Berg–. ¿Puedo tomar la palabra?

–No, señora Berg, no es preciso que tome la palabra –dijo Warfield–. Permítame que deje claras las reglas de divulgación de pruebas en esta sala. Se trata de una calle de doble sentido. Lo que entra tiene que salir. De inmediato. Sin retraso, sin revisiones indebidas. Lo que consigue la acusación lo tiene la defensa. Y al contrario: lo que consigue la defensa lo tiene la acusación. Sin retrasos. La penalización por el incumplimiento es la desautorización del material fuente de la queja. Recuérdelo. Ahora, ¿podemos abordar la causa para la que se organizó esta vista? La moción *in limine* presentada por el señor Haller para esencialmente no aceptar el cadáver en este caso. Señora Berg, recae en usted la carga de justificar un registro y una incautación sin orden. ¿Tiene algún testigo al que llamar en relación con este asunto?

–Sí, señoría –dijo Berg–. La acusación llama al agente Roy Milton.

Milton se levantó en la galería y pasó por la verja hacia el estrado de los testigos. Alzó la mano y le tomaron juramento. Después de sentarse y completar los preliminares de la identidad, Berg obtuvo la versión de Milton de mi detención.

–¿Está usted asignado a la Metro Division, agente Milton?

–Sí.

–¿Cuál es la jurisdicción de esa división?

–Bueno, supongo que podría decir que toda la ciudad.

–Pero, en la noche en cuestión, ¿estaba trabajando en el centro, en la calle Dos?

–Así es.

–¿Cuál era su asignación esa noche, agente Milton?

–Estaba en una asignación UPS y estaba apostado cerca de…

–Deje que lo pare aquí. ¿Qué es UPS?

–Unidad de Problemas Especiales.

–¿Y cuál era el problema especial que abordaba esa noche?

–Habíamos descubierto un aumento de los delitos en el centro cívico. Vandalismo, sobre todo. Teníamos localizadores en el centro y yo estaba en un coche de apoyo apostado justo en el perímetro de la zona. Estaba en la Dos con Broadway, controlando ambas calles.

–¿Controlando qué, agente Milton?

–Todo, cualquier cosa. Vi que el acusado salía del aparcamiento en Broadway.

–Así fue, ¿no? Hablemos de eso. Usted estaba parado, ¿no?

–Sí, había aparcado en la esquina sureste de la Dos. Tenía visión del túnel delante de mí y de Broadway a mi izquierda. Fue entonces cuando vi el vehículo que salía del aparcamiento de pago.

–¿Estaba asignado a esa posición o la escogió?

–Estaba asignado a esa ubicación general, la esquina superior del perímetro del centro cívico.

–Pero ¿su posición no lo ponía en un punto ciego? El edificio del *Los Angeles Times* bloquearía cualquier visión del centro cívico, ¿no?

–Como he dicho, teníamos localizadores dentro, observadores sobre el terreno en el centro cívico. Era una cuestión de contención. Yo estaba situado en una posición desde donde podía reaccionar a cualquiera que saliera del centro cívico por Broadway. O podía entrar en el perímetro si era necesario.

Paso a paso, la fiscal guio al agente a través del alto y la discusión conmigo en la parte de atrás de mi coche. Describió mi reticencia a abrir el maletero para ver si la placa de la matrícula estaba allí dentro y luego que vio la sustancia que goteaba del coche.

–Pensé que era sangre –dijo Milton–. En ese momento consideré que había circunstancias perentorias y que necesitaba abrir el maletero para ver si había alguien herido dentro.

–Gracias, agente Milton –dijo Berg–. No tengo nada más.

Se me entregó el testigo. Mi objetivo era dejar constancia de lo que esperaba que fuera útil en el juicio. Berg no se había molestado en mostrar ningún vídeo durante su interrogatorio, porque todo lo que necesitaba hacer era establecer circunstancias perentorias.

Pero el día anterior habíamos recibido de la fiscalía las versiones extendidas del vídeo de la cámara corporal y la del coche y las habíamos estudiado durante nuestra reunión de las tres en Twin Towers. Jennifer tenía la cinta de la cámara corporal preparada en su portátil y lista para utilizarla si era necesario.

Al acercarme al atril, retiré la goma de una imagen aérea del centro cívico que habíamos impreso y enrollado. Pedí permiso a la jueza para acercarme al testigo y desenrollé la foto delante de él.

–Agente Milton, veo que lleva un bolígrafo en el bolsillo –dije–. ¿Marcaría en esta fotografía la posición que ocupaba en la noche en cuestión?

Milton hizo lo que le solicité y le pedí que añadiera sus iniciales. Entonces recuperé la foto, la enrollé de nuevo, le puse la goma y pedí a la jueza que la admitiera como prueba documental A de la defensa. Milton, Berg y la jueza parecían un poco desconcertados por lo que acababa de hacer, pero eso estaba bien. Quería a Berg desconcertada por lo que estaba preparando la defensa.

Volví al estrado y pedí permiso al tribunal para reproducir los dos vídeos que se me habían entregado en divulgación de pruebas. La jueza dio su aprobación y usé a Milton para que autentificara e introdujera los vídeos. Los reproduje de principio a fin sin detenerme a hacer ninguna pregunta. Cuando terminaron, solo planteé dos.

—Agente Milton, ¿cree que esos vídeos ofrecen un relato preciso de sus acciones durante el alto? —pregunté.

—Sí, está todo en cinta —dijo Milton.

—¿Ve alguna indicación de que las cintas hayan sido alteradas o editadas de algún modo?

—No, está todo ahí.

Pedí a la jueza que aceptara los vídeos como pruebas documentales B y C de la defensa y Warfield aceptó.

Seguí adelante, una vez más dejando a la fiscal y la jueza desconcertadas por el registro que estaba construyendo.

—Agente Milton, ¿en qué momento decidió darme el alto?

—Cuando hizo el giro, me fijé en que no tenía matrícula en el vehículo. Es un movimiento común en golpes, así que lo seguí y di el alto cuando estábamos en el túnel de la calle Dos.

—¿Golpes, agente Milton?

—En ocasiones, cuando la gente va a cometer un delito quita la placa de la matrícula del coche para que los testigos no puedan coger el número.

—Entiendo. Pero en el vídeo que hemos visto parece que el vehículo en cuestión todavía tenía la matrícula delantera, ¿no es así?

—Sí.

—¿No contradice eso la teoría del golpe?

—En realidad, no. Los coches fugados por lo general se ven por detrás. Es la matrícula trasera la que es importante retirar.

—Está bien. ¿Me vio caminar por la calle desde el Redwood y girar a la derecha en Broadway?

–Sí.

–¿Estaba haciendo algo sospechoso?

–No, que yo recuerde.

–¿Pensó que estaba borracho?

–No.

–¿Y me vio entrar a pie en el aparcamiento?

–Sí.

–¿Le resultó sospechoso?

–En realidad, no. Iba vestido con traje y pensé que probablemente había aparcado allí.

–¿Sabía que el Redwood es un bar frecuentado por abogados de la defensa?

–No.

–¿Quién le dijo que me parara cuando salí del aparcamiento?

–Eh, nadie. Vi que faltaba la matrícula cuando giró desde Broadway hacia la Dos y dejé mi posición y di el alto.

–Con ello quiere decir que me siguió al túnel y luego encendió las luces, ¿no?

–Sí.

–¿Tenía conocimiento por anticipado de que iba a salir de ese aparcamiento sin matrícula trasera?

–No.

–¿No estaba en ese lugar específicamente para hacerme parar?

–No.

Berg se levantó y protestó, diciendo que estaba acorralando a Milton al plantearle la misma pregunta de diferentes formas. La jueza coincidió con ella y me dijo que continuara.

En el estrado, miré las notas que había escrito con tinta roja.

—No tengo más preguntas, señoría –dije.

La jueza parecía ligeramente confundida por mi interrogatorio y su abrupto final.

—¿Está seguro, señor Haller?

—Sí, señoría.

—Muy bien. ¿La acusación quiere interrogar al testigo?

Berg también parecía confundida por mi interrogatorio a Milton. Pensando que no había causado ningún daño, le dijo a la jueza que no tenía más preguntas. La jueza volvió a centrarse en mí.

—¿Tiene otro testigo, señor Haller?

—No, señoría.

—Muy bien. ¿Argumentos?

—Señoría, mi argumento está presentado.

—¿Nada más? ¿No quiere al menos conectar los puntos para nosotros después de su examen del testigo?

—Presentado, señoría.

—¿La acusación quiere argumentar?

Berg se levantó de la mesa y alzó las manos como para preguntar qué había que argumentar; luego dijo que continuaría con su respuesta por escrito a mi moción.

—Entonces, el tribunal está preparado para el fallo –dijo Warfield–. La moción se deniega y este tribunal está en receso.

La jueza había hablado con naturalidad. Oí susurros y noté la decepción entre los que estaban en la sala. Era como una estupefacción general entre los que estaban en la galería.

Pero yo estaba complacido. No quería ganar la moción. Quería talar el árbol de la acusación en el juicio y ganar el caso. Y acababa de dar el primer hachazo.

9

Entramos en la reunión de las tres en punto con buen ánimo, a pesar del entorno. No solo habíamos conseguido lo que queríamos hacer y poner en actas en la vista de la sala esa mañana, sino que tanto Jennifer como Cisco dijeron que tenían buenas noticias. Le dije a Jennifer que empezara.

–Bueno, ¿recuerdas a Andre La Cosse? –preguntó.

–Claro que sí –dije–. Mi mejor momento.

Era cierto. *El estado de California contra Andre La Cosse* podría acabar grabado en mi lápida al final de mis días. Era el caso del que estaba más orgulloso. Un hombre inocente con todo el peso del sistema judicial en contra acusado de asesinato al que puse en libertad. Y no fue solo un veredicto de no culpable; fue la más rara de todas las aves del sistema judicial. Era inocente con mayúsculas. Mi trabajo en el juicio así lo demostró. Hasta el punto de que el estado pagó los daños por su infracción al acusarlo.

–¿Qué pasa con él? –pregunté.

–Bueno, vio algo sobre tu caso en Internet y quiere ayudar –dijo Jennifer.

–¿Ayudar cómo?

–Mickey, ¿no lo entiendes? Le conseguiste un acuerdo millonario por acusación indebida. Quiere devolverte el favor. Llamó a Lorna y dijo que podía poner doscientos mil para la fianza.

Estaba un poco anonadado. Andre apenas sobrevivió al caso cuando estaba retenido en el mismo lugar que yo –Twin Towers– mientras estábamos en pleno juicio, y le negocié un acuerdo de compensación. Yo me llevé un tercio, pero habían pasado siete años de eso y lo había gastado hacía tiempo. Aparentemente, él había administrado mejor su dinero y estaba dispuesto a perder parte de lo que tenía para ponerme en libertad.

–Sabe que no lo recuperará, ¿no? –dije–. Doscientos mil por la borda. Eso es un buen pedazo del dinero que le conseguí.

–Lo sabe –dijo Jennifer–. Y no solo ha ahorrado el dinero; lo invirtió. Lorna dice que está metido en lo de las criptomonedas y dice que la compensación fue solo la semilla. Ha crecido. Mucho. Está ofreciendo los doscientos mil sin pedir nada a cambio. Quiero ir a pedir una vista de fianza. Si conseguimos que Warfield la rebaje a dos millones y medio o tres, como debería ser, sales de aquí.

Asentí. El dinero de Andre podía ser el diez por ciento de caución para la fianza. Pero había un gran problema.

–Es muy generoso por parte de Andre, pero no creo que sirva –dije–. Berg no va a darse la vuelta y a hacerse la dormida ante una reducción del sesenta por ciento de la fianza. Y creo que Warfield tampoco. Si Andre de verdad quiere participar, tal vez podemos hablar de usar su dinero para testigos expertos, pruebas documentales, y que todo el mundo cobre por las horas extras que está haciendo.

—No, jefe –dijo Cisco.

—Pensamos en eso –dijo Jennifer–. Y hay alguien más que quiere ayudar. Otro donante.

—¿Quién? –dije.

—Harry Bosch.

—Ni hablar –dije–. Es un poli retirado, por el amor de Dios. No puede…

—Mickey, le conseguiste una liquidación de un millón de dólares del ayuntamiento el año pasado y ni siquiera te quedaste una parte. Quiere…

—No me llevé una parte porque él podía necesitar ese dinero. Imaginad que agota su seguro y entonces lo necesita. Además, le preparé un fondo y Bosch lo puso allí.

—Mira, Mickey, puede sacarlo o pedir un préstamo a cuenta –insistió Jennifer–. La cuestión es que tienes que salir de aquí. No solo este sitio es peligroso, sino que estás perdiendo peso, no tienes buen aspecto y tu salud está en riesgo. ¿Recuerdas lo que decía *Legal* Siegel? «Parece un ganador y serás un ganador.» No pareces un ganador, Mickey. Puedes arreglarte los trajes, pero sigues pareciendo pálido y enfermo. Tienes que salir de aquí y ponerte en forma para el juicio.

—En realidad decía: «Actúa como un ganador y serás un ganador».

—No importa. Es lo mismo. Esta es tu oportunidad. Esta gente ha acudido a nosotros. No hemos ido a buscarlos. De hecho, Andre ha dicho que ha venido porque te vio en la tele en la última vista y eso le recordó cuando estuvo allí.

Asentí. Sabía que tenía razón. Pero odiaba aceptar el dinero, especialmente de Bosch, mi hermanastro, porque sabía que lo necesitaba para otras cosas.

—No solo eso, también tienes que ir a casa por Navidad y ver a tu hija —dijo Jennifer—. Esta idea de que no te visite aquí le está haciendo tanto daño a ella como a ti.

Me ganó con su argumento final. Echaba de menos a mi hija, echaba de menos su voz.

—Está bien, te escucho —dije.

—Bien —dijo Jennifer.

—Creo que podríamos rebajar la fianza a tres millones —dije—. Pero probablemente nada más.

—Podemos cubrir tres millones —dijo Jennifer.

—Está bien, prepáralo —dije—. No des ninguna pista de que podemos llegar a tres millones. Quiero que Berg piense que vamos pidiendo limosna. Pensará que bajar la fianza un par de millones todavía me mantendrá probablemente entre rejas. Pedimos un millón y ella acepta dos o tres.

—Bien —dijo Jennifer.

—Y una última cosa —dije—. ¿Estás segura de que Harry y Andre se han ofrecido voluntariamente? ¿No ha sido al revés?

Jennifer se encogió de hombros y miró a Cisco.

—Palabra de *scout*, jefe —dijo—. Esto es cosa directamente de Lorna.

Busqué alguna señal de engaño y no vi nada. Pero me di cuenta de que algo molestaba a Jennifer.

—¿Qué pasa, Jennifer? —pregunté.

—Bajo fianza, ¿qué pasa si la jueza impone vigilancia como parte del trato? —preguntó—. Una tobillera. ¿Podrías vivir con eso?

Lo pensé un momento. Sería la invasión definitiva, que el estado monitorizara todos mis movimientos mientras construía mi defensa. Pero recordé lo que había dicho Jennifer de pasar tiempo con mi hija.

–No lo ofrezcas –dije por fin–, pero si surge como parte del trato lo aceptaré.

–Bien –dijo Jennifer–. Presentaré la moción en cuanto salgamos de aquí. Si tenemos suerte, estaremos delante de la jueza mañana y estarás en casa el fin de semana.

–Suena bien –dije.

–Hay otra cosa sobre Harry Bosch –dijo Jennifer.

–Qué.

–Dijo que también quiere ayudar con la defensa, si lo aceptamos.

Eso fue motivo de vacilación. Siempre había existido cierta fricción leve entre Cisco y Bosch que surgía de sus orígenes como investigadores. Bosch ya estaba retirado, pero era policía. Cisco había estado del lado de la defensa desde el principio. Poner a Bosch a bordo podría ser extremadamente útil por su experiencia y sus conexiones. También podría acabar con la química de mi equipo. No tuve que ponderar mucho la oferta antes de que Cisco terminara con mi incertidumbre.

–Lo necesitamos –dijo Cisco.

–¿Estás seguro? –pregunté.

–Que venga –dijo.

Sabía lo que estaba haciendo. Estaba dejando de lado toda fricción o animosidad por mí. Si se hubiera tratado de cualquier otro caso, habría dicho que no necesitábamos a Bosch y, probablemente, sin equivocarse. Pero con mi vida y mi libertad en juego Cisco quería cualquier posible ventaja que pudiéramos obtener.

Asentí para expresar mi agradecimiento y miré a Jennifer.

—Sácame de aquí primero —dije—. Luego nos reuniremos con Bosch. Asegúrate de que tenga todo el archivo de pruebas compartidas, sobre todo las fotos de la escena del crimen. Es muy bueno con eso.

—Estoy en ello —dijo—. ¿Está en tu lista de visitantes aquí?

—No, pero puedo añadirlo —dije—. Puede que ya haya tratado de visitarme.

Cambié mi foco a Cisco.

—Está bien, hombretón, ¿qué tienes? —pregunté.

—Tengo el informe completo de la autopsia de un tipo de la oficina del forense —dijo—. Te va a gustar el informe toxicológico.

—Cuéntame.

—Sam Scales tenía flunitrazepam en la sangre. Es lo que sale en el informe. Si buscas en Google, te sale Rohypnol.

—La droga de la violación —añadió Jennifer.

—Vale —dije—. ¿Qué cantidad había en su sangre?

—La suficiente para tumbarlo —respondió Cisco—. No estaba consciente cuando dispararon contra él.

Me gustó el uso del plural de Cisco. Significaba que estaba plenamente de acuerdo con la teoría de que me habían tendido una trampa, y seguramente más de una persona.

—Entonces, ¿qué nos dice esto sobre cuándo recibió la dosis? —pregunté.

—Todavía no estoy seguro —dijo Cisco.

—Jennifer, vamos a necesitar un experto para el juicio —dije—. Uno bueno. ¿Puedes ocuparte de eso?

—Me pongo —dijo.

Pensé en todas las cosas un momento antes de continuar.

–No estoy seguro de que vaya a ayudarnos, en realidad –dije–. La posición de la acusación será que yo se lo administré; luego lo rapté y lo llevé a la casa. Todavía necesitamos ponernos con Sam Scales y con dónde estaba y qué estaba haciendo.

–Me encargo –dijo Cisco.

–Bien –dije–. Hablemos ahora del garaje. ¿Lorna consiguió que Wesley lo mirara?

Wesley Brower era el instalador que había usado para sustituir el mecanismo de emergencia de la puerta del garaje. Eso ocurrió siete meses antes, durante la temporada de incendios, cuando una bajada de potencia dejó mi casa sin electricidad. No podía abrir la puerta del garaje y tenía que estar en el tribunal por una sentencia. Hacía mucho que había perdido la llave del mecanismo de apertura de emergencia. Llamé a Brower para que abriera la puerta del garaje y descubrió que el mango con llave del mecanismo de elevación estaba lleno de óxido. Aun así, consiguió abrir la puerta y llegué al tribunal, aunque tarde. Al día siguiente, Brower volvió y me instaló un sistema de apertura de emergencia nuevo.

Si mi defensa iba a asegurar que me habían tendido una trampa, entonces tendría que explicar en el juicio cómo se produjo esa trampa. Y eso empezaría por cómo el verdadero asesino o asesinos entró o entraron en mi garaje para meter a Sam Scales en el maletero de mi coche y luego disparar. Había dicho a mi equipo que pidiera a Wesley Brower que revisara el mecanismo de apertura para ver si se había manipulado recientemente.

Jennifer respondió a mi pregunta levantando una mano y moviéndola de un lado a otro para decir que tenía buenas y malas noticias.

—Lorna llevó a Brower al garaje y él revisó el mecanismo de emergencia —dijo—. Determinó que lo habían manipulado, pero no sabía cuándo. Pusiste el nuevo en julio, así que lo único que puede decir es que alguien ha abierto desde entonces.

—¿Cómo lo sabe? —pregunté.

—El que lo hizo volvió a montarlo después de abrir la puerta. Pero no lo hizo como lo dejó él en julio. Así que sabe que se abrió, pero no puede testificar cuándo. No sirve, Mickey.

—Maldita sea.

—Lo sé, pero no teníamos muchas esperanzas.

Las buenas sensaciones con las que habíamos empezado la reunión se estaban disipando.

—Bueno, ¿cómo vamos con la lista de sospechosos? —pregunté.

—Lorna sigue trabajando en eso —dijo Jennifer—. Has tenido un montón de casos en los últimos diez años. Todavía queda mucho por revisar. Le dije que trabajaría con ella este fin de semana, y con suerte habrás salido de aquí y también podrás participar.

Asentí.

—Hablando de eso, probablemente deberías irte si tienes que presentar algo hoy —dije.

—Estaba pensando lo mismo —dijo Jennifer—. ¿Algo más?

Me incliné sobre la mesa para hablar en voz baja a Jennifer, por si a la cámara cenital le habían crecido orejas.

—Te llamaré cuando consiga un móvil en el módulo —dije—. Quiero hablar de Baja y quiero que lo grabes. ¿Podrás hacerlo?

—No hay problema. Tengo una aplicación.

—Bien. Hablamos después.

10

Pasó casi una hora antes de que me devolvieran al módulo. Encontré a Bishop en una de las mesas jugando al dominó con un recluso llamado Filbin. Me dedicó su saludo habitual.

–Abogado –dijo.

–Bishop, pensaba que tenías tribunal hoy –contesté.

–Yo también lo pensaba hasta que mi abogado lo pospuso. El cabrón cree que estoy en el puto Ritz.

Me senté, puse mis documentos en la mesa y miré a mi alrededor. Un montón de tipos estaban fuera de su celda, moviéndose por la sala comunitaria. El módulo tenía dos teléfonos montados en la pared, bajo las ventanas de espejo de la torre. Podías hacer una llamada a cobro revertido o usar una tarjeta telefónica de las que se vendían en la cantina de la prisión. En ese momento, los dos teléfonos se estaban usando y cada uno tenía una cola de tres hombres. Las llamadas se cortaban a los quince minutos. Eso significaba que si me ponía en la cola conseguiría un teléfono en aproximadamente una hora.

No vi a Quesada en mi revisión de la sala comunitaria. Entonces vi que la puerta de su celda estaba cerrada. Todos los hombres del módulo estaban en régimen de alejamiento, pero estar encerrado en una celda en un módulo de régimen de alejamiento estaba reservado para aquellos reclusos que, o bien se hallaban en peligro inminente, o eran muy valiosos para una acusación.

–¿Quesada está encerrado? –dije.

–Desde esta mañana –dijo Bishop.

–Chivato –dijo Filbin.

Casi sonreí. Llamar chivato a alguien del módulo de alejamiento era un poco como que la sartén le diga al cazo «apártate que me tiznas». Ser confidente era el motivo más común para segregar a la gente en el módulo. Por lo que sabía, Filbin también lo era. No tenía la costumbre de preguntar a los compañeros reclusos por qué estaban allí ni por qué permanecían en régimen de alejamiento. No tenía ni idea de por qué Bishop estaba en el módulo y nunca se lo preguntaría. Meter las narices en los asuntos ajenos podía tener consecuencias en un lugar como Twin Towers.

Los vi jugar hasta que Bishop ganó la partida; Filbin se levantó y caminó hacia la escalera que conducía a la segunda planta de celdas.

–¿Quieres jugar, abogado? –preguntó Bishop–. Diez centavos el punto.

–No, gracias –dije–. No apuesto.

–Vaya, eso sí que no cuela. Estás apostando tu vida ahora mismo estando aquí con criminales.

–Hablando de eso, podría salir pronto.

–¿Sí? ¿Estás seguro de que quieres dejar este lugar maravilloso?

–Tengo que hacerlo. He de preparar mi caso y aquí no puedo. De todos modos, solo te lo digo porque quiero que sepas que cumpliré mi trato. Pagaré hasta el final de mi juicio.

–Eso es de blanco poderoso.

–Lo digo en serio. Me has hecho sentir a salvo, Bishop, y lo agradezco. Cuando salgas, deberías buscarme. Podría tener algo para ti. Algo legítimo.

–¿Como qué?

–Como conducir. ¿Tienes carnet de conducir?

–Puedo conseguir uno.

–¿Auténtico?

–Más auténticos no hay. ¿Conducir qué? ¿A quién?

–A mí. Trabajo desde mi coche y necesito un chófer. Es un Lincoln.

Mi anterior chófer había estado trabajando para pagar la deuda de su hijo por mi representación y le faltaba una semana para saldarla cuando me detuvieron. Si salía, necesitaría un chófer nuevo, y no era ciego a lo que Bishop podía aportar en términos de intimidación y seguridad además del trabajo de conducir.

Miré los teléfonos otra vez. La cola se había reducido a dos personas. Sabía que tenía que ponerme en la cola antes de que subiera a tres otra vez. Me incliné cerca de Bishop y violé mi propia regla de no meterme en los asuntos ajenos.

–Bishop, pongamos que quieres entrar en el garaje de la casa de alguien. ¿Cómo lo harías?

–¿En qué casa?

–Es hipotético. Cualquier casa. ¿Cómo lo harías?

–¿Qué te hace pensar que entraría en una casa?

–No lo pienso. Es una hipótesis y estoy usando tu cerebro. Y se trata de entrar en un garaje, no en una casa.

–¿Hay ventanas o puerta lateral?

–No, solo una puerta doble de garaje.

–¿Tiene una de esas manetas para casos de emergencia?

–Sí, pero necesitas una llave.

–No. Esas manetas se petan con un destornillador plano.

–¿Con un destornillador? ¿Estás seguro?

–Estoy seguro. Conocí a un tipo especializado en eso. Conducía y petaba garajes a todas horas. Pillaba coches, herramientas, cortacéspedes…, cualquier cosa que se pudiera vender.

Asentí y miré los teléfonos. En un teléfono solo había un hombre esperando. Me levanté.

–Tengo que usar el teléfono, Bishop –dije–. Gracias por la info.

–Claro, tío.

Me acerqué a los teléfonos y me puse detrás del único que estaba esperando justo cuando el hombre delante de él colgó enfadado y dijo:

–Jódete, zorra.

Se alejó y el siguiente hombre se acercó al teléfono. Mi espera terminó siendo de menos de dos minutos, porque el hombre de delante de mí llamó a cobro revertido y la llamada, o bien no fue respondida, o el receptor se negó a aceptar los cargos. Se alejó y yo me acerqué y dejé mis papeles encima de la caja del teléfono. Marqué el número de Jennifer para llamar a cobro revertido. Mientras esperaba a que la voz electrónica le dijera que estaba recibiendo una llamada a cobro revertido desde la prisión del condado, estudié el cartel de la pared: LLAMADAS MONITORIZADAS.

Jennifer aceptó.

–Mickey –dijo.

–Jennifer. Espera, tengo que anunciar algo. Soy Michael Haller, defensor *pro se*, hablando con su codefensora, Jennifer Aronson, bajo privilegio. Esta llamada no debe ser monitorizada.

Esperé un momento, presumiblemente para que quien estuviera escuchando pasara a la llamada de otro recluso.

–Vale –dije–. Solo quiero ver cómo va. ¿Lo has presentado?

–Sí. Han salido las notificaciones. Con suerte, tendremos una vista mañana.

–¿Tú y Cisco habéis preparado lo de Baja?

–Ah, sí… Está listo.

–¿Todo? ¿El viaje y lo demás?

–Sí, todo.

–Bien. ¿Y el dinero está preparado?

–Sí.

–¿Y el tipo? ¿Confías en él?

Hubo una pausa. Supuse que Jennifer se estaba dando cuenta de lo que estaba haciendo con la llamada.

–Completamente –dijo por fin–. Lo tiene dominado.

–Bien –dije–. Solo voy a tener una oportunidad.

–¿Y si te hacen llevar tobillera?

Jennifer lo había captado rápido. Su mención de la tobillera era oro puro.

–No será un problema –dije–. Podemos tirar de ese tipo que usó Cisco una vez. Sabrá qué hacer.

–Bien –dijo Jennifer–. Me había olvidado de él.

Hubo otra pausa mientras yo pensaba en cómo terminar.

–Entonces, tendrás que bajar para ir a pescar conmigo –dije.

–Tendré que refrescar mi español –dijo Jennifer.

–¿Alguna cosa más de la que tengamos que hablar?

–La verdad es que no.

–Vale. Supongo que lo único que puedo hacer es esperar a la vista. Te veo entonces.

Colgué el teléfono y me aparté del hombre que había estado haciendo cola detrás de mí. Bishop ya no estaba en la mesa donde habíamos hablado. Subí la escalera a la segunda planta y estaba a medio camino de mi celda cuando me acordé de mis papeles. Cuando volví a los teléfonos, mis documentos ya no estaban.

Le di un golpecito en el hombro al hombre que estaba al teléfono. Se volvió hacia mí.

–Mis papeles –dije–. ¿Dónde están?

–¿Qué? –dijo–. No tengo tus putos papeles.

Empezó a volverse hacia el teléfono.

–¿Quién los ha cogido? –dije.

Le di un golpe en la espalda otra vez y se volvió enfadado hacia mí.

–No sé quién se los ha llevado, hijo de puta. Aléjate de mí.

Me volví y examiné la sala comunitaria. Había varios reclusos moviéndose por la sala o sentados delante de una pantalla de televisión situada en lo alto. Miré las manos o lo que había debajo de las sillas. No vi mis papeles en ninguna parte.

Mi atención pasó a las celdas, al piso inferior primero y luego al segundo nivel. No vi a nadie haciendo nada sospechoso.

Pasé a un lugar situado debajo del espejo de la torre. Moví las manos para captar la atención. Al final se oyó una voz procedente del altavoz debajo del cristal.

–¿Qué pasa?

–Alguien se ha llevado mis documentos legales.

–¿Quién?

–No lo sé. Los he dejado en los teléfonos y al cabo de dos minutos ya no estaban.

–Tienes que cuidar tus pertenencias.

–Lo sé, pero alguien se los ha llevado. Soy *pro se* y necesito los documentos. Tiene que registrar el módulo.

–Para empezar, no me digas lo que tenemos que hacer. Y en segundo lugar, eso no va a pasar.

–Voy a informar a la jueza de esto. No le va a hacer gracia.

–No puedes verme, pero estoy temblando.

–Mire, necesito encontrar esos documentos. Son importantes para mi caso.

–Entonces supongo que deberías haberlos cuidado mejor.

Me limité a mirar al espejo unos segundos antes de darme la vuelta y dirigirme a mi celda. Supe en ese momento que, costara lo que costase, tenía que salir de ahí.

11

Martes, 10 de diciembre

Dana Berg argumentó que necesitaba tiempo para preparar su oposición a la moción de reducción de fianza presentada por Jennifer Aronson. Eso significaba que iba a pasar otro fin de semana y algo más en mi celda de Twin Towers. Esperé el martes igual que un hombre en aguas infestadas de tiburones espera la cuerda que finalmente lo ponga a salvo.

Comí lo que esperaba que fuera mi último menú de sándwich de Bolonia y manzana en el furgón al edificio del tribunal penal y luego empecé mi lento ascenso a través del calabozo vertical del tribunal hasta la celda de la novena planta, situada junto a la sala de la jueza Warfield. Me llevaron allí poco antes de que tuviera que empezar mi vista de las diez en punto, así que no hubo oportunidad de hablar con Jennifer antes. Me dieron mi traje y me cambié. Ya me lo habían arreglado una vez y volvía a quedarme suelto en la cintura, y esa era básicamente mi forma de medir lo que me había provocado la encarcelación. Me estaba ajustando la corbata cuando el agente de la sala me dijo que era hora de ir al tribunal.

La galería estaba más llena de lo habitual. Las periodistas estaban en la misma fila que ocupaban siempre, y también vi a mi hija y a Kendall Roberts, así como a mis futuros benefactores, Harry Bosch y Andre La Cosse, dos hombres que no podían ser más diferentes, pero que estaban sentados juntos y listos para repartir sus ahorros conmigo. A su lado se sentaba Fernando Valenzuela, el fiador, listo para efectuar la transacción si lográbamos el favor de la jueza. Había trabajado con Valenzuela de manera intermitente durante dos décadas y en ocasiones había jurado que no volvería a utilizarlo, igual que él había jurado en ocasiones que nunca se ocuparía de sacar bajo fianza a ninguno de mis clientes. Pero ahí estaba, aparentemente dispuesto a dejar pasar agravios y aceptar los riesgos de presentar una fianza por mí.

Sonreí a mi hija y le hice un guiño a Kendall. Justo cuando estaba a punto de volverme hacia la mesa de la defensa, vi que se abría la puerta del tribunal y entraba Maggie McPherson. Ella examinó la galería, vio a nuestra hija y se situó a su lado. Hayley ahora estaba sentada entre Maggie y Kendall, que no se habían conocido. Estaba haciendo las presentaciones cuando ocupé mi asiento al lado de Jennifer en la mesa de la defensa.

−¿Has pedido a Maggie McFierce que esté aquí? −susurré.

−Sí −dijo Jennifer.

−¿Por qué lo has hecho?

−Porque es fiscal y si dice que no vas a huir eso tendrá mucho peso con la jueza.

−Y también mucho peso con sus jefes. No deberías ponerle esa presión a…

−Mickey, mi trabajo aquí hoy es sacarte de prisión. Voy a usar todas las herramientas que tenga en mis manos, y tú también.

Antes de que pudiera responder, Chan, el secretario del tribunal, llamó al orden en la sala. Al cabo de un segundo, la jueza Warfield pasó por la puerta de detrás del puesto del secretario y subió con rapidez las escaleras hasta el estrado.

–De nuevo en actas en *California contra Haller* –empezó Warfield–. Tenemos una moción de reducción de fianza. ¿Quién argumentará por la defensa?

–Yo lo haré –dijo Jennifer, levantándose de la mesa de la defensa.

–Muy bien, señora Aronson –dijo Warfield–. Tengo la moción aquí delante. ¿Tiene más argumentos antes de que escuchemos a la acusación?

Jennifer se acercó al atril con una libreta y una pila de documentos para distribuir.

–Sí, señoría –dijo–. Además de los casos mencionados en los documentos remitidos, tengo aquí jurisprudencia adicional que apoya la reducción de la fianza. No se han presentado cargos como un caso con circunstancias atenuantes o agravantes y en ningún momento la fiscalía ha insinuado en alegato que el señor Haller sea un riesgo para la comunidad. En cuanto al riesgo de fuga, el acusado no ha demostrado desde su detención nada salvo la absoluta intención de combatir su acusación y exonerarse, a pesar de este intento sin fundamento de obstaculizar su defensa *pro se* manteniéndolo encerrado e incapacitado para preparar plenamente su caso. En pocas palabras, la acusación quiere mantener al señor Haller en prisión preventiva porque tiene miedo y quiere ir a juicio sobre un campo de juego inclinado.

La jueza esperó un momento para ver si había más. Berg se levantó de su sitio junto a la mesa de la acusación y esperó su turno.

–Además, señoría –continuó Jennifer–, tengo aquí varios testigos que están dispuestos a testificar, si es necesario, sobre la personalidad del señor Haller.

–Estoy segura de que no será necesario –dijo Warfield–. ¿Señora Berg? Veo que está esperando para responder.

Berg se acercó al atril en cuanto Jennifer lo dejó libre.

–Gracias, señoría –dijo–. La acusación se opone a reducir la fianza en este caso, porque el acusado tiene medios y motivo para huir. Como bien sabe el tribunal, estamos hablando de un asesinato, la víctima del cual fue hallada en el maletero del coche del acusado. Y las pruebas muestran con claridad que el asesinato se ejecutó en el garaje del acusado. De hecho, señoría, las pruebas en este caso son abrumadoras, y eso da al acusado muchos motivos para huir.

Jennifer protestó por la caracterización que hizo Berg de las pruebas y por el hecho de presumir cuál era mi estado de ánimo. La jueza advirtió a Berg que se contuviera de tales especulaciones y continuara.

–Además, señoría –dijo Berg–, el estado está considerando añadir una alegación de circunstancias especiales a la acusación en este caso, que haría irrelevante la cuestión de la fianza.

Jennifer se levantó de un salto.

–¡Protesto! –exclamó.

Sabía que esa sería la línea de batalla. Una alegación de circunstancias especiales –asesinato por encargo o ganancia económica– llevaría el caso al nivel de no fianza.

–El argumento de la letrada es absurdo –protestó Jennifer–. No solo no hay ninguna circunstancia especial que pueda ser de aplicación en este caso, sino que la moción de la defensa se presentó la semana pasada, y si la acusación estaba considerando una alegación de circunstancia especial válida, ya debería haberse añadido. La fiscalía está soltando humo con la esperanza de impedir al tribunal que proporcione al señor Haller su derecho a fianza.

La mirada de Warfield pasó de Jennifer a Berg.

—La abogada de la defensa tiene un buen argumento —dijo la jueza—. ¿Cuál es la alegación de circunstancia especial que el estado está supuestamente considerando?

—Señoría, la investigación de este crimen sigue en curso y estamos recabando pruebas de un motivo económico —dijo Berg—. Y, como bien sabe el tribunal, un asesinato con motivación económica es una circunstancia especial.

Jennifer extendió las manos con gesto de enfado.

—Señoría —dijo—, ¿de verdad la Oficina del Fiscal del Distrito está pidiendo que se establezca una fianza con base en pruebas que puedan encontrarse en el futuro? Esto es increíble.

—Increíble o no, este tribunal no va a considerar lo que pueda deparar el futuro para tomar decisiones en el presente —dijo Warfield—. ¿Ambas partes han concluido?

—Concluido —dijo Jennifer.

—Un momento, señoría —dijo Berg.

Observé que se agachaba para hablar con su segundo, un abogado joven que llevaba pajarita. Tenía muy claro de qué estaban hablando.

Warfield se puso impaciente.

—Señora Berg, ha pedido tiempo para preparar esto y se lo he concedido. No debería haber ninguna necesidad de un aparte con su colega. ¿Está lista para presentar?

Berg se enderezó y miró a la jueza.

–No, señoría –dijo ella–. La fiscalía cree que el tribunal debería ser consciente de que hay una investigación en curso en relación con un plan del acusado para huir a México si se lo dejara en libertad bajo fianza.

Jennifer se levantó.

–Señoría –protestó–. ¿Más alegaciones infundadas? La acusación está tan desesperada por mantener a este hombre en prisión que se inventa una investigación para…

–Señoría –dije al tiempo que me levantaba–. ¿Se me permite dirigir esta alegación?

–En un momento, señor Haller –dijo Warfield–. Señora Berg, será mejor que sea bueno. Cuénteme más sobre el supuesto plan de huir del país.

–Señoría, lo único que sé es que un informador confidencial de la prisión donde se aloja al señor Haller reveló a los investigadores que el acusado estaba hablando abiertamente de un plan para cruzar la frontera y huir si conseguía la fianza. El plan contempla eludir una vigilancia electrónica si el tribunal la incluye como requisito para una reducción de fianza, y la codefensora es plenamente consciente de eso. El acusado llegó al extremo de invitarla a ir a pescar.

–¿Qué dice sobre eso, señor Haller? –preguntó Warfield.

–Señoría, el argumento de la acusación es falso por distintos motivos, empezando por el supuesto informador confidencial –dije–. No hay ningún informador confidencial. Solo hay agentes de prisión que escuchan conversaciones privilegiadas y luego las pasan a la acusación como información de inteligencia.

—Eso es una acusación seria, señor Haller —dijo Warfield—. ¿Le importa iluminarnos con su conocimiento?

La jueza hizo un gesto hacia el estrado y me acerqué.

—Señoría, gracias por la oportunidad de llevar esta cuestión al tribunal —empecé—. Llevo seis semanas encarcelado en Twin Towers. Elegí actuar *pro se* y defenderme a mí mismo con la ayuda de mi colega, la señora Aronson. Eso supone reuniones con mi equipo en la prisión, así como llamadas desde los teléfonos comunitarios del módulo K10. Esas reuniones y llamadas no deben monitorizarse en modo alguno por la policía ni por nadie. Se supone que ese privilegio es sacrosanto.

—Espero que vaya al grano pronto, señor Haller —me interrumpió la jueza.

—Llego enseguida, señoría —respondí—. Como he dicho, el privilegio es sacrosanto. Pero empecé a sospechar que ese no era el caso en Twin Towers y que de alguna manera lo que decía en mis reuniones y llamadas telefónicas a mi colega y mi investigador estaba llegando a la fiscalía y a la señora Berg. Así que, señoría, preparé un pequeño test para probar o descartar mi teoría. En una llamada telefónica con mi colega, anuncié que estaba estableciendo una llamada con mi abogada bajo privilegio y declaré que la llamada no debía ser monitorizada. Pero lo fue. Y elaboré una historia que acaba de salir de los labios de la señora Berg casi al pie de la letra.

Berg se levantó para hablar y yo hice un gesto con la mano para indicarle que era su turno. Quería que respondiera, porque entonces la colgaría con sus propias palabras.

—Señoría —empezó Berg—, hablando de cosas increíbles, el plan del acusado para huir se ha revelado en este tribunal, y su respuesta es decir que estaba bromeando, que solo estaba haciendo una prueba para ver si alguien estaba escuchando. Eso es una confirmación, señoría, y suficiente razón para no reducir la fianza en este caso, sino para elevarla.

—¿Esto significa que la letrada de la acusación reconoce haber escuchado la llamada privilegiada? —pregunté.

—No significa nada parecido —repuso Berg.

—¡Disculpe! —bramó la jueza—. Soy la jueza aquí y yo haré las preguntas, si no le importa.

Hizo una pausa y nos fulminó con la mirada, primero a mí y luego a Berg.

—¿Cuándo se produjo exactamente esa llamada, señor Haller? —preguntó.

—Hacia las cinco y cuarenta de la tarde del jueves —respondí.

Warfield cambió su foco a Berg.

—Me gustaría escuchar esa llamada telefónica —dijo—. ¿Es eso posible, señora Berg?

—No, señoría —dijo Berg—. Las llamadas privilegiadas son privilegiadas. No se escuchan en tanto en cuanto se determina que son conversaciones protegidas con abogados u otras personas amparadas por las reglas de privilegio. Las llamadas luego se destruyen. Por eso no es posible confirmar ni refutar la alegación descabellada del letrado, y lo sabe.

—No es cierto, señoría —dije.

Warfield me miró a mí con los ojos entrecerrados.

–¿Qué está diciendo, señor Haller? –preguntó.

–Estoy diciendo que hicimos un test –dije–. La señora Aronson grabó la llamada y esa grabación está disponible para este tribunal ahora mismo.

La sala se quedó momentáneamente sin aire cuando Berg recalculó.

–Señoría, voy a oponerme a cualquier reproducción –dijo–. No hay forma de validar su legitimidad.

–Disiento, señoría –dije–. La cinta empieza con el anuncio de la recepción de una llamada a cobro revertido desde el sistema judicial, y, lo que es más importante, va a escuchar las palabras exactas y la historia que la señora Berg acaba de revelar al tribunal. Si fuera una cinta falsa, ¿cómo iba a saber exactamente lo que ella iba a decir en esta sala?

Warfield registró eso un momento antes de responder.

–Vamos a escuchar la cinta –dijo.

–Señoría –dijo Berg con un pánico creciente en la voz–, la acusación prot...

–No ha lugar –dijo Warfield–. He dicho que vamos a escuchar la cinta.

Jennifer se acercó con su teléfono móvil, lo colocó en el atril e inclinó el pie del micrófono hacia él antes de pulsar el botón de reproducción en la aplicación de grabación.

Sin que yo se lo pidiera, Jennifer había sido lo bastante lista para grabar la llamada desde el principio, incluida la voz electrónica que decía que estaba recibiendo una llamada a cobro revertido desde la prisión del condado de Los Ángeles. Cuando la llamada terminó, ella había añadido su propia etiqueta, anunciando que la llamada había sido un test para ver si las autoridades del condado de Los Ángeles estaban violando mis derechos privilegiados.

La llamada era convincente. Quería ver la reacción de Berg, pero no podía apartar la mirada de la jueza. Su cara pareció oscurecerse al escuchar las partes de la conversación que según Berg procedían de un informador.

Cuando la cinta terminó con el anuncio de Jennifer, pregunté a la jueza si quería escucharla otra vez. Dijo que no; luego se tomó un momento para tranquilizarse y calmar su respuesta verbal. Como antigua abogada de defensa, probablemente siempre había tenido motivos para sospechar de la monitorización de las llamadas de los clientes encarcelados a los abogados.

–¿Puedo dirigirme al tribunal? –dijo Berg–. No escuché esa llamada. Lo que he presentado al tribunal era la verdad como se me contó. La unidad de inteligencia en prisión del sheriff proporcionó un informe que me daba la información y dijo que procedía de un informante. No he mentido ni engañado al tribunal intencionadamente.

–Que la crea o no –dijo Warfield– no importa. Se ha cometido una intrusión grave en los derechos de este acusado y eso tiene consecuencias. Habrá una investigación y surgirá la verdad. Entretanto, estoy lista para fallar sobre la moción de la defensa en cuanto a la fianza. ¿Algún otro argumento, señora Berg?

–No, señoría –dijo Berg.

–Lo suponía –dijo la jueza.

–¿Puedo tomar la palabra, señoría? –pregunté.

–No hay necesidad, señor Haller, no hay necesidad.

12

Un pequeño grupo de amigos, colegas y seres queridos estaban allí para recibirme cuando salí por la puerta de liberación de reclusos de Twin Towers. Irrumpieron en vítores y aplausos en cuanto aparecí. Los medios también estaban presentes y me filmaron cuando recorrí la fila, dando abrazos y estrechando manos. Fue embarazoso, pero me sentí bien al mismo tiempo. Estaba respirando aire en libertad otra vez y quería regocijarme en eso. Uno de mis Lincoln estaba aparcado junto a la acera, listo para ponerme en marcha; evidentemente, no el mismo en el que habían asesinado a Sam Scales.

Harry Bosch y Andre La Cosse estaban los últimos en la fila de los que querían desearme lo mejor. Les di las gracias a los dos por estar dispuestos a responder por mí y también por aportar su dinero.

–Nos ha salido barato –dijo Bosch.

–Lo has hecho perfectamente en el tribunal –añadió La Cosse–. Como de costumbre.

–Bueno –dije–. Veinticinco mil por cabeza sigue siendo un montón de dinero, a mi entender, y os lo devolveré antes de lo que pensáis.

Ambos hombres habían accedido generosamente a entregar hasta doscientos mil dólares cada uno para pagar el diez por ciento de la caución. Pero la jueza Warfield estaba tan enfadada por la evidente escucha de mis llamadas desde la prisión que rebajó la fianza de cinco millones a quinientos mil dólares como castigo por la mala praxis. Por desgracia, también me ordenó llevar una tobillera, pero eso no empañaba la noticia de que mis dos patrocinadores solo habían tenido que aportar una fracción de lo que habían ofrecido.

Era un gran día en todos los sentidos. Era libre.

Me llevé a Andre a un aparte un momento.

—Andre, no tenías que hacer esto —dije—. Quiero decir, Harry es mi hermanastro. Es una cuestión de sangre, pero tú eres un cliente y detesto aceptar el dinero que te ganaste con tu propia sangre.

—Sí —dijo—. Tenía que hacerlo. Quería hacerlo.

Asentí para expresar mi agradecimiento y le estreché la mano. Al hacerlo, se acercó Fernando Valenzuela. Se había perdido la parte de las felicitaciones.

—Oye, no me dejes atrás, Haller —dijo.

—Val, mi hombre —dije.

Chocamos los puños.

—Cuando he escuchado en la sala esa mierda sobre México he pensado que qué cojones —dijo Valenzuela—. Pero luego, tío, lo tenías grabado. Buen número.

—No era ningún número, Val —dije—. Tenía que salir.

—Y ahora aquí estás. Te estaré vigilando.

—Estoy seguro de que lo harás.

Valenzuela se alejó y los otros volvieron a rodearme. Busqué a Maggie, pero no la vi. Lorna preguntó qué quería hacer.

—¿Reunirte con el equipo? ¿Estar solo? ¿Qué? —preguntó.

–¿Sabes lo que quiero? –dije–. Quiero meterme en ese Lincoln, abrir todas las ventanas y conducir hasta la playa.

–¿Puedo ir? –preguntó Hayley.

–¿Yo también? –añadió Kendall.

–Claro –dije–. ¿Quién tiene las llaves?

Lorna me las puso en la mano. Luego me entregó un teléfono.

–La policía todavía tiene el tuyo –dijo–. Pero creemos que tenemos todos tus contactos y direcciones de correo en este.

–Perfecto –dije.

Entonces me agaché y le susurré:

–Reunamos al equipo después. Llama a Christian, al Dan Tana's, y a ver si podemos ir. Llevo seis semanas comiendo sándwich de Bolonia. Esta noche quiero bistec.

–Claro –dijo Lorna.

–Y pídele a Harry que venga –añadí–. Tal vez tenga ocasión de mirar el archivo de pruebas y aporte algo.

–Lo haré.

–Otra cosa: ¿has hablado con Maggie en la sala? Parece que ha desaparecido y me estaba preguntando si estará cabreada por haberla llevado allí como testigo de personalidad.

–No, no está cabreada. Cuando la jueza dijo que no necesitaba ningún testimonio, me dijo que tenía que volver a trabajar. Pero estaba allí por ti.

Asentí. Era bueno saberlo.

Abrí el Lincoln con el mando a distancia y lo rodeé hasta el lado del conductor.

–Pasen, damas –dije.

Kendall cedió el asiento delantero a Hayley y se puso atrás. Fue bonito por su parte y le sonreí en el retrovisor.

—La atención en la carretera, papá —dijo Hayley.

—Sí —dije.

Arrancamos. Avancé hacia la autovía 10 y me dirigí al oeste. En ese punto era el momento de subir las ventanas para poder escucharnos hablar.

—¿Cómo te sientes? —preguntó Kendall.

—Bastante bien para un tipo que todavía está acusado de asesinato —dije.

—Pero vas a ganar, ¿verdad, papá? —preguntó Hayley con urgencia.

—No te preocupes, Hay, voy a ganar —dije—. Y entonces será cuando pase de estar bastante bien a estar genial. ¿Vale?

—Vale —dijo ella.

Circulamos en silencio un momento.

—¿Puedo hacer una pregunta tonta? —dijo Kendall.

—No hay preguntas tontas cuando se trata de la ley —dije—. Solo respuestas tontas.

—¿Qué pasa luego? —dijo ella—. Ahora que estás bajo fianza, ¿se va a retrasar el juicio?

—No voy a dejar que lo retrasen —dije—. Tengo derecho a un juicio rápido.

—¿Qué significa eso exactamente? —preguntó Kendall.

Miré a mi hija.

—Tú estudias Derecho —dije—. ¿Por qué no contestas tú?

—Solo sé la respuesta por ti, no por la facultad —dijo Hayley.

Se volvió para mirar a Kendall por encima del asiento.

–Si estás acusado de un crimen, tienes derecho a un juicio rápido –dijo–. En California eso significa que tienes diez días hábiles desde tu detención para que se celebre una vista preliminar o se consiga un dictamen de un jurado de acusación. De una forma o de otra, luego te leen formalmente los cargos y el estado debe llevarte a juicio en sesenta días hábiles o retirar los cargos y desestimar el caso.

Asentí. No se equivocaba.

–¿Qué son *días hábiles*? –preguntó Kendall.

–Días laborables –dijo Hayley–. Son sesenta días sin contar fines de semana ni festivos. A mi padre le leyeron los cargos justo antes de Acción de Gracias, el doce de noviembre, para ser exactos, y los sesenta días nos llevan a febrero. Cuentan dos días de Acción de Gracias y una semana entera de Navidad a Año Nuevo como festivos. Luego hay que sumar el Día de Martin Luther King y el Día de los Presidentes, porque los tribunales están cerrados. Eso nos lleva al 18 de febrero.

–El día D –dije.

Me estiré y apreté la rodilla de Hayley como el padre orgulloso que era.

El tráfico fluía y tomé la autovía hasta el túnel que se curvaba para meterse en la Pacific Coast Highway. Me metí en el estacionamiento de uno de los clubes de playa y salí. Un aparcacoches vino caminando hacia nosotros. Busqué en mi bolsillo, pero me di cuenta de que todas las pertenencias, desde la noche en que fui detenido, estaban en un sobre que había entregado a Lorna para poder dar la mano y abrazar a la gente.

–No tengo dinero –dije–. ¿Alguna de vosotras tiene cinco dólares para dárselos a este chico por diez minutos en la playa?

–Yo tengo –dijo Kendall.

Pagó al hombre y todos caminamos por el paso de peatones y los carriles bici y hasta la arena, hacia el agua. Kendall se quitó los zapatos de tacón y los llevó en una mano. Había algo muy sexi en verla hacer eso.

–Papá, no te vas a meter, ¿no? –preguntó Hayley.

–No –dije–. Solo quiero oír las olas. Todo suena a hierro y eco donde he estado. Necesito quitarme eso de los oídos con algo bueno.

Paramos en un terraplén que estaba justo encima de la arena mojada donde rompían las olas. El sol se estaba inclinando hacia el agua azul oscuro. Sostuve las manos de mis dos acompañantes, pero no dije nada. Respiré profundamente y pensé en donde había estado. Decidí en ese momento que tenía que ganar el caso, porque no podía volver a la cárcel de ninguna manera. Tomaría todas las alternativas extremas a eso.

Le solté la mano a Hayley y luego la abracé.

–Ya basta de hablar de mí –dije–. ¿Cómo estás, Hay?

–Estoy bien –contestó–. Lo que dijiste de que el primer año es un hueso es verdad.

–Sí, pero tú eres más lista de lo que yo he sido nunca. Te va a ir bien.

–Ya veremos.

–¿Cómo está tu madre? La vi en el tribunal, y Jennifer me ha dicho que va a responder por mí si es necesario.

–Está bien. Y, sí, estaba dispuesta a dar la cara por ti.

–La llamaré y le daré las gracias.

–Eso estaría bien.

Me volví y miré a Kendall. Casi tenía la sensación de que no me había dejado para irse a Hawái.

–¿Y tú? –dije–. ¿Te va bien?

–Ahora sí –dijo–. No me gustó verte en el tribunal.

Asentí. Eso lo entendía. Miré al océano. El batir de las olas parecía resonar en mi pecho. Los colores eran vibrantes, no como el gris de mis últimas seis semanas. Era hermoso y no quería marcharme.

–Bueno –dije por fin–. El tiempo se agota. Es hora de volver a trabajar.

El tráfico no fue tan amable en el otro sentido. Tardamos casi una hora en dejar a Hayley en su apartamento en K-town después de que declinara mi invitación a cenar porque prefería su grupo de estudio semanal. El tema de la semana: la regla contra las perpetuidades.

Después de dejarla, llamé a Lorna antes de volver a arrancar. Me dijo que teníamos hora para cenar en Dan Tana's a las ocho de la tarde y que Harry Bosch asistiría.

–Creo que tiene algo para discutir –dijo Lorna.

–Bien –dije–. Quiero oírlo.

Colgué y miré a Kendall.

–Bueno –dije–. La cena con mi equipo es a las ocho y parece que quieren trabajar en serio y discutir el caso. No creo que…

–Está bien –dijo Kendall–. Sé que quieres ir. Puedes dejarme antes.

–¿Dónde?

–Bueno, acepté tu oferta. He estado en tu casa. ¿Te parece bien?

–Claro. Lo había olvidado, pero es genial. De todos modos, quiero ir allí a cambiarme. Este es el traje con el que me detuvieron. Ya no me queda bien y me huele a cárcel.

–Bien, entonces te vas a quitar la ropa.

La miré y ella sonrió provocadoramente.

–Hum, pensaba que habíamos roto –dije.

–Sí –dijo ella–. Por eso va a ser muy divertido.

–¿En serio?

–En serio.

–Muy bien.

Puse en marcha el Lincoln.

13

Alguien dijo una vez que el restaurante favorito de una persona es aquel donde te conocen. Eso podría ser cierto. Me conocen en Dan Tana's y yo los conozco: Christian, en la puerta; Arturo, en la mesa, y Mike, detrás de la barra. Pero eso no oscurecía el hecho de que el local italiano un tanto *kitsch* con manteles de cuadros servía el mejor solomillo neoyorquino de la ciudad. Me gustaba el sitio porque me conocían, pero me gustaba la carne todavía más.

Cuando le dejé el Lincoln al aparcacoches, vi a Bosch de pie solo a la puerta del restaurante. Estaba en el banco de fumadores, pero sabía que no fumaba. Después de entregar las llaves del coche, me acerqué a él. Me fijé en que llevaba una carpeta de un par de centímetros de grosor bajo el brazo. Supuse que era la carpeta de las pruebas.

–¿Eres el primero? –pregunté.

–No, están todos dentro –dijo–. En la mesa de la esquina del fondo.

–Pero me estabas esperando. ¿Es ahora cuando me preguntas si lo maté?

–Valórame un poco más, Mick. Si pensara eso, no habría puesto el dinero.

Asentí.

–¿Y nada de lo que hay en ese archivo te ha hecho cambiar de opinión?

—La verdad es que no. Solo me ha hecho pensar que te tienen bien pillado.

—Ni que lo digas. ¿No deberíamos entrar?

—Claro, pero una cosa antes de que entremos con los demás. Como he dicho, alguien te tiene bien cogido, y estaba pensando que podrías querer demorar esto lo más posible. Quiero decir, renunciar a lo del juicio rápido, tomártelo con calma…

—Se acabó el voto de confianza.

—Es lo que hay.

—Gracias por el consejo, pero paso. De una forma o de otra, quiero acabar con esto.

—Entendido.

—¿Qué pasa contigo? ¿Estás bien? ¿Todavía te tomas las pastillas?

—Cada día. Hasta el momento, bien.

—Me gusta oír eso. ¿Y Maddie? ¿Cómo le va?

—Está bien. En la academia.

—Tío, la segunda generación, igual que la primera.

—Pensaba que Hayley quería ser fiscal.

—Cambiará de idea. —Le sonreí—. Vamos a entrar.

—Otra cosa. Solo quiero explicar por qué nunca fui a verte a prisión.

—No creo que tuvieras que hacerlo, Harry. No te preocupes por eso.

—Debería haberte visitado, lo sé. Pero no quería verte allí.

—Lo sé, Lorna me lo ha dicho. Para ser sincero, ni siquiera te puse en mi lista. Yo tampoco quería que me vieras allí.

Bosch asintió y entramos. Christian, el *maître*, vestido con esmoquin, me saludó con afecto y tuvo la clase de no señalar que no había ido en más de seis semanas, aunque probablemente conocía el motivo. Presenté a Bosch como mi hermano. Christian nos acompañó a la mesa donde los otros estaban esperando: Jennifer, Lorna y Cisco. Era una mesa para seis, pero con Cisco ya se llenaba.

El olor de la comida en las mesas de alrededor era casi abrumador. Eso me distrajo y me encontré volviéndome y estirando el cuello para ver lo que habían pedido otros clientes.

—¿Estás bien, jefe? —preguntó Cisco.

Me volví hacia él.

—Sí, estoy bien —dije—. Pero vamos a pedir antes. ¿Dónde está Arturo?

Lorna saludó a alguien detrás de mí y Arturo apareció enseguida en nuestra mesa con su libreta para tomar nota. Todos pedimos Steak Helen, menos Jennifer, que no comía carne roja. Ella se decidió por berenjenas a la parmesana, siguiendo la recomendación de Arturo. Lorna pidió una botella de vino tinto para los bebedores y yo pedí una botella grande de agua con gas. También le pedí a Arturo que trajera pan y mantequilla en cuanto pudiera.

—Bueno —dije cuando estuvimos solos—. Esta noche podemos celebrarlo, porque soy libre y le hemos dado un palo o dos a la acusación en la sala. Pero ya está. Ninguna resaca mañana, porque volvemos a trabajar.

Todos asintieron salvo Bosch, que se limitó a mirarme desde el otro lado de la mesa.

—Harry, te mueres de ganas de decir algo —dije—. Probablemente algo malo. ¿Quieres empezar? Tienes el archivo de las pruebas. ¿Lo has leído?

—Ah, claro —dijo—. Lo he leído y también he hablado con gente que conozco.

–¿Como quién? –preguntó Jennifer.

Bosch la miró un momento. Levanté la mano unos centímetros de la mesa como señal para que mi compañera se calmara. Bosch se había retirado del Departamento de Policía de Los Ángeles hacía mucho, pero seguía teniendo muy buenos contactos. Sabía eso de primera mano y no necesitaba que nombrara sus fuentes.

–¿Qué te han dicho? –pregunté.

–Bueno, estaban bastante cabreados en la fiscalía por la forma en que se la has jugado a Berg –dijo Bosch.

–Los pillaron engañando y están cabreados con nosotros –dijo Jennifer–. Es precioso.

–¿Cuál es el problema? –dije–. ¿Qué van a hacer al respecto?

–Para empezar, van a buscar circunstancias especiales como si del santo grial se tratara –dijo Bosch–. Quieren castigarte por la jugada de hoy, meterte otra vez en prisión.

–Eso es absurdo –dijo Cisco.

–Sí, pero pueden hacerlo –dijo Bosch– si encuentran las pruebas.

–No hay ninguna prueba –dijo Jennifer–. ¿Beneficio económico? ¿Asesinato por encargo? Es ridículo.

–Lo único que digo es que lo están buscando –dijo Bosch, mirándome como si el resto de los presentes en la mesa no contaran–. Y tienes que tener cuidado con tus propios movimientos.

–No lo entiendo –dijo Lorna.

–Has armado un escándalo con el coche y los datos telefónicos –dijo Bosch–. Supongo que necesitas demostrar que nunca saliste de casa. Pero podría terminar siendo una prueba que apoye que pagaste a alguien para que raptara a Scales y te lo llevara. Eso te acerca al asesinato por encargo.

—Como he dicho, es absurdo —dijo Cisco.

—Estoy diciendo que es así como lo están pensando —dijo Bosch—. Así lo pensaría yo.

—Sam me debía dinero —dije—. Nunca me pagó la última parte del último caso y lo demandamos. ¿Cuánto fue, Lorna? ¿Sesenta mil?

—Setenta y cinco mil —dijo Lorna—. Con intereses y penalizaciones son más de cien mil ahora. Pero solo lo hicimos para conseguir un juicio y un derecho de retención. Sabíamos que no iba a pagar nunca.

—Aun así, podrían señalar eso, hacer que parezca un asesinato por ganancia económica —dije—. Si pudieran probar que Sam tenía dinero, el derecho de retención se transmitiría después de la muerte.

—¿Tenía? —preguntó Bosch—. ¿Tenía dinero? Tienen un recorte de noticias que dice que sacó diez millones de dólares a través de sus estafas. ¿Dónde están?

—Recuerdo ese artículo —dije—. «El hombre más odiado del país», lo llamaron. Era exagerado y no me hizo ganar amigos, y menos en casa. Pero Sam siempre fue un timador. Siempre le entraba dinero. En alguna parte debe de estar.

—Pero esto es una locura —dijo Jennifer—. ¿Creen que matarías a un antiguo cliente por una factura impagada? ¿Por setenta y cinco mil dólares? ¿Por cien mil?

—No, no lo creen —dije—. Esa no es la cuestión. La cuestión es que están cabreados y, si pueden llevar esto a circunstancias especiales, se retira mi fianza y vuelvo a Twin Towers. Eso es lo que quieren. Joderme. Inclinar la balanza hacia su lado. No importa si añaden cargos que no se sostienen después en la sala.

Jennifer negó con la cabeza.

–Sigue sin tener sentido –dijo ella–. Creo que tus fuentes son malas.

Miró fijamente a Bosch. Era el hombre nuevo, el forastero, y era sospechoso a sus ojos. Traté de superar el momento.

–Bueno, ¿cuánto tiempo tengo antes de que presenten esta mierda? –pregunté.

–Tienen que encontrar el dinero y demostrar que lo sabías –dijo Bosch–. Si llegan ahí, retirarán los cargos actuales y acudirán a un jurado de acusación. Entonces volverán a presentarlo con circunstancias especiales.

–Eso reinicia el reloj del juicio rápido y significa que el dinero entregado hoy como caución se va al garete –dijo Jennifer–. Vas a prisión y la caución se pierde.

–Eso es absurdo –repitió Cisco.

–Vale, bien, deberíamos estar listos para ir a ver a Warfield en cuanto esto salte –dije–. Harry, haznos saber lo que oigas en cuanto lo oigas. Jennifer, necesitaremos un argumento: subversión del juicio rápido, tal vez acusación revanchista…, algo.

–Estoy en ello –dijo Jennifer–. Esto me cabrea muchísimo.

–No dejes que te influyan tus emociones –le advertí–. No te cabrees, hagamos que se cabree la jueza. He visto algo de eso hoy cuando hemos reproducido la grabación. Sé que la llevé a los tiempos en que era abogada defensora. Si la fiscalía está haciendo esto solo para joderme, entonces Warfield lo verá antes de que lo digamos.

Tanto Jennifer como Bosch respondieron con un asentimiento.

—Cobardes de mierda... —dijo Cisco—. Tienen miedo a ir de cara contigo, jefe.

Me gustó que mi equipo pareciera más enfadado que yo mismo por la jugada final de la fiscalía. Eso ayudaría a mantenerlos agudos en los días y semanas que faltaban para el juicio.

Volví mi atención a Bosch. Me daba más cuenta que los demás del increíble cambio positivo que suponía tenerlo en nuestro lado de la pista. Yo había estado en su lado el año anterior y ahora él estaba en el mío. Pero el apoyo moral palidecía en comparación con lo que aportaba como investigador.

—Harry, ¿alguna vez has trabajado con Drucker y Lopes? —pregunté.

Kent Drucker y Rafael Lopes eran los detectives de la Policía de Los Ángeles asignados al caso. Pertenecían a la élite de la División de Robos y Homicidios, donde Bosch había trabajado hasta el final de su carrera en el departamento.

—Nunca directamente en un caso —dijo Bosch—. Estaban en la brigada, pero no nos cruzamos mucho con nada. Aunque eran buenos detectives. No llegas a Robos y Homicidios si no lo eres. La cuestión es qué haces cuando llegas allí. ¿Te duermes en los laureles o sigues talando leña? El hecho de que los asignaran a este caso responde a eso.

Asentí. Bosch parecía vacilante. Me pregunté si había oído más, algo que no podía saber si era valioso o que se estaba guardando hasta que pudiera completarlo.

—Qué —pregunté—. ¿Tienes algo más?

–Más o menos –dijo.

–Podrías soltarlo y así podemos discutirlo –dije.

–Bueno, en uno de mis últimos casos en Robos y Homicidios tuve una investigación que implicaba un fraude económico –dijo Bosch–. Un tipo estaba haciendo un desfalco, lo descubrieron y mató al tipo que lo descubrió para callarlo. Muy claro, pero no pudimos encontrar el dinero. Su estilo de vida no demostró nada. No lo estaba gastando: lo estaba ocultando, así que contratamos a un analista financiero forense para que siguiera la pista del dinero. Para que nos ayudara a encontrarlo.

–Vale –dije–. ¿Funcionó?

–Sí, encontramos el dinero en un paraíso fiscal y preparamos el caso –dijo Bosch–. Lo saco a relucir ahora porque mi compañera de entonces sigue trabajando en Robos y Homicidios. Me dijo que Drucker acudió a ella y le pidió la información de contacto para el analista financiero.

–Deberíamos buscar uno nosotros –añadió Jennifer, que escribió una nota en una libreta que tenía en la mesa delante de ella.

–Volvamos a mirar nuestros archivos de los casos pasados de Sam –dije–. Tal vez haya algo en ellos con información sobre cómo movía y escondía dinero. Harry, ¿algo más?

Miré a Arturo por encima del hombro. No me estaba muriendo de hambre, pero no podía esperar a disfrutar de una comida de verdad por primera vez en seis semanas.

–Solo sobre el archivo de las pruebas –dijo Bosch–. He estado mirando las fotos de la autopsia. Es todo muy autoexplicativo, no hay sorpresas. Pero luego vi esto.

Estaba revisando su copia de las pruebas y sacó dos documentos y una foto de la escena del crimen. La pasó por la mesa y esperó un momento, hasta que todos la miraron y volvieron a mirarlo a él.

–El informe de la autopsia afirma que en las uñas de la víctima se hallaron muestras de lo que parecía suciedad o grasa –dijo–. Entonces llegó el informe del laboratorio, que identificaba la sustancia como una combinación de aceite vegetal, grasa de pollo y algo de azúcar de caña; grasa de cocina, según el informe.

–Lo vi en el informe –dije–. ¿Por qué es significativo?

–Bueno, cuando miras las fotos de la escena del crimen, ves que las uñas de este tipo estaban manchadas de esa sustancia –dijo Bosch.

–Todavía no te sigo –dije–. Si fuera sangre o algo, podría...

–Miré los antecedentes de este tipo –me interrumpió Bosch–. Todo eran estafas de guante blanco. En Internet, sobre todo. Y ahora tiene grasa debajo de las uñas.

–Entonces, ¿qué significa? –insistí.

–Tal vez estaba trabajando, lavando platos –dijo Cisco.

–Creo que significa que estaba en algo completamente nuevo –dijo Bosch–. No sé qué significa para el caso. Pero creo que deberías pedir una muestra de la grasa de las uñas para hacer tus propias pruebas.

–Está bien –dije–. Podemos hacerlo. ¿Jennifer?

–Me encargo –dijo ella.

Lo anotó. Yo iba a pasar el testigo a Lorna para ver qué había encontrado en la revisión de mis pasados casos, pero Arturo trajo la carne a la mesa en ese momento y mantuve la boca cerrada hasta que todo estuvo servido. Entonces empecé a devorar mi bistec cual hombre que solo había comido manzanas y sándwiches de Bolonia en un mes y medio.

Pronto me di cuenta de que los demás me estaban observando. Hablé sin levantar la mirada.

–Qué. ¿Nunca habíais visto a alguien comiendo un bistec antes? –pregunté.

–Nunca había visto a nadie comérselo tan deprisa –repuso Lorna.

–Bueno, espera, puede que pida otro –dije–. Necesito recuperar mi peso de pelea. Como tardas tanto tiempo entre bocados, Lorna, ¿por qué no nos dices cómo vamos con mi lista de enemigos?

Antes de que ella pudiera responder, miré a Bosch para ofrecer una explicación.

–Lorna ha estado repasando los archivos de los casos viejos y elaborando una lista de enemigos, gente que podría querer hacerme esto a mí –dije–. ¿Lorna?

–Bueno, hasta ahora la lista es corta –dijo Lorna–. Has tenido problemas con clientes y ha habido algunas amenazas, pero muy pocos que creamos que tuvieran el talento, la inteligencia y los recursos generales para preparar un plan así.

–Es un plan sofisticado –añadió Cisco–. Tu cliente promedio no podría hacer esto.

–Entonces, ¿quién? –pregunté–. ¿Quién está en tu lista?

–He repasado todo dos veces y solo he encontrado un nombre –dijo Lorna.

–¿Un nombre? –dije–. ¿Nada más? ¿Quién?

–Louis Opparizio –dijo.

–Espera, ¿qué? –contesté–. ¿Louis Opparizio…?

El nombre resonó en mi memoria, pero necesité un momento para situarlo. Estaba seguro de que nunca había tenido un cliente llamado Louis Opparizio. Entonces lo recordé. Opparizio no era un cliente: era un testigo. Un hombre de una familia con conexiones con la mafia que cruzó la línea entre empresa criminal y negocio legítimo. Lo había utilizado. Lo había arrinconado en el estrado de los testigos y había hecho que pareciera la parte culpable. Apartó la atención del jurado de mi cliente y la puso en Opparizio. Comparado con él, mi cliente parecía un ángel.

Recordé un encuentro que había tenido con Opparizio en el lavabo de un tribunal. Recordé la rabia, el odio. Era un hombre como un toro, con la constitución de una boca de incendios, y sus brazos le colgaban del cuerpo como si estuviera listo para despedazarme. Me arrinconó y quiso matarme allí mismo.

–¿Quién es Opparizio? –preguntó Bosch.

–Es alguien al que le colgué un asesinato en el tribunal –dijo.

–Era de la mafia –añadió Cisco–. De Las Vegas.

–¿Y era culpable? –preguntó Bosch.

–No, pero hice que lo pareciera –dije–. Mi cliente salió en libertad.

–¿Y tu cliente era culpable?

Dudé un momento, pero luego respondí con sinceridad.

–Sí, pero entonces no lo sabía.

Bosch asintió y lo tomé como un juicio, como si acabara de confirmarle por qué la gente odiaba a los abogados.

–Bueno –dijo entonces–. ¿Es descartable que Opparizio quisiera devolverte el favor y colgarte un asesinato?

–No, para nada –dije–. Lo que ocurrió en el tribunal entonces le costó muchos problemas y un montón de dinero. Era un pelele. Estaba tratando de blanquear dinero de la mafia y yo se lo arruiné cuando lo puse en el estrado.

Bosch pensó unos segundos y nadie lo interrumpió.

–Bueno –dijo por fin–. Yo me ocupo de Opparizio. Descubriré qué trama. Y, Cisco, tú te quedas con Sam Scales. Tal vez nuestros caminos se crucen en algún punto y entonces sabremos cómo ocurrió todo esto.

Me sonaba a plan, pero iba a dejar que Cisco decidiera. Parecía que todos lo estábamos mirando, esperando, cuando asintió para dar su aprobación.

–Vale –dijo–. Hagámoslo.

14

Llegué a casa tarde y aparqué en la calle. No quería aparcar en el garaje y no estaba seguro de que quisiera volver a hacerlo nunca más. Entré y encontré la casa completamente a oscuras. En ese momento, pensé que Kendall se había ido. Que se había dado cuenta, ahora que yo estaba fuera, de que no quería volver a vivir conmigo. Pero entonces vi movimiento en el pasillo oscuro y apareció. Solo llevaba una bata.

—Estás en casa —dijo.

—Sí, se ha hecho tarde —dije—. Había mucho que discutir. ¿Has estado esperando a oscuras?

—En realidad, llevo mucho rato durmiendo. Nunca encendíamos la luz al entrar. Nos íbamos directamente a la cama.

Asentí para mostrar que comprendía. Mis pupilas empezaron a adaptarse a las sombras y la oscuridad.

—Entonces, ¿no has cenado? —dije—. Debes de tener hambre.

—No, estoy bien —dijo—. Tú tienes que estar cansado.

—Más o menos. Sí.

—Pero ¿sigues excitado por estar en libertad?

—Sí.

Me había despertado ese día en una celda. Ahora estaba a punto de dormir en mi cama por primera vez en seis semanas. Con la espalda sobre un colchón grueso y la cabeza sobre una almohada blanda. Y, por si eso no fuera suficiente, mi exnovia había vuelto y estaba de pie delante de mí con la bata abierta y nada debajo. Todavía estaba acusado de asesinato, pero era asombroso cómo había cambiado mi suerte en un solo día. Mientras estaba allí de pie, sentí que nadie podría hacerme daño. Era de oro. Era libre.

–Bueno –dijo Kendall, sonriendo–. Espero que no estés demasiado cansado.

–Creo que puedo aguantar –dije.

Se volvió y desapareció en la oscuridad del pasillo que conducía al dormitorio.

Y yo la seguí.

Segunda parte
Sigue la miel

15

Jueves, 9 de enero

No me hacía ilusiones respecto a mi inocencia. Sabía que era algo que solo yo podía saber a ciencia cierta. Y sabía que eso no era un escudo perfecto contra la injusticia. No era garantía de nada. Las nubes no iban a abrirse por intervención de alguna especie de rayo divino.

Estaba solo.

Inocencia no es un término legal. En Estados Unidos nadie es declarado inocente ante un tribunal. Nadie es redimido nunca por el veredicto de un jurado. El sistema de justicia solo dicta un veredicto de culpable o no culpable. Nada más y nada menos.

La ley de la inocencia no está escrita. No se encuentra en ningún libro de leyes encuadernado en piel. Nunca se argumenta en una sala. No puede ser escrita ni aprobada por los electos. Es una idea abstracta, y, aun así, se alinea muy bien con las grandes leyes de la naturaleza y la ciencia. En las leyes de la física, por cada acción hay una reacción igual y otra opuesta. En la ley de la inocencia, por cada hombre declarado no culpable de un crimen hay un hombre libre que lo es. Y para probar la verdadera inocencia hay que encontrar a ese hombre y exponerlo al mundo.

Ese era mi plan. Ir más allá del veredicto de un jurado. Exponer al culpable y dejar clara mi inocencia. Era mi única salida.

Con ese objetivo, diciembre avanzó con las preparaciones para el juicio, así como con preparaciones para el movimiento previsto de la acusación de volver a acusarme y devolverme a una celda individual en Twin Towers. A medida que pasaban los días hasta Navidad, mi paranoia se elevaba exponencialmente. Me esperaba el más cruel de los movimientos por parte de Dana *Corredor de la Muerte* como venganza por la humillación que le había hecho pasar en la última comparecencia: una detención el día de Navidad con los tribunales cerrados por vacaciones que me dejaría incapacitado para presentar alegaciones ante la jueza Warfield hasta que las hojas del calendario pasaran al año nuevo.

No había ninguna acción evasiva que pudiera tomar. Mi presente restricción impuesta por la fianza me impedía salir del condado y la tobillera transmitía mi posición a las autoridades veinticuatro horas al día. Si me querían, podían encontrarme. No había escapatoria.

Pero nadie vino a llamar a la puerta. Nadie vino a buscarme.

Pasé la Nochebuena con mi hija y ella fue a pasar la Navidad con su madre. Y cené temprano con ella una semana antes de que se marchara con sus amigos a celebrar el cambio de año. Kendall se quedó conmigo todo el tiempo e incluso me dijo en Nochevieja que había pedido que le mandaran otra vez sus pertenencias desde Hawái.

En general, fue un gran mes de libertad y trabajo de preparación para el juicio que tenía por delante.

Pero habría sido mejor si no hubiera tenido que andar mirando por encima del hombro a todas horas. Empecé a pensar que me habían engañado, que a Harry Bosch le habían colado un relato falso de mi segunda detención como venganza. Dana Berg se había asegurado de que no descansara tranquilo durante mi recién hallada libertad y se había salido con la suya.

En cuanto a la investigación por la escucha de conversaciones privilegiadas en Twin Towers que la jueza Warfield había prometido, Berg escapó incólume. La actividad ilegal cayó de pleno en la unidad de inteligencia de la prisión. Un informe que se filtró al *Los Angeles Times* durante la semana de pocas noticias posterior a Navidad resultó en una exclusiva en primera página el día de Año Nuevo que concluía que los agentes habían estado escuchando durante años conversaciones privilegiadas, cuyo contenido se usaba para generar informes de delación de confidentes inexistentes dentro de la prisión. Los informes se entregaban después a la policía y a los fiscales. Era una mancha más para la división carcelaria del sheriff, que en la década anterior había sido objeto de múltiples investigaciones federales. Habían abundado historias de terror sobre agentes de prisiones que preparaban peleas de gladiadores, que ponían a los reclusos en celdas con enemigos, que recurrían a miembros de bandas para que infligieran palizas de castigo y violaciones a otros reclusos. Habían llegado las imputaciones y habían rodado cabezas. El sheriff electo y su segundo al mando habían ido a prisión por cerrar los ojos ante la corrupción.

Ahora el escándalo de las escuchas prometía más escrutinio y desgracia. Lo más probable era que los federales volvieran a entrar en juego y el año nuevo sin duda provocaría una lucha sin cuartel para los abogados de defensa que buscaran revocar condenas en casos afectados por la actividad ilegal.

Eso causó que redoblara mi resolución de no volver a Twin Towers. Cada agente de la prisión sabría que el último escándalo que les había salpicado lo había causado yo. Podía imaginar con claridad la retribución que me estaría esperando si volvía.

Finalmente, recibí una llamada de Harry Bosch. No había tenido noticias suyas desde antes de Navidad, a pesar de los mensajes que le había dejado para felicitarle las fiestas y las peticiones de puesta al día de la investigación por su parte. Sabía que no le había ocurrido nada, porque mi hija me había contado que lo había visto en su casa al ir a visitar a su prima Maddie durante las vacaciones. Y, por fin, me llamó. No parecía consciente de mis esfuerzos por contactar con él durante las últimas semanas. Simplemente dijo que tenía algo que quería que viera. Yo todavía estaba en casa, tomando una segunda taza de café con Kendall, y accedió a pasarse a recogerme.

Nos dirigimos al sur en su viejo Jeep Cherokee, el del diseño cuadrado y la suspensión de hacía veinticinco años: *Shake, Rattle and Roll*. Como en la canción de Bill Hailey, el coche se agitaba cada vez que los neumáticos pasaban por una rendija en el asfalto, traqueteaba con cada bache y amenazaba con volcar en cada giro a la izquierda, cuando los muelles viejos de la suspensión se comprimían y el coche se inclinaba a la derecha.

Bosch mantuvo la radio sintonizada en la cadena de noticias KNX y mostró la asombrosa capacidad de charlar mientras mantenía una oreja en la radio y de vez en cuando salpicaba la conversación con comentarios de las noticias del día. Y cuando yo bajaba el volumen para responder, él volvía a subirlo.

–Bueno –dije una vez que bajamos de las colinas–, ¿adónde vamos?

–Hay algo que quiero que veas –dijo Bosch.

–Espero que se trate de Opparizio. Quiero decir, estabas trabajando en él y luego desapareciste durante un mes.

–No desaparecí. Estaba trabajando en el caso. Te dije que tendrías noticias mías cuando tuviera algo y ahora creo que lo tengo.

–Bueno, espero que sea en relación con Sam Scales y el caso. De lo contrario, habrás estado siguiendo una quimera.

–Lo sabrás muy pronto.

–¿Puedes al menos decirme si vamos muy lejos? Para que pueda decirle a Lorna cuándo voy a volver.

–T. I.

–¿Qué? No van a dejarme entrar con esto en el tobillo.

–No vamos a la prisión, solo quiero enseñarte algo.

–¿Y una foto no serviría?

–No lo creo.

Después de eso, circulamos un rato en silencio. Bosch tomó la 101 en dirección sur hacia el centro y luego pasó a la 110, que nos llevaría directamente a Terminal Island, en el puerto de Los Ángeles. No había nada embarazoso ni incómodo con el parón en la conversación. Éramos hermanastros y nos sentíamos cómodos con los silencios. Bosch escuchó las noticias y yo me desconecté con mis pensamientos sobre el caso. Íbamos a ir a juicio en menos de seis semanas y todavía no tenía una base para la defensa. Bosch se había quedado en silencio, pero al menos tenía algo que quería que viera. Mi otro investigador, Cisco, había permanecido en estrecho contacto, pero sus esfuerzos para investigar a Sam Scales habían sido infructuosos hasta el momento. Supuse que estaba a una semana de hacer lo inconcebible: renunciar a mi derecho a un juicio rápido y pedir tiempo para un aplazamiento. Pero me preocupaba que una petición así revelara demasiado. Mostraría desesperación, pánico y tal vez incluso una señal de culpa: estaría actuando como alguien que retrasa lo inevitable.

–¿Dónde demonios está Wuhan? –soltó Bosch.

Sus palabras me rescataron de la espiral descendente de mis pensamientos.

–¿Quién? –pregunté.

Señaló la radio.

–No es una persona –dijo–. Es una ciudad de China. ¿Estabas escuchando?

–No, estaba pensando –dije–. ¿Qué pasa?

–Hay un virus misterioso que está matando gente allí.

–Bueno, al menos está allí y no aquí.

–Sí... ¿Durante cuánto tiempo?

–¿Alguna vez has estado en China?

–Solo en Hong Kong.

–Ah, sí... La madre de Maddie. Lamento sacar el tema.

–Hace mucho tiempo.

Traté de cambiar de tema.

–Bueno, ¿qué aspecto tiene Opparizio? –pregunté.

–¿Qué quieres decir? –repuso Bosch.

—Solo recuerdo que, cuando lo tuve en el estrado hace nueve años, al principio estuvo contenido, pero luego salió el animal. Quería saltar de la silla y echárseme a la yugular. Parecía más Tony Soprano que Michael Corleone, no sé si me explico.

—Bueno, hasta el momento no lo he visto. No es lo que he estado haciendo.

Miré por la ventana y traté de mitigar mi asombro y mi enfado. Luego me volví para enfrentarme a él.

—Harry, ¿qué has estado haciendo, entonces? –pregunté–. Te ocupabas de Opparizio, ¿recuerdas? Deberías…

—Espera, espera –dijo–. Sé que me ocupaba de Opparizio, pero no se trataba de controlarlo. Esto no es un trabajo de vigilancia. Se trata de descubrir qué estaba haciendo y si eso de alguna manera se conecta con Scales y contigo. Y eso es lo que he estado haciendo.

—Está bien, entonces, para ya con todo este viaje misterioso. ¿Adónde vamos?

—Calma. Ya casi llegamos y vas a tener una iluminación.

—¿En serio? ¿Una iluminación? ¿Como por intervención divina?

—No del todo. Pero creo que te va a gustar.

Tenía razón en una cosa: ya casi estábamos. Miré a mi alrededor para orientarme y vi que habíamos cruzado la 405 y nos encontrábamos a solo unos kilómetros del final de la Harbor Freeway en Terminal Island. A través del parabrisas y hacia la izquierda vi las grúas de caballete gigantes que cargaban contenedores en los barcos que atracaban y zarpaban.

Estábamos en San Pedro. Había sido un pequeño pueblo de pescadores que había pasado a formar parte del gigantesco complejo del puerto de Los Ángeles y servía como comunidad dormitorio para muchos de aquellos que trabajaban en los muelles y en las industrias de fletes y petróleo. En tiempos hubo allí un tribunal al que yo acudía regularmente para defender a mis clientes acusados de delitos. Pero el condado cerró el complejo de justicia en un movimiento de recorte de gastos y los casos se desplazaron a un tribunal situado junto al aeropuerto. El tribunal de San Pedro ya llevaba más de una década abandonado.

–Venía mucho a San Pedro por los casos –dije.

–Yo venía cuando era adolescente –dijo Bosch–. Me escapaba del sitio donde me metían y venía a los muelles. Me tatuaron allí una vez.

Me limité a asentir. Parecía que Bosch estaba reviviendo el recuerdo y no quería entrometerme. Sabía muy poco de su infancia, más allá de lo que había leído en un perfil no autorizado que apareció en el *Times*. Recordaba casas de acogida y que se alistó muy joven en el ejército para ir a Vietnam. Eso ocurrió varias décadas antes de que supiera que teníamos un vínculo de sangre.

Cruzamos el Vincent Thomas, el puente alto y verde que usaban los suicidas y que conectaba con Terminal Island. Toda la isla estaba dedicada al puerto y a las operaciones industriales, con la excepción de la prisión federal que se alzaba en el otro extremo. Bosch salió de la autovía y circuló sin meterse en ningún túnel a lo largo del borde septentrional de la isla y junto a uno de los profundos canales del puerto.

–Voy a jugármela –dije–. Opparizio tiene una operación de contrabando aquí. Cosas que llegan en contenedores de carga. ¿Drogas? ¿Personas? ¿Qué?

–No, que yo sepa –dijo Bosch–. Voy a mostrarte otra cosa. ¿Ves esta zona?

Señaló a través del parabrisas hacia un inmenso aparcamiento lleno de coches envueltos en plástico recién bajados de los barcos de Japón.

–Antes había una planta de Ford aquí –dijo Bosch–. La llamaban Long Beach Assembly y fabricaban el modelo A. Parece que el padre de mi madre trabajó ahí en los años treinta, en la cadena de montaje del modelo A.

–¿Cómo era?

–Nunca lo conocí. Solo me contaron la historia.

–Y ahora son Toyota.

Hice un gesto hacia el inmenso aparcamiento de coches nuevos listos para ser distribuidos a los concesionarios de la Costa Oeste.

Bosch giró en una calle de grava que discurría junto a un espigón paralelo al canal. Un petrolero blanco y negro más largo que un campo de fútbol estaba avanzando lentamente por el canal hacia el puerto. Bosch se detuvo junto a lo que parecía un ramal de ferrocarril abandonado y paró el motor.

–Vamos a caminar por la escollera –dijo–. Te voy a enseñar lo que tenemos en cuanto pase este petrolero.

Seguimos un camino en subida hasta lo alto de un terraplén que discurría por detrás de la escollera y servía como barrera contra la marea alta. Desde allí encima gozábamos de una buena vista a través del canal de las distintas instalaciones de refinado y almacenamiento de petróleo, vitales para las operaciones del puerto.

–Muy bien, esto es el canal Cerritos y estamos mirando al norte –dijo Bosch–. Al otro lado del agua está Wilmington y Long Beach a la derecha.

–Entiendo –dije–. ¿Qué estamos mirando exactamente?

–El núcleo de la industria petrolera de California. Ahí mismo tienes las refinerías de Marathon, Valero, Tesoro… Chevron está más arriba. El petróleo llega de todas partes, hasta de Alaska. Lo traen en petrolero, barcaza, ferrocarril, oleoducto…, como sea. Luego va a las refinerías y se procesa y de ahí pasa a la distribución. Sale en camiones cisterna a tu gasolinera local y luego al depósito de tu coche.

–¿Qué tiene esto que ver con el caso?

–Tal vez nada. Tal vez todo. ¿Ves esa refinería del fondo, con la plataforma elevada en torno a los depósitos?

Bosch señaló a la derecha, hacia una pequeña refinería con una sola chimenea que escupía un único penacho de humo blanco al cielo. Había una bandera estadounidense envuelta en torno a la sección superior de la chimenea. Y dos tanques de almacenamiento uno junto al otro que parecían tener un altura de al menos cuatro pisos y estaban rodeados por múltiples plataformas.

–Ya veo –dije.

–Eso es BioGreen Industries –dijo Bosch–. No vas a encontrar el nombre de Louis Opparizio vinculado con ningún documento de propiedad, pero mantiene una participación mayoritaria en BioGreen. Sin ninguna duda.

Bosch ya tenía toda mi atención.

–¿Cómo lo has descubierto? –pregunté.

–Seguí la miel –dijo Bosch.

–¿Que significa…?

–Bueno, hace nueve años pudiste arrastrar a Opparizio por la trituradora legal en el juicio de tu clienta Lisa Trammel. Saqué la transcripción y leí su testimonio. Él...

–No tienes que contármelo. Estaba allí, ¿recuerdas?

Otro petrolero se estaba acercando por el canal. Era tan ancho que tenía poco margen de error al navegar entre las rocas escarpadas que se alineaban a ambos lados.

–Sé que estuviste allí –dijo Bosch–, pero lo que puede que no sepas es que Louis Opparizio aprendió de la paliza que le diste en el estrado. Para empezar, aprendió a no estar nunca más conectado por ninguna documentación legal con ninguna de sus empresas, legal o no. Actualmente no tiene nada a su nombre ni está conectado con ninguna empresa, consejo de administración ni inversión acreditada con nada. Usa testaferros.

–Estoy orgulloso de haberle enseñado a ser un mejor delincuente. ¿Cómo lo has descubierto?

–Internet sigue siendo una herramienta útil. Redes sociales, archivos de periódicos... El padre de Opparizio murió hace cuatro años. Hubo un funeral en Nueva Jersey y un libro de condolencias virtual. Amigos y familia firmaron, y, por supuesto, la web del funeral lo tiene todavía en línea.

–Por supuesto. Conseguiste un montón de nombres.

–Nombres y relaciones. Empecé a localizar, buscando material ahí. Tres personas relacionadas con Opparizio son propietarias personales de BioGreen y tienen mayoría en el accionariado. Lo controla a través de ellos. Una de ellas se llama Jeannie Ferrigno, que en los últimos siete años pasó de estríper en Las

Vegas con un par de detenciones por posesión en su historial a propietaria parcial de diversos negocios aquí, allí y más allá. Creo que Jeannie es la media naranja de Opparizio.

–Sigue la miel.

–Hasta BioGreen.

–Se está poniendo interesante, Bosch.

Mi hermanastro señaló por el canal a la refinería.

–Pero, si Opparizio es propietario de negocios secretos desde aquí hasta Las Vegas, ¿por qué estamos mirando este?

–Porque aquí es donde está lo gordo. ¿Ves ese lugar? No es una refinería típica. Es una planta de biodiésel. Básicamente, produce combustible a partir de grasa vegetal y animal. Recicla desechos en un combustible alternativo que cuesta menos y es más limpio. Y ahora mismo es el ojito derecho del Gobierno, porque reduce nuestra dependencia nacional del petróleo. Es el futuro y Louis Opparizio está en la cresta de esa ola. El Gobierno está fomentando este negocio, pagando a empresas como BioGreen un plus por cada barril solo por producirlo. Eso además de lo que sacan al vender el barril.

–Y donde hay subsidios del Gobierno siempre hay corrupción.

–No te equivocas.

Empecé a caminar por el sendero gastado en lo alto del terraplén. Estaba tratando de ver las conexiones y cómo podía funcionar todo.

–El caso es que hay un tipo –dijo Bosch–, un teniente, que dirige la brigada de detectives en Harbor Division. Fui su tutor cuando llegó a Hollywood como D-1.

—¿Puedes hablar con él? –pregunté.

—Ya lo he hecho. Sabe que estoy retirado, así que le dije que estaba de pesca en nombre de un amigo que está interesado en BioGreen como inversión. Quería saber si había alertas rojas y me dijo que sí, que hay una gran alerta roja, una del FBI.

—¿Qué significa eso?

—Significa que se espera que él no tome ninguna medida con nada que se le presente relacionado con BioGreen. Tiene que alertar al FBI y dejarlo. ¿Entiendes lo que significa eso?

—Que el FBI está trabajando en algo relacionado.

—O al menos lo está controlando.

Asentí. La cosa estaba mejorando en términos de construir una cortina de humo para el juicio. Pero sabía que necesitaba más para provocar humo. No estaba trabajando para un cliente. Estaba trabajando para mí.

—Vale. Entonces, lo único que necesitamos es una conexión con Sam Scales y tendremos algo que pueda sacar en el juicio –dije–. Llamaré a Cisco y veré que…

—Ya lo tenemos –dijo Bosch.

—¿De qué estás hablando? ¿Cuál es la conexión?

—La autopsia. ¿Recuerdas las uñas? En las muestras se hallaron aceite vegetal, grasa de pollo, azúcar de caña… Es biodiésel, Mick. Sam Scales tenía biodiésel bajo las uñas.

Miré a lo largo del canal a la refinería de BioGreen. El humo de la chimenea se elevaba ominosamente, contribuyendo a alimentar la nube sucia que colgaba sobre todo el puerto.

Asentí.

—Creo que la has encontrado, Harry. La bala mágica.

—Ten cuidado de no dispararte con ella –dijo.

16

Domingo, 12 de enero

El hallazgo de Bosch de BioGreen y de su relación con Louis Opparizio y posiblemente Sam Scales sirvió para dar un empujón inicial al caso al proporcionar un punto focal de investigación y estrategia. El viaje a Terminal Island precedió a una reunión colectiva a la mañana siguiente en la cual se delinearon y asignaron tareas. Establecer un vínculo entre Scales y Opparizio era clave y quería que eso fuera el foco principal de mis investigadores.

Localizar a Opparizio era otra clave. Se había aislado de la propiedad y el control directo de la operación de refinería y necesitábamos establecer eso antes del juicio. Sin ningún vínculo directo, trabajamos el secundario: Jeannie Ferrigno. Le dije a Cisco que preparara un equipo de vigilancia con la esperanza de que Jeannie nos condujera a Opparizio; entonces podríamos trasladar la vigilancia a él. Quería documentar para el jurado que ese hombre, que sentía un rencor innegable contra mí, tenía relación con el hombre al que estaba acusado de matar. Si podíamos establecer esa conexión, entonces, creía, tendríamos la trampa.

La reunión terminó con mucha excitación. Pero en mi caso la adrenalina se retiró pronto. Mientras que los investigadores estaban emocionados por trabajar sobre el terreno, yo me centré durante el fin de semana en aquello que muchos abogados aborrecen: revisar los expedientes del caso. El rastro en papel de un caso es un ente vivo que crece y se modifica. Documentos y pruebas revisados en un momento dado podían tener un aspecto diferente o cobrar un nuevo significado cuando se revisaban bajo el prisma del tiempo.

Era importante conocer el caso de arriba abajo, pero solo podía conseguir eso a través de revisiones repetidas de los archivos del caso. Habían pasado ya más de dos meses desde mi detención y los archivos se habían engrosado cada semana con la distribución de las pruebas recopiladas. Ya había leído y revisado cada elemento, a medida que llegaron, pero también era importante asimilarlo todo en conjunto.

El domingo por la mañana ya había llenado varias páginas de una libreta con notas, listas y preguntas. Una página era una lista de lo que faltaba del caso. En lo alto estaba la cartera de Sam Scales. No estaba en el informe de pertenencias que describía la ropa hallada en el cadáver y el contenido de sus bolsillos.

Ninguna cartera. Se suponía que el asesino (es decir, yo) se la había llevado y se había deshecho de ella. La cartera desaparecida era importante para mí, porque en las diversas estafas de las que había defendido a Sam él nunca había utilizado su verdadero nombre. Eran las maneras del estafador. Cada estafa requería una personalidad nueva para que el estafador pudiera evitar ser localizado cuando las víctimas se enteraran de lo que había ocurrido. En ese sentido, sabía que Sam estaba dotado para reinventarse. Solo lo representé las veces que lo pillaron. No se sabía cuántas estafas había perpetrado sin ser detectado.

La cartera desaparecida en el caso era importante, porque después de un mes de trabajo diligente Cisco Wojciechowski había terminado sin nada tras sus esfuerzos por seguir el rastro de Scales. Era un agujero negro. No habíamos encontrado ningún registro digital de su paradero en los dos años previos. La cartera ayudaría si contenía la documentación de su última identidad. También ayudaría a conectarlo con Bio-Green. Si estaba trabajando allí o implicado en alguna clase de trama con Opparizio, su identidad presente sería clave para localizarlo.

Hasta que revisé el archivo del caso por tercera vez el domingo por la tarde no reparé en una discrepancia que parecía dar la vuelta al caso y darme una queja más para llevar a la jueza Warfield.

Después de concebir una estrategia con los siguientes movimientos, llamé a Jennifer Aronson y le estropeé sus planes para cenar. Le dije que redactara una moción de emergencia para exigir pruebas de la acusación. Que su petición debería afirmar claramente que la acusación había estado reteniendo pruebas vitales de la defensa desde el inicio del caso y que la prueba en cuestión era la cartera de la víctima y su contenido.

Era un movimiento provocativo y mi suposición era que Dana Berg protestaría a la acusación y pronto se fijaría una vista de pruebas ante Warfield. Eso era exactamente lo que quería: una vista que presumiblemente fuera una disputa por la compartición de pruebas que se convertiría en algo completamente distinto.

Le dije a Jennifer que presentara la petición en cuanto el tribunal abriera por la mañana y después colgué y dejé que se pusiera a trabajar. No le había preguntado si el encargo interfería en sus planes para la noche. Solo estaba interesado en proteger los míos. Kendall no había ido a Musso & Frank Grill desde su regreso de Hawái. Era su restaurante favorito y un lugar donde habíamos compartido muchos martinis y cenas en nuestra primera etapa. Yo había dejado los martinis y todo el alcohol, pero había hecho un trato con ella: Musso & Frank el domingo por la noche a cambio de que me dejara atrincherarme en mi oficina doméstica para trabajar durante el fin de semana. Ese trabajo había arrojado buenos dividendos y ya estaba deseando esa salida nocturna tanto como Kendall. Pasé el testigo del caso a Jennifer y le dije que nos reuniríamos en el Nickel Diner por la mañana, después de presentar la petición. Le pedí que dijera a todo el equipo de la defensa que fuera a desayunar para que pudiéramos ponernos al día entre nosotros de las setenta y dos horas anteriores.

A pesar de tener que ser testigo de cómo se preparaban, servían y consumían muchos martinis, la cena en Musso me pareció una agradable distracción de los pensamientos del caso, aunque solo fuera por unas horas, y eso nos llevó a Kendall y a mí hacia la relación que habíamos compartido durante siete años antes de que ella partiera a Hawái. Lo que me acercó más a ella fue su suposición de que no habría ninguna interrupción en nuestra relación en adelante. La idea de que podía ser declarado culpable de asesinato al cabo de un mes y encerrado en la cárcel durante el resto de mi vida nunca entró en su pensamiento ni en la discusión de nuestra renovada vida juntos. Era ingenuo, sí, pero también enternecedor. No quería decepcionarla, a pesar de que comprendía que decepcionarla sería el menor de mis problemas si no ganaba el caso.

–¿Sabes? –dije–, ser inocente no es garantía de un veredicto favorable. Cualquier cosa puede ocurrir en un juicio.

–Siempre dices eso –dijo ella–, pero sé que vas a ganar.

–Pero antes de que hagamos grandes planes esperemos al veredicto, ¿de acuerdo?

–Hacer planes no hace ningún daño. En cuanto esto termine, quiero ir a algún sitio, tumbarme en una playa y olvidarme de todo esto.

–Será bonito.

Y lo dejé ahí.

17

Lunes, 13 de enero

Jennifer fue la última en llegar al desayuno del día siguiente. Los miembros del equipo ya habíamos estado alrededor de la mesa informando de nuestro trabajo desde la última reunión. Se había producido poco avance, básicamente por el fin de semana. Cisco dijo que le había puesto un equipo de vigilancia a Jeannie Ferrigno el viernes por la noche, pero no había rastro de que Louis Opparizio hubiera establecido contacto con ella. Entretanto, Bosch nos contó que estaba trabajando con sus contactos policiales para tratar de determinar por qué BioGreen estaba en el radar del FBI.

Jennifer no había oído las actualizaciones y planteó varias preguntas para ponerse al día.

–¿Hay alguna confirmación de que Sam Scales estuviera relacionado con BioGreen más allá de sus uñas sucias? –preguntó.

–Bueno, no con ese nombre –dijo Bosch–. Llamé diciendo que Sam Scales quería alquilar un coche para verificar si trabajaba allí y me dijeron que no tenían ningún registro de que Sam Scales hubiera trabajado allí nunca.

–¿Y el FBI? –preguntó Jennifer–. ¿Sabemos qué andan buscando?

–Todavía no –dijo Bosch–. No creo que nos convenga ir de cara con esta cuestión, así que estoy husmeando mientras trato de obtener alguna pista sobre Scales.

–Seguí a un camión cisterna que salió de allí el viernes por la tarde –añadió Cisco–. Por pasar el rato. Solo quería saber adónde iba. Pero pasó por una puerta de seguridad del puerto y tuve que contenerme. Al cabo de media hora, salió conduciendo y volvió a la refinería. Creo que o bien recogió, o bien dejó una carga.

–¿Estamos pensando que Sam Scales conducía un camión? –dijo Jennifer–. ¿Cuál es la trampa?

–Tal vez había enderezado su vida –dijo Cisco.

–No –dije–. Conozco a Sam. Nunca va a enderezar su vida. Trama alguna cosa y todavía necesitamos descubrirlo.

Hubo un momento de silencio mientras pensaba en lo que Bosch había dicho. Había pasado toda mi carrera trabajando en tribunales del estado y había tenido pocas interacciones con agentes del FBI o del Gobierno federal. Aunque Bosch había estado casado con una agente del FBI, sabía que tenía una historia de antagonismo en lo referido a sus colegas federales. El resto de mi equipo eran también novatos en lo relativo a los federales.

–Tenemos juicio en un mes –dije–. ¿Qué opinas de cambiar a un enfoque directo con el FBI en lugar de husmear?

–Podemos hacerlo –dijo Bosch–. Pero tienes que recordar que los federales solo responden a la amenaza. Amenaza de exposición. Sea lo que sea lo que estén haciendo, quieren mantenerlo tapado y solo te tomarán en serio si ven que puedes poner en peligro el secreto de su investigación. Eso es un enfoque directo. Te conviertes en una amenaza. Así es como lo hemos hecho siempre en el departamento.

Asentí y pensé en eso. Monica, una de las propietarias del Nickel, trajo una bandeja de dónuts variados después de las tortitas con huevos que ya nos habíamos comido. Jennifer, la única que todavía no había desayunado, cogió el bañado en chocolate.

–¿Alguien quiere compartirlo? –preguntó.

Nadie aceptó la oferta. Jennifer continuó.

–Iba a decir que deberíamos presentar una solicitud de la Ley de Libertad de Información –dijo–. Pero eso puede ser eterno. Es probable que ni siquiera hagan acuse de recibo hasta después de tu juicio.

Asentí para manifestar mi acuerdo y luego cambié de opinión.

–Podríamos hacerlo, pero, entonces, refuérzalo con una citación para pedir archivos de Scales –dije.

–El FBI puede no hacer caso de una citación –replicó Jennifer–. No tienen que responder preguntas sobre investigaciones federales en un tribunal estatal.

–No importa –dije–. Solo entregar la citación sería la amenaza de la que está hablando Harry. Estarían avisados de que esto va a surgir en mi juicio. Eso podría sacarlos de las sombras. Entonces veremos qué podemos conseguir.

Miré a Bosch en busca de confirmación. Asintió.

–Podría funcionar –dijo.

–Vamos a hacerlo –dijo Jennifer.

–Jennifer, sé que te estoy cargando con todo –dije–. Pero ¿puedes añadir la citación y la solicitud LLI?

–Claro –dijo–. Lo de la LLI probablemente sea una solicitud en línea. Estará hecha al final del día. Traba jaré con la citación primero. ¿Cuáles son los parámetros?

—Sam Scales y cualquier alias —dije—. Luego incluye a Louis Opparizio y BioGreen Industries. ¿Algo más?

Jennifer recibió una llamada en el móvil y se levantó de la mesa para contestar fuera. El resto continuamos hablando sobre la idea de la citación.

—Aunque esto los saque a relucir, no estoy seguro de lo que vas a conseguir —dijo Bosch—. Ya sabes lo que dicen: el FBI no comparte; come como un elefante y caga como un ratón.

Lorna rio. Eso me hizo darme cuenta de que Cisco había permanecido en silencio durante toda la discusión.

—Cisco, ¿qué opinas? —pregunté.

—Pienso que otra forma de conseguir información de ese sitio es que me presente y pregunte si contratan. Tal vez me meta dentro y vea lo que está pasando, aunque no me contraten.

—Si te pones un casco, ya tienes toda la pinta —dije con una sonrisa—. Pero no. Si están haciendo algo ilegal, te investigarán a fondo y conectarán tu nombre con el mío. Creo que prefiero que trabajes con los indios en Opparizio.

Cisco llamaba indios a los hombres de su equipo de vigilancia. Corrección política al margen, los relacionaba con los indios de las películas del Oeste que observaban los trenes de mercancías desde las colinas sin que los colonos se enteraran de nada.

—Bueno, estoy listo si lo necesitas —dijo Cisco—. La vigilancia se hace un poco aburrida, ¿sabes?

—Entonces —dije—, si estás de acuerdo en dejar a tu equipo con Opparizio y Ferrigno, ¿por qué no pasas un par de días con Milton, el poli que me paró?

Cisco asintió.

—Puedo hacerlo —dijo.

—Sigo sin tragarme esta historia —dije—. Si estaba haciendo el trabajo de alguien, quiero saber de quién y por qué.

—Me pongo —dijo Cisco.

—¿Y yo, Mickey? —preguntó Lorna—. ¿Qué necesitas de mí?

Tenía que pensar deprisa. Lorna no quería quedarse fuera del caso.

—Eh, vuelve a nuestros archivos sobre Trammel —dije—. Saca todo lo que tenga que ver con nuestro trabajo de investigación de Opparizio. No recuerdo todo, y tengo que estar preparado para ir otra vez a por él... si lo encontramos.

Jennifer volvió a la mesa después de su llamada, pero no se sentó. Me miró, sosteniendo el teléfono.

—Estamos en marcha —dijo—. Warfield ha programado una vista sobre la moción probatoria para hoy a la una. Le ha dicho a Berg que lleve a su investigador principal.

Estaba sorprendido.

—Eso ha sido rápido dije—. Puede que hayamos pinchado en hueso.

—Era Andrew, el secretario de Warfield —dijo Jennifer—. Claramente, sí. Dijo que Dana *Corredor de la Muerte* se puso hecha una furia cuando la llamó.

—Bien —dije—. Eso le da interés. Vamos a poner a su detective en el estrado antes de que lo haga ella.

Eché un vistazo a mi reloj y luego miré a Lorna.

—Lorna, ¿cuánto tiempo necesitas para conseguir un par de ampliaciones de las fotos de la escena del crimen? —pregunté.

–Dámelas ya y meteré prisa –dijo–. ¿Las quieres montadas en cartón pluma?

–Si puede ser –dije–. Lo más importante es que las tengamos para la vista.

Empujé mi plato vacío y abrí mi portátil en la mesa. Cargué las dos fotos de la escena del crimen que planeaba mostrar en la vista de esa tarde: dos imágenes diferentes de Sam Scales en el maletero de mi Lincoln. Se las envié a Lorna y le advertí que eran muy explícitas. No era su sensibilidad delicada lo que estaba tratando de proteger; solo quería que advirtiera al técnico de fotografía de la tienda FedEx.

18

Me sentí bien al entrar en la sala de la jueza Warfield por la entrada del público en lugar de hacerlo por la puerta de acero desde el calabozo. Sin embargo, al mismo tiempo, la entrada del «hombre libre» me puso en una pesada confluencia con los que regresaban al tribunal después de comer, incluida Dana Berg, que me atacó en el ascensor cual perro de presa como si fuera un matón en prisión. No le hice caso y me guardé mi enemistad para la sala. Le aguanté la puerta, pero no me dio las gracias.

Las gemelas de los medios ya estaban en su lugar habitual cuando entramos.

—Veo que ha avisado a la prensa —dijo Berg.

—Yo no —dije—. A lo mejor solo son vigilantes. ¿No es lo que queremos en una sociedad libre? ¿Una prensa vigilante?

—Bueno, está meando fuera del tiesto esta vez. Van a ver a la jueza darle una patada en el culo.

—Para que conste, Dana, no la culpo. De hecho, me cae bien, porque es dura y centrada. Ojalá todos nuestros fiscales lo fueran. Pero tiene gente a su servicio que no le hace ningún favor.

Nos separamos al pasar por la barandilla. Ella se fue a la izquierda, a la mesa de la acusación, y yo a la derecha, a la mesa de la defensa. Jennifer ya estaba sentada allí.

—¿Sabes algo de Lorna? —pregunté.

—Acaba de aparcar y está en camino —dijo.

—Eso espero.

Abrí mi maletín y saqué una libreta en la que había estado haciendo mi preparación final en la cafetería de la planta baja. Jennifer se inclinó para mirar mis notas.

—¿Estás listo? —preguntó.

—Sí —dije.

Me volví en mi asiento y revisé la galería. Había enviado un mensaje de texto a mi hija avisándole de la vista, pero fue en el último momento y no conocía sus horarios de clase de los lunes por la tarde. No había tenido noticias suyas y no estaba en la sala.

La jueza Warfield dio inicio a la sesión con diez minutos de retraso y eso le dio a Lorna tiempo suficiente para llegar al tribunal con las fotos. Estábamos preparados cuando el secretario Chan llamó al orden en la sala y Warfield ocupó el estrado.

Sostuve mi libreta en la mano, listo para que me llamaran al atril: era mi moción; mi prerrogativa era empezar. Pero Berg se levantó y se dirigió al tribunal.

—Señoría, antes de que se autorice al señor Haller a subir al estrado y lanzar sus afirmaciones completamente infundadas a los medios a los que ha invitado a la vista, la fiscalía quiere solicitar que la vista se celebre a puerta cerrada para que no se pueda influir en la reserva de jurados, que es adonde la defensa quiere llegar con estas acusaciones completamente descabelladas.

Me puse de pie antes de que ella terminara y la jueza me diera la palabra.

−¿Señor Haller?

−Gracias, señoría. La defensa protesta a que la moción se celebre a puerta cerrada. El mero hecho de que a la señora Berg no le guste lo que va a oír no es razón para ocultar lo que se diga y se presente. Es cierto que se trata de alegaciones serias, pero la luz del sol es el mejor desinfectante, señoría, y esta vista debería permanecer abierta al público. Además, para que conste, yo no he avisado a los medios de esta vista de emergencia. No sé quién lo ha hecho. Pero nunca se me habría ocurrido, como aparentemente sí a la señora Berg, que una prensa vigilante sea algo malo.

Me volví e hice un gesto hacia las dos periodistas cuando terminé. Entonces vi que Kent Drucker, el investigador a cargo del caso, había llegado y estaba sentado en la primera fila de la galería, justo detrás de la mesa de la acusación.

−¿Ha terminado, señor Haller? −preguntó Warfield.

−Sí, señoría −dije−. Presentado.

−La solicitud de una vista cerrada se deniega −dijo Warfield−. Señor Haller, ¿tiene algún testigo?

Hice una pausa. En un mundo perfecto, un abogado nunca formula una pregunta de la cual no conoce la respuesta. Eso significa que un buen abogado nunca pone un testigo en el estrado al que no pueda controlar o del que no pueda obtener las respuestas que necesita. Sabía todo eso, pero aun así decidí ir en contra de los conocimientos adquiridos.

−Señoría, veo al detective Drucker en la sala. Empecemos con él como primer testigo.

Drucker pasó la barandilla hasta el estrado de los testigos y le tomaron juramento. Era un investigador preparado con más de veinte años en el oficio, la mitad de ellos trabajando en homicidios. Llevaba un bonito traje y cargaba con su propia copia del expediente policial. Si estaba sorprendido de que lo hubiera llamado, no lo mostró. Como no estábamos ante un jurado, me salté las preguntas introductorias suaves y fui directo al meollo de la cuestión.

–Detective, veo que lleva el expediente del caso.

–Sí, señor.

–¿Le importaría ir al informe de pertenencias que se presentó en relación con las pertenencias de la víctima de este caso, Sam Scales?

Drucker abrió la gruesa carpeta en la superficie plana del estrado de los testigos, la hojeó y enseguida encontró el informe. Le pedí que se lo leyera a la jueza y rápidamente enumeró prendas de ropa y zapatos, así como el contenido de los bolsillos de Scales, en los que había algo de cambio, un juego de llaves, un peine y un fajo de ciento ochenta dólares en billetes de veinte cogidos con un clip.

–¿Algo más en los bolsillos? –pregunté.

–No, señor –respondió Drucker.

–¿Teléfono móvil?

–No, señor.

–¿Cartera?

–No había cartera.

–¿Eso le pareció remarcable?

–Sí.

Esperé más, pero no obtuve nada. Drucker era uno de esos testigos que no iba a dar ni un ápice más de lo exigido.

–¿Puede decirnos por qué? –dije, ocultando mi exasperación.

–Planteaba una pregunta –dijo Drucker–. ¿Cartera perdida igual a atraco?

–Pero había dinero en su bolsillo, ¿no?

–Sí.

–¿Eso no socavaba la teoría del robo y planteaba la posibilidad de que la cartera se retirara por otra razón?

–Podría ser, sí.

–¿Podría ser? Le estoy preguntando si fue así.

–Todo eran preguntas. El hombre evidentemente había sido asesinado. Había un montón de posibilidades respecto al móvil.

–Sin cartera ni ningún documento, ¿cómo identificó a la víctima como Sam Scales?

–Por las huellas dactilares. Había un sargento de patrulla cerca con un lector móvil. Obtuvimos la identificación muy deprisa y fue más fiable que verificar una cartera. La gente lleva documentación falsa.

Sin saberlo, había establecido un punto que yo trataba de establecer.

–Después de haber identificado a la víctima como Sam Scales, ¿hizo una investigación de sus antecedentes?

–Mi compañero la hizo.

–¿Qué encontró?

–Una larga lista de fraudes, estafas y otros delitos con los que estoy seguro de que está familiarizado.

No hice caso de la pulla y seguí adelante.

–¿No es un hecho que en cada uno de esos fraudes, estafas y otros delitos Sam Scales utilizó un alias diferente?

–Es correcto.

Berg notó que se avecinaba un golpe mortal y se levantó para protestar.

–Señoría, esto es una moción de forzamiento de entrega de pruebas y el abogado está haciendo recorrer al testigo toda la investigación del caso. ¿Cuál es el propósito?

No era una gran protesta, pero sirvió para romperme el ritmo. La jueza me advirtió que llegara a la clave del interrogatorio o pasara a otra cosa.

–Detective Drucker, sabiendo que la víctima de este asesinato usaba diferentes alias, ¿no habría sido importante para la investigación recuperar su cartera para ver qué alias estaba usando en el momento de su muerte?

Drucker digirió la pregunta un buen rato antes de responder.

–Es difícil decirlo –dijo.

Supe con esa respuesta que nunca conseguiría lo que quería de Drucker. Estaba demasiado pendiente de mí para separarse de las preguntas cortas, que ofrecían muy poca información de valor.

–Está bien, sigamos –dije–. Detective, ¿puede pasar a las fotos de la escena del crimen del expediente del caso y mirar las fotografías 37 y 39?

Mientras Drucker encontraba las páginas relevantes en el expediente del caso, yo preparé rápidamente dos caballetes portátiles delante de la tribuna vacía del jurado y coloqué en ellas las ampliaciones de 60 × 45 que Lorna había encargado esa mañana. Cada una era una fotografía de Sam Scales tumbado de costado en el maletero de mi Lincoln. La segunda imagen era un poco más de cerca que la primera.

–¿Ha encontrado las fotos, detective Drucker?

–Sí, las tengo aquí.

–¿Sus fotos 37 y 39 corresponden con las amplia-ciones que he colocado para que el tribunal las vea?

–¿Que si corresponden? No...

–¿Son las mismas fotos? ¿Son idénticas?

Drucker hizo el paripé de mirar sus fotos y luego las dos imágenes que había puesto en los caballetes.

–Parece que son las mismas –dijo finalmente.

–Perfecto –dije–. ¿Puede decirnos para que conste qué describen las dos fotos?

–Ambas son fotos de la víctima de este caso en el maletero de su coche. Una de las fotos está más am-pliada que la otra.

–Gracias, detective. La víctima está tumbada sobre el costado derecho, ¿es así?

–Así es.

–Está bien, y ahora fíjese en la cadera izquierda de la víctima, la que está hacia la cámara. ¿Ve el bolsillo trasero izquierdo del pantalón de la víctima?

–Lo veo.

–¿Ve la distensión rectangular del bolsillo?

Drucker dudó al ver lo que estaba haciendo.

–¿La ve, detective Drucker?

–Veo cierto patrón ahí. No sé lo que es.

–¿Cree que es reveladora de una cartera en ese bolsillo posterior, detective?

–No puedo saberlo sin mirar en ese bolsillo. Lo úni-co que sé es que ni la policía científica ni la oficina del forense me entregaron ninguna cartera.

Berg se levantó y protestó por la línea del interro-gatorio.

–Señoría, el abogado está tratando de arrojar sos-pechas sobre la investigación de este caso basándose en un patrón que ve en la ropa de la víctima. No hay ninguna cartera en ese bolsillo, porque no se encontró ninguna cartera en el cuerpo de la víctima ni en la escena del crimen. La defensa está usando esta cuestión, la cartera fantasma, para distraer al tribunal y transmitir a los medios una teoría de la conspiración que espera que llegue a los potenciales jurados. Una vez más, la acusación protesta, para empezar, a la vista en sí y, en segundo lugar, a que se celebre en audiencia pública.

Se sentó enfadada y la jueza volvió los ojos hacia mí.

—Señoría, ha sido un bonito discurso, pero permanece el hecho de que cualquiera con dos ojos puede ver que la víctima llevaba una cartera en el bolsillo trasero. Ahora la cartera no está y no solo eso arroja dudas sobre la investigación de este asesinato, sino que pone a la defensa en una clara desventaja, porque se le impide examinar las pruebas que había en la cartera. Dicho todo esto, si el tribunal me permite cinco minutos más con este testigo, creo que quedará completamente claro que algo falló tremendamente en esta investigación.

Warfield se tomó su tiempo antes de responder y eso me dijo que estaba de mi lado y no con la acusación.

—Puede continuar con el testigo, señor Haller.

—Gracias, señoría. Mi colega, la señora Aronson, pondrá ahora la cámara corporal del agente Milton en la pantalla grande. Lo que mostraremos son los primeros momentos de la cinta, cuando el agente Milton usa el mando del coche para abrir el maletero.

La cinta empezó a reproducirse en la pantalla plana de la pared situada frente a la tribuna del jurado. El ángulo era desde el lateral de la parte trasera del Lincoln. La mano de Milton apareció en pantalla cuando usó el pulgar para abrir el maletero. Se levantó la tapa, revelando el cadáver de Sam Scales. La cámara empezó a moverse al tiempo que Milton reaccionaba.

–Bien, parémoslo ahí –dije–. ¿Puedes retroceder al punto en el que se abre el maletero?

Jennifer lo hizo y congeló la imagen. Milton había adoptado un ángulo lateral seguro en relación con el coche al abrir el maletero, presumiblemente porque no sabía quién o qué había dentro. Eso proporcionó una visión lateral de dos segundos del cadáver, un ángulo que el fotógrafo forense no había adoptado. Simplemente había quedado captado por la cámara corporal de Milton.

–Detective Drucker –dije–, ¿puede fijarse otra vez en el bolsillo trasero izquierdo de la víctima? ¿Lo que ve desde este ángulo le hace cambiar su opinión respecto a si la víctima llevaba una cartera en el bolsillo en el momento en que se descubrió el cadáver?

Todas las miradas estaban centradas en la pantalla de vídeo, salvo la mía. Incluso vi a una de las periodistas deslizarse por el banco de la tribuna para conseguir un mejor ángulo de la pantalla. El ángulo de la cámara del vídeo mostraba claramente que el bolsillo trasero de los pantalones de la víctima estaba ligeramente abierto porque había un objeto en su interior. Era un objeto oscuro, pero había una línea de un color más claro que recorría la parte central en vertical.

A mi juicio, era claramente una cartera, de la que asomaba el borde de un billete. Para Drucker seguía sin ser nada.

–No –testificó–. No puedo saber con seguridad qué es eso.

Lo tenía.

—¿Qué quiere decir con «qué es eso», detective?

—Quiero decir que no lo sé. Podría ser cualquier cosa.

—Pero está reconociendo que hay algo en ese bolsillo, ¿correcto?

Drucker se dio cuenta de que había pisado la trampa de la defensa.

—Bueno, no puedo decirlo a ciencia cierta —dijo—. Podría ser el forro del bolsillo.

—¿En serio? —dije cargado de incredulidad—. ¿Ahora está diciendo que es el forro del bolsillo?

—Estoy diciendo que no lo sé con seguridad.

—Detective, ¿puede volver a la lista de pertenencias que tiene en el expediente del caso para que le formule mi última pregunta?

La sala se quedó en silencio hasta que Drucker la tuvo delante.

—Está bien, señor —dije—. La lista de pertenencias indica dónde se encontró cada elemento, ¿es correcto?

—Sí, es correcto.

Drucker pareció aliviado por recibir una pregunta fácil, pero no duró mucho.

—Muy bien —dije—. ¿Qué dice el informe que se sacó del bolsillo posterior izquierdo de los pantalones de la víctima?

—Nada —dijo Drucker—. No consta nada.

—No tengo más preguntas —dije.

19

Como buena fiscal, Dana Berg estaba pensando en el juicio que tenía por delante. Su turno de réplica con el detective Drucker no tuvo por objeto ganar ese día, sino ganar el juicio. Tenía que asegurarse de que aquello de lo que quedaba constancia ese día no provocara que un jurado se volviera contra Drucker o contra la acusación en el juicio. El movimiento más inteligente que hizo fue solicitar un receso de diez minutos tras mi interrogatorio directo. Eso le dio tiempo para estar a solas con Drucker y tratar de entender lo que estaba ocurriendo.

Cuando se reinició la sesión, Drucker tenía una opinión completamente diferente de las fotografías y el vídeo que le había mostrado.

No me sorprendió.

—Detective Drucker, ¿ha tenido ocasión de revisar todas las fotos de la escena del crimen durante el receso? —preguntó Berg.

—Sí —dijo Drucker.

—¿Y ha sacado alguna conclusión nueva sobre lo que ha visto?

—He mirado todas las fotos del cadáver en el maletero y ahora creo que es muy probable que hubiera una cartera en el bolsillo de atrás de los pantalones en el momento en que el cadáver estaba en el maletero.

No pude evitar sonreír. Berg quería dar la impresión de que el equipo de la acusación había hecho ese descubrimiento y lo estaba sacando a la luz.

–Y, sin embargo, su propio informe de pertenencias dice que no había cartera. ¿Cómo lo explica?

–Bueno, evidentemente alguien sacó la cartera en algún momento.

–¿La sacó? ¿Quiere decir que la sacó y la colocó en otro lugar?

–Posiblemente.

–¿Podría haber sido robada?

–Posiblemente.

–¿Cuándo se registró la ropa que llevaba el cadáver?

–No la tocamos mientras estuvo en el maletero. Esperamos a que llegara el equipo del forense y retirara el cadáver. Tomamos sus huellas con el lector manual y envolvieron el cadáver en plástico. Después de eso, se lo llevaron a la oficina del forense para la autopsia.

–Entonces, ¿puede decir en qué momento se retiró la ropa, se examinó esta y se hizo un inventario del contenido?

–Todo eso son deberes del forense. El cadáver fue preparado para la autopsia al día siguiente y yo recibí una llamada de un investigador de allí diciendo que podía pasarme y recoger las pertenencias de la víctima.

–¿Y lo hizo?

–No inmediatamente. La autopsia estaba programada para la mañana siguiente. Esperé a recoger las pertenencias entonces.

–¿No era urgente?

–La verdad es que no. El investigador del forense me mandó un mensaje con la lista de pertenencias. Me fijé en que no había ninguna cartera, y el resto de las pertenencias no parecían importantes para la investigación.

–¿Cuándo recibió el mensaje?

Drucker miró a la jueza con cara de inocente.

–¿Puedo consultar mis notas? –preguntó.

–Puede hacerlo –dijo Warfield.

Drucker pasó varias páginas del expediente del caso y luego se detuvo para leer.

–Tengo el mensaje aquí –dijo–. Lo recibí a las 16.20 del día siguiente al hallazgo del cadáver.

–Entonces, haciendo cuentas –dijo Berg–, la primera vez que supo que no había cartera fue unas diecisiete horas después de que lo llamaran a la escena del crimen para empezar con la investigación. ¿Es así?

–Sí, así es.

–¿Y durante ese tiempo no tuvo custodia de la ropa ni las pertenencias de la víctima?

–Exacto.

–¿Podría haber sido robada o extraviada?

–Sí.

–¿Se llevó usted la cartera, detective Drucker?

–No, ni siquiera la vi.

–¿La retiró intencionadamente del paquete de divulgación de pruebas que le pedí que preparara para la defensa?

–No.

–No tengo más preguntas, señoría.

Tuve que reconocer el mérito de Berg. Había sacado hábilmente a Drucker del vertedero de credibilidad y viviría para librar otra batalla con él en el juicio. Autorizaron a Drucker a abandonar el estrado y le dije a la jueza que no tenía más testigos y estaba listo para argumentar. Berg también dijo que estaba lista.

Mi salva de apertura fue breve y directa.

—Señoría, tenemos aquí una situación en la cual la acusación ha manejado mal un elemento probatorio clave, ha ocultado su infracción a la defensa y ahora es la defensa la que queda dañada por su fallo. Tanto si sus acciones fueron intencionadas como si no, mi derecho a un juicio justo ha quedado más que vulnerado: se ha pisoteado. Conocía a la víctima. Conocía su historial y conocía su *modus operandi*. Cambiaba de alias con la misma facilidad con la que alguna gente cambia de zapatos. La pérdida de su cartera, que contenía la identidad actual de Sam Scales en el momento de su muerte, ha impedido a mi equipo la posibilidad de investigar adecuadamente las actividades de la víctima y, por consiguiente, de tener noticias de potenciales amenazas y asesinos.

»Ese es mi argumento si cree la explicación que le han dado de que la cartera fue extraviada de manera inocente o robada por alguien que merodeaba por los pasillos de la oficina del forense. Personalmente, no creo nada de eso. Fue un intento premeditado de impedir un juicio justo. Fue la acusación diciéndole a la policía que se reuniera y…

Berg se levantó de un salto y protestó a mi proyección de calumnias sobre las acciones y los motivos de la acusación.

—Esto es un alegato —dije—. Puedo decir lo que quiera.

—Hasta cierto punto —dijo Warfield—. No voy a dejarle divagar sobre lo que consta en acta. Creo que ha dejado claro su argumento. ¿Desea añadir algo más?

Berg había logrado hacerme descarrilar y la jueza no iba a permitir que volviera a la vía.

—No, señoría —dije—. Presentado.

—Señora Berg —dijo la jueza—, espero que sea usted igual de breve.

—Señoría, dejando al margen el histrionismo de la defensa, ni existe ni se ha presentado aquí prueba alguna que indique una gran conspiración para impedir un juicio justo en el caso, y lo que es más importante de todo: no hay indicio ni indicación de ningún plan para retener o subvertir el proceso de divulgación de pruebas. Sí, la cartera de la víctima desapareció, pero ha sido el mismo abogado de la defensa el que lo ha sacado a la luz esta mañana. Al venir aquí a gritar que hay juego sucio y conspiración, el letrado solo está haciendo un número para los medios, y la acusación solicita que el tribunal rechace la moción.

Me levanté para responder, pero la jueza no lo permitió.

—Creo que he oído suficiente, señor Haller. Sé lo que va a decir y luego sé lo que la señora Berg va a responder. Así que vamos a ahorrar tiempo.

Recibí el mensaje y me senté.

—Esta sala considera que la información revelada hoy es muy inquietante —continuó Warfield—. El estado admite que había una cartera en el bolsillo de la víctima, pero no puede presentar esa cartera para que la examine la defensa. Tanto si la cartera desapareció por negligencia o por algo más siniestro, la situación sigue dejando a la defensa en una situación de desventaja. Como ha propuesto el señor Haller, la cartera podría haber contenido una identidad alternativa utilizada por la víctima. Eso a su vez podría conducir a pruebas que respalden la posición del señor Haller.

Warfield hizo una pausa ahí y pareció estudiar sus notas un momento antes de continuar.

–En este momento, esta sala no sabe cuál es el remedio y va a tomarse cuarenta y ocho horas para considerarlo. Y dará a la acusación esas mismas cuarenta y ocho horas para encontrar la cartera o determinar exactamente qué le ocurrió. Voy a suspender esta vista hasta el miércoles a la una y mi sugerencia es que la acusación no vuelva con las manos vacías. Se levanta la sesión.

Warfield se volvió en su silla y se levantó. Bajó los tres peldaños del estrado con rapidez y elegancia, con su toga flotando tras ella mientras alcanzaba la puerta que conducía a su despacho para desaparecer por ella.

–Buen trabajo –me susurró Jennifer al oído.

–Tal vez –respondí en otro susurro–. Lo veremos en un par de días. ¿Te han impreso esa citación?

–Sí.

–Veré si puedo entregársela mientras se lamenta por la defensa.

Mientras Jennifer abría su maletín para sacar el documento, Berg se paró junto a la mesa de la defensa al salir.

–¿De verdad cree que tengo algo que ver con eso? ¿Que lo sabía?

La miré un momento y respondí.

–No lo sé, Dana. Lo único que sé es que desde el primer día está tratando de inclinar el tablero para que todas las piezas caigan de su lado. Así que deme una razón para no creerlo. Encuentre la cartera.

Frunció el ceño y se alejó sin responder.

—Aquí —dijo Jennifer.

Cogí la citación y me levanté.

—Voy a irme —dijo ella—. Cuéntame si hay algún problema.

—Lo haré. Hablamos mañana por la mañana. Y gracias por venir hoy.

—No hay problema. ¿Se la darás a Cisco?

—Sí, creo que iré con él, a ver si podemos sacudir un poco la jaula.

—Bueno, suerte con eso. El FBI normalmente no se sacude.

Me acerqué al secretario de Warfield y le pedí que llamara a la jueza antes de que se aposentara en su despacho para ver si podía pasar para que firmara una citación. Él hizo la llamada reticentemente y vi una ligera sorpresa en su rostro cuando la jueza aparentemente le dijo que me hiciera pasar.

El secretario abrió a medias la puerta de su recinto y me hizo pasar a un pasillo que era una extensión del dominio del ayudante, con archivadores a un lado y una gran impresora y una mesa de trabajo en el otro. Pasé por otro pasillo, este lleno de puertas a los despachos de distintos jueces.

El de Warfield se hallaba a la izquierda y su puerta estaba abierta. La jueza estaba detrás de su escritorio y tenía su toga negra colgada de un perchero.

—¿Tiene una citación para mí? —dijo.

—Sí, señoría —contesté—. Una citación para solicitar registros.

Le entregué el documento que Jennifer había preparado por encima de la mesa. Permanecí de pie mientras la jueza lo estudiaba.

—Esto es federal —dijo.

–Es para el FBI, pero es una citación estatal –expliqué.

–Ya lo veo, pero sabrá que le van a patinar las ruedas. El FBI no responderá a una citación estatal. Tendrá que pasar por la Oficina del Fiscal Federal, señor Haller.

–Las ruedas también me van a patinar si voy a través de la Oficina del Fiscal Federal, señoría.

Ella mantuvo los ojos en la citación y la leyó en voz alta:

–«Todos los documentos se refieren a interacciones con Samuel Scales o alias...»

Dejó el papel en su escritorio, se recostó y me miró.

–Sabe adónde va a ir esto, ¿verdad? –dijo–. A la papelera.

–Puede ser –dije.

–¿Solo va de pesca? ¿Trata de conseguir una reacción?

–Estoy trabajando con una corazonada. Me habría ayudado tener la cartera y un nombre con el que trabajar. ¿Tiene algún problema con que vaya de pesca, señoría?

Estaba apelando a la antigua abogada que había en ella. Sabía que había estado en la misma posición: con necesidad de un respiro y apoyándose en una posibilidad remota para conseguirlo.

–No tengo nada en contra de lo que está haciendo –dijo Warfield–. Pero es un poco tarde para esto. Tiene juicio en un mes.

–Estaré preparado, señoría –dije.

Se inclinó adelante, cogió una pluma de un bonito soporte de plata que tenía sobre el escritorio y firmó la citación. Me la devolvió.

–Gracias, señoría –dije.

Me acerqué a la puerta, pero me pilló antes de que pudiera pasar.

–He reservado dos semanas para la selección del jurado y el juicio –dijo a mi espalda.

Me volví a mirarla.

–Si trata de jugármela apurando hasta el momento de la verdad y luego pidiendo un aplazamiento, mi respuesta va a ser no.

Asentí para decir que lo comprendía.

–Gracias, señoría –dije.

Pasé por la puerta con mi quimérica citación.

20

De vuelta en la sala, el secretario me contó que tenía
un visitante que me había estado esperando en la galería, pero el ayudante le había hecho salir, porque la
sala iba a estar cerrada el resto del día.

–¿Un tipo grande? –pregunté–. ¿Camiseta negra,
botas?

–No –dijo el secretario–. Un tipo negro. Iba de
traje.

Eso me causó curiosidad. Recogí los materiales que
había dejado en la mesa de la defensa y luego salí de
la sala. En el pasillo encontré a mi visitante esperando
en un banco. Casi no lo reconocí de traje y corbata.

–¿Bishop?

–Abogado.

–Bishop, ¿qué estás haciendo aquí? ¿Has salido?

–He salido, tío, y estoy listo para trabajar.

Entonces lo recordé. Le había ofrecido trabajo para
cuando saliera de prisión. Bishop interpretó mi vacilación.

–No pasa nada si no tienes nada, tío. Sé que tienes
tu juicio y cosas de las que preocuparte.

–No, está bien. Es solo… Es una sorpresa, nada
más.

–Bueno, ¿necesitas un chófer?

–La verdad es que sí. Quiero decir, no todo el día, pero necesito a alguien disponible, sí. ¿Cuándo quieres empezar?

Bishop extendió los brazos para mostrarse.

–Llevo puesto mi traje de funeral –dijo–. Estoy listo.

–¿Carnet de conducir? –pregunté.

–También lo tengo. Me pasé por tráfico en cuanto salí.

–¿Cuándo fue eso?

–El miércoles.

–Vale, déjame verlo. Tendré que hacerle una foto y añadirte al seguro.

–Claro.

Sacó de un bolsillo de los pantalones una cartera delgada y me entregó un carnet nuevo. Parecía legítimo, en la medida de mis conocimientos. Vi por primera vez que su nombre era Bambadjan Bishop. Saqué mi teléfono y tomé la foto.

–¿De dónde es este nombre? –pregunté.

–Mi madre era de Costa de Marfil –dijo–. Era el nombre de su padre.

–Bueno, tengo que ir a Westwood a entregar una citación. ¿Quieres empezar ahora mismo?

–Estoy aquí. Listo para empezar.

Mi Lincoln estaba aparcado en el agujero negro que era la estructura del aparcamiento. Me acerqué, le di a Bishop las llaves y ocupé el asiento de atrás.

Nos dirigimos a la planta de salida y presté mucha atención a su talento para conducir mientras hacía un repaso de cómo funcionaba el trabajo. Consistía esencialmente en estar disponible veinticuatro horas al día, siete días a la semana, pero las más de las veces solo lo requeriría los días laborables. Necesitaba un teléfono al que pudiera enviarle mensajes de texto. Nada de teléfonos de prepago. Nada de alcohol. Nada de armas. No tenía que llevar corbata, pero me gustaba el traje. Podía quitarse la chaqueta cuando estuviera en el coche. Los días que lo necesitara, tendría que pasar por mi casa, donde se guardaba el coche, y salir desde ahí. Nada de llevarse el coche a casa por la noche.

—Tengo un teléfono —dijo cuando terminé—. No es de prepago.

—Bien —dije—. Necesito el número. ¿Preguntas?

—Sí, ¿cuánto me va a pagar?

—Los cuatrocientos que te pagaba por protección están suspendidos porque tú estás fuera y yo también. Te pagaré ochocientos a la semana por llevarme. Habrá mucha inactividad y días libres.

—Estaba pensando en mil.

—Yo estaba pensando en ochocientos. A ver cómo lo haces; luego podemos pensar en mil. En cuanto pase este juicio y vuelva a ganar dinero, hablaremos. ¿Tenemos un trato?

—Sí. Trato.

—Bien.

—¿Vamos a ir a Westwood?

—Al edificio federal; está en Wilshire con la 405.

—El que tiene todos los palos de bandera delante.

—Ese mismo.

Salimos del aparcamiento subterráneo y Bishop avanzó por la autovía 10 y se dirigió al oeste sin que tuviera que darle instrucciones. Eso era buena señal. Saqué mi teléfono y mandé un mensaje a Cisco para decirle que nos encontráramos en el vestíbulo del edificio federal de Westwood.

Qué pasa

Entrega de citación
a los federales

Voy

Guardé el teléfono y miré a Bishop a los ojos en el espejo retrovisor.

—¿Cómo quieres que te llame? —dije—. Estoy muy acostumbrado a Bishop, pero eso era en la cárcel y tal vez...

—Bishop está bien.

—Cuando estuve allí, quería ocuparme de mis asuntos. No pregunté nada a nadie. Pero ahora tengo que preguntarte por qué estabas en Twin Towers y cómo saliste.

—Estaba cumpliendo una bala por violación de la condicional. Normalmente me habrían puesto en Pitchess, pero un tipo de inteligencia de bandas de la policía estaba trabajando conmigo y no quería conducir hasta allí a todas horas. Así que tuve suerte. Me tocó una celda individual en Towers en lugar de un catre en Pitchess.

—Entonces, ¿esos días que decías que tenías juicio estabas pasando chivatazos a inteligencia de bandas?

Me miró en el espejo, captando el tono en mi voz.

—Yo me aproveché de él —dijo—. No él de mí.

—Entonces, ¿no vas a tener que testificar en un caso? —le presioné—. No quiero convertirme en una diana, Bishop.

—No hay ningún caso, abogado. Trabajé hasta que terminó mi año y luego salí. Si viene a buscarme, lo mandaré a tomar por culo.

Su historia sonaba real. Una bala era un año y los reclusos que cumplían un año o menos normalmente no eran enviados a la prisión estatal. Cumplían sentencias cortas en una de las prisiones del condado, y Peter J. Pitchess Honor Rancho era la mayor de todas ellas.

–Eres de los Crip, ¿no? –pregunté.

–Era miembro –dijo Bishop.

–¿Dónde?

–Southside.

Durante mi época en la Oficina de Defensa Pública había representado a acusados probablemente de todos los grupos de Bloods y Crips, pero eso ocurrió hacía mucho tiempo y no recordaba ningún nombre de antiguos clientes.

–Fue antes de tu época, pero los tipos de Southside supuestamente se cargaron a Tupac en Las Vegas –dije.

–Eso dicen –comentó Bishop–, pero era historia antigua. Ninguno de esos capos andaba por ahí cuando yo estaba.

–¿Por qué estuviste en condicional?

–Por pasar.

–Entonces, ¿por qué quieres trabajar para mí cuando podrías ir con tus colegas y pasar droga? Eso da más dinero.

–Ya sabes por qué. Ahora tengo novia y un crío. Voy a casarme y a terminar con todo eso.

–¿Estás seguro, Bambadjan?

–Compruébalo, tío. Ya lo verás. Nunca he consumido y estoy fuera de esa vida. Voy a buscar un sitio para alquilar por aquí y nunca voy a volver al barrio.

Bishop pasó a la 405 en dirección norte para salir a Wilshire Boulevard. El edificio federal se elevaba diecisiete plantas al lado de la autovía: una construcción que parecía una lápida gris gigante.

Pronto estuvimos en el amplio aparcamiento que lo rodeaba. Le dije a Bishop que se quedara y que le enviaría un mensaje de texto cuando estuviera saliendo.

—Seguramente, no tardaré mucho —dije.

—¿A pagar impuestos? —preguntó.

No respondí. No iba a empezar a contarle mis asuntos todavía.

En el vestíbulo vi a Cisco esperando en el otro lado del detector de metales. Había ido con Lorna. Eso estaba bien, porque ella también tenía licencia para actuar en procedimientos judiciales. Los estatutos de California requerían que todas las citaciones las entregaran notificadores autorizados o detectives privados con licencia. Era una regla de seguridad diseñada para eludir la posibilidad de que los abogados o sus clientes entregaran citaciones y otros documentos legales a personas con las que tenían contenciosos.

Normalmente, no me habría acercado a la entrega de esa citación, pero quería estar ahí para hacer una declaración. Una declaración que esperaba que generara una respuesta del FBI.

Me reuní con Cisco y Lorna después de pasar por el detector de metales. Tomamos un ascensor a la planta catorce, donde se hallaba la oficina del FBI más grande al oeste de Chicago. De alguna manera, terminamos solos en el ascensor.

—Sabes que no van a aceptarla —dijo Cisco.

—Ya lo sé —dije—. Solo quiero generar olas, tocar los tambores y ver qué pasa.

–¿Con el FBI? –preguntó Lorna–. No cuentes con que reaccionen.

–Tú ten el teléfono listo –dije.

Cumpliendo con las normas, le entregué a Cisco la citación que había firmado la jueza Warfield. Las puertas del ascensor se abrieron en la catorce y vi un contador de recepción protegido con un cristal grueso, como el cajero de un banco en una zona de elevada delincuencia. Había una mujer sentada en un taburete detrás de un cajón de entrega. Activó un intercomunicador unido al cristal.

–¿Puedo ayudarle? –preguntó.

Cisco se agachó al micrófono y leyó el nombre que constaba en la citación.

–Quería ver al agente especial al mando John Trembley –dijo.

–¿Tiene identificación? –preguntó la recepcionista–. ¿De los tres?

Saqué mi cartera y el carnet de conducir y una tarjeta de visita, una de las antiguas, impresa antes de que el Colegio de Abogados de California me obligara a eliminar mi eslogan («Duda razonable a un precio razonable») de todos mis anuncios y marketing. Cisco y Lorna también sacaron su documento y pusimos los tres en el cajón. La recepcionista se tomó su tiempo para estudiarlos antes de responder.

–El agente especial al mando no ve a nadie sin una cita –dijo la recepcionista–. Puedo darle una dirección de correo electrónico para comunicarse y programar cita.

Cisco levantó el documento con el nombre de Trembley escrito en él.

–Tengo aquí una citación firmada por una jueza que requiere documentos al agente Trembley –dijo–.

Necesita verlo ahora mismo y tengo que confirmar la entrega o los dos nos enfrentaremos a desacato.

–Todas las citaciones se vehiculan a través de la Oficina del Fiscal Federal, que está en el centro –dijo la recepcionista–. Deberían saberlo.

–Lo sé –dijo Cisco–. Esto es diferente. Es una citación urgente.

Me incliné hacia el micrófono.

–¿Puede llamar al agente Trembley, por favor? –pregunté–. Querrá saber de esto.

La recepcionista parecía molesta por la petición.

–Póngala en el cajón –dijo.

El cajón de acero se deslizó con nuestros documentos, que todos recogimos. Mi tarjeta de visita estaba al fondo. La cogí y se la entregué a Cisco, que la deslizó por debajo del clip de papel unido a la citación de varias páginas.

Cisco colocó la citación en el cajón, que se deslizó al instante. La recepcionista apagó el altavoz mientras cogía la citación y la miraba. A continuación, cogió un teléfono e hizo una llamada. El cristal me impidió escuchar su parte de la breve conversación.

Al cabo de un momento, apareció un hombre de traje por una puerta situada detrás de la recepcionista, cogió la citación y solo la miró al abrir una puerta y entrar en la sala de espera.

–¿Agente Trembley? –pregunté.

–No –dijo–. Agente Eason. No aceptamos citaciones aquí.

Señalé con la cabeza a la que tenía en la mano.

–Acaba de hacerlo –dije.

–No, tiene que llevarla a la Oficina del Fiscal Federal –contestó.

Lorna levantó su móvil e hizo una foto de Eason y la citación.

—¡Eh! —gritó el agente—. Nada de fotos. ¡Borre eso ahora!

—Está notificado —dijo Cisco.

Misión cumplida; estiré el brazo hacia atrás y pulsé el botón del ascensor. Las puertas se abrieron de inmediato. Miré a Eason.

—Mi tarjeta está ahí —dije—. Dígale a Trembley que puede llamarme cuando quiera.

Dejamos a Eason ahí plantado, con la citación en la mano. Cuando las puertas se cerraron, lo vi mirando a la recepcionista a través del cristal. Parecía enfadado y avergonzado al mismo tiempo.

De nuevo en el vestíbulo, di a Lorna y a Cisco la noticia sobre Bishop.

—Acabo de contratar un chófer —dije.

Pasamos las puertas de cristal que daban a la plaza de las banderas.

—¿A quién? —preguntó Lorna—. Pensaba que contratar a gente era mi trabajo.

—Bambadjan Bishop —dije.

—¿Qué? —dijo Lorna—. ¿Quién?

—¿Es el tipo que te protegía en Towers? —preguntó Cisco.

—Exactamente —dije—. Ha salido y lo estoy probando como chófer. Más o menos le prometí el trabajo cuando estuve dentro. El dinero de protección a su chica se para y ahora voy a pagarle ochocientos a la semana por conducir.

—¿Y confías en él? —preguntó Lorna.

—No exactamente —dije—. Necesito asegurarme de que es legal. Después de la trama de la escucha y ahora con la desaparición de la cartera, no me sorprendería ninguna jugarreta de la otra parte.

—¿Crees que lleva micrófono? —preguntó Lorna.

—No hay indicación de eso, pero quiero estar seguro —dije—. Ahí es donde entras tú, hombretón.

—¿Dónde está?

—Fuera, en el aparcamiento. Le mandaré un mensaje para que me recoja.

—Entonces, ¿quieres que lo doble contra el coche o qué?

—Quiero que lo registres para ver si lleva micrófonos, pero no tienes que obligarlo. Creo que cooperará. Si no lo hace, lo sabremos.

Cuando llegamos al aparcamiento, envié un mensaje al número que me había dado Bishop y esperamos. Cuando el Lincoln paró, Lorna y yo nos metimos en la parte de atrás y Cisco se puso delante para las presentaciones.

—Bishop, son Lorna y Cisco —dije—. Lorna se ocupa del bufete y se encargará de cualquier papeleo que necesites para hacer el trabajo. Y Cisco es mi investigador y tiene que registrarte.

—¿Registrarme por qué? —dijo Bishop.

—Por si llevas un micrófono —dijo Cisco—. Solo un cacheo rápido.

—Qué mierda —dijo Bishop—. No llevo ningún micrófono.

—Yo tampoco lo creo —dije—, pero hay muchas conversaciones confidenciales en este coche. Necesito poder garantizar a mis clientes que de verdad son confidenciales.

—Como quieras —dijo Bishop—. No tengo nada que esconder.

Cisco se volvió en su asiento y puso sus manazas en el pecho de Bishop. Tardó menos de un minuto en tomar una determinación.

–Nada –dijo Cisco.

–Bien –dije–. Bienvenido al equipo, Bishop.

21

Esa noche vinieron a mi casa. La llamada fue tan brusca que Kendall casi dio un grito. Se estaba dando un atracón con la última temporada de *Los Soprano* y ya estaba nerviosa. Yo estaba sentado a su lado en el sofá, repasando los archivos de los casos antiguos de Sam Scales de los que me había ocupado.

Abrí la puerta y me encontré a un hombre y una mujer. Supe que eran federales antes de que dijeran ni una palabra o mostraran su placa. Se presentaron como los agentes Rick Aiello y Dawn Ruth. Por encima del hombro vieron a Kendall sentada en el sofá y preguntaron si había algún lugar donde pudiéramos hablar en privado. Yo me aparté de la puerta y señalé la mesa y las sillas que estaban al extremo de la terraza.

—Aquí fuera está bien –dije.

Pasamos a la mesa y el movimiento activó las luces: dos apliques en la pared y una en el alero del tejado. Eso me dijo que la cámara activada por movimiento también se había encendido.

Paramos junto a la mesa alta, pero nadie se sentó. Rompí el hielo.

—Supongo que esto tiene que ver con la citación que le hemos dejado a su jefe hoy.

—Sí, señor –dijo Aiello.

–Necesitamos saber por qué cree que el FBI tendría alguna información sobre las actividades de Sam Scales –dijo Ruth.

Sonreí y abrí las manos.

–¿Eso importa ahora? –pregunté–. ¿Acaso no lo está confirmando que ustedes dos aparezcan aquí en mi casa a las nueve de la noche? Pensaba que una citación podría causar algo de conmoción y consternación, pero, para ser sincero, no los esperaba hasta mañana, tal vez hasta el miércoles.

–Nos alegra que le parezca divertido, señor Haller –dijo Aiello–. A nosotros no nos hace gracia.

–No, lo que no es gracioso es que me hayan acusado del asesinato de un tipo que estaba siendo vigilado por el FBI –dije–. A lo mejor ustedes pueden decirme cómo ha ocurrido eso.

Iba de farol, con la esperanza de conseguir una confirmación o alguna indicación de que estaba en la pista buena con Sam Scales. Pero los agentes eran demasiado listos.

–Buen intento –dijo Ruth.

Del bolsillo interior de su *blazer* azul característico del FBI, Aiello sacó un documento doblado y me lo entregó.

–Aquí está su estúpida citación –dijo–. Límpiese el culo con ella.

–¿Y mi petición de la Ley de Libertad de Información? –pregunté–. Supongo que también me puedo limpiar el culo con ella, ¿eh?

–No esperamos volver a tener noticias suyas –dijo Ruth.

Hizo una señal de asentimiento a Aiello y se volvieron hacia los escalones. Los observé irse y entonces, sin pensar, hice una jugada para la cámara.

–¿O qué? –dije tras ellos–. Saben que todo saldrá en el juicio. No voy a caer para que puedan mantener en secreto su caso de BioGreen.

Ruth hizo una pirueta y volvió hacia mí. Pero Aiello pasó a su lado y llegó a mí antes.

–¿Qué ha dicho? –preguntó.

–Creo que me ha oído muy bien –dije.

Levantó las dos manos y me empujó contra la barandilla de la terraza; luego se acercó y me sostuvo inclinado sobre ella, con la calle ocho metros por debajo.

–Haller, está avisado –dijo–. Cualquier intento de comprometer una investigación federal que no tiene nada que ver con su... situación... tendrá una respuesta severa.

Ruth se esforzó por apartar a su compañero, pero le faltaban peso y musculatura para lograrlo.

–¿Qué está pasando en esa planta? –pregunté–. ¿Qué hacía Opparizio? Expuse a ese tipo como lo que era hace nueve años. Llegan tarde a la partida.

Aiello apoyó su propio peso para hacerme asomar más todavía. Era una barandilla de madera y notaba que se me clavaba con fuerza en la columna vertebral. Temía que la barandilla cediera y cayéramos los dos a la calle.

–¡Rick! –gritó Ruth–. ¡Suéltalo ya!

Aiello finalmente tiró de mí por el cuello de la camisa hasta terreno firme y me señaló con el dedo.

–No tiene ni idea de con quién está tratando –dijo.

–Meando fuera de tiesto, ¿eh? –dije–. ¿Es eso lo que...?

–Está meando fuera del planeta, Haller –dijo Aiello–. Apártese o será testigo del poder y la fuerza del Gobierno federal.

–¿Es una amenaza? –pregunté.

–Eso es lo que es –dijo Aiello.

Ruth tiró del brazo de su compañero.

–Buenas noches –dijo.

Ruth tiró de Aiello hacia los escalones. Pasaron junto a Kendall, que había salido a la puerta abierta de la casa atraída por las voces. Observé cómo se iban, esta vez sin preocuparme por incitarlos más. Bajaron por la escalera a la calle. Oí que Ruth recriminaba a Aiello susurrando con tensión.

–¿Qué demonios ha sido eso? –dijo–. Métete en el coche.

Oí que las puertas del coche se abrían y se cerraban. Luego el motor se encendió y los neumáticos hicieron saltar gravilla cuando el vehículo arrancó y empezó a bajar por la colina.

–¿Quiénes eran? –preguntó Kendall.

–Del FBI –dije.

–¿Qué? ¿Qué querían?

–Asustarme. Vamos a entrar.

Lo primero que hice al entrar fue ir a mi aplicación Ring, que controlaba la cámara de seguridad, y verificar si la confrontación en la terraza podía verse y oírse con claridad. Estaba todo ahí, aunque el sonido era defectuoso en ocasiones. No me cabía duda de que un experto podría solucionarlo si alguna vez lo necesitaba. Envié el vídeo a Cisco y a Jennifer para que también ellos tuvieran copia. También escribí una breve nota acompañando la transferencia del fichero: «Parece que hemos pinchado en hueso».

Volví a mi lugar en el sofá, al lado de Kendall, pero me costó retomar la labor de repasar los archivos del caso.

–¿Qué querían exactamente? –preguntó Kendall.

–He sacudido su jaula hoy –dije–. Querían sacudir la mía.

–¿Lo han hecho?

–No.

–Bien. ¿Quieres seguir trabajando?

–No, creo que he terminado por hoy.

–Entonces, vamos a la cama.

–Buena idea.

Pero el movimiento al dormitorio fue interrumpido por Cisco, que llamó después de ver el vídeo que le había enviado. Le dije a Kendall que iría en cinco minutos.

–Un poco irascible –dijo Cisco.

–Desde luego, no están nada contentos con la citación que les hemos soltado –dije–. Sea lo que sea lo que están haciendo con BioGreen, nos quieren lejos.

–Pero seguimos con ello, ¿no?

–Claro. ¿Has tenido alguna noticia de los indios esta mañana?

–Un informe de la parejita. Todavía sin rastro de Opparizio.

–Hemos de encontrarlo. ¿Y las otras cosas que estabas haciendo?

–Sí, te iba a informar mañana. No he visto nada esta noche. Ninguna alerta. Después de dejarte en casa, bajó andando por la colina hasta Sunset, pidió comida en Zankou Chicken y esperó un coche. Entonces vi que aparcaba uno: era su novia.

–¿Cómo sabes que era su novia?

–Porque he estado pasándole pasta cada semana desde que te detuvieron.

–Claro. Lo había olvidado.

—También tenía al niño en el coche. Lo recogieron con la cena y se fueron a su casa, en Inglewood. Y punto final.

—¿No hizo llamadas?

—Un par, pero lo estaba observando. Eran llamadas amistosas. Estaba sonriendo, animado; no estaba informando como confidente.

—Aun así, si tenemos la oportunidad, deberíamos verificar el teléfono. La lista de llamadas. Quiero estar seguro.

Me di cuenta de que mi tono indicaba que estaba decepcionado, porque Bambadjan Bishop no parecía estar espiando para la fiscalía o la policía; y supongo que lo estaba. Si estuviera espiando, podría aprovecharme de eso, además de tener la revancha perfecta al exponer la maniobra en la sala.

—Creo que después de la vigilancia en prisión y ahora con la cartera desaparecida estarían locos si trataran de jugárnosla —dijo Cisco.

—Seguramente tienes razón —reconocí—. Pero vigílalo una noche más. Nunca se sabe.

—Hecho.

—Está bien, Cisco, gracias. Hablamos mañana.

En cuanto colgamos, pensé en Bosch. No le había enviado el vídeo de la confrontación con los dos agentes del FBI.

Lo llamé directamente y respondió después de dos tonos.

—Espera —dijo—. Deja que busque un sitio tranquilo.

Oí los sonidos característicos de un casino en el fondo: tragaperras, gente gritando… Luego se hizo el silencio y Bosch me saludó.

—Soy Mick. ¿Dónde demonios estás?

–En Las Vegas. ¿No te has dado cuenta? Acabo de registrarme en el Mandalay.

–¿Qué estás haciendo allí? Pensaba que estabas trabajando para mí. –Inmediatamente, lamenté mi elección de palabras–. Conmigo, quiero decir.

–Sí. Por eso estoy aquí. Siguiendo algo.

–Bueno, hemos pinchado en hueso hoy con el FBI. Dos agentes acaban de aparecer aquí para decirme que estamos meando fuera del tiesto equivocado con BioGreen, lo que confirma que tenemos el tiesto correcto.

–Les gusta hacer eso.

–Bueno, no sé lo que tienes ahí, pero quiero poner todas nuestras fuerzas en descubrir la relación entre Sam, Opparizio y BioGreen. Creo que es la bala mágica con la que ganaremos el caso.

–Entiendo. Debería estar de vuelta mañana por la noche.

–¿Vas a contarme lo que has estado haciendo?

–Siguiendo la pista de Sam Scales. La última vez que lo detuvieron fue por preparar una recaudación de fondos falsa para las víctimas del tiroteo en el festival de música que hubo aquí. ¿Recuerdas eso? El que disparó estuvo aquí en el Mandalay.

–Claro. Otro acto absurdo de hiperviolencia por el acceso fácil a armas militares.

–Veo que no eres de la Asociación Nacional del Rifle.

–No, no lo soy.

–El caso es que el estado de Nevada estuvo metido con todos estos fraudes relacionados con el tiroteo y detuvieron a Scales en Los Ángeles. Lo extraditaron aquí para el juicio y llegó a un acuerdo para cumplir quince meses por fraude en High Desert.

–Recuerdo que me llamó desde la celda. Quería que lo representara, pero le dije que no. Oye, ¿no podrías haber conseguido todo eso por teléfono? Te necesito aquí.

–No para lo que quiero hacer mañana. La prisión estatal de High Desert está a una hora de aquí. El compañero de celda de Scales sigue allí y quiero hablar con él. Lo he preparado para las ocho de la mañana. Después volveré a Los Ángeles.

–¿Crees que tiene algo?

–Está cumpliendo una condena de cinco años por gran fraude. Vendía fichas de casino falsas; se llevó un par de millones antes de que lo pillaran. De todos modos, estos dos han pasado quince meses juntos en una celda. Estoy pensando que intercambiarían historias sobre las cosas que habían hecho y sobre las que planeaban hacer.

–Perfecto. Pusieron a un artista del fraude y a otro de la estafa juntos en una celda. Buena pareja… --dije.

–Normalmente, tratan de mantener juntos a los de delitos no violentos para que no los pillen los matones.

–Gracias por la lección.

–Perdona… Supongo que sabes más que yo de prisiones –dijo Bosch.

–No sé si es una pulla o un cumplido. ¿Vienes en avión o en coche?

–En coche.

–Vale, pues llámame cuando estés volviendo. Y luego quiero reunir a todos. El miércoles después del tribunal, para pensar los próximos pasos.

–Allí estaré.

Después de colgar, reflexioné unos minutos. Sentí que el equipo se estaba acercando a los grandes secretos del caso. Teníamos un impulso que podía conducirnos a la verdad y al triunfo. Era solo cuestión de tiempo.

Kendall me llamó por el pasillo desde el dormitorio.

–¿Vienes a la cama o no?

Apilé todos los ficheros que había extendido y me levanté del sofá. Vacié los archivos en mi maletín y lo cerré.

–Voy.

Me dirigí al pasillo y Kendall estaba allí de pie en bata. Me paré en seco.

–Me has asustado –dije.

–Sabes que esto es lo que pasó –dijo.

–¿Qué?

–Lo sabes. Dejaste que tu trabajo pasara por delante de tu vida. De nuestra vida. Día y noche. Y luego lo que teníamos desapareció. Y aquí estamos juntos otra vez y lo estás volviendo a hacer.

Me estiré y cogí el cinturón de la bata, que se había atado suelto en torno a la cintura. Tiré de él de manera juguetona.

–Ven aquí. No es lo mismo, cielo. Se trata de mí, es mi caso. Tengo que ponerlo todo en esto o podría no haber ningún futuro para nosotros. Tenemos un mes hasta el juicio. Solo necesito aguantar un mes. ¿Vale? ¿Puedes darme eso?

Le acaricié los brazos hasta los hombros y esperé. No dijo nada. Solo miró al suelo entre nosotros.

–¿Puedes darme ese mes? –pregunté.

Ella negó con la cabeza.

–No es eso –dijo–. Puedo darte el mes. Pero a veces me hablas como si fuera un jurado, como si estuvieras tratando de convencerme de que no eres culpable.

Le solté los hombros.

–¿Y qué? ¿Crees que lo soy?

–No. Estoy hablando de la forma en que me hablas.

–No sé qué quieres decir –dije–. Pero, si piensas que estoy tratando de jugártela, deberías irte a la cama y yo debería volver a trabajar. Tengo que pensar en cómo convencer a un jurado de verdad de que no soy un asesino.

La dejé allí en el pasillo.

22

Martes, 14 de enero

Trabajé hasta tarde y me quedé dormido en el sofá. Había olvidado conectar el cargador a la tobillera y me despertó a las 8.15 con un agudo pitido intermitente que me decía que la batería del dispositivo se agotaría en una hora. Y yo estaría violando los términos de mi libertad bajo fianza.

Calculé los pitidos. En ese momento, la alarma estaba en un intervalo de cinco segundos, pero sabía que sería más corto y el dispositivo se volvería tan intenso como para reventar los tímpanos a medida que la hora fuera pasando. No podía entrar como si tal cosa en la habitación sin que la alarma despertara a Kendall, a quien le gustaba quedarse durmiendo la mayor parte de las mañanas. No obstante, sin ninguna elección en la materia, calculé mi movimiento, entré rápidamente en la habitación y conseguí conectar el cable del cargador en el dispositivo del tobillo antes del siguiente pitido. Me pareció que Kendall no se había despertado. Estaba de costado, de espaldas a mí, y vi que su brazo se movía con cada movimiento rítmico de la respiración del sueño. Ahora tenía que pasar una hora con ella mientras el dispositivo se cargaba, pero había dejado mi teléfono, mi portátil y mi maletín en el salón. Podía desconectar el cargador y salir corriendo de la habitación con él, pero sentí que ya estaba tentando a la suerte. Y si la alarma sonaba otra vez, sin duda, despertaría a Kendall.

El mando a distancia de la tele de la habitación estaba en la cama; Kendall lo habría dejado ahí la noche anterior. Encendí la pantalla plana y de inmediato quité el sonido. Puse los subtítulos ocultos y empecé a leer las noticias. El Congreso estaba planeando enviar artículos de *impeachment* al Senado para lo que todo el mundo en el país sabía que no tenía ningún futuro. Pero eso estaba monopolizando las noticias. Estuve viendo y leyendo los subtítulos durante veinte minutos antes de que otra noticia apareciera en antena unos segundos. Era un reportaje sobre la creciente preocupación en Asia después de haberse confirmado que el misterioso virus originado en la ciudad china de Wuhan había cruzado las fronteras y llegado a otros países.

Oí que mi teléfono sonaba en el salón. Miré mi reloj. Eran las 8.45 y creía que la tobillera se había cargado lo suficiente para que no sonara ninguna alarma si la desconectaba. Rápidamente quité el cable y me moví con rapidez para alcanzar el teléfono. Perdí la llamada, pero vi que era de Bosch. Lo llamé de inmediato.

—Mick, hay una cuestión con el compañero de celda —dijo.

—¿Estás en la prisión? —pregunté.

—Estoy aquí y he visto al tipo. Se llama Austin Neiderland, pero no quiere hablar conmigo. Dice que tiene un nombre, que él nos contará en qué andaba metido Sam Scales. Pero no quiere darme ese nombre.

–¿Qué quiere? Ya tiene que haber terminado con sus apelaciones.

–Te quiere a ti, Mick.

–¿Qué significa eso?

–Ha dicho que solo te dará el nombre a ti. Te conoce. Scales debe de haberle contado que eres un buen abogado. Neiderland dice que te dará el nombre si te presentas, firmas como su abogado y hablas con él. A ver si se puede hacer algo con su caso, supongo. Todavía le quedan dos años de condena. Eso significa que aún tiene que cumplir dieciocho meses.

–¿Quieres decir hoy? ¿Que vaya allí hoy?

–¿Puedes? Lo preparo y te espero aquí.

–Harry, no puedo. Tengo la tobillera y las restricciones de la fianza. No puedo salir del condado.

–Mierda, lo había olvidado.

–¿Y una conexión de vídeo? ¿Podemos preparar algo así?

–Lo he comprobado y la prisión solo lo admite para vistas en tribunales. No hay entrevistas de teleconferencia ni reuniones abogado-cliente.

Hubo un silencio mientras pensaba en eso.

–Entonces, ¿qué más ha dicho sobre ese nombre? –pregunté por fin–. Quiero decir, si pasamos por todos esos aros y dice que sí, que es Louis Opparizio, habremos llegado a ninguna parte. Ya tenemos ese nombre.

–No es Opparizio –dijo Bosch–. Probé ese nombre con él y lo interpreté. No lo conocía.

–Bueno. ¿Puede hacerse hoy? Tengo tribunal mañana. Aunque pudiera convencer a la jueza de que me dejara ir allí, tengo que volver esta noche, mañana a más tardar. ¿Crees que puedo entrar y salir? Es una prisión y no les gusta cooperar con abogados defensores.

—Es cosa tuya, Mick, pero, si puedes hablar con la jueza para que te dé permiso, tal vez pueda escribirte una orden para que entres.

—Son estados diferentes, Harry. No tiene jurisdicción.

—Bueno… ¿Qué quieres hacer?

—Está bien, espera. Voy a ver qué puedo organizar. Te llamo en cuanto sepa algo.

Colgué y pensé en la mejor manera de afrontar el problema. Luego llamé a Lorna y le pregunté si había algo en mi agenda.

—Tu primera lista de testigos hay que entregarla hoy —dijo—. Nada más. Y luego tienes la continuación de la vista de ayer, mañana a la una.

—Vale. Ya tengo una lista de testigos lista —dije—. La enviaré. Podría ir a Las Vegas si la jueza me deja.

—¿Qué pasa en Las Vegas?

—Está la prisión donde Sam Scales cumplió su última condena. Quiero hablar con el tipo que compartía celda con él.

—Buena suerte con eso. Infórmame.

Después llamé a la sala de la jueza Warfield y hablé con su secretario, Andrew. Dije que quería establecer una teleconferencia con la jueza en relación con un permiso para salir del condado durante el día para ver a un testigo. El secretario dijo que lo consultaría con la jueza y me volvería a llamar. Le recordé que tendría que avisar a Dana Berg.

Mientras esperaba, decidí actuar como si fuera a conseguir el permiso de la jueza y reservé vuelos en JetSuite de Burbank a Las Vegas. El de ida salía en dos horas.

Pasaron treinta minutos sin ninguna llamada de la jueza o su secretario. Llamé otra vez a la sala y presioné, en busca de una respuesta. Andrew dijo que a la jueza le parecía bien una teleconferencia, pero que Dana Berg no había respondido al mensaje que se le había dejado.

—¿Puede la jueza hablar conmigo entonces? —pregunté—. El tiempo es clave. Solo puedo ver al potencial testigo hoy y necesito saber si puedo ir. Si deja un mensaje para Berg diciendo cuándo será la conferencia, mi apuesta es que responderá y atenderá la llamada. Si solo espera que llame, estaremos esperando todo el día.

El secretario tomó lo que le había dicho como un consejo y dijo que volvería a llamarme. Pasaron otros veinte minutos y llamó Andrew diciendo que iba a conectarme en una llamada de conferencia con la jueza y la ayudante del fiscal, Dana Berg. Mi avión despegaba en setenta minutos.

Pronto oí la voz de la jueza al teléfono.

—Creo que tenemos a todo el mundo aquí —dijo—. Señor Haller, ¿está pidiendo una modificación de las restricciones de la libertad provisional?

—Sí, señoría, solo por un día —dije—. Necesito ir a Las Vegas a ver un testigo.

—A Las Vegas. ¿En serio, señor Haller?

—No es lo que cree, señoría. No me voy a acercar al Strip. Sam Scales fue encarcelado por última vez en la prisión estatal de High Desert, aproximadamente una hora al norte de Las Vegas. Su compañero de celda sigue allí y quiero hablar con él. La acusación no nos ha dado nada en relación con las actividades de Scales que condujeron al asesinato. El compañero de celda podría ser un testigo importante para la defensa. Uno de mis investigadores está en la prisión mientras hablamos. Dijo que el recluso solo hablará conmigo. He reservado un vuelo para las 11.40 a Las Vegas y el vuelo de regreso es a las siete en punto.

–¿No cree que ha sido un poco presuntuoso, señor Haller?

–No, señoría. No he anticipado la decisión de esta sala. Solo quería asegurarme de que podría llegar si la sala lo permite.

–Señora Berg, ¿sigue con nosotros? ¿La acusación protesta a la petición de la defensa?

–Estoy aquí, señoría –dijo Berg–. Primero querría preguntar el nombre del recluso al que va a ver.

–Austin Neiderland –dije–. Está en la prisión estatal de High Desert.

–Señoría –dijo Berg–, la acusación protesta a este viaje fuera de las restricciones de la libertad provisional y mantiene el argumento original de la vista de la fianza. Creemos que existe riesgo de fuga del señor Haller. Más ahora que antes, porque cuanto más nos acercamos al juicio, más claro le queda al señor Haller que su condena y su encarcelamiento permanente son seguros.

–Señoría, la declaración de la acusación es ridícula –dije con rapidez–. Llevo cinco semanas fuera de prisión y no he hecho otra cosa que preparar mi defensa, y eso pese al inconveniente de enfrentarme a una acusación que no actúa siguiendo las reglas.

–Señoría, no hay ningún inconveniente y no hay ninguna prueba de que la acusación no se haya ceñido a las reglas –dijo Berg con voz enérgica–. El abogado de la defensa ha estado implicado desde el inicio de...

—¡Basta, basta! —gritó Warfield—. No pretendo empezar mi día haciendo de árbitra entre ustedes dos. Me estoy cansando de eso. Ahora, en cuanto a la petición, ¿el abogado ha explorado la posibilidad de hacer esta entrevista mediante teleconferencia?

—Sí, señoría —dije—. Créame, esa sería la mejor forma de actuar, pero mi investigador me ha dicho que la prisión no lo permite salvo para vistas judiciales.

—Muy bien —dijo Warfield—. Esta sala va a permitir que el señor Haller entreviste a este testigo. Haré la notificación apropiada a la gente de la fianza y la detención, y, señor Haller, tiene que estar en este condado a medianoche de hoy o la profecía de la señora Berg se hará realidad. Será considerado fugitivo. ¿Está claro?

—Sí, señoría —dije—. Gracias. ¿Y puedo hacer otra petición rápida?

—Allá vamos —dijo Berg.

—¿De qué se trata, señor Haller? —preguntó Warfield.

—Señoría, llevo la tobillera y estoy seguro de que será un problema en la prisión de Nevada —dije.

—Ni hablar —intervino Berg con ímpetu—. No puede decirlo en serio. No vamos a aceptar que se le retire. La acusación…

—No estoy pidiendo eso —la interrumpí—. Estoy pidiendo una carta de esta sala que tal vez el secretario de su señoría pueda escribir con rapidez y enviarme por correo explicando mi posición si surge la cuestión.

Hubo una pausa durante la cual la jueza muy probablemente esperaba que Berg protestara. Pensé que la fiscal probablemente creía que se había sobrepasado con su ruidosa protesta por la eliminación de la monitorización. Se había sobrepasado y en ese momento estaba en silencio.

—Muy bien —dijo Warfield—. Voy a preparar una nota y a decirle a Andrew que se la envíe.

—Gracias, señoría —dije.

Después de la llamada, contacté con Bosch y le dije que iba. Le dije que preparara la cita con Neiderland para las dos de la tarde. Eso me daría tiempo a volar hasta allí y a que me llevaran en coche a la prisión. También le dije a Bosch que estuviera atento.

—He tenido que dar el nombre de Neiderland a la acusación —dije—. Dudo que puedan conseguir que alguien llegue allí antes que yo. Pero puede que intenten jodernos de alguna manera.

—Me quedo aquí —dijo Bosch—. Vigilaré cualquier cosa extraña. Llama cuando estés cerca.

Después de una ducha rápida y un afeitado, estaba con ropa de viaje fresca y listo para irme. Descargué e imprimí la carta de la jueza Warfield y la puse en mi maletín.

Kendall estaba despierta y en la cocina. Hubo un sonoro silencio que ella fue la primera en romper.

—Siento lo de anoche —dijo—. Sé que necesitas dedicarlo todo a tu defensa. Fui egoísta.

—No, yo lo siento —repuse—. No estaba haciendo caso y eso nunca debería ocurrir. Lo haré mejor. Lo prometo.

—Lo mejor que puedes hacer por mí es ganar tu caso.

—Ese es el plan.

Nos abrazamos para reconciliarnos y le di un beso de despedida.

Bambadjan Bishop estaba sentado al pie de la escalera cuando salí de casa y cerré la puerta tras de mí.

–Justo a tiempo –dije–. Me gusta eso.

–¿Adónde vamos? –preguntó.

–Al aeropuerto de Burbank. Voy a volar a Las Vegas. Luego estarás libre hasta las ocho de esta noche, cuando vuelvo. Necesitaré que me recojas.

–Entendido.

La terminal de JetSuite no estaba en el aeródromo comercial de Burbank, sino oculta en una larga fila de operadores de vuelo privados y hangares. Lo bueno de la aerolínea poco conocida era que operaba como un jet privado, pero proporcionaba servicio comercial. Llegué allí quince minutos antes de que partiera mi vuelo, pero no hubo problemas.

El vuelo completo llevó treinta pasajeros por encima de las montañas de San Gabriel y luego al desierto de Mojave. Finalmente, empecé a relajarme después de la mañana ajetreada.

Me tocó un asiento de ventanilla y la mujer que estaba a mi lado llevaba una mascarilla quirúrgica. Me pregunté si era porque estaba enferma o para evitar enfermarse.

Me volví y miré el vasto vacío que se extendía por debajo. El desierto marrón, quemado por el sol, se prolongaba en todas las direcciones que abarcaba la vista. Hacía que todo pareciera inconsecuente. Incluido yo.

23

Harry Bosch me estaba esperando delante de la entrada principal de la prisión. Me recibió en la puerta del coche que me trajo desde el aeropuerto en cuanto salí. El sol levantaba ampollas y había olvidado las gafas de sol. Lo miré entrecerrando los ojos.

–¿Puedo dejar ir a este chico y tú me llevas de vuelta al aeropuerto? –pregunté–. El vuelo es a las siete.

–Sí, no hay problema –dijo.

Me aseguré de que tenía mi maletín y luego le di propina al conductor y se marchó.

Bosch y yo empezamos a dirigirnos hacia la entrada de la prisión.

–Pasas las puertas y luego hay otra puerta solo para abogados de visita. Entra por ahí y ya debería estar. Se supone que Neiderland estará en una sala a las dos.

–Puedes pasar por la puerta de abogados conmigo –dije–. Eres…

--No, no voy a ir contigo. Solo tú y él: abogado y cliente.

–Es lo que estoy diciendo, tú trabajas para mí como investigador y eso nos pone bajo el paraguas del privilegio.

–Sí, pero estás a punto de trabajar con él y no voy a trabajar para ese tipo.

–¿De qué estás hablando?

–Elijo mis casos, Mick. No trabajo para delincuentes; eso desharía lo que he hecho en toda mi carrera.

Me detuve y lo miré un momento.

–Supongo que debería tomarlo como un cumplido –dije finalmente.

–Te dije en Dan Tana's que te creo –dijo–. De lo contrario, no estaría aquí.

Me volví y miré la prisión.

–Bueno, de acuerdo entonces –contesté.

–Esperaré aquí –dijo Bosch–. Consigue que te dé un nombre y yo estaré listo para trabajar con ese nombre.

–Te lo comunicaré.

–Buena suerte.

No entré en una sala con Neiderland hasta al cabo de cuarenta minutos. La tobillera levantó alarmas entre el personal de prisión, como pensé que ocurriría. La carta de la jueza Warfield no fue considerada lo bastante buena, porque podría haber sido falsificada. Alguien llamó a la oficina de la jueza para confirmar que me había dado permiso para viajar a Nevada, pero le dijeron que la jueza estaba en ese momento en el estrado. Hasta que Warfield no se tomó la pausa de media tarde y devolvió la llamada desde su despacho no se me permitió entrar en la sala de entrevistas abogado-cliente. Llegué media hora tarde y Neiderland parecía enfadado cuando llegué.

Había dos sillas, una a cada lado de una mesa atornillada al suelo. Neiderland estaba sentado en una de las sillas, con las muñecas esposadas. Una cadena iba desde ellas hasta una anilla atornillada a la parte delantera de su silla, que a su vez estaba fijada al suelo.

Aun así, trató de levantarse y tiró con fuerza de la cadena mientras yo ocupaba mi asiento.

–Señor Neiderland, soy Michael Haller –empecé–. Siento que…

–Ya sé quién coño es –dijo.

–Le dijo a mi…

–A tomar por culo.

–¿Perdón?

–Lárguese de aquí.

–Acabo de volar desde Los Ángeles porque le dijo a mi…

–¿No lo entiende?

Levantó las manos con grilletes hasta que la cadena se tensó otra vez. Las tenía como si estuviera apretando un cuello imaginario. Mi cuello.

–No hacían esto antes –dijo–. No te encadenaban así con tu abogado. No lo sabía. Joder, no lo sabía. Deberías estar muerto, hijo de puta.

–¿De qué está hablando? –pregunté–. ¿Por qué debería estar muerto?

–Porque te habría roto el puto cuello.

Pronunció las palabras entre dientes. No era un hombre grande ni muy musculoso. Tenía el cabello rubio y fino y una complexión demacrada, lo cual no era ninguna sorpresa, considerando su domicilio actual. Sin embargo, la expresión de puro odio en su rostro era completamente aterradora. Mi primera idea fue que de alguna manera era una trampa y que trabajaba para Louis Opparizio: un sicario y un elaborado plan para eliminarme. Pero entonces lo descarté. Las circunstancias de mi visita contradecían ese plan. Y claramente había emoción detrás del odio en la cara de Neiderland.

–Iba a matarme –dije–. ¿Por qué?

–Porque mataste a mi amigo –dijo otra vez entre dientes.

–Yo no maté a Sam Scales. Por eso estoy aquí. Estoy tratando de encontrar a la persona que lo hizo y ya me ha hecho perder un día de mi tiempo y del tiempo de mi investigador. Puede que no me crea y puede que me condenen por esto, pero sepa que hay alguien libre que lo mató. Y al no ayudarme a mí lo ayuda a él.

Me levanté y probé la puerta de acero, levantando el brazo para golpearla. Estaba frustrado y me preguntaba si habría un vuelo antes para no desperdiciar todo el día.

–Espera un momento –dijo Neiderland; me volví hacia él–. Pruébalo.

–Es lo que estoy tratando de hacer –dije–. Y no ayuda que…

–No, quiero decir que lo pruebes aquí mismo.

–¿Cómo lo hago?

–Siéntate.

Señaló con la cabeza la silla vacía. Yo me senté a regañadientes.

–No puedo probarlo –dije–. Al menos todavía no.

–Me contó que lo traicionaste –dijo Neiderland–. Sí, el famoso Abogado del Lincoln. Te fuiste a Hollywood cuando hicieron una película sobre tu puta jeta y dejaste en la estacada a toda la gente que contaba contigo.

–No fue eso lo que ocurrió. No fui a Hollywood. Sam dejó de pagarme. Eso por un lado. Pero la verdad es que ya no podía hacerlo más. Sam estaba haciendo daño a mucha gente, llevándose su dinero, haciéndoles sentir estúpidos. Se salió con la suya, pero yo ya había tenido suficiente. No podía aceptar otro caso.

Neiderland no respondió. Lo intenté otra vez. Quería ganármelo, porque todavía pensaba que podía ser útil.

—¿Iba a matarme? —pregunté—. ¿Cuando le quedan menos de dos años?

—No lo sé —dijo Neiderland—. Pero iba a hacer algo. Estaba furioso. Todavía lo estoy.

Asentí. Notaba que la temperatura en la sala disminuía.

—Por si sirve de algo, me caía bien Sam —dije—. Estafó a mucha gente y eso era difícil de aceptar, pero de alguna manera siempre me cayó bien. Tuve que poner un límite, porque lo que estaba haciendo se estaba reflejando en mí en los medios y en casa. Y encima dejó de pagarme, y eso fue lo mismo que tratarme como al resto de los idiotas a los que estafó.

—Hartó a un montón de gente —dijo Neiderland.

Vi que se abría una vía de comunicación.

—¿Pero no a usted?

—No, yo nunca lo abandoné —dijo Neiderland—. Y él nunca me abandonó a mí. Teníamos planes para cuando saliera de aquí.

—¿Qué planes?

—Dar un gran golpe y desaparecer.

—¿Cuál era el golpe? ¿Ya lo había encontrado?

—No lo sé. No lo podía poner en una de sus cartas. Aquí se controla todo: visitantes, llamadas de teléfono, cartas… Se supone que no puedes tener contacto con exreclusos que estén fuera.

—Entonces, ¿cómo se comunicaban? —Neiderland negó con la cabeza. No iba a entrar en eso—. Eh, soy su abogado. Puede contarme cualquier cosa y no pueden escucharla y yo no puedo repetirla. Es información privilegiada.

Neiderland asintió y cedió.

—Me enviaba cartas —dijo—. Haciéndose pasar por mi tío.

Hice una pausa. Sabía que las siguientes pregunta y respuesta podían cambiar todo el caso. También sabía que cuando la gente inventa historias, jugadas e incluso estafas salpican esas historias con elementos de verdad. Neiderland había prometido a Harry Bosch un nombre si yo iba a la prisión. Quizá era la verdad en su mentira.

—¿Cómo se llama su tío? —pregunté.

—Se llamaba —dijo Neiderland—. Ahora está muerto. Se llamaba Walter Lennon. Hermano de mi madre.

—¿Alguna vez le envió cartas a Sam, como si fuera su tío?

—Claro. ¿Qué otra cosa se puede hacer aquí?

—¿Y recuerda adónde le mandaba las cartas?

—Tenía un apartamento en un garaje en San Pedro. Pero eso fue hace tres meses, cuando estaba vivo. Probablemente pusieron sus cosas en la calle.

—¿Recuerda la dirección?

—Sí, he mirado sus cartas esta mañana. El remite era 2720 Cabrillo. Decía que era un apartamento pequeño. Estaba ahorrando y quería buscar algo más grande cuando yo saliera. Decía que íbamos a comprar una casa.

La vibración que estaba captando era que Neiderland estaba hablando de una relación romántica sin decirlo en realidad. Me di cuenta de que nunca había conocido la orientación sexual de Sam Scales, porque eso no formaba parte de sus delitos ni de nuestra relación abogado-cliente.

—¿Le dijo cómo conseguía el dinero que estaba ahorrando?

—Dijo que estaba trabajando en el puerto.

—¿Haciendo qué?

—No lo dijo y no lo pregunté.

Para Sam un trabajo significaba preparar una estafa. Escribí el nombre y la dirección en mi libreta. Sería considerado producto de trabajo y no tendría que mostrarlo.

—¿Algo más que deba saber? —pregunté.

—Nada más —dijo.

Pensé en proteger la información que acababa de recibir, al menos hasta que pudiéramos comprobarla.

—Puede que venga a verlo un investigador de la Policía de Los Ángeles —dije—. Creen que maté a Sam y eso es todo lo que les preocupa. Solo recuerde que no tiene que hablar con ellos. Ahora soy su abogado, puede enviármelos.

—No les diré un carajo.

Asentí. Era lo que quería.

—Muy bien —dije—. Voy a irme.

—¿Y su juicio? —preguntó Neiderland—. ¿Quiere que testifique?

No estaba seguro de cómo podía usarlo en mi defensa ni si conseguiría que la jueza lo aprobara. Una teleconferencia entre la sala del tribunal y la prisión posiblemente dormiría al jurado. También estaba la cuestión del conflicto de intereses. Neiderland era técnicamente mi cliente, al menos sobre el papel en la prisión.

—Se lo haré saber —dije.

Me levanté otra vez, listo para golpear la puerta.

–¿Vas a encontrar al que lo mató? –preguntó Nei-derland–. ¿O solo te preocupa demostrar que no lo hiciste tú?

–La única manera de demostrar que no lo hice es demostrar quién lo hizo –dije–. Es la ley de la inocencia.

Tercera parte
Hierro y ecos

24

Miércoles, 15 de enero

Llegamos a San Pedro a las 9.30 de la mañana siguiente. Condujimos por separado. A mí me llevó Bishop, porque necesitaba estar en el centro antes de la una para la vista por la cartera desaparecida. Bosch llegó en su viejo Cherokee, y Cisco, en su Harley. Nos reunimos en la casa de Cabrillo de la que me había informado Austin Neiderland. Había un letrero de apartamento en alquiler en el jardín delantero. Bishop había sido exculpado por Cisco, pero nunca puedes estar seguro de nada al cien por cien. No quería que estuviera sentado en el Lincoln delante de la casa. Le dije que fuera a tomar café cerca y que esperara a que lo llamara cuando estuviera listo para ir al tribunal. Entonces me acerqué a la casa con mis investigadores y llamé a la puerta. Abrió una mujer con bata. Le mostré una tarjeta de visita y entré con un guion que había escrito en mi cabeza basado en lo que sabía de Neiderland.

–Hola, señora, soy Michael Haller, abogado implicado en la situación relacionada con la herencia de Walter Lennon, y estamos aquí para determinar y revisar cualquier propiedad que haya podido dejar.

–¿Herencia? ¿Significa eso que está muerto?

–Sí, señora, el señor Lennon falleció a finales de octubre.

–Bueno, nadie nos lo dijo. Solo pensábamos que se había marchado. Había pagado el mes de noviembre, pero luego pasó diciembre sin ninguna señal de él ni el cheque del alquiler.

–He visto el cartel fuera. ¿Está realquilando el apartamento?

–Por supuesto. Se fue y no pagó.

–¿Sus pertenencias siguen aquí?

–No, las hemos sacado. Sus cosas están en el garaje. Queríamos tirarlas, pero la ley…, ya sabe. Tenemos que esperar sesenta días.

–Bueno, gracias por respetar la ley. ¿Le importa si echamos un vistazo a las pertenencias del garaje?

La mujer no respondió. Cerró la puerta a la mitad para poder alcanzar algo que había detrás. Reapareció con un control remoto y estiró el brazo para abrir la puerta del garaje.

–Tercera puerta –dijo la mujer–. Ahora está abierta. Las cajas están marcadas con su nombre y apiladas entre las marcas de neumático.

–Gracias –dije–. ¿Le importa si también buscamos en el apartamento? Será solo echar un vistazo.

Buscó detrás de la puerta otra vez y luego me entregó una llave.

–Las escaleras están en el lado del garaje –dijo ella–. Devuélvanmela cuando terminen.

–Por supuesto –dije.

–Y no revuelvan. Está todo limpio. El señor Lennon lo dejó hecho un lío.

–¿Cómo es eso? ¿Qué clase de lío?

—Como si hubiera pasado un tornado. Muebles rotos, sus cosas tiradas por el suelo... Así que no me pida el depósito. Apenas cubrió lo que tuvimos que hacer aquí.

—Entendido. ¿Le importa ayudarnos con una cosa más? Nos gustaría que mirara una foto para confirmar que el Walter Lennon del que estamos hablando es el Walter Lennon del que está usted hablando.

—Supongo que sí.

Cisco había abierto una foto de Sam Scales en su móvil. Era una foto de tráfico que se había enviado a los medios después de mi detención. Cisco se la mostró a la mujer en la puerta y ella asintió después de mirarla.

—Es él —dijo.

—Gracias, señora —dije—. No tardaremos mucho.

—Solo devuelvan la llave —dijo ella.

Empezamos con el apartamento, que era un piso pequeño de un dormitorio encima del garaje. Había sido limpiado y preparado para un inquilino nuevo. No esperábamos encontrar nada a la vista, menos aún porque la descripción de la casera indicaba que ya habían buscado allí. Pero Sam Scales era un artista de la estafa de toda la vida que podría tener razones para esconder las cosas en su hogar, y en una búsqueda rápida podría haberse pasado por alto. Bosch se encargó de llevar la voz cantante, porque contaba con muchos años de experiencia registrando casas de criminales.

Bosch se había traído una bolsa pequeña de herramientas. Su primera parada fue en la cocina, donde fue metódico en la revisión de la parte inferior de los cajones, desatornillando y buscando detrás de las tablas, debajo de los armarios, abriendo los espacios de aislamiento en las puertas de la nevera y del congelador, y examinando la luz y el extractor. Cuando me di cuenta de cuánto podría tardar su búsqueda decidí acelerar las cosas. Dejé a Bosch en el apartamento mientras Cisco y yo bajábamos al garaje. Tenía que asegurarme de que llegaría al tribunal a tiempo.

Había dos pilas de cuatro cajas de cartón en medio del tercer espacio: entre las marcas de neumático que presumiblemente habían dejado los coches de los inquilinos con el tiempo. Las cajas estaban precintadas y todas ellas estaban marcadas con el nombre de Lennon y una fecha, 19/12. Cisco empezó con una pila y yo empecé con la otra.

La primera caja contenía ropa. Había un coche en el segundo espacio del garaje. Dejé la ropa en el capó y luego revisamos cada prenda, buscando en los bolsillos antes de devolverla a la caja.

La segunda caja contenía zapatos, calcetines, ropa interior y nada más. Miré los zapatos por dentro y por fuera y encontré unas botas de trabajo con restos de aceite en los cordones. Me recordó la sustancia grasienta encontrada bajo las uñas de Sam Scales.

Dejé los zapatos a un lado y miré qué hacía Cisco. También estaba ocupado con ropa de sus primeras dos cajas.

Mi tercera caja contenía objetos personales, incluidos artículos de baño, un reloj con alarma y varios libros. Hojeé las páginas de cada uno de ellos, pero no encontré nada escondido. Eran todo novelas salvo un libro, que era un manual de usuario de un camión cisterna Mack Pinnacle de 2015. Sabía que eso encajaba con BioGreen, pero no estaba seguro de cómo.

Dejé el manual a un lado, en el capó del coche aparcado en el segundo espacio.

Mi cuarta caja contenía más de lo mismo. Más libros y objetos personales, como una cafetera de filtro y varias tazas de café que estaban envueltas en papel de periódico viejo. Al fondo de la caja había una capa de correo sin abrir, que probablemente habían puesto allí para proteger mejor las tazas y la cafetera de cristal frágil.

El correo era sobre todo publicidad, con la excepción de una factura de teléfono de AT&T y una carta sin abrir de Austin Neiderland con el remite de la prisión estatal de High Desert en Nevada. Dejé la carta de la prisión sin abrir en la caja. Era evidente por mi entrevista con Neiderland que este no sabía en qué trama estaba metido Sam Scales. No creía que la carta sirviera de mucho. En cambio, abrí la factura del teléfono para ver si incluía una lista de números marcados, pero era un recordatorio de que la factura anterior no se había pagado. Había una lista de servicios que recibía Sam Scales, pero ninguna lista de llamadas.

Cisco iba una caja por detrás de mí y estaba pasando páginas de los libros de su tercera caja. Me acerqué y abrí la última de las suyas. Contenía tres cajas abiertas de cereal Honeycomb y una cuarta caja de Rice Krispies.

—Parece que a Sam le gustaban los cereales.

Sacudí y examiné cada caja para ver si estaba cerrada de fábrica o la había cerrado Sam para esconder algo dentro. Concluí que eran solo cajas de cereales y continué. Debajo de los cereales había algunas bolsas de café molido y otros elementos sin abrir de los armarios de la cocina.

—Mira esto —dijo Cisco.

Levantó un manual para obtener la licencia de California para conducir vehículos comerciales.

–Tiene cosas subrayadas –dijo Cisco–. Como si estuviera estudiándolo de verdad.

–Y yo he encontrado un manual de usuario de un camión cisterna Mack –dije.

–Lo diré otra vez: tal vez se había enderezado. Quería ser conductor de camión o algo.

–Ni hablar. Para Sam, un trabajo normal era peor que la prisión. Estaba preparando una estafa a largo plazo. No podía cambiar de vida.

–Entonces, ¿qué?

–No lo sé, pero nos estamos acercando. Por eso robaron la cartera.

–¿Por qué?

–La cartera contenía su alias actual. Eso nos habría conducido aquí y luego a BioGreen. No querían que llegáramos a eso.

–¿Quiénes?

–Todavía no lo sabemos. Tal vez Opparizio. Tal vez el FBI. Estaban con lo de Opparizio y ese lugar y no querían su investigación comprometida por una investigación de asesinato relacionada con BioGreen. En cuanto la Policía de Los Ángeles encontró las huellas de Sam esa noche, el FBI probablemente recibió una alerta. Consideraron la situación y vinieron a llevarse la cartera antes de que nadie la mirara. Vienen aquí, registran el apartamento y eliminan toda conexión. A Sam nunca se lo relaciona con el alias de Walter Lennon y la investigación nunca llega a BioGreen.

–Entonces, ¿estás diciendo que simplemente se hicieron a un lado mientras te colgaban un asesinato y que te van a dejar caer por él?

–No lo sé. Tuvo que ser un plan urdido sin pensarlo mucho. Tal vez solo estaban ganando tiempo para cerrar las cosas en BioGreen. Luego les jodí el plan al negarme a desistir de un juicio rápido. En lugar de un juicio en julio o incluso después, es en febrero, y no lo vieron venir.

–Quizá. Muchos quizás.

–Es todo especulación ahora mismo. Pero creo que estamos...

Bosch entró en el garaje entonces y me detuve.

–¿Hay algo arriba? –pregunté.

–Limpio –dijo–. He encontrado un falso suelo en el armario del dormitorio, pero no estaba bien escondido y está vacío. El que registró la casa antes lo encontró.

–¿De qué tamaño? –pregunté–. ¿Podría caber un portátil?

–Sí, podría caber –dijo Bosch.

–Eso es lo que falta aquí –dije–. Sam usaba Internet para sus estafas. No me lo imagino sin un ordenador. Además, hay una factura de teléfono con un paquete de servicios completo que incluía wifi en el hogar. ¿Para qué quieres wifi sin un ordenador?

–Entonces, nos faltan un ordenador, un teléfono y una cartera –dijo Cisco.

–Exactamente –dije.

–¿Qué hay en las cajas? –preguntó Bosch.

–No mucho –dije–. Un par de botas con grasa en los cordones. Ya casi hemos terminado.

Volví a la última caja y vi que el fondo estaba cubierto con diversos documentos y papeles: cosas que probablemente estaban metidas en un cajón de la cocina. Había un manual de instrucciones de la cafetera, unas instrucciones paso a paso para montar una mesa de Ikea y varias cartas abiertas de Neiderland. Que Scales las hubiera conservado reforzó mi idea de que tenían una relación romántica.

También había un tríptico y un artículo del *New York Times* impreso grapado. El titular decía: «Sangrar a la bestia».

El artículo estaba escrito en Salt Lake City. Empecé a leer y cuando terminé supe que el artículo lo cambiaba todo. Y supe que esa copia impresa era algo que debería entregar a la acusación en el proceso de divulgación de pruebas si me la llevaba del garaje.

Volví a doblar la hoja y la dejé otra vez en la caja. Cogí el manual de usuario del Mack y también lo dejé. Entonces cerré y apilé las otras dos cajas encima.

Saqué mi teléfono y le mandé un mensaje de texto a Bishop, diciéndole que viniera a recogerme.

—Nos vamos —dije.

—Espera —dijo Cisco—. ¿No quieres llevarte nada de esto?

—Si nos lo llevamos, tenemos que compartirlo —dije.

—Divulgación de pruebas —afirmó Cisco.

—Que lo encuentren ellos —contesté—. No me están haciendo ningún favor; yo tampoco se lo voy a hacer a ellos. Vamos. Tengo tribunal.

Miré a Bosch cuando salimos para ver si mostraba signos de malestar con mi decisión de dejar todo atrás. No vi nada.

Bishop estaba parando delante cuando salimos. Le entregué a Cisco la llave del apartamento.

—¿Te importa devolverle la llave a la señora? —pregunté—. Y consigue su nombre y su dirección de contacto. Para ponerla en la lista de los testigos.

–Claro –dijo Cisco.

–Dile que no hemos encontrado nada de valor para la herencia en las cajas. Puede donarlas o deshacerse de ellas como desee. En cuanto quiera.

Cisco me miró y yo asentí. Comprendió lo que quería decir. Deshacerse de las propiedades antes de que la policía o la acusación encontrara el lugar finalmente.

–Entregaré el mensaje –dijo.

25

Las cosas habían cambiado con rapidez desde la primera vista sobre la cartera desaparecida de Sam Scales. Mi rabia por la prueba desaparecida y su impacto en mi caso habían quedado atemperados por los hallazgos de mi equipo en las últimas cuarenta y ocho horas. Creía que había averiguado el secreto clave de la cartera: el alias que había estado usando Sam en el último año de su vida. Y no quería compartir ese secreto con la acusación hasta que tuviera que hacerlo. Desde luego, no quería que se persiguiera mediante una orden judicial o que continuara siendo un contencioso. Eso me condujo a abordar la vista en la sala de la jueza Warfield con cautela y con un plan para anotar puntos –sobre todo delante de las periodistas que estarían allí–, pero sin alborotar el gallinero.

La jueza Warfield se retrasó otra vez sus buenos diez minutos en ocupar el estrado para la sesión de tarde. Eso me dio tiempo para poner al día a Jennifer sobre las actividades de la mañana. Le hablé del artículo del *Times* de Salt Lake City y de la necesidad de mantener oculto el conocimiento que nos había dado. Le advertí que no imprimiera el artículo si lo buscaba en los archivos del periódico.

–Si está en papel, hay que compartirlo –dije–. Así que nada de papel.

–Entendido –dijo Jennifer.

–Además, había un nombre en el artículo, un testigo llamado Art Schultz. Retirado de la Agencia de Protección Ambiental. Necesitamos encontrarlo y llevarlo como testigo. Será clave.

–Pero ¿qué ocurrirá si lo ponemos en la lista de testigos? La acusación estará encima y averiguarán adónde vamos con esto.

Las listas de testigos de ambas partes se compartían y el tribunal exigía un resumen abreviado de lo que podía declarar cada testigo. Escribir esos resúmenes para que fueran precisos y que al mismo tiempo no contuvieran ninguna pista de la estrategia ni del significado del testimonio pleno era una forma de arte.

–Hay formas de sortearlo –dije–. De camuflarlo. Establece contacto con Schultz y consigue su currículum. Trabajó en la APA, así que probablemente tiene un grado en Biología o algo parecido. Ponlo en la lista y di que testificará en relación con el material hallado debajo de las uñas de la víctima. Será nuestro experto en grasa y probablemente volará por debajo del radar de la acusación. Pero una vez que lo tengamos en el estrado lo usaremos para conectar lo que estaba debajo de las uñas con lo que estaba ocurriendo en Bio-Green.

–Es arriesgado, pero vale –dijo Jennifer–. Trabajaré en eso después de la vista.

La jueza salió por la puerta de su despacho y ocupó su lugar. Primero se disculpó por llegar tarde, explicando que una comida mensual de jueces se había alargado. Luego fue al grano.

–Esto es una continuación de una moción de entrega de pruebas de la defensa, y creo, señora Berg, que le ordené que investigara la cuestión de la cartera desaparecida e informara de nuevo al tribunal. ¿Qué ha encontrado?

Berg se acercó al atril para dirigirse a la sala. Parecía dolorida cuando ajustó la altura del micrófono.

–Gracias, señoría –dijo–. Por decirlo simplemente, la cartera sigue desaparecida. Durante los dos últimos días, el detective Drucker ha conducido una investigación y está aquí para testificar si es necesario. Pero la cartera no se ha encontrado. La fiscalía reconoce que las pruebas del vídeo presentadas por la defensa el lunes son concluyentes en ese sentido: parece que había una cartera en el bolsillo trasero de la víctima en el momento en que el cadáver fue hallado en el maletero del coche del acusado. Pero no estaba entre las pertenencias personales que después la oficina del forense entregó al Departamento de Policía de Los Ángeles.

–¿Ha determinado cuándo se la llevaron o por qué? –presionó Warfield.

–No, señoría –dijo Berg–. De acuerdo con el procedimiento, el cadáver se transportó a la oficina del forense, donde se habría situado en la sala de preparación. Allí es donde se retiran la ropa y las pertenencias y donde se preparan los cadáveres para la autopsia mientras se embolsan aquellas y se guardan para la policía. En este caso en concreto, el cadáver se halló por la noche y, por consiguiente, no se entregó a la sala de preparación hasta aproximadamente las dos de la noche. Eso significa que la preparación de la autopsia no se habría realizado hasta la mañana.

–Así pues, ¿el cadáver habría estado allí desatendido? –preguntó la jueza.

–No exactamente –dijo Berg–. Habría sido trasladado a una gran cripta refrigerada que forma parte de la oficina del forense.

–Así que estaba con otros cadáveres.

–Sí, señoría.

–No aislado.

–No más allá de estar en una cripta donde se requiere acceso autorizado.

–¿El detective Drucker verificó la existencia de cámaras de vigilancia en la zona?

–Lo hizo y no había cámaras.

–Así que no tenemos forma de saber quién podría haber tenido acceso a esa cripta para llevarse la cartera.

–Eso es correcto en este momento.

–¿En este momento? ¿Cree que va a cambiar?

–No, señoría.

–¿Qué sugiere la fiscalía que haga al respecto, señora Berg?

–Señoría, la fiscalía no tiene excusa por la pérdida de esta pertenencia. No obstante, es una pérdida que afecta a ambas partes por igual. Ni la acusación ni la defensa tienen oportunidad de acceder a la cartera y a la información relevante para el caso, si es que la había. Por consiguiente, la posición de la fiscalía es que, aunque acepta responsabilidad por la pérdida, el daño, si existe, es equitativo.

Warfield lo digirió un momento antes de responder.

–Algo me dice que el señor Haller no va a estar de acuerdo con esa argumentación –dijo–. ¿La defensa desea responder?

Me levanté deprisa y llegué al atril casi antes de que Berg tuviera tiempo de apartarse.

–Sí, señoría, es exactamente cierto –dije–. El daño a la defensa y a la acusación no puede considerarse equitativo en modo alguno. La fiscalía se queda tan pancha y feliz con el caso tal como está, señoría. Tienen un cadáver en el maletero de un coche y han acusado al conductor. No hay necesidad de cavar más profundo. Caso cerrado. Ni siquiera plantearon la cuestión sobre la cartera desaparecida hasta que lo hizo la defensa. Claramente no estaban interesados, porque la cartera que contenía la identidad falsa que la víctima estaba usando podía conducir a lo que estaba tramando en los últimos días de su vida, y eso podría no encajar con el primoroso paquete en el que me han envuelto. Está claro, señoría, que el daño se ha cometido aquí contra la defensa, no contra la acusación.

–Le digo que estoy de acuerdo con usted, señor Haller –dijo Warfield–. ¿Cuál es el remedio que busca la defensa?

–No hay remedio. La defensa quiere la cartera. Ese es el remedio.

–Entonces, ¿cuál es la penalización? Parece que no hay pruebas de una conducta siniestra por parte de aquellos implicados en la investigación. La cartera parece que fue robada por alguien que tenía acceso al cadáver mientras estuvo bajo la custodia de la oficina del forense. La cuestión será desde luego referida para una investigación interna por parte del forense, pero la sala no se siente inclinada a castigar a la acusación por este desafortunado conjunto de circunstancias.

Negué con la cabeza por la frustración, aunque sabía que la situación se dirigía hacia el resultado que había esperado y, con base en los hallazgos de la mañana, deseado.

–Señoría –dije–, para que conste, pues, quiero señalar que la investigación de la prueba desaparecida llevada a cabo por la acusación la realizó el mismo detective que estuvo a cargo de proteger la escena del crimen y las pruebas de este caso.

–Queda señalado, señor Haller –dijo Warfield–. ¿Alguna cosa más antes de que se levante la sesión?

–Sí, señoría –dijo Berg.

Le cedí el atril con reticencia y me dirigí a mi asiento, negando con la cabeza como si estuviera frustrado por el dictamen de la jueza.

–Disculpe, señora Berg –dijo Warfield–. Señor Haller, me he fijado en sus aspavientos. ¿Está enfadado con la decisión de esta sala?

Me paré en seco.

–Señoría, solo estoy frustrado –dije–. Estoy tratando de preparar una defensa y parece que me engañan a cada paso. La acusación perdió la cartera, no importa si por negligencia o por actividad ilícita, y el que va a pagar soy yo. Es todo.

–Aconsejo a los letrados de ambas partes que mantengan a raya sus emociones y muestras –dijo Warfield–. Particularmente cuando vayamos a juicio. La sala no tendrá paciencia para esos arrebatos entonces, no delante de un jurado.

–Señoría, no lo llamaría arrebato. Era solo…

–¿Ahora también va a argumentar con la sala, señor Haller?

–No, señoría.

Continué hasta mi asiento y Warfield me siguió con la mirada, por si se me ocurría siquiera fruncir el ceño. Finalmente, miró a la fiscal.

–Señora Berg, continúe –dijo.

–Señoría, ayer recibimos la primera lista de testigos del acusado –dijo Berg–. Solo contenía dos nombres: el del propio acusado y el de su investigador. Eso por parte de un acusado que había comparecido dos veces ante este tribunal para quejarse de cuestiones relacionadas con la divulgación de pruebas, y tiene la audacia de poner solo dos nombres en su lista de testigos.

Warfield se mostró como si estuviera cansada del constante fuego cruzado entre la acusación y la defensa, o como si estuviera sintiendo la fatiga de los dos martinis que probablemente se había tomado en la comida de los jueces. Estaba seguro de que el alcohol era lo que había inspirado que me reprendiera. Antes de que pudiera responder a la queja de Berg, Warfield levantó la mano para indicarme que no estaba interesado en mi respuesta.

–Es pronto, señora Berg –dijo Warfield–. Faltan casi treinta días y habrá una actualización en las listas de ambas partes la semana que viene y las siguientes. Vamos a esperar un poco antes de sentir pánico por a quién planea llamar él. ¿Algo de naturaleza más seria?

–No, señoría –dijo Berg.

–No, señoría –dije.

–Muy bien –concluyó Warfield–. Se levanta la sesión.

26

Como no había tenido tiempo para comer antes de la vista, fui al Little Jewel y me pedí un *po' boy* de gambas nada más salir del tribunal. Se unió todo el equipo de la defensa salvo Bosch. Aparentemente, estaba fuera haciendo lo suyo otra vez y estaba incomunicado. Le dije al equipo que la defensa había subido un nivel con el conocimiento acumulado en las últimas cuarenta y ocho horas y que era el momento de pensar en términos de presentar el caso a un jurado. Podíamos anticipar claramente cómo iba a ser la presentación de la acusación, porque no había cambiado en lo esencial desde el inicio del caso. Podíamos prepararnos para eso, pero lo que era más importante era prepararnos para contar nuestra historia.

Un juicio a menudo se reduce a ver quién cuenta mejor una historia, la acusación o la defensa. Hay pruebas, por supuesto, pero las pruebas físicas primero son interpretadas para el jurado por quien explica la historia.

Historia A: un hombre mata a un enemigo, pone el cadáver en el maletero y planea enterrarlo por la noche cuando nadie pueda verlo.

Historia B: un hombre es objeto de una trampa para acusarlo del asesinato de un antiguo cliente y sin saberlo conduce con el cadáver en el maletero hasta que lo para la policía.

Las pruebas físicas encajaban con las dos historias. Una podría ser más creíble que otra sucintamente, pero un narrador capacitado podría equilibrar la balanza de la justicia o incluso inclinarla hacia el otro lado con una interpretación diferente de la prueba. Ahí era donde estábamos en ese momento y empezaba a tener las visiones que tenía antes de cada juicio. Visiones de testigos en el estrado, visiones de mí contando mi historia a un jurado.

—Vamos a ir claramente a por la culpabilidad de una tercera parte —dije—. Y el hombre al que vamos a señalar es Louis Opparizio. Dudo que él apretara el gatillo, pero dio la orden. Así que es nuestro chivo expiatorio y nuestro testigo número uno. Necesitamos encontrarlo. Necesitamos citarlo. Necesitamos asegurarnos de que se presenta al juicio.

Jennifer Aronson agitó las palmas de las manos como si estuviera ahuyentando un enjambre de abejas.

—¿Podemos rebobinar un poco? —preguntó—. Cuéntame esto como si yo fuera un jurado. ¿Qué estamos diciendo que ocurrió? Quiero decir, lo entiendo. Opparizio mató a Scales o hizo que lo mataran y luego trató de colgártelo a ti. Pero ¿podemos decir exactamente cómo ocurrió eso?

—Nada es exacto en este punto —dije—. Y hay un montón de lagunas, por eso estamos reunidos ahora mismo. Pero puedo decirte lo que pienso que ocurrió y lo que las pruebas, una vez que las tengamos todas, van a demostrar.

—Sí, por favor —dijo Lorna—. Estoy con Jen. Me está costando ver esto.

—No hay problema —dije—. Vamos a repasarlo despacio. Un par de cosas para empezar. La primera es la enemistad de Louis Opparizio conmigo. Hace nueve años lo apaleé en el tribunal, revelando sus conexiones con la mafia y tratos turbios en el mundo de la ejecución de hipotecas. En ese caso, fue un hombre de paja. Era el anzuelo brillante que puse delante del jurado, que se lo tragó. Aunque no era el asesino, lo mostré como tal en la sala; estaba implicado en algunas mierdas, el Gobierno tomó nota, y él y los que lo respaldaban en la mafia terminaron perdiendo muchos millones cuando la Comisión de Comercio Federal revirtió una fusión de cien millones de dólares que acababa de completar. Creo que todo eso explica por qué le generaba cierta reticencia. No solo lo expuse en público, sino que les costé a él y a sus apoyos en la mafia una tonelada de dinero.

—Sin duda —dijo Cisco—. Me sorprende que esperara hasta ahora para hacer un movimiento contra ti. Nueve años es mucho tiempo.

—Bueno, tal vez ha estado esperando el momento perfecto —dije—. Porque me tiene bien pillado.

—Eso seguro —dijo Lorna.

—Bueno, el segundo elemento del caso es la víctima —dije—. Sam Scales, estafador extraordinario. Nuestra historia es que estos dos, Opparizio y Scales, se cruzaron en BioGreen. Estaban sangrando a la bestia, operando la trama a largo plazo, cuando algo se torció. Opparizio tuvo que eliminar a Scales, pero también tenía que asegurarse de que la investigación no se acercara a BioGreen. Así que me convertí en su chivo expiatorio. De alguna manera conocía mi historia con Scales y que había terminado mal. Mete el cadáver de

Sam en mi maletero y yo caigo por eso mientras Bio-Green queda limpio y supuestamente sigue produciendo ese combustible reciclado que tanto le gusta al Gobierno.

Miré las tres caras alrededor de la mesa.

—¿Preguntas? —dije.

—Tengo un par —dijo Lorna—. Primero, ¿cuál era la estafa?

—Se llama *sangrar a la bestia* —dije—. Engañar al Gobierno, la bestia, para lograr subsidios federales por producir oro verde: combustible reciclado.

—Buf —dijo Lorna—. Parece que Sam subió un escalón. Eso dista mucho de las estafas de Internet por las que era conocido.

—Buen argumento —dije—. Eso es algo que no encaja con lo que sé de él, pero solo te estoy contando mi teoría hasta ahora. Tenía oro verde bajo las uñas. Una cosa que tenemos que averiguar es si Sam acudió a Opparizio con la idea de la trama o simplemente fue reclutado para una operación en curso.

—¿Alguna idea de qué lo motivó? —preguntó Jennifer—. ¿Por qué mataron a Sam?

—Otro agujero que hay que rellenar —dije—. Y apuesto a que el FBI está en el fondo de ese agujero.

—¿Lo reclutaron? —medio preguntó, medio sugirió Cisco.

Asentí.

—Creo que va por ahí —dije—. Opparizio lo descubrió y Sam tuvo que caer.

—Pero el movimiento inteligente habría sido simplemente hacerlo desaparecer —dijo Cisco—. ¿Por qué poner el cadáver en un sitio donde iba a ser encontrado?

—Exacto —dije—. Eso va a la lista de desconocidos. Pero creo que simplemente hacer desaparecer a Sam podría haber provocado más escrutinio de los federales. Hacerlo del modo en que lo hicieron ayudaría a aislar BioGreen y tal vez hacer que pareciera que no tenía nada que ver con la trama que ocurría allí.

—Por no mencionar que Opparizio sabía que era una buena manera de ajustar las cuentas contigo —añadió Cisco.

—La mayor parte de esto es solo teoría —dijo Jennifer—. ¿Luego qué? ¿Cómo convertimos la teoría en una defensa sólida?

—Opparizio —dije—. Lo encontramos, le entregamos una citación y nos aseguramos de que la jueza impone esa citación.

—Eso solo lo lleva a la sala —dijo Jennifer—. La última vez querías que se acogiera a la Quinta Enmienda, pero esta vez tienes que conseguir que testifique.

—No necesariamente —dije—. Si tenemos pruebas incriminatorias, la clave serán las preguntas que planteemos, no las respuestas. Puede acogerse a la Quinta cuando quiera. El jurado oirá la historia en las preguntas.

Volví mi atención a Cisco.

—Bueno, ¿dónde está? —pregunté.

—Ahora ya llevamos cinco días con la novia —dijo Cisco—. Y ni rastro de él. Puede que necesitemos sacudir las cosas. Lanzarle una amenaza a ella, crearle la necesidad de verlo.

Negué con la cabeza.

—Es demasiado pronto para eso —dije—. Tenemos algo de tiempo. No queremos la citación hasta el último momento. De lo contrario, tendremos encima a Iceberg.

—Ya lo está —dijo Jennifer—. Habrá recibido una copia de la citación al FBI.

—Pero mi apuesta es que lo vio como un tiro a ciegas —dije—. Una expedición de pesca para ver si los federales tenían algo. Hasta la jueza pensó eso. De todos modos, no quiero ir a por la citación todavía. Eso daría a la acusación demasiado tiempo para cubrir nuestro terreno. Así que necesitamos encontrarlo antes y luego vigilarlo hasta que sea el momento.

—Eso se puede hacer —dijo Cisco—. Pero va a costar. No me había dado cuenta de que queríamos mantenerlo hasta el juicio.

—¿Cuánto? —pregunté.

—Estamos gastando cuatro mil al día con el paquete de vigilancia que tenemos ahora —dijo Cisco.

Miré a Lorna, que se ocupaba de las cuentas del bufete. Negó con la cabeza.

—Estamos a cuatro semanas del juicio —dijo—. Necesitarás cien mil para seguir en marcha, Mickey. No los tenemos.

—A menos que vuelvas a recurrir a Andre La Cosse o Bosch —dijo Jennifer—. Les salió barata la fianza, pero estaban dispuestos a poner seis cifras cada uno.

—Con Bosch no —dije—. Debería estar pagándole en lugar de pedirle dinero. Lorna, mira a ver si puedes preparar una cena entre Andre y yo. Veré lo que está dispuesto a hacer.

—¿Tal vez Cisco puede negociar un descuento? —dijo Lorna, mirando a través de la mesa a su marido—. Al fin y al cabo, Mickey es cliente habitual.

—Puedo intentarlo —dijo Cisco.

Sabía que probablemente se llevaba una parte de cada encargo de los indios. Así que la propuesta de Lorna impactaba en su propia cartera.

–Bien –dije.

–Entonces, ¿qué pasa con el FBI? –dijo Jennifer, cambiando de tema–. La LLI y la citación no llegaron a ninguna parte. Podríamos acudir formalmente al fiscal federal con una carta Touhy. Pero todos sabemos que los federales pueden quedarse de brazos cruzados, y no funcionaría con nuestros plazos.

–¿Qué es una carta Touhy? –preguntó Cisco.

–Es el primer paso de un protocolo para pedir el testimonio de un agente federal –explicó Jennifer–. Lleva el nombre de un recluso de Illinois que sentó jurisprudencia.

–Tienes razón –dije–. Tardaría una eternidad. Pero podría haber un rodeo con el FBI. Y si agitamos las cosas en BioGreen o al menos amenazamos con eso podrían venir a la mesa.

–Buena suerte con eso –dijo Jennifer.

–Sí, suerte es lo que necesitamos –dije.

Y eso puso un final solemne a la reunión.

27

Los miércoles siempre habían sido mi noche con mi hija, pero las cosas cambiaron cuando entró en la Facultad de Derecho. Ella tenía un grupo de estudio de Derecho Civil que se reunía a las siete, así que fui relegado al especial para tempraneros. Nos encontraríamos en el campus o cerca para una cena rápida anticipada y luego ella iría a la facultad para la reunión del grupo.

Pedí que Bishop me dejara en la puerta de Exposition Boulevard. Antes de salir, le entregué sesenta dólares a través del asiento.

–Recógeme en dos horas –dije–. Entretanto, usa el dinero para comprarme un móvil de prepago y luego cómprate algo para comer con el resto. Si después te queda tiempo, prepara el prepago. Necesitaré hacer una llamada con él cuando vuelva.

–Entendido –dijo Bishop–. ¿Quieres que pueda enviar mensajes?

–No es necesario. Si va bien, haré una llamada y recibiré otra. Nada más.

Crucé el campus desde ahí hasta el Moreton Fig, en el centro de estudiantes. Encontré a Hayley en una mesa exterior cerca del inmenso árbol que daba nombre al restaurante. Y para mi sorpresa estaba sentada con su madre. Estaban en el mismo lado de la mesa, así que cuando me senté quedé de cara a las dos.

–Vaya, qué agradable sorpresa –dije–. Me alegro de verte, Mags.

–Yo también me alegro de verte. ¿Vas a comer? –preguntó Maggie.

–Eh, para eso estoy aquí –dije–. Y para ver a nuestra hija.

–Bueno, no parece que estés comiendo –replicó–. ¿Hace cuánto que saliste, un mes? Parece que sigues perdiendo peso. ¿Qué te pasa, Mickey?

–¿Qué es esto, una intervención? –pregunté.

–Estamos preocupadas por ti, papá –dijo Hayley–. Le he pedido a mamá que viniera.

–Sí, bueno, prueba a que te acusen de un asesinato que no has cometido –dije–. Te desgasta, tanto si estás en prisión como si no.

–¿Cómo podemos ayudar? –dijo Maggie.

Hice una pausa antes de responder mientras una camarera nos traía las cartas. Maggie la rechazó, diciendo que no iba a comer.

–¿Estás aquí para decirme que tengo que empezar a comer pero tú no vas a comer? –dije.

–Sé que estas comidas son especiales –contestó Maggie–. Para los dos, desde que pedíais tortitas en el Du-Par's, que ya no existe. Solo quería verte y preguntarte cómo te va, y luego dejaros solos.

–Puedes quedarte –dije–. Siempre podemos hacer sitio para ti.

–No, tengo planes –dijo Maggie–. Voy a irme, pero no has respondido mi pregunta. ¿Cómo podemos ayudarte, Mickey?

–Bueno –dije–, podrías empezar por contarle a tu colega Iceberg que está tan ciega por la idea de exhibirme como trofeo en su estantería que no está viendo el caso como de verdad es. Un conjunto de…

Maggie movió las manos para cortarme.

–Estoy hablando de lo que podemos hacer fuera del tribunal –dijo–. Esto es una situación laboral extremadamente delicada, como sabes. Me han mantenido alejada del caso por el conflicto de intereses, pero ni siquiera tengo que ver el caso o las pruebas para saber que nunca habrías hecho algo así. Igual que sé que vas a ganarlo. Hayley y yo nunca podríamos pensar de otra forma. Pero necesitas poder ganar el caso, y tu estado físico es clave. Y tienes un aspecto horrible, Mickey. Lo siento, pero te he visto en la sala. Hayley dice que te arreglaron los trajes, pero sigues pareciendo piel y huesos. Tienes ojeras… No se te ve seguro. No pareces el Abogado del Lincoln que todos conocemos y amamos.

Me quedé en silencio. Sus palabras me impactaron, porque sabía que eran sinceras.

–Gracias –dije por fin–. Lo digo de corazón. Es un buen recordatorio. Actúa como un ganador y serás un ganador. Es la regla y supongo que lo había olvidado. No puedes actuar como un ganador cuando no lo pareces. Se trata de dormir, creo. Es difícil dormir con esta espada de Damocles.

–Ve a ver a un doctor –dijo Maggie–. Que te recete algo.

Negué con la cabeza.

–Nada de recetas –dije–. Pero se me ocurrirá algo. ¿Pedimos? ¿Seguro que no puedes quedarte? La comida es muy buena.

—No puedo —dijo ella—. De verdad que tengo una reunión, y quiero que tú y Hay os veáis. Estaba diciéndome que está aprendiendo más viéndote en el tribunal que en los sacrosantos pasillos de la Universidad del Sur de California. Bueno, tengo que irme.

Maggie apartó la silla.

—Gracias, Mags —dije—. Significa mucho.

—Cuídate —dijo ella.

Y entonces hizo algo sorprendente. Después de inclinarse y besar a Hayley en la mejilla, rodeó la mesa y me besó a mí también. Era la primera vez en muchos años, que yo recordara.

—Adiós, chicos —dijo ella.

La vi marcharse y me quedé en silencio un momento.

—¿De verdad la llaman así? —preguntó Hayley.

—¿Cómo? —pregunté.

—Iceberg.

—Sí.

Se rio, y yo también lo hice. La camarera vino y pedimos el menú de la hora feliz. Hayley tomó tacos de cangrejo y yo, inspirado por el comentario de «piel y huesos» de Maggie, pedí la hamburguesa clásica con cebolla a la parrilla, aunque había comido tarde.

Durante la cena, hablamos básicamente de las clases de Hayley. Estaba en una fase donde la ley era algo maravilloso, con protecciones para todo y castigos justos para los delincuentes. Era un momento excitante y lo recordaba bien. Era el momento en que se establecían los ideales y se fijaban objetivos. La dejé hablar y básicamente me limité a sonreír y asentir con la cabeza. Estaba pensando en Maggie. En las cosas que había dicho, en el beso al final.

–Ahora tú –dijo Hayley en un momento dado.

Levanté la mirada cuando estaba a punto de meterme una patata frita en la boca.

–¿Qué quieres decir? –pregunté.

–Solo hemos estado hablando de mí y del mundo teórico de la ley –dijo–. ¿Y el mundo real? ¿Cómo va el caso?

–¿Qué caso?

–Papá.

–Era broma. Va bien. Creo que hemos encontrado buen material. Estoy empezando a ver cómo se organiza el juicio. Había un entrenador de fútbol americano… No recuerdo quién era, tal vez Belichick, el de los Patriots. El caso es que organizaba las doce primeras jugadas del ataque un par de días antes de que empezara el partido. Miraba vídeos del otro equipo, estudiaba sus costumbres, concluía qué esperaba de ellos en la defensa y escribía las jugadas. Ese es el sitio al que voy. Veo que las cosas encajan: testigos, pruebas…

–Pero no tienes que empezar hasta después de la acusación.

–Cierto. Pero sé bastante bien lo que están haciendo. Claro, estamos a cuatro semanas, así que hay mucho tiempo para cambiar y podrían sorprenderme. Pero ahora mismo estoy pensando en mi caso, y no en el de la fiscalía, y estoy empezando a sentirme bien con eso.

–Es fantástico. Ya he hablado con todos mis profesores y les he dicho que necesitaba estar ahí.

–Mira, sé que estás conmigo en esto, pero no tienes que estar ahí y perderte clases. Tal vez puedas venir a los alegatos iniciales, y luego te haré saber si hay algo que puedas querer ver. Luego el veredicto y la celebración al final.

Sonreí, con la esperanza de que compartiera mi optimismo.

–Papá, no te gafes –dijo en cambio.

–¿Es eso lo que os enseñan en la facultad? –dije–. A no gafar un caso.

–No, eso es en el tercer año.

–Muy graciosa.

Tomamos caminos separados al salir del restaurante. Me alejé, pero luego me detuve para verla cruzar la plaza. Aunque ya estaba oscuro, el campus estaba bien iluminado. Hayley caminó con seguridad y paso ligero. La observé hasta que desapareció entre dos edificios.

Bishop estaba esperándome en el lugar acordado. Entré por la puerta posterior derecha. Me pasó un teléfono barato por encima del asiento a cambio de mis sesenta dólares.

–¿Has conseguido algo para comer? –pregunté.

–Me acerqué al Tam's de Figueroa –dijo.

–Yo también me he comido una hamburguesa.

–Prueba la de Tam's. Bueno, ¿adónde?

–Solo espera un momento mientras hago una llamada.

En mi teléfono real busqué el número de la Oficina de Campo del FBI de Los Ángeles y llamé desde el prepago. Contestó una voz masculina cortante.

–FBI.

–Sí, necesito comunicar un mensaje a una agente.

–Ahora mismo no hay nadie. Todo el mundo se ha ido a casa.

–Lo sé. ¿Puede dejarle un mensaje a la agente Dawn Ruth?

—Tendrá que hacerlo mañana.

—Es una llamada de emergencia de un informante confidencial. Mañana será demasiado tarde.

Hubo una larga pausa y finalmente cedió.

—¿Este es el número al que necesita llamar?

—Sí, y el nombre es Walter Lennon.

—Walter Lennon. Lo tengo.

—Por favor, llámela ahora. Gracias.

Cerré el prepago y miré a Bishop por encima del asiento.

—Bueno, conduce. Quiero estar en movimiento si me devuelve la llamada. Así será más difícil que me localice.

—¿A cualquier sitio?

—Mira, vamos hacia tu casa. Puedo dejarte yo esta noche en lugar de que me dejes tú y tengas que coger un Uber.

—¿Seguro?

—Sí, vamos. Quiero estar en movimiento.

Bishop arrancó el Lincoln y empezó a conducir. Pronto estuvo en la 110 en dirección sur. Sabía que conectaría con la 105 y giraría al oeste hacia Inglewood.

Estábamos en el carril de vehículos compartidos y avanzando deprisa. Cuando tomamos la salida a la 105, el prepago empezó a sonar. La identidad de la llamada estaba bloqueada. Abrí el teléfono, pero no hablé. Pronto oí la voz de una mujer.

—¿Quién es?

—Agente Ruth, gracias por llamar. Soy Mickey Haller.

—¿Haller? ¿Qué demonios está haciendo?

—¿Es una línea privada? No creo que quiera que esto se grabe.

—Sí, es privada. ¿De qué se trata exactamente?

—Bueno, es sobre Walter Lennon. Y el hecho de que me haya llamado tan deprisa confirma que sabe exactamente quién es. O era.

—Haller, tiene tres segundos antes de que cuelgue. ¿Por qué me está llamando?

—Estoy apostando, agente Ruth. La otra noche, cuando su compañero Aiello quiso tirarme desde la terraza, tiró de él. En mis años vi muchas rutinas poli bueno-poli malo, y no creo que fuera eso lo que pasó. No le gustó lo que estaba haciendo.

—Se lo pregunto una vez más antes de colgar: ¿qué quiere?

—Bueno, para empezar, quiero que testifique. —Oí una risa sarcástica—. Y aparte de eso —dije, sin arredrarme—, quiero que me cuente qué estaba pasando con Sam Scales, alias Walter Lennon, y BioGreen.

—Está loco, Haller —dijo Ruth—. ¿Espera que me quede sin empleo?

—Espero que haga lo que se debe hacer, nada más. ¿No se hizo agente del FBI para eso? Me baso en lo que ocurrió la otra noche, pero supongo que, sea lo que sea lo que está ocurriendo, no está de acuerdo con esta tapadera. Puede que a su compañero le parezca bien, pero a usted no. Sabe que no maté a Sam Scales y puede ayudarme a probarlo.

—Lo diré otra vez: está loco si cree que voy a perder mi carrera por usted. Y no, no sé si mató a Sam Scales o no.

—Bueno, a lo mejor no tiene que perder su carrera. Tal vez pueda hacer lo correcto y mantenerla. Sé esto: su compañero no va a conservar la suya.

—¿De qué está hablando?

—Estaba tratando de tirarme desde la terraza.

—Por favor, está exagerando. Se le fue la pinza, eso lo reconozco, pero nos estaba provocando, Haller. Y no estaba amenazando con tirarlo. Eso es una locura. —No respondí, así que ella continuó—: Además, sería su palabra contra la de dos agentes. Haga sus cálculos.

—¿Por eso siempre trabajan por parejas? —Ella no respondió. Yo insistí—: Mire, agente Ruth, por alguna razón, me cae bien. No ha sido mi experiencia con los federales, pero, como he dicho, me lo sacó de encima. Así que voy a hacerle un favor. Voy a impedir que presente un informe falso sobre ese incidente cuando haga la denuncia. Probablemente salvará su trabajo y entonces tal vez haga lo correcto por mí.

—No sé de qué está hablando. Esto es…

—¿Tiene una dirección de correo privado? Démela y le enviaré algo esta noche. Entonces sabrá de qué estoy hablando. Tengo una cámara en la terraza, agente Ruth. Lo tengo todo grabado. Será la palabra de dos agentes contra un vídeo. Perderían.

Hubo un largo silencio y miré por la ventanilla. Vi que estábamos pasando junto al estadio de fútbol americano de mil millones de dólares. Entonces oí que Ruth recitaba una dirección de correo. Encendí la luz cenital y la anoté en una libreta.

—Vale —dije—. Le enviaré el vídeo en cuanto llegue a casa y tenga una conexión wifi estable. Probablemente en una hora. Con suerte tendré noticias suyas y todo esto podrá evitarse, para usted y para su compañero.

Ruth colgó sin decir ni una palabra más. Me guardé el prepago en el bolsillo de la chaqueta y apagué la luz cenital.

—Ese vídeo debe de ser muy bueno, ¿eh? —preguntó Bishop desde el asiento delantero.

Lo miré en la oscuridad, con su rostro captando un brillo tenue de las luces del salpicadero. Una vez más, pensé en el hecho de que Cisco lo había descartado como posible espía para la acusación. De un modo o de otro, no necesitaba conocer mis asuntos.

—No —dije—. Solo era un farol.

28

Jueves, 16 de enero

La mañana siguiente no tardó en llegar, gracias a que alguien llamó con insistencia a las siete a la puerta delantera. Kendall saltó de la cama primero y yo me incorporé con tanta rapidez que noté un pinchazo muscular en los riñones.

–¿Qué pasa? –gritó Kendall.

–No lo sé –dije–. Vístete.

Me puse los pantalones que había dejado en el suelo la noche anterior y cogí una camisa limpia del armario. Me la abotoné mientras caminaba descalzo por el pasillo, con el terror a la posibilidad de volver a Twin Towers creciendo a cada paso. Solo los polis golpeaban la puerta tan temprano.

Abrí la puerta y, efectivamente, ahí estaban Drucker y otro detective al que no reconocí. Detrás de ellos había dos agentes de uniforme. Drucker sostenía un documento que sí reconocí: una orden de registro.

–Hola, señor, tenemos una orden para registrar la casa –dijo Drucker–. ¿Podemos entrar?

–Vamos a ver qué tenemos –dije.

Cogí la orden, que tenía varias páginas grapadas juntas. Sabía cómo saltar todo el preámbulo y la declaración de causa probable para ir al meollo de lo que estaban buscando.

—Quieren facturas —dije—. No tengo nada de eso aquí. Mi directora del bufete guarda el material actual y el resto está en un almacén.

—Mi compañero va a entregar una orden en la residencia de la señora Taylor —dijo Drucker—. Y tenemos una tercera para su almacén. Espero que coopere y se reúna con nosotros allí para facilitar ese registro después de este.

Di un paso atrás desde el umbral y extendí el brazo para señalarles que entraran. Me fijé en Kendall en la puerta del pasillo que conducía a la parte de atrás. Sostenía mi teléfono.

—Es Lorna —dijo.

—Dile que sé que van a hacer un registro —dije—. La llamaré en cinco minutos.

Me volví hacia los cuatro agentes que en ese momento estaban en mi salón.

—Tengo un despacho en la parte de atrás —dije—. Supongo que quieren empezar por ahí. Pero, como he dicho, no guardo facturas aquí. Lorna se ocupa de eso.

Drucker no se inmutó.

—Si puede mostrarnos el camino… —dijo—. Lo haremos de la manera menos dolorosa posible.

Me siguieron por el pasillo. Vi que Kendall se había retirado a nuestro dormitorio y había cerrado la puerta. Al pasar, llamé a la puerta para captar su atención.

—Kendall, necesito quedarme con estos tipos —dije—. ¿Me traes unos calcetines y mis zapatos?

Luego me dirigí a la última puerta del pasillo, que daba acceso al dormitorio que había convertido en un despacho. Había un escritorio cubierto de papeles y carpetas.

—Esto son archivos de casos que contienen información privilegiada que no tienen derecho a ver —dije.

Me agaché y empecé a abrir cajones en el escritorio para que pudieran ver que estaban casi vacíos.

—Adelante, pero, como pueden ver, no hay registros de facturas —dije—. Están perdiendo su tiempo y el mío.

Salí de detrás del escritorio para hacer sitio a los que buscaban. Había un sofá en el despacho donde había dormido en alguna ocasión. Me senté cuando Kendall entró con unos calcetines limpios y mis botas negras de cordones Ferro Aldo. También me pasó mi teléfono móvil.

—Son increíbles —dijo Kendall—. ¿Por qué no lo dejan en paz?

—No pasa nada, Kendall —dije—. Se equivocan, pero solo están haciendo su trabajo. Cuanto antes se pongan, antes saldrán de aquí.

Kendall salió de la habitación enfurruñada. Llamé a Lorna.

—Mickey, están registrando mis documentos —dijo al responder.

—Lo sé —dije—. Pueden mirar las facturas, solo asegúrate de que no miran material confidencial.

—No dejaré que se acerquen. Pero sabes que todo el material de Sam Scales no está en casa.

—El detective Drucker está aquí. Se lo he dicho, pero van a hacer lo que quieran.

Lorna bajó la voz a un susurro para plantear la siguiente pregunta:

–¿Qué significa eso, Mickey? ¿Qué están buscando?

En realidad, no había tenido tiempo para pensar en esas preguntas. Le dije a Lorna que volvería a llamarla y colgué. Entonces me senté en el sofá y me quedé allí sin moverme mientras observaba a Drucker y al detective del que no sabía el nombre examinando el contenido de los cajones de mi escritorio. Los agentes de uniforme estaban pululando por el pasillo. Estaban ahí para imponer la búsqueda si había resistencia. Pero como yo estaba cooperando no tenían nada que hacer más que estar allí con las manos en el cinturón.

Sabía que Dana *Corredor de la Muerte* estaba apuntalando su caso. Suponía que esa búsqueda era de cuentas pendientes de pago y de un motivo. Estaban buscando documentación que probara que Sam Scales me había presionado. Querían mis propios registros para demostrarlo, y eso me decía que todavía no habían renunciado a la acusación de asesinato por ganancia económica.

Al cabo de unos minutos, Drucker cerró todo los cajones del escritorio y me miró.

–Vamos a mirar en el garaje –dijo.

–No hay nada en el garaje –repuse–. Al Colegio de Abogados de California no le gusta que los registros de sus clientes se almacenen en lugares inseguros. Quieren saltarse todo eso e ir al almacén. Sé lo que están buscando y, si lo tengo, estará ahí.

–¿Dónde está su almacén?

–Al otro lado de la colina. En Studio City.

–Vamos a mirar en el garaje y luego iremos.

–Como quieran.

Era demasiado temprano para tener a Bishop disponible. Después de que descartaran el garaje –era la primera vez que estaba ahí desde el asesinato–, me puse al volante del Lincoln y, cuando me dirigía al norte a través de Laurel Canyon, pensé en las muchas veces que había recriminado a clientes por colaborar con la gente que trabajaba para quitarles la libertad. «¿Crees que por ser amable con ellos y ayudarles los convencerás de que no lo hiciste? Ni hablar. Esta gente quiere quitarte todo: tu familia, tu casa, tu libertad... ¡No cooperes con ellos!»

Y, sin embargo, ahí estaba, guiando una caravana de coches de policía al lugar donde guardaba los registros de mi trabajo y mi forma de vida. Ese fue el momento en el que pensé que quizá tenía un loco por cliente. Tal vez simplemente debería haberle dicho a Drucker que se largara y que encontrara el almacén por sí mismo, que cortara los candados y que averiguara por sí mismo dónde estaban los archivos.

Mi teléfono sonó y era otra vez Lorna.

–Pensaba que ibas a devolverme la llamada.

–Lo siento, lo olvidé.

–Bueno, se han ido. Les he oído decir que iban a ir al almacén.

–Sí, voy allí ahora.

–Mickey, ¿cuáles son las posibilidades de que terminen su registro y luego te detengan con nuevos cargos?

–Lo he pensado, pero me han dejado conducir mi propio coche y guiarlos hasta allí. Drucker no habría hecho eso ni por asomo si tuviera una orden de detención en el bolsillo.

–Espero que tengas razón.

–¿Aún no has tenido noticias de Jennifer hoy?

–Todavía no.

–Vale. La llamaré y le contaré lo que está pasando. Aguanta, Lorna.

–Solo quiero que todo esto termine.

–Yo también.

Conduje a la brigada de policía por Lankershim hasta el almacén climatizado donde guardaba mis registros junto a maniquíes de hombres y mujeres y otro atrezo que había usado en juicios a lo largo de los años. También tenía allí dos percheros de trajes de varias tallas que guardaba para que los clientes se los pusieran durante los juicios y el tercero de mis Lincoln Town. Había también una caja fuerte para armas destinada a cuando recibía armas de fuego a cambio de servicios prestados. Como condición de mi fianza no podía tener armas de fuego, así que le había pedido a Cisco que se llevara las armas a la casa que compartía con Lorna hasta que el caso terminara.

El almacén tenía una puerta de apertura vertical que abrí para los policías. Luego los conduje a una sala donde conservaba registros en archivadores cerrados, en pleno cumplimiento de las directrices de seguridad de archivos de clientes del Colegio de Abogados de California. Usé una llave para abrir el primer armario de cuatro cajones.

–Adelante, caballeros –dije–. Esta fila contiene registros de negocios que se remontan a 2005, creo. Encontrarán las facturas, la contabilidad, los registros de Hacienda y todo el material financiero. Eso es lo que tienen derecho a ver bajo el ámbito de la orden. Los otros cajones contienen archivos de casos y están vetados, incluso los archivos de Sam Scales.

La sala era demasiado pequeña para el grupo entero, que en ese momento incluía al compañero de Drucker, Lopes. Salí adonde estaban los hombres uniformados y me quedé cerca del umbral, desde donde podía supervisar el registro.

Había una mesa plegable en la sala de almacenamiento de archivos que usaba cuando tenía que revisar casos viejos. Los detectives permanecieron de pie, pero abrieron los archivos en los que estaban interesados sobre la mesa. Si había algo que querían llevarse, lo colocaban a un lado.

Con los tres trabajando en ello, la búsqueda se desarrolló con rapidez, y, cuando terminaron, habían colocado a un lado cuatro documentos para requisar bajo la autoridad que les concedía la orden de registro. Les pedí verlos.

–No hay nada en la orden que me obligue a compartir con usted lo que hemos requisado –dijo Drucker.

–Y no hay nada que me obligara a cooperar con usted –dije–. Pero lo he hecho. Lo que se lleve me llegará en el proceso de divulgación de pruebas de todos modos, detective. Así que ¿por qué ser tan capullo?

–¿Sabe, Haller?, no tendría que haber sido un capullo usted y ponerme en evidencia en público.

–¿Qué? ¿Está hablando del otro día en el tribunal? Si cree que eso fue ponerlo en evidencia, espere a cuando testifique usted delante del jurado. Asegúrese de llevar sus pañales, detective.

Drucker me sonrió sin el menor atisbo de humor.

–Pase un buen día –dijo.

Pasó rozándome, manteniendo los documentos junto a su pecho para que no pudiera ni siquiera atisbarlos. Lopes y el detective sin nombre lo siguieron afuera. Entonces toda la cohorte de detectives y ayudantes uniformados salieron del almacén. Le mandé un mensaje de texto a Lorna para que supiera que no habían vuelto a detenerme. Todavía.

29

Viernes, 17 de enero

El *Catalina Express* flotaba con suavidad sobre las oscuras aguas del Pacífico. El sol solo estaba empezando a hundirse detrás de la isla que se hallaba ante nosotros. El viento era cortante, pero Kendall y yo lo afrontamos en cubierta, abrazados. Era el viernes por la tarde y le había dicho al Equipo Haller que iba a desaparecer durante un fin de semana largo. Las restricciones de la fianza me impedían salir del condado de Los Ángeles sin el permiso de la jueza, así que elegí el lugar más alejado posible que no infringiera las reglas.

El barco atracó en el embarcadero del puerto de Avalon a las cuatro de la tarde, y allí nos estaba esperando un cochecito de golf con chófer de Zane Grey Pueblo. El chófer nos llevó a nosotros y nuestra única maleta colina arriba sin dejar de charlar sobre las renovaciones recientemente completadas en el histórico hotel, que había sido el hogar del autor y el lugar donde había escrito varias de sus novelas sobre la frontera del Oeste.

–Vivía aquí porque le encantaba la pesca –explicó el chófer–. Siempre decía que escribía para poder pescar, significara lo que significase.

Asentí y miré a Kendall. Ella sonrió.

–¿Sabían que era dentista? –dijo el chófer.

–¿Quién?

–Zane Grey –dijo–. Y ese ni siquiera era su nombre real. Se llamaba Pearl, como el nombre de mujer. Por eso usaba Zane, que era su segundo nombre.

–Interesante –dijo Kendall.

Era temporada baja y el hotel estaba casi vacío. Pudimos elegir entre varias habitaciones, todas ellas llamadas según los títulos de las novelas más populares del autor. Elegimos la suite *Los jinetes de la pradera roja*, no porque conociera el libro, sino porque tenía vistas al puerto y una chimenea encendida. Había estado antes en la habitación, muchas veces, hacía muchos años, con Maggie McPherson, cuando todavía estábamos casados.

Nuestro plan era quedarnos en la habitación la mayor parte del fin de semana y disfrutar mutuamente de nuestra compañía. Sin teléfonos, sin ordenadores y sin intrusiones. No obstante, alquilamos un cochecito de golf del hotel para salidas a restaurantes y a la tienda de comestibles del pueblo.

El entorno era genial, pero había algo triste para mí en el viaje. Me sentía deprimido y no podía sacudirme esa sensación. Kendall y yo pasamos el rato delante de la chimenea, charlando, recordando y haciendo planes. E hicimos el amor las dos primeras noches y el domingo por la mañana. Pero el lunes, festivo por ser el Día de Martin Luther King, ya habíamos dejado de hablar de nada que importara y me senté la mayor parte del día delante de la pantalla plana mirando noticias de la CNN sobre la saga del inminente *impeachment*, así como sobre el misterioso virus de China. Los Centros para el Control y la Prevención de Enfermedades habían anunciado el despliegue de personal médico en el aeropuerto LAX para recibir los vuelos procedentes de Wuhan y verificar si los pasajeros tenían fiebre u otros síntomas de enfermedad. Aquellos que estuvieran enfermos serían puestos en cuarentena.

La noticia era una distracción. Había hecho alarde al apagar el móvil y no sacarlo de la maleta en todo el fin de semana. Pero no podía apartar la mente de otras cosas. El peso de lo que tenía por delante y lo que estaba en juego me estaban aplastando.

Tenía la premonición de que Kendall y yo estábamos pasando los últimos días juntos, de que su regreso a Los Ángeles y nuestro intento de reavivar nuestro amor terminarían por ser un experimento fallido. No podía determinar con exactitud la causa, pero se entrometían pensamientos sobre Maggie y el encuentro en la universidad que brevemente había reunido nuestra familia perdida. Y el beso. Era asombroso para mí cómo algo tan fortuito, rápido e inesperado podía sacudir los frágiles cimientos de mi relación presente.

30

Martes, 21 de enero

Cuando amaneció el martes con el cielo gris y tapado y una densa capa de niebla entre la isla y el continente, de alguna manera me pareció apropiado.

El temor que había ido creciendo de manera constante a lo largo del fin de semana se confirmó poco después de encender mi teléfono por primera vez en tres días y medio. Justo cuando estábamos a punto de pagar el hotel y dirigirnos al barco, recibí una llamada de Jennifer Aronson.

–Mickey, ¿dónde estás?

–En Catalina.

–¿Qué?

–Kendall y yo hemos venido a pasar el fin de semana. Te lo dije. De todos modos, estamos a punto de volver. ¿Qué pasa?

–Acabo de recibir una llamada de Berg. Quieren que te entregues. Han retirado la actual acusación de asesinato contra ti y luego han conseguido una imputación por asesinato con circunstancias agravantes: lucro económico.

Eso significaba que nada de fianza. Permanecí un buen rato en silencio y pensé en Drucker revisando los archivos de Sam Scales. ¿Qué se llevó? ¿Había algo en mis archivos que hubiera conducido a eso?

Kendall se fijó en mi cara y susurró:

–¿Qué pasa?

Negué con la cabeza. Se lo contaría después de la llamada. En ese momento tenía que encontrar una estrategia para afrontar la situación.

–Vale –dije–. Llama al secretario de Warfield. A ver si pueden darte cita para esta tarde. Me entregaré allí mismo. Pero hemos…

–¿¡Qué!? –gritó Kendall.

Levanté una mano para que se callara y continué con Jennifer.

–Pedimos una vista de causa probable sobre la alegación de circunstancias especiales. Esto es ridículo.

–Pero el dictamen del jurado de acusación ahorra la necesidad una vista preliminar. Presume la causa probable.

–No importa. Tenemos que presentarnos delante de la jueza y convencerla de que es un intento ridículo de la acusación para inclinar el tablero y reiniciar el cronómetro.

–Está bien, ese es el enfoque. Juicio rápido. Puedo trabajar en eso. Tienes que volver aquí y prepararte para argumentar. Creo que esta vez tendrás que dirigirte al tribunal.

–Desde luego. Tu ocúpate de la causa probable y yo me ocuparé del argumento de juicio rápido. Voy en camino. Avísame de si van a esperar a la vista o van a tratar de detenerme antes. Llevo la tobillera, así que pueden encontrarme si quieren.

–Estoy en eso.

Colgamos y me volví hacia Kendall.

–Tenemos que irnos. Van a detenerme otra vez.

–¿Cómo pueden hacerlo?

–Retiraron la imputación original, luego fueron a un gran jurado y consiguieron un dictamen, y todo empieza otra vez.

–¿Vas a ir a prisión?

Echó los brazos en torno a mí y me abrazó como si fuera a impedir que se me llevaran.

–Haré lo posible para presentarme delante de la jueza y argumentar en contra de eso. Así que tenemos que irnos.

El trayecto en el *Catalina Express* de regreso a San Pedro fue a través de una niebla densa. Esta vez Kendall y yo nos quedamos en el interior, tomando café y tratando de mantener la calma. Expliqué a Kendall los pasos que había dado Berg para convertirme en un fugitivo. Ella, que no tenía formación legal, dijo que era injusto aunque fuera una maniobra legal válida. Y yo no podía discutirlo. La fiscal estaba usando medios completamente legales para subvertir un proceso completamente legal.

El trayecto fue más lento por la gruesa capa de niebla y pasó una hora antes de que oyera y notara los grandes motores del barco frenando al aproximarnos lentamente al puerto. No había vuelto a saber nada de Jennifer y no sabía si en el muelle me esperaría la policía que había seguido mi monitor. Me levanté y busqué una ventana con vistas a proa. Si estaba a punto de ser detenido necesitaba preparar a Kendall para qué hacer y a quién llamar.

La niebla empezó a disiparse cuando entramos en el puerto y empezó a adivinarse la extensión verde del puente Vincent Thomas. Pronto vi la terminal del ferri, pero no había rastro de la policía en el muelle. El aparcamiento donde había dejado el Lincoln quedaba oculto por el edificio de la terminal. Volví con Kendall y le di las llaves del Lincoln.

—Por si me están esperando —dije.

—Ay, Dios mío, Mickey. ¿Crees que te están esperando? —preguntó.

—Cálmate. No he visto a nadie en el muelle y ese sería el sitio más probable para esperarme. Seguramente no va a pasar nada, pero, por si acaso, tienes las llaves y puedes volver en coche. Eso sí, antes de que vayas a ninguna parte, llama a Jennifer y cuéntale lo que está ocurriendo. Ella sabrá qué hacer. Te pasaré su contacto.

—Vale.

—Luego llama a Hayley y cuéntaselo también.

—Está bien. No puedo creer que estén haciendo esto.

Se echó a llorar y yo la abracé y le aseguré que todo iba a ir bien. En mi fuero interno no estaba tan seguro.

Bajamos del barco y llegamos al Lincoln sin que nos pararan. Mi teléfono sonó cuando estábamos entrando en el coche. Era Jennifer, pero no respondí. Estaba paranoico y me sentía como un pato de feria. Quería salir del aparcamiento y meterme en la autovía. Siempre era más difícil seguir a un objetivo en movimiento.

En cuanto estuvimos en la 110 en dirección norte, llamé a Jennifer.

—Tenemos cita a las tres en punto.

—Bien. ¿Y no van a intentar detenerme antes?

—Eso es lo que Berg le ha dicho a la jueza. Se te permitirá entregarte en la sala después de una vista a las tres.

—¿Berg se ha opuesto a la vista?

—No lo sé, probablemente. Pero el secretario de Warfield me ha chivado que la jueza está un poco cabreada con esto, por la parte de la fianza, porque ella la impuso y ahora la fiscalía está tratando de cambiarlo. Así que tendremos eso a favor cuando entremos.

—Bien. ¿Dónde y cuándo quieres que nos veamos antes?

—Necesito tiempo para trabajar en los puntos de tu alegato. ¿Qué te parece a la una? Podemos encontrarnos en la cafetería del tribunal.

Miré el reloj del salpicadero. Ya eran las 10.30.

—A la una está bien, pero no en el tribunal. Demasiados policías cerca, y alguien podría querer hacerse el héroe y detenerme. No vayamos al tribunal hasta la hora de la vista.

—Entendido. ¿Dónde, pues?

—¿Qué te parece en el Rossoblu? Ya que puede que tenga que volver a la dieta de sándwich a partir de hoy, voy a comer un poco de pasta.

—Vale. Allí estaré.

—Otra cosa más si tienes tiempo. Lleva un mensaje a las gemelas que han estado cubriendo esto para la prensa. Asegúrate de que se enteran de la vista. Lo haría yo, pero quiero poder decir que no lo hice si Berg me acusa otra vez. Además, los medios tienen que estar allí para ver el paripé.

—Las llamaré.

Colgamos y Kendall me habló de inmediato.

—Quiero estar contigo en el tribunal.

—Eso estaría bien. Y llamaré a Hayley cuando llegue a casa. Necesito ponerme un traje y trabajar un poco en lo que voy a decirle a la jueza, y luego iremos a comer.

Sabía que iba a ser un almuerzo de trabajo y que Kendall no debería estar allí, porque estaba fuera del círculo de privilegio. Pero también sabía que mi libertad podía reducirse a esas últimas escasas horas. No quería excluirla.

Tardamos casi una hora en llegar a la casa. Aparqué al lado de las escaleras, todavía sin querer usar el garaje. Bishop estaba sentado en la escalera, esperando. Le había dicho el viernes que empezaría el martes a las diez y había estado esperando. Me había olvidado de él.

Kendall subió la escalera mientras yo sacaba nuestra maleta del maletero.

—Deja que te ayude con eso —dijo Bishop.

—Eres mi chófer, no mi botones, Bishop —dije—. Llevas mucho tiempo esperando.

—No demasiado.

—Lo siento. Pero vas a tener que esperar otra hora mientras me preparo y trabajo. Luego iremos al centro. Puede que tengas que traer a Kendall de vuelta sola.

—¿Y tú? ¿Vuelvo a por ti?

—No creo. Van a tratar de meterme de nuevo en la cárcel hoy, Bishop...

—¿Pueden hacer eso? Estás bajo fianza.

—Pueden intentarlo. Son el Gobierno. La bestia. Y la partida siempre favorece a la bestia.

Cargué con mi maleta por la escalera y por la puerta. Kendall estaba en el salón, sosteniendo un sobre para que lo cogiera.

—Alguien ha pasado esto por debajo de la puerta —dijo.

Cogí el sobre y lo estudié mientras empujaba la maleta de ruedas al dormitorio. Era un sobre blanco liso sin nada escrito en ninguno de los lados. La solapa no estaba sellada.

Después de poner la maleta en la cama para deshacerla, abrí el sobre. Contenía un único documento doblado. Era una fotocopia de la cara anterior de un informe de detención del Departamento del Sheriff del Condado de Ventura fechado el uno de diciembre de 2018. El sospechoso detenido por presunto fraude se identificaba en el formulario como Sam Scales. El sumario afirmaba que Scales había usado el nombre de Walter Lennon para preparar una web de recaudación de fondos para las familias de las víctimas muertas en un tiroteo masivo el mes anterior en un bar de Thousand Oaks. No necesitaba el informe de detención para recordar el incidente en el Borderline Bar & Grill. Un agente del sheriff y doce clientes murieron. La trama para recaudar fondos parecía muy similar a la que llevó a Scales a prisión en Nevada.

Entré en mi despacho para ver mis archivos del caso, que había dejado en el escritorio. Estaba seguro de que la detención del condado de Ventura no constaba en los antecedentes que había recibido en el archivo de pruebas compartido por la Oficina del Fiscal del Distrito. Abrí la carpeta de la víctima y encontré los antecedentes de detenciones. No constaba la de diciembre de 2018.

Kendall me siguió a la oficina.

–¿Qué pasa? –preguntó.

–Un informe de detención de Sam Scales –dije–. Un caso de hace un año en el condado de Ventura.

–¿Qué significa?

—Bueno, no está en los antecedentes que nos dio la acusación.

La hoja del informe de detenciones era de un formulario con varias ventanas y casillas debajo del resumen manuscrito. Debajo de la casilla donde se había marcado FRAUDE había otra lista donde la casilla INTERESTATAL estaba atravesada por una barra. Al pie de la lista había una línea donde el autor del atestado había escrito FBI-LA.

—¿Estaban tratando de escondértelo? —preguntó Kendall.

Levanté la mirada.

—¿Qué?

—¿La fiscal estaba tratando de ocultarte esa detención?

—Creo que no lo sabían. Creo que vino el FBI y se llevó a Sam.

Kendall parecía confundida, pero no di más explicaciones. Mi mente estaba acelerada ante las posibilidades de lo que podía significar el informe de detención.

—Tengo que hacer una llamada —dije.

Saqué mi teléfono y llamé a Harry Bosch. Respondió de inmediato.

—Harry, soy yo. Voy a reunirme con Jennifer para comer en el centro; luego tengo que ir al tribunal. ¿Puedes reunirte con nosotros? Tengo algo que necesitas ver.

—¿Dónde?

—En el Rossoblu a la una.

—¿Rossoblu? ¿Dónde está?

—City Market South, al lado de la Once.

—Allí estaré.

Colgué. Sentí un impulso. El informe de detención podía confirmar muchas cosas sobre Sam Scales y el caso. También podía ser una forma de franquear el muro del FBI.

–¿Quién ha pasado eso por debajo de la puerta? –preguntó Kendall.

Pensé en la agente Ruth, pero no dije su nombre.

–Creo que fue alguien que quería hacer lo correcto –dije.

31

En previsión de mi retorno a prisión, la sala tenía a disposición el triple de agentes de los que normalmente se ocupan de una vista con un acusado no privado de libertad. Estaban apostados junto a la puerta, en la galería y en el otro lado de la verja. Estaba claro desde el principio que nadie pensaba que saldría por la misma puerta por la que había entrado.

Mi hija no había podido aceptar mi invitación a comer por una clase, pero ahora ocupaba la primera fila de la galería, justo detrás de la mesa de la defensa. Estaba sentada al lado de Lorna, que estaba sentada al lado de Cisco. Abracé a Hayley y hablé con cada uno de ellos, tratando de animarlos, pese a que era difícil para mí mismo estar animado.

—Papá, esto es muy injusto —dijo Hayley.

—Nadie dijo nunca que la ley fuera justa, Hay —le conté—. Recuérdalo.

Avancé por la fila hasta Cisco. No había estado en el almuerzo y no sabía nada del informe de detención que habían pasado por debajo de mi puerta. Había elegido a Bosch para que se ocupara de eso por su pedigrí policial. Creía que estaba mejor preparado para establecer contacto con el investigador del sheriff del condado de Ventura que detuvo a Sam Scales.

—¿Algo nuevo? —pregunté.

Él sabía que yo estaba hablando de la vigilancia y de las esperanzas de localizar a Louis Opparizio.

–No en lo que va de mañana –dijo–; el tipo es un fantasma.

Asentí, decepcionado, y entonces pasé por la verja a la mesa de la defensa, donde me senté solo y ordené mis ideas. Había llegado antes que Jennifer a la sala después del almuerzo, porque ella tuvo que encontrar aparcamiento en el agujero negro mientras que yo hice que Bishop nos dejara a Kendall y a mí en la puerta. Miré las notas de nuestra reunión de la comida y repasé mentalmente lo que le diría a la jueza. Nunca me había sentido tan nervioso e intimidado en una sala de justicia. Siempre me había sentido como en casa y había desechado la animosidad que habitualmente se dirigía a la defensa desde la mesa de la acusación, el estrado del juez y, en ocasiones, incluso la tribuna del jurado. Pero en esa ocasión era diferente. Sabía que, si fallaba, sería a mí al que acompañarían a través de la puerta de acero hasta la prisión. Al ser detenido, no había tenido ninguna oportunidad de argumentar mi caso antes de ser acusado. Esta vez sí la tenía. Era una oportunidad remota, porque la acusación se situaba dentro del imperio de la ley al hacer sus movimientos. Pero eso no hacía que estuviera bien y tenía que convencer de ello a la jueza.

Mi concentración se rompió cuando reparé en Dana Berg y su segundo con corbata de pajarita tomando asiento en la mesa de la acusación. No me volví a mirarlos. No di las buenas tardes. La cuestión se había vuelto personal, puesto que Berg repetidamente buscaba arrebatarme mi libertad para preparar mi caso sin cortapisas. Ella era la enemiga y la trataría como tal.

Jennifer se deslizó por el asiento a mi lado.

—Lo siento, no había aparcamiento en el agujero negro —dijo—. He tenido que ir a uno de pago en Main.

Parecía sin aliento. El aparcamiento de Main debía de estar a varias manzanas.

—No te preocupes —dije—. Estoy listo.

Jennifer se volvió en su silla para saludar a nuestra fila de partidarios y luego se volvió hacia mí.

—¿Bosch no va a venir? —preguntó.

—Creo que quería ponerse en marcha —dije—. Quiere dirigirse a Ventura.

—Cierto.

—Escucha, si esto no sale como queremos y vuelvo a Twin Towers, tendrás que tratar con Bosch la cuestión de Ventura. Asegúrate de que no haya nada en papel. No está acostumbrado a cómo trabajamos las cosas en el lado de la defensa. Si no está en papel, no se comparte, ¿vale?

—Entendido. Pero las cosas van a salir bien, Mickey. Vamos a aplastarlos y somos un gran equipo.

—Me gusta tu confianza, aunque toda la jurisprudencia y el Código Penal estén en nuestra contra.

Me volví e hice otro barrido de la galería, estableciendo momentáneamente contacto visual con las dos periodistas que ocupaban su lugar habitual en la segunda fila.

Al cabo de unos minutos, el secretario llamó al orden en la sala cuando la jueza Warfield entró desde la puerta de su despacho y ocupó el estrado.

—De nuevo en actas en *California contra Michael Haller* —dijo—. Tenemos nuevas imputaciones en el caso que requieren una vista de detención, así como una lectura de la acusación formal. Y tenemos también una moción seis-ocho-seis de la defensa. Empecemos con los cargos.

Renuncié a una lectura formal de la acusación.

–¿Cómo se declara? –preguntó Warfield.

–No culpable –dije con voz seca.

–Muy bien –dijo Warfield–. Ahora vamos a la cuestión de la puesta en libertad o detención antes del juicio. Y tengo la sensación de que habrá mucho toma y daca entre los letrados hoy, así que vamos a mantenernos en nuestras respectivas mesas para reducir el tráfico y el tiempo. Por favor, hablen en voz alta y clara cuando se dirijan a la sala para que el registro sea claro. ¿Cuál es la posición de la acusación, señora Berg?

Berg se levantó tras la mesa de la acusación.

–Gracias, señoría –empezó–. Esta mañana se han retirado los cargos anteriores en este caso después de que el jurado de acusación del condado de Los Ángeles aprobara una imputación de J. Michael Haller por un cargo de asesinato en primer grado con agravantes definidos por la legislación estatal; para que conste, asesinato con ánimo de lucro. La posición de la acusación es que se trata de un crimen sin derecho a fianza y solicitamos la detención hasta que se celebre el juicio. Existe presunción…

–Soy bien consciente de lo que la ley presume, señora Berg –dijo Warfield–. Estoy segura de que el señor Haller también lo es.

Warfield parecía enfadada por el esfuerzo del estado por encarcelarme y también por el hecho de tener las manos atadas en la cuestión. Pareció escribir algo en un documento en el estrado. Se tomó un momento para terminar antes de mirarme.

–Señor Haller, supongo que desea ser escuchado –dijo.

Me levanté de la silla.

–Sí, señoría –contesté–. Pero primero me gustaría saber si el estado está buscando la pena de muerte con esta nueva imputación.

–Buena pregunta –dijo Warfield–. Eso cambiaría las cosas considerablemente. Señora Berg, ¿su oficina ha decidido solicitar la pena de muerte en su caso contra el señor Haller?

–No, señoría –dijo Berg–. La acusación renuncia a la pena de muerte.

–Ya tiene su respuesta, señor Haller –dijo la jueza–. ¿Tiene algo más?

–Sí, señoría –dije–. El precedente legal sostiene que, una vez que la pena de muerte se retira de la mesa, ya no es un caso capital, sin que importe que me enfrente a una sentencia de cadena perpetua sin condicional. La señora Berg también debe convencer a la sala de que la culpa es evidente y de que la presunción, por lo tanto, es grande. Por sí sola, la imputación es insuficiente para demostrar que la culpa es evidente, y la señora Aronson abordará con más extensión esta cuestión.

Jennifer se levantó.

–Señoría, Jennifer Aronson, en representación del señor Haller en esta cuestión –dijo–. El señor Haller defenderá por sí mismo la moción seis-ocho-seis cuando surja. En cuanto a la imputación ante el tribunal, la posición de la defensa es que la acusación se ha extralimitado para privar al señor Haller de su libertad mientras se prepara para defenderse a sí mismo en este asunto. No es más que una treta para coartar la capacidad del señor Haller de defenderse metiéndolo en una celda, donde no puede trabajar a tiempo completo en su defensa, está en constante peligro por la presencia de otros presos y además arriesga su salud.

Jennifer consultó sus notas antes de continuar.

—La defensa también cuestiona la alegación de circunstancias agravantes en este caso —dijo—. Aunque no hemos visto esta nueva prueba que la acusación asegura que mostrará la ganancia económica del señor Haller por el asesinato de Samuel Scales, es absurdo pensar, y mucho más probar, que su muerte sería en modo alguno resultado de ganancia económica para el señor Haller.

Warfield estaba otra vez escribiendo cuando Jennifer terminó y Berg aprovechó la oportunidad para responder. Se levantó y se dirigió a la jueza mientras el bolígrafo todavía se movía en su mano.

—Señoría, la imputación del jurado de acusación impide una vista preliminar sobre los cargos y el estado protestaría a convertir esta vista en una determinación de causa probable. La legislación es muy clara en eso.

—Sí, conozco las normas, señora Berg —dijo Warfield—. Pero la legislación también da a una jueza del tribunal superior de este estado el poder de discreción. Me uno a la señora Aronson en su inquietud por esta actuación de la acusación. ¿Está preparada para que el tribunal use su discreción y dictamine sobre la fianza en esta cuestión sin proporcionar más apoyo de la causa probable?

—Un momento, señoría —dijo Berg.

Por primera vez en el día, miré a la mesa de la acusación. Berg estaba departiendo con su segundo. Estaba claro que la jueza, antigua abogada defensora, no aprobaba la jugada de Berg para devolverme a la prisión. Era el momento de la verdad, al margen de lo que Berg hubiera conseguido del jurado de acusación. Vi que el segundo abría una de las carpetas que tenía delante y sacaba un documento. Se lo entregó a Berg, que se enderezó para dirigirse a la sala.

–Con la venia, la acusación quiere llamar a un testigo en esta materia –dijo.

–¿Quién es el testigo? –preguntó Warfield.

–El detective Kent Drucker. Presentará un documento que estoy segura de que la sala verá que defiende la causa probable en relación con la alegación de circunstancias especiales.

–Llame a su testigo.

No había visto a Drucker antes, pero allí estaba en la primera fila de la galería. Se levantó y cruzó la verja. Tomó el juramento y ocupó el estrado. Berg empezó por sacarle los detalles de los registros llevados a cabo en mi hogar y mi almacén, así como en la casa de Lorna Taylor.

–Hablemos específicamente de los registros que buscó en el almacén –dijo entonces Berg–. ¿Qué estaba buscando exactamente ahí?

–Eran archivos no privilegiados relacionados con la práctica legal de Michael Haller –dijo Drucker.

–En otras palabras, ¿facturas de clientes?

–Exacto.

–¿Y había un archivo relacionado con Sam Scales?

–Había varios, porque Haller lo había representado en diferentes casos a lo largo de los años.

–Y al examinar los archivos, ¿encontró algún documento pertinente para la investigación de su asesinato?

—Sí.

Berg pasó entonces por la formalidad de conseguir la aprobación de la jueza para mostrar al testigo un documento que había encontrado entre mis archivos. No tenía ni idea de qué podía ser, hasta que la fiscal dejó una copia en la mesa de la defensa después de entregar la copia de la jueza a su secretario. Jennifer y yo nos inclinamos uno hacia el otro para poder leerlo al mismo tiempo.

Era una copia de una carta aparentemente enviada a Sam Scales en 2016 mientras esperaba sentencia por acusación de fraude.

Querido Sam:

Será la última carta que reciba de mí y tendrá que encontrarse un nuevo abogado para ocuparse de su sentencia el mes que viene si no paga las minutas legales acordadas durante nuestra reunión del 11 de octubre. Mi minuta acordada por ocuparme de su caso fue de 100 000 dólares más gastos con un anticipo de 25 000 dólares. Este acuerdo se tomó al margen de que su caso fuera a juicio o se pactara en resolución. Posteriormente se cerró por resolución y se estableció la sentencia. Ahora debe el monto restante (75 000 dólares).

Me he ocupado de varios casos anteriores que lo implicaban a usted como acusado y sé que mantiene un fondo legal, de manera que puede pagar a sus abogados por el buen trabajo que realizan por usted. Por favor, pague esta factura o considere esto la finalización de nuestra relación profesional, con acciones más serias en adelante.

Sinceramente,
p. p. Michael Haller

—Esto lo escribió Lorna —susurré—. Nunca lo había visto. Además, no significa nada.

Jennifer se levantó y protestó.

—Señoría, solicito un *voir dire*.

Era una forma elegante de preguntar si podía cuestionar al testigo sobre el origen y la relevancia del documento antes de que la jueza lo aceptara como prueba documental de la acusación.

—Adelante —dijo Warfield.

—Detective Drucker —empezó Jennifer—, esta carta está sin firmar, ¿verdad?

—Así es, pero estaba en los archivos del señor Haller —dijo Drucker.

—¿Sabe lo que significa el «p. p.» antes del nombre impreso del señor Haller?

—Es latín, *pro per* no sé qué.

—*Per procurationem*. ¿Sabe lo que significa?

—Que fue enviado en su nombre, pero que no lo firmó realmente.

—Ha dicho que encontró esto en los archivos del señor Haller. Entonces, ¿nunca se envió?

—Creemos que es una copia del original que se envió.

—¿Sobre qué base?

—Sobre la base de que se encontró en una carpeta que decía «Correspondencia». ¿Por qué iba a mantener una carpeta llena de cartas que no envió? No tiene sentido.

–¿Qué prueba tiene de que esta carta se envió o se entregó directamente al señor Scales?

–Supongo que se envió o entregó. ¿De qué otra forma esperaba el señor Haller que le pagaran?

–¿Tiene alguna prueba de que el señor Scales recibiera esta carta?

–De nuevo, no, pero no es lo importante sobre la carta.

–Entonces, ¿qué es lo importante sobre esta carta?

–El señor Haller dice que sabe que Sam Scales tenía un fondo para pagar a su abogado y quería otros setenta y cinco mil dólares. Eso es motivo para matar.

–¿Cree que el señor Haller conocía el fondo porque Sam Scales se lo contó?

–Eso tendría sentido.

–¿Sam Scales reveló al señor Haller dónde guardaba ese fondo y cómo acceder a él?

–No tengo ni idea, pero estaría cubierto por el privilegio abogado-cliente.

–Si no puede demostrar que Mickey Haller conoce dónde guardaba su dinero Sam Scales, ¿cómo puede asegurar que lo mató por su dinero?

Berg ya había tenido suficiente y se levantó.

–Protesto, señoría –dijo–. Esto no es *voir dire*. La señora Aronson está buscando una declaración respecto a la prueba.

–Sé lo que está haciendo, señora Berg –dijo Warfield–. Y ha dejado claro su argumento. ¿Algo más, señora Aronson?

Jennifer me miró y negué ligeramente con la cabeza para recordarle que un abogado siempre debería dejar de hablar cuando va por delante.

–No tengo más preguntas en este momento, señoría –dijo–. Está claro por el testimonio del detective, así como por el documento, que no está firmado ni escrito por el señor Haller ni tiene ninguna relevancia para esta vista.

–Señoría, la relevancia está clara –replicó Berg–. Tanto si la carta está firmada por el acusado como si no, fue enviada por su oficina y hace referencia a una reunión a la que asistió. Es claramente relevante porque habla de las cuestiones y los motivos que rodean este crimen: que al acusado se le debía dinero y que el acusado sabía que Sam Scales, la víctima, tenía el dinero y no se iba a separar de él. Tenemos más documentación, que estamos listos para aportar, que demuestra que el acusado presentó un derecho de retención contra la víctima para cobrar su dinero. Ese derecho de retención se ejerce ahora contra la herencia. Si se encuentra el dinero, el acusado podrá recibirlo, más intereses. No podía conseguir que Sam Scales le pagara en vida y espera cobrar de él después de su muerte.

–¡Protesto! –gritó Jennifer.

–Señora Berg, sabe que no le conviene –dijo Warfield–. Deje sus citas para los periodistas, pero no en esta sala.

–Sí, señoría –dijo Berg con tono falsamente contrito.

La jueza excusó a Drucker del estrado de los testigos. Sabía que era infructuoso. La jueza o bien sería cauta y objetaría a lo que la acusación estaba haciendo, o lo dejaría pasar. Warfield preguntó si había algún argumento más y Berg frunció el ceño mientras Jennifer pedía dirigirse a la sala.

—Gracias, señoría —dijo—. La sala señaló antes que tiene amplia discreción sobre la fianza. El programa de fianza está pensado para proteger a la comunidad, así como para asegurar que los acusados de crímenes respondan. En cuanto a esos puntos, creo que está claro que Michael Haller no es una amenaza para la comunidad y que no existe riesgo de fuga. Ha estado libre bajo fianza ya durante seis semanas y no ha intentado huir. No ha amenazado a la comunidad ni a nadie relacionado con este caso. De hecho, ha buscado y recibido el permiso de la sala para dejar el condado y el estado y ha regresado la misma noche. Señoría, tiene discreción en la materia y es en persecución de un juicio justo en este caso por lo que planteo que se extienda la fianza de la acusación original y que se permita al señor Haller mantener la libertad para defenderse a sí mismo.

La réplica de Berg fue solo para recordar a la jueza que las reglas eran las reglas. Dijo que la discreción judicial no se extendía a lo determinado por un jurado de acusación ni a la decisión legislativa de hacer del asesinato por lucro un cargo que no admitía fianza.

Y entonces se sentó.

No creía que tuviéramos un argumento ganador, pero la jueza creó expectación en la sala cuando escribió notas antes de hablar.

—Escucharemos la otra moción antes de tomar una decisión sobre esta materia —dijo—. Vamos a hacer un receso de diez minutos primero y luego consideraremos la moción seis-ocho-seis del señor Haller. Gracias.

La jueza rápidamente dejó el estrado. Y me quedé con diez minutos para resolver cómo dar la vuelta a la situación.

32

Podría haber sido mi última oportunidad para caminar por los pasillos de la sala, incluso bajar en el ascensor y salir para disfrutar de un momento de libertad y aire fresco, pero permanecí en la mesa de la defensa durante el receso de diez minutos, que en realidad duró veinte. Deseaba estar solo con mis pensamientos. Incluso le dije a Jennifer que no quería que estuviera a mi lado cuando se reanudara la sesión. Puede que se sintiera herida, pero comprendió mi razonamiento. Era yo contra la acusación y, aunque no hablaría a un jurado, quería que a la jueza se le recordara el hecho de que yo era un hombre solo contra el poder y la potencia de la bestia.

Me preparé para estar listo a los diez minutos y luego me enfrenté a la ansiedad de esperar el tiempo extra. Finalmente, Warfield salió y retomó su posición en el estrado, por encima de todos.

—Muy bien, otra vez en sesión —dijo—. Tenemos una moción de la defensa para obligar a un juicio rápido. Señor Haller, veo que ahora está solo en la mesa de la defensa. ¿Va a argumentar esta moción?

Me levanté.

—Sí, señoría —dije.

—Muy bien —dijo Warfield—. Espero que sea breve. Proceda.

–Con la venia, seré breve. Lo que ha hecho la acusación con su imputación por el jurado de acusación es un intento de subvertir la ley y mi derecho constitucionalmente garantizado de un juicio rápido. Señoría, es una estafa de la acusación que no busca fomentar la justicia, sino jugar con ella. Ha habido dos constantes desde el primer minuto en este caso. Una es que he negado categóricamente estos cargos y he reivindicado mi inocencia. La otra es mi rechazo a retrasar más tiempo este proceso bajo ninguna circunstancia.

Me tomé un momento y miré las notas que había garabateado en mi libreta. No las necesitaba. Iba embalado. Pero quería hacer tiempo para que la jueza pudiera asimilar mi argumento por partes.

–Desde el primer día he exigido mi derecho a un juicio rápido –continué–. Le he dicho al estado que lo demuestre o calle. No cometí este crimen y exijo mi día en la sala. Y como ese día se acerca y la acusación sabe que es casi la hora, pestañean. Saben que su caso es débil. Saben que está lleno de agujeros. Saben que soy inocente y que tengo la duda razonable de mi lado y han intentado obstaculizar mi defensa a cada paso.

Hice otra pausa, esta vez volviéndome ligeramente para mirar a mi hija y ofrecer una sonrisa nostálgica. Ningún hombre debería tener a su hija viéndolo en esa posición.

Me volví.

–Señoría, cada letrado tiene su saco de trucos: fiscal, abogado defensor…, no importa. No hay nada puro en la ley cuando entras en una sala. Es una pelea a puñetazos y cada lado usa lo que tiene para hacerle un moretón al otro. La Constitución me garantiza un juicio rápido, pero al retirar la acusación original y hablar con un jurado de acusación para pedir otra nueva la fiscalía está tratando de hacerme moretones de dos formas: manteniéndome en una celda para, de este modo, coartar la preparación de mi defensa, y reiniciando el cronómetro para que el estado tenga más tiempo para proyectar su poder y su potencia y apuntalar su caso perdido contra mí.

Esta vez mantuve los ojos en la jueza cuando hice una pausa antes de la conclusión.

–¿Es legal? ¿Está en el Código Penal? Tal vez. Les concederé eso. Pero ¿es justo? ¿Va en pro de la justicia? Ni por asomo. Puede mantenerme en prisión, puede retrasar la búsqueda de la verdad que supuestamente debe ser un juicio, pero no será lo correcto y no será justo. El tribunal tiene mucha discreción en este sentido y la defensa insta a no reiniciar el cronómetro. Vamos a buscar la verdad ahora en lugar de más tarde, en lugar de hacerlo a conveniencia de la acusación. Gracias, señoría.

Si mis palabras tuvieron algún impacto en Warfield, la jueza no lo mostró. No escribió nada, como había hecho en la moción anterior. Simplemente giró quince centímetros en su silla de cuero de respaldo alto para que su mirada pasara de mí a la mesa de la acusación.

–¿Señora Berg? –dijo–. ¿La acusación quiere responder?

–Sí, señoría –dijo Berg–. Prometo ser más sucinta que la defensa. De hecho, el señor Haller ha presentado mi argumento por mí. Lo que hemos hecho con la reactivación del caso a través de la imputación del jurado de acusación es algo que está firmemente en los límites de la ley, así como algo que ocurre rutinariamente en esta sala y en las salas de todo el país. No es una táctica de segunda oportunidad ni de dilación. Me encargo de buscar verdadera justicia para la víctima de este asesinato a sangre fría. A través del jurado de acusación y la presentación de pruebas de la investigación en marcha, hemos elegido aumentar los cargos en busca de justicia.

En mi visión periférica vi a Berg mirando hacia mí cuando me lanzaba mis propias palabras. No le di la satisfacción de devolverle la mirada.

—Señoría, los argumentos contra el acusado son sólidos y se vuelven más sólidos a medida que la investigación de este crimen continúa. Eso es lo que sabe el acusado, lo que él está tratando de subvertir: una búsqueda de la verdad con todas las pruebas sobre la mesa. Tiene la esperanza de que, al apresurarse a ir a juicio, pueda evitar que las crecientes pruebas lo aplasten. Eso no va a ocurrir, porque la verdad es inevitable. Gracias.

La jueza hizo una pausa antes de hablar, posiblemente para ver si me levantaba a protestar o a responder a Berg. Incluso movió su silla hacia mí, como si lo estuviera esperando. Pero me mantuve firme. Había dejado claros mis argumentos y no había necesidad de insistir.

—Esto es una situación nueva —empezó Warfield—. Mi experiencia como jueza, y como abogada defensora en una vida anterior, es que es el acusado el que tiende a buscar retrasos, aparentemente para intentar posponer lo inevitable. Pero no en este caso. Y por eso los argumentos de hoy me dan que pensar. El señor

Haller claramente quiere dejar esto atrás, sea cual sea el resultado. También quiere ser libre para construir su caso.

La jueza viró hacia Berg.

—Por otro lado, el estado solo tiene una oportunidad con esto –dijo–. No hay segundas oportunidades y por ello el tiempo de preparación es clave. Hay nuevos cargos en este caso y el estado tiene la responsabilidad de poder apoyar esos cargos hasta un nivel muy por encima del umbral de causa probable determinado por el jurado de acusación. La carga de la prueba, demostrar la culpa más allá de toda duda razonable, es igual de pesada que la carga que soporta la defensa.

La jueza enderezó su silla y se inclinó adelante, juntando las manos.

—El tribunal está inclinado en estas cuestiones a tomar una decisión salomónica. Y voy a dejar que la defensa elija cuál. Señor Haller, usted decide: continúo con la fianza con todas las restricciones existentes, pero usted renuncia a su derecho a un juicio rápido; o revoco la fianza, pero me niego a cambiar el calendario del caso, manteniendo el inicio del juicio en este asunto previsto para el dieciocho de febrero. ¿Cómo quiere proceder?

Antes de que pudiera levantarme y responder, lo hizo Berg.

—Señoría –dijo urgentemente–, ¿puedo tomar la palabra?

—No, señora Berg –dijo la jueza–. La sala ha oído todo lo que necesitaba oír. Señor Haller, ¿va a tomar una decisión o prefiere que elija la señora Berg?

Me levanté lentamente.

—Un momento, señoría –pedí.

—Sea rápido, señor Haller —dijo Warfield—. Estoy en una posición incómoda que no voy a aguantar mucho.

Me volví hacia la barandilla detrás de la mesa de la defensa y miré a mi hija. Le hice una seña para que se acercara y ella se deslizó en su silla poniendo las manos en la barandilla. Me incliné y puse las mías encima de las suyas.

—Hayley, quiero que esto termine —susurré—. No hice esto y creo que puedo probarlo. Quiero hacerlo en febrero. ¿Te parece bien?

—Papá, fue muy duro cuando te tuvieron en la cárcel antes... —me respondió en un susurro—. ¿Estás seguro?

—Es como lo que tú, tu madre y yo hablamos. Estoy libre ahora mismo, pero por dentro siento que sigo encerrado mientras esto cuelga sobre mí. Necesito que termine.

—Lo sé. Pero me preocupa.

Detrás de mí oí a la jueza.

—Señor Haller —dijo—, estamos esperando.

Mantuve los ojos en mi hija.

—Todo va a ir bien —dije.

Rápidamente, me incliné sobre la barandilla y la besé en la frente. Entonces miré a Kendall y asentí. Me di cuenta por su expresión de sorpresa que esperaba más, esperaba que le consultara. Que hubiera buscado la aprobación de mi hija en esa elección en lugar de la suya podría condenar nuestra relación. Pero hice lo que sentía que tenía que hacer.

Me volví hacia la jueza y anuncié mi decisión.

—Señoría, me entrego a la sala en este momento —dije—. Y estaré listo para defenderme de los cargos el dieciocho de febrero, según lo programado. Soy inocente, señoría, y cuanto antes pueda acceder a un jurado para demostrarlo, mejor.

La jueza asintió, aparentemente no sorprendida, pero sí preocupada por mi decisión.

—Muy bien, señor Haller —dijo.

Lo hizo oficial con dictámenes desde el estrado, pero no sin una protesta final de la acusación.

—Señoría —dijo Berg—, el estado pide que su dictamen sobre la fecha del juicio se suspenda y quede bajo la revisión del Tribunal de Apelación del Segundo Distrito.

Warfield la miró un buen rato antes de contestar. Siempre es un movimiento arriesgado decirle a un juez que vas a apelar el veredicto cuando todavía tienes un juicio completo ante el mismo juez por delante. Los jueces tienen que ser imparciales, pero cuando anuncias que vas a recurrir a un tribunal superior para quejarte de que el juez del tribunal inferior se equivoca, bueno, hay formas para que ese jurista busque revancha más adelante. Un perfecto ejemplo era lo que el juez Hagan me hizo en mi primera comparecencia en ese caso. Yo había conseguido revocar dos veces sus fallos en apelación. Él me lo pagó imponiéndome una fianza de cinco millones. Solo le faltó guiñarme el ojo y sonreírme cuando lo hizo. Berg estaba siguiendo el mismo camino con Warfield en ese momento, y dio la sensación de que la jueza le estaba concediendo unos segundos para reconsiderarlo.

Pero Berg aguantó.

—Señora Berg, ahora va a tener que hacer una elección usted —dijo finalmente Warfield—. No voy a suspender el dictamen de la moción seis-ocho-seis sin suspender el dictamen de la revocación de fianza del señor Haller. Así que, si quiere una suspensión mientras apela, entonces el señor Haller permanecerá en libertad con el presente acuerdo de fianza hasta que obtenga un dictamen del tribunal de apelación.

Las dos mujeres se sostuvieron la mirada durante unos tensos cinco segundos antes de que la fiscal respondiera.

–Gracias, señoría –dijo Berg con frialdad–. La acusación retira la solicitud de suspensión.

–Muy bien –respondió Warfield igual de gélida–. Entonces, creo que se levanta la sesión.

Cuando la jueza se puso en pie, los agentes de la sala se movieron hacia mí. Iba a volver a Twin Towers.

33

Viernes, 24 de enero

Me pusieron otra vez en el K10, el módulo de alta seguridad de Twin Towers donde residían los reclusos en régimen de alejamiento. El único problema que tenía con eso era que quería estar más aislado de los carceleros que de los encarcelados. La investigación que había seguido al escándalo de las escuchas puso en mí el punto de mira y sabía que el potencial de que los funcionarios de prisiones se volvieran contra mí físicamente se había incrementado exponencialmente.

Bishop ya no estaba, y yo necesitaba protección. En cierto modo, hice audiciones. Hablé con varios hombres del módulo la mañana después de mi llegada, intentando descubrir en quién podía confiar, quién podría tener más enemistad que yo con los carceleros... Me centré en un tipo llamado Carew, que era físicamente impresionante y estaba retenido por una acusación de asesinato. No conocía los detalles del caso y no los pregunté. Pero descubrí que tenía un abogado privado y sabía que una defensa por asesinato costaba mucho dinero. Le ofrecí cuatrocientos a la semana por cubrirme las espaldas y cerré la negociación en quinientos, que entregaría semanalmente a su abogado.

Los días en la prisión cayeron en la misma rutina que en el anterior período, con mi equipo viniendo a reunirse conmigo casi todas las tardes a las tres. Ya habíamos echado las redes y estábamos en una fase donde revisábamos la pesca y concebíamos nuestra estrategia. Conservaba la energía alta y una buena actitud. Me sentía seguro con el caso. Solo quería empezar.

La única interrupción de la rutina llegó tres días después de mi nueva detención, cuando me llevaron al centro de visitantes y me senté delante de mi primera exmujer, Maggie McPherson. El hecho de que viniera a verme me avergonzó y me hinchó el corazón al mismo tiempo.

–¿Pasa algo? –dije–. ¿Hayley está bien?

–Todo está bien fuera –dijo–. Solo quería verte. ¿Cómo estás, Mickey?

Me sentía avergonzado de mi situación y de mi mono carcelario azul. Podía imaginar qué aspecto tendría para ella, sobre todo después de haber objetado al aspecto que tenía fuera de la prisión.

–En general, estoy bien –dije–. El juicio es pronto y todo esto terminará.

–¿Estás preparado? –preguntó.

–Más que preparado. Creo que voy a ganar.

–Bien. No quiero que nuestra hija pierda a su padre.

–No lo hará. Ella es lo que me mantiene en marcha.

Maggie asintió, pero no dijo nada más al respecto. Intuí que la razón de su visita era supervisar mi salud y mi estado de ánimo.

–Significa mucho que hayas venido aquí –dije.

–Claro –dijo ella–. Y si necesitas algo llámame… a cobro revertido.

—Lo haré. Gracias.

La visita solo duró quince minutos, pero salí de ella más fuerte. Sentía que con el apoyo de la familia, por dividida que estuviera, no iba a perder.

34

Miércoles, 5 de febrero

Era agradable sentir en la piel el traje de seda. Aliviaba la erupción carcelaria que había desarrollado en casi todo el cuerpo. Me senté en silencio al lado de Jennifer Aronson en la mesa de la defensa y saboreé el momento de seudolibertad y alivio. Me habían llevado a la sala para una vista solicitada por la acusación, que pedía sanciones por presunto juego sucio por parte de la defensa. Pero no importaba la causa, estaba contento de que me sacaran de Twin Towers por cualquier razón y por el tiempo que fuera.

A lo largo de los años, había tenido muchos clientes encarcelados que sufrieron el sarpullido carcelario y se quejaron de él. Las visitas a la clínica de la prisión no lo curaban ni lo explicaban. Su origen era desconocido. Se había insinuado que lo causaba el detergente industrial que se usaba en la ropa de cama y en la colada o que había algo en el material utilizado en los finos colchones de las celdas. Otros decían que era una reacción alérgica al confinamiento. Y había otros que lo llamaban «manifestación de culpa». Lo único que sabía era que no lo había tenido en mi primera etapa en Twin Towers y que lo tenía y a lo grande en la segunda. La diferencia era que entre estancia y estancia había sido el detonante de otra investigación interna que había dañado el sistema penitenciario. Eso me hacía pensar que los funcionarios estaban detrás, que el sarpullido que me provocaba picores y me impedía dormir por la noche era una forma de represalia. Habían echado algo en mi comida, en mi ropa o en mi celda de alguna manera.

Me guardé para mí ese convencimiento para que no me consideraran un paranoico. Mi declive físico y la pérdida de peso continuaban y no quería que nadie añadiera preocupaciones sobre mi agudeza mental a la cuestión de si podía defenderme de manera adecuada. Tal vez era el traje o tal vez era la sala. Lo único que sabía era que mi preocupación por ese problema físico desapareció en cuanto salí de la prisión y me metieron en el furgón.

Por el camino, el furgón pasó junto a dos murales pintados que mostraban a Kobe Bryant. El famoso jugador de baloncesto de los Lakers había fallecido junto con su hija y varias personas más en un accidente de helicóptero solo diez días antes, y ya había homenajes callejeros en solemne testimonio de cómo había trascendido el dominio de su deporte hasta alcanzar el estatus de icono en una ciudad donde la escalera de ascenso a ese nivel ya estaba repleta.

Oí el ruido sordo de la puerta de la sala cerrándose y me volví: había entrado Kendall Roberts. Me hizo un saludo sigiloso al pasar por el pasillo central. Sonreí. Se colocó en la primera fila y se sentó justo detrás de la mesa de la defensa.

–Hola, Mickey.

–Kendall, no tenías que venir hasta aquí. Probablemente será una vista muy rápida.

—Sigue siendo mejor que los quince minutos que te dan en la prisión.

—Bueno, gracias.

—También quería…

Se detuvo cuando vio que Chan, el secretario de la sala, avanzaba hacia nosotros para ordenarme que dejara de comunicarme con la gente de la galería. Levanté la mano para señalar que iba a detener la infracción. Me volví hacia delante y me incliné hacia Jennifer.

—¿Te importa decirle a Kendall que la llamaré después, cuando consiga un teléfono en el módulo?

—Claro que no.

Jennifer se levantó para susurrárselo a Kendall y yo volví a mirar hacia delante y a sentir que la tensión se relajaba en mis músculos y mi columna. Nunca dejabas de mirar por encima del hombro en Twin Towers. Saboreé esos momentos en que no tenía que preocuparme.

Jennifer regresó a su asiento. Finalmente, yo salí de mi ensueño y me puse a trabajar.

—Bueno —dije—, ¿cuál es la novedad sobre Opparizio?

Durante la reunión de equipo del lunes me había llegado la noticia de que los indios finalmente lo habían localizado tras seguir a Jeannie Ferrigno a una cita en un hotel de Beverly Hills. La dejaron y se quedaron con Opparizio, al que siguieron a una casa en Brentwood que quedaba oculta por un fideicomiso ciego.

—Lo mismo —dijo Jennifer—. Están listos para ir con la citación en cuanto des la orden.

—Está bien, esperemos hasta la semana que viene. Pero si nos olemos que podría estar preparándose para marcharse de la ciudad, deberíamos entregarle la citación. No puede irse.

—Lo sabemos, pero se lo recordaré a Cisco.

—También citamos a la chica y a sus otros dos contactos con acciones en BioGreen. Y todo eso lo grabamos para mostrárselo a la jueza si no aparecen.

—Entendido.

Miré a la mesa de la acusación. Berg estaba sola ese día. Sin el respaldo del hombre de la pajarita. Examinaba un documento manuscrito y supuse que estaba repasando su argumento. Notó mi mirada.

—Hipócrita —dijo.

—¿Perdón?

—Me has escuchado. Hablas siempre de inclinar el tablero y de que la acusación no juega limpio y luego preparas una jugada como esta.

—¿Como cuál?

—Estoy segura de que sabe de qué se trata. Como he dicho y has oído, eres un hipócrita, Haller. Y un asesino.

La miré un buen rato y lo vi en sus ojos. Era una auténtica creyente. Creía que era un asesino. Una cosa era que lo pensaran los polis; la mayoría de ellos no sabe distinguir entre un abogado defensor y un acusado. Pero, en el mundo de los abogados penales, las más de las veces había encontrado respeto entre ambos lados del pasillo. Que Berg creyera que yo era capaz de meter a un hombre en un maletero y dispararle tres tiros era un recordatorio de aquello con lo que me encontraría en el juicio por venir: una auténtica creyente que quería arrebatarme la libertad para siempre.

—Estás muy equivocada —dije—. Estás tan cegada por las mentiras que te han contado…

—Ahórratelo para el jurado, Haller —dijo.

La confrontación verbal terminó cuando el secretario Chan anunció que iba a iniciarse la sesión. La jueza Warfield entró por la puerta de la parte de atrás de la sala y ocupó el estrado. Rápidamente se puso a trabajar en *California contra Haller* e invitó a Berg a explicar su solicitud de sanciones contra la defensa. La fiscal se llevó al atril el documento que había estado estudiando.

—Señoría, la defensa en este caso ha acusado repetidamente al estado de jugar sucio con la divulgación de pruebas y aun así es la defensa la que ha estado engañando a todas horas —empezó Berg.

—Señora Berg —la interrumpió la jueza—, no necesito el preámbulo. Vaya al grano. Si hay una infracción de la normativa de compartir pruebas, por favor, vaya a eso.

—Sí, señoría. El lunes ambas partes tenían que entregar su última lista de testigos. Y para nuestra sorpresa la defensa puso nombres nuevos en su lista. Un nombre que destacó para nosotros es el de Rose Marie Dietrich, a quien la defensa define como la casera de la víctima de este caso, Sam Scales.

—¿Es una testigo que la acusación no conocía?

—Así es, señoría, no la conocíamos. Envié investigadores para que la localizaran y hablaran con ella y descubrimos que la razón por la que no era conocida para nosotros es que Sam Scales usó una identidad falsa cuando le alquiló un apartamento.

—No veo el problema en lo que respecta a la defensa, señora Berg.

—Señoría, el problema está en lo que nos contó Rose Marie Dietrich. Dijo que el señor Haller y dos de sus investigadores hablaron con ella hace tres semanas sobre Sam Scales, que estaba usando el nombre de Walter Lennon cuando alquiló el apartamento. Además, permitió que el señor Haller y su equipo examinaran las pertenencias de la víctima, que estaban almacenadas en el garaje de la propiedad. Sin saber que el señor Scales había sido asesinado en octubre, Dietrich y su marido empaquetaron sus cosas cuando desapareció sin pagar el alquiler de diciembre. Guardaron sus pertenencias en el garaje.

–Esto es todo muy interesante, pero ¿dónde está la infracción por la que la acusación solicita sanciones?

–Señoría, la cuestión es que la defensa tuvo acceso a varias cajas de pertenencias, incluidos documentos y correo, y tres semanas después nada de eso ha llegado a la acusación todavía. No pusieron el nombre de Rose Marie Dietrich en su lista de testigos hasta esta semana para garantizar que cuando la acusación llegara a ella no tuviera acceso a las pertenencias de la víctima.

–¿Por qué, señora Berg?

–Porque las entregaron al Ejército de Salvación después de que el acusado y su equipo visitaran a la señora Dietrich. Es más que evidente que la defensa tenía una estrategia para ocultar a la acusación la información que había en las pertenencias de la víctima, señoría.

–Eso es mucha suposición. ¿Tiene algo que lo respalde?

–Tenemos una declaración jurada de Rose Marie Dietrich que afirma inequívocamente que el acusado le dijo que podía donar las pertenencias.

–Entonces, deje que eche un vistazo a eso.

Berg me dejó una copia de la declaración después de entregar otra al secretario para la jueza. Hubo alrededor de un minuto de silencio mientras Jennifer y yo nos apiñamos para leer la declaración de la testigo al mismo tiempo que la jueza.

—Bueno, el tribunal ha leído el documento —dijo Warfield—. Me gustaría conocer la opinión del señor Haller sobre esta cuestión.

Me levanté y fui al atril cuando Berg lo abandonó. Había decidido en el trayecto en el furgón mostrarme completamente sarcástico con mi respuesta en lugar de completamente agraviado.

—Buenos días, señoría —dije de buen humor—. Me gustaría empezar por decir que normalmente agradecería cualquier oportunidad para dejar el sobrio alojamiento que se me proporcionó en el centro penitenciario Twin Towers, cortesía de la señora Berg, para estar en la sala. Sin embargo, esta vez me desconcierta la razón de que esté aquí y la lógica de su argumento. Me parece a mí, señoría, que la fiscal debería solicitar sanciones contra su propio equipo de investigadores, no contra la defensa.

—Señor Haller —dijo Warfield con tono cansado—, como le he dicho a la señora Berg, mantengamos el foco. Por favor, responda directamente a la cuestión de las pruebas que ha planteado la acusación.

—Gracias, señoría. Mi respuesta es decir que no ha habido violación alguna de la divulgación de pruebas. No tengo documentos que entregar y no he ocultado nada a la acusación. Sí, fuimos a la dirección en cuestión y miramos el contenido de las cajas almacenadas. No me llevé nada de esas cajas y seguro que los investigadores de la señora Berg preguntaron a Rose Marie

Dietrich qué nos llevamos. Insatisfechos con la respuesta que recibieron a esa pregunta, la señora Berg eligió no incluir la respuesta en este papel que, según ella, es una declaración de hechos. Hay algunos hechos enumerados aquí, señoría, pero no todos.

–¿Señoría? –dijo Berg, levantándose de su asiento.

–Señoría, no he terminado –dije con rapidez.

–Señora Berg, ya ha tenido su turno –dijo Warfield–. Deje que termine el letrado y luego tendrá ocasión de responder.

Berg se sentó y empezó a escribir furiosamente en su libreta.

–Para concluir, señoría –dije–, no hay ningún subterfugio aquí. La sala recuerda que hace tres semanas, en una vista de teleconferencia en la que participó la señora Berg, pedí permiso para dejar el condado y el estado. Supongo que el taquígrafo tiene un registro de esa vista y revelará que la acusación preguntó específicamente a quién iba a ver en la prisión estatal de High Desert, en Nevada. Y dije que iba a visitar al antiguo compañero de celda de la víctima de este caso. Si la señora Berg o algunos de los muchos investigadores a su disposición se hubieran molestado en hacer un seguimiento y hablar con ese hombre en Nevada, habrían recibido la misma dirección y el alias de Sam Scales que recibí yo, y de hecho podría haber llegado antes que yo a la ubicación de la que estamos hablando. Señoría, otra vez digo que esto no es más que frustración. Las obligaciones de divulgar pruebas de la defensa requieren que entregue a la señora Berg una lista de testigos y copias de cualquier cosa que intentara ofrecer como prueba. Lo he hecho. No se me exige que comparta con la señora Berg mis entrevistas, observaciones ni otro producto de trabajo. Ella lo sabe. Pero, desde el primer día, la investigación de la acusación ha sido lenta, descuidada y chapucera. Estoy seguro de que lo probaré en el juicio, pero lo triste es que no debería haber un juicio. La acusación ha…

–Está bien, deje que lo pare ahí, señor Haller –dijo la jueza–. Creo que lo ha dejado más que claro. Puede volver a su asiento.

–Gracias, señoría –dije.

Normalmente, cuando una jueza te dice que te sientes significa que todo lo que había que decir se ha dicho y se ha tomado una decisión.

La jueza osciló en su silla y se centró en Berg.

–Señora Berg, ¿recuerda la teleconferencia referida por el abogado? –preguntó.

–Sí, señoría –dijo Berg.

No había ninguna emoción en su tono. Había captado la misma pista que yo cuando Warfield me había pedido que me sentara.

–Me parece que el estado tuvo todas las oportunidades de encontrar esta ubicación y las pertenencias de la víctima –dijo Warfield–. Esta sala coincide con el señor Haller en que de lo que aquí se trata es de producto de trabajo y una oportunidad perdida, no de alguna táctica poco ortodoxa por parte de la defensa. Desde luego, nada que pueda considerar una violación de la normativa de divulgación de pruebas.

Berg se levantó, pero no se dirigió al atril, una señal de que su protesta iba a ser poco entusiasta, al margen de lo que hubiera garabateado en su libreta.

–Esperó tres semanas para ponerla en su lista de testigos –dijo–. Estaba ocultando su importancia. Debería haber un informe sobre la entrevista y la búsqueda en la propiedad. Esos son exactamente el espíritu y la intención de la revelación de pruebas.

Empecé a levantarme para protestar, pero la jueza hizo una señal con la mano para indicarme que volviera a sentarme.

–Señora Berg –entonó la jueza con el primer atisbo de enfado en su voz–, si está insinuando que el señor Haller tiene la obligación de documentar su investigación con informes de sus movimientos y entrevistas como un cuerpo policial y luego decidir inmediatamente si llama a la señora Dietrich como testigo es que me ha tomado por tonta.

–No, señoría –dijo Berg con rapidez–. En absoluto.

–Muy bien, pues. Hemos terminado aquí. Se deniega la moción de sanciones.

La jueza miró el calendario colgado en la pared de detrás del secretario judicial.

–Estamos a trece días de la selección del jurado –dijo–. Voy a establecer una vista para el próximo jueves a las diez para las mociones finales. Quiero terminar con todo ese día. Eso significa que han de presentar la documentación con tiempo suficiente para que esta sala lo considere. No quiero sorpresas. Los veré entonces.

La jueza levantó la sesión y yo sentí el temor de volver a estar entre rejas antes de que el agente Chan y sus acompañantes llegaran hasta mí.

35

Después de mi segunda detención me pusieron en una celda de una sola cama en Twin Towers. Esta vez incluso había llegado al nivel del lado exterior de la cárcel, lo cual me daba una ventana, de solo diez centímetros de ancho y a prueba de fugas, pero con una vista parcial del edificio del tribunal penal a solo unas manzanas en línea recta. Era una vista suficiente para que deseara permanecer en la celda con la mirada en la presa en lugar de reunirme en la sala comunitaria con los otros reclusos en régimen de aislamiento. Y eso pese a que había sustituido a Bishop por Carew.

Así que me sentía seguro y a salvo en el módulo. El problema era que no existían tales protecciones en los furgones que cada día desplazaban centenares de presos entre la prisión y el tribunal, y viceversa. Con quién viajabas y a quién te encadenaban era básicamente una cuestión de suerte. O eso parecía. Por más medidas de protección que tomara entre rejas, siempre iba a ser sumamente vulnerable en el furgón. Eso lo sabía a ciencia cierta, porque habían agredido a clientes míos en esos furgones. Y viajando yo mismo en ellos había visto desatarse peleas y producirse agresiones.

Después de la vista sobre la moción de sanciones solicitada por la acusación, esperé dos horas en el calabozo del tribunal antes de que me metieran en un furgón de regreso a Twin Towers. Me encadenaron el cuarto, detrás de otros tres hombres, y me trasladaron al furgón. Nos pusieron en el penúltimo compartimento y me sentaron contra la ventana con barrotes en el banco que miraba adelante. El agente nos revisó, cerró la puerta con llave y procedió a llenar el siguiente compartimento. Me incliné adelante para ver, más allá del hombre que estaba a mi lado, al preso sentado en mi fila contra la ventanilla opuesta. Lo reconocí, pero no del módulo de aislamiento. No lo situaba. Podía ser del tribunal o de una reunión con un potencial cliente cuyo caso no hubiera aceptado. Yo lo estaba mirando a él y él a mí. Y eso disparó mi paranoia. Sabía que tenía que dejar de observarlo.

El furgón salió del garaje subterráneo del edificio y empezó a subir la empinada rampa que conducía a Spring Street. Cuando giró a la izquierda, el ayuntamiento quedó en el lado derecho y varios presos siguieron la tradición de mostrar su dedo corazón a la sede del poder. Por supuesto, nadie que estuviera en los escalones de mármol o detrás de las ventanas del icónico edificio lo vio. Las «ventanillas» del furgón eran en realidad de metal perforado; ofrecían una vista reducida del exterior, pero ninguna del interior.

Observé al hombre por el cual sentía curiosidad levantar la mano y extender el dedo corazón. Lo hizo de manera tan rutinaria, sin siquiera mirar por las rendijas, que supe que era un invitado habitual del sistema. Y entonces fue cuando lo reconocí. Era cliente de un colega al que había sustituido en una aparición ante el juez. Fue un trabajo de sustitución, una vista menor que implicaba una aparición en la sala.

Dan Daly estaba ocupado en un juicio y me pidió que me encargara, y yo lo hice.

Satisfecho de haber respondido la pregunta y de que el hombre no planteara ninguna amenaza especial, me relajé y me recosté en mi asiento, levantando la cabeza para mirar al techo. Empecé a contar los días hasta el inicio de mi juicio y lo poco que faltaba para que razonablemente pudiera esperar caminar en libertad después de un veredicto de no culpable.

Es lo último que recuerdo.

36

Jueves, 6 de febrero

Apenas podía abrir los ojos, solo unas pequeñas rendijas de luz. No era su potencia lo que me impedía abrirlos más; era un impedimento físico. Simplemente no podía hacerlo.

Al principio estaba desorientado, no sabía dónde estaba.

–¿Mickey?

Me volví hacia la voz; la reconocí.

–¿Jennifer?

Esa única palabra me quemó la garganta con un dolor tan intenso que hice una mueca.

–Sí, estoy aquí. ¿Cómo te sientes?

–No veo nada. ¿Qué…?

–Tienes los ojos hinchados. Te han estallado muchos vasos sanguíneos.

¿Vasos sanguíneos estallados? Eso no tenía sentido.

–¿Qué quieres decir? –pregunté–. Cómo he… Ay, me duele al hablar.

–No hables –dijo Jennifer–. Solo escucha. Hemos hablado de esto hace una hora, pero luego te ha hecho efecto la sedación y has perdido la conciencia otra vez. Te agredieron, Mickey. Ayer, en el furgón después del tribunal.

—¿Ayer?

—No hables —dijo Jennifer—. Sí, has perdido un día. Pero si puedes permanecer despierto haré que pasen para que te hagan las pruebas. Necesitan revisar tu función cerebral para ver si hubo algo… Así sabremos si alguna cosa… Si hay algo permanente.

—¿Qué pasó en el furgón?

Qué dolor.

—No conozco todos los detalles y el investigador del sheriff quiere hablar contigo de eso; está esperando fuera, pero le he dicho que iba a hablar contigo primero. Básicamente, otro hombre del furgón liberó su cadena y la usó para estrangularte. Se colocó detrás de ti y la envolvió en torno a tu cuello. Pensaron que estabas muerto, pero el personal sanitario te reanimó, Mickey. Dicen que es un milagro que estés vivo.

—No siento que sea un milagro. ¿Dónde estoy?

Estaba empezando a poder soportar el dolor. Hablando en un tono monocorde, volviendo ligeramente la cabeza a la izquierda, parecía aliviarlo.

—En el County-USC, en el pabellón de presos. Hayley, Lorna y todos querían venir a verte, pero estás bajo custodia y solo me han dejado pasar a mí. De todos modos, no creo que quieras que te vean así. Mejor esperar a que baje la inflamación.

Noté que me apretaba el hombro.

—¿Estamos solos aquí? —pregunté.

—Sí —dijo Jennifer—. Esto es una reunión abogado-cliente. Hay un agente al otro lado de la puerta, pero está cerrada. Además, el investigador está ahí, esperando para hablar contigo.

—Vale. Escucha, no dejes que usen esto para retrasar el juicio.

—Bueno, veremos, Mickey. Tienen que hacerte pruebas para asegurarse de que...

—No, estoy bien, lo sé. Ya estoy pensando en el caso y no quiero retrasarlo. Los tenemos donde queremos y no quiero darles tiempo para ponerse al día. Punto.

—Está bien, protestaré si lo intentan.

—¿Quién era el tipo?

—¿Qué tipo?

—El que me estranguló con la cadena.

—No lo sé, solo tengo su nombre. Mason Maddox. Lorna lo puso en la aplicación de conflicto de intereses y no hubo resultados. No tienes ningún historial anterior con él. Lo condenaron el mes pasado por tres asesinatos; todavía no tengo los detalles de los casos. Estaba en la sala por una vista de mociones.

—¿Quién es su abogado? ¿De oficio?

—Todavía no tengo esa información.

—¿Por qué iba a hacerlo? ¿Quién le pidió que lo hiciera?

—Si el Departamento del Sheriff lo sabe, no van a compartirlo conmigo. Tengo a Cisco en ello y he llamado a Harry Bosch.

—No quiero sacar a Cisco de la preparación del juicio. Podría ser el motivo de todo esto.

—No, porque trató de matarte y probablemente pensó que lo había conseguido. No matas a un hombre para distraer a sus investigadores. He presentado una moción a Warfield hoy para pedirle que emita una orden para reinstituir la fianza u ordenar al sheriff que te transporte en coche a la sala y a la prisión. No más furgones. Es demasiado peligroso.

—Bien pensado.

—Espero tener una vista al respecto esta tarde. Veremos.

—¿Hay un espejo de mano?

—¿Por qué?

—Quiero verme.

—Mickey, no creo que sea...

—No pasa nada. Solo quiero verme un momento.

—No veo ningún espejo, pero, espera un momento, tengo algo.

Oí que abría la cremallera de su bolso y luego me puso un pequeño objeto cuadrado en la mano. Un espejo de un estuche de maquillaje. Me lo acerqué a la cara y conseguí echar un vistazo. Parecía un boxeador la mañana después de una pelea y de perder el combate. Tenía los ojos hinchados y el área de vasos sanguíneos estallados se extendía desde las comisuras de los ojos por ambas mejillas.

—Joder —dije.

—Sí, no es agradable —dijo Jennifer—. Todavía creo que deberías dejar que te vean los médicos.

—Me pondré bien.

—Mickey, podría haber algo y deberías saberlo.

—Pero, entonces, la acusación también lo sabrá y lo usará para pedir un aplazamiento.

Hubo un breve silencio cuando Jennifer lo consideró y se dio cuenta de que tenía razón.

—Muy bien, me estoy cansando —dije—. Que pase el investigador, a ver qué dice.

—¿Estás seguro? —preguntó.

—Sí. Y no saques a Cisco de la preparación del juicio. Cuando tengas noticias de Bosch, ponlo con Mason Maddox. Quiero saberlo todo. Tiene que haber un vínculo en alguna parte.

–¿Un vínculo con qué, Mickey?

–Un vínculo con el caso. O con la investigación de las escuchas del sheriff. Algo. Tenemos que investigar a todos. A los sheriffs, a Opparizio, al FBI, a todos.

–Está bien, se lo diré a los chicos.

–¿Crees que estoy paranoico?

–Solo creo que es descabellado.

Asentí. Tal vez lo era.

–¿Te han dejado entrar con el móvil? –pregunté.

–Sí –dijo ella.

–Vale, sácame una foto. Puede que quieras enseñársela a la jueza cuando presentes tu petición de protección.

–Buena idea.

La oí sacando el móvil del bolso.

–Estoy segura de que Berg se va a oponer –dijo–. Pero vale la pena intentarlo.

–Si la jueza sabe que hay una foto, querrá verla –dije–. Curiosidad humana.

Oí que hacía la foto.

–Bueno, Mickey –dijo–. Descansa.

–Ese es el plan –contesté.

Oí que caminaba hacia la puerta.

–¿Jennifer? –la llamé.

Oí que sus pasos regresaban a la cama.

–Sí, estoy aquí –respondió.

–Mira, no puedo verte, pero puedo oírte –dije.

–Ya.

–Y oigo la duda en tu voz.

–Te equivocas.

–Mira, es algo natural, cuestionar las cosas. Creo que tú…

–No es eso, Mickey.

—Entonces, ¿qué es?

—Vale, mira, es por mi padre. Está enfermo. Estoy preocupada por él.

—¿Está en el hospital? ¿Qué pasa?

—Esa es la cuestión. No le están dando respuestas claras. Está en una residencia en Seattle y mi hermana y yo no tenemos respuestas.

—¿Tu hermana está allí?

—Sí. Cree que yo debería ir. Si quiero verlo antes de…, ya sabes.

—Entonces, tiene razón, tienes que ir.

—Pero tenemos el caso, el juicio… La vista de mociones es la semana que viene y ahora esta agresión.

Sabía que perderla podía ser devastador para el caso, pero no había elección.

—Mira —dije—, tienes que irte. Puedes llevarte el portátil y puedes hacer muchas cosas desde allí cuando no estés con tu padre. Puedes escribir mociones, Cisco puede llevarlas al secretario del tribunal…

—No es lo mismo —dijo.

—Sé que no lo es, pero es lo que podemos hacer. Tienes que irte.

—Siento que te estoy dejando solo.

—Pensaré en algo. Ve allí, lo ves y, quién sabe, a lo mejor empieza a sentirse mejor y vuelves para el juicio.

Jennifer no respondió al principio. Había dicho mi parte y ya estaba pensando en formas alternativas de actuar.

—Voy a pensármelo esta noche —dijo Jennifer por fin—. Te lo comunicaré mañana.

—Está bien, pero no creo que haya mucho que pensar. Es familia. Tu padre. Tienes que ir.

—Gracias, Mickey.

Asentí.

Oí sus pasos otra vez mientras ella se dirigía a la puerta. Traté de relajar mi garganta y aliviar el dolor. Hablar me hacía sentirme como si estuviera tragando cristales.

Entonces oí que Jennifer le decía al investigador que esperaba fuera que podía entrar.

Cuarta parte

Sangrar a la bestia

37

Miércoles, 19 de febrero

El mundo parecía estar al borde del caos. Más de mil personas habían muerto de un virus misterioso en China. Casi mil millones de personas estaban confinadas allí y se había evacuado a los ciudadanos estadounidenses. Había cruceros en el Pacífico que eran incubadoras flotantes del virus y no había ninguna vacuna en el horizonte. El presidente estaba diciendo que la crisis pasaría, mientras que su propio experto en virus decía que había que prepararse para una pandemia. Más cerca de casa, el padre de Jennifer Aronson acababa de morir en Seattle de una enfermedad no diagnosticada y ella no había recibido ninguna respuesta.

En Los Ángeles, era el segundo día de selección del jurado en el juicio de mi vida.

Habíamos estado actuando a un ritmo rápido. Una jueza que también sentía que se avecinaba una ola había reducido a la mitad los cuatro días agendados para el *voir dire*. Quería terminar con su juicio antes de que rompiera la ola, y, aunque yo no me sentía cómodo apresurándome para elegir un jurado, estaba de acuerdo con la jueza. Quería que todo terminara. Algunos de los agentes en Twin Towers habían empezado a llevar mascarilla y tomaba eso como una señal.

No quería estar encerrado cuando rompiera esa ola que preocupaba a la jueza.

Aun así, elegir a doce desconocidos que deliberarían sobre el caso conllevaba las decisiones más importantes del juicio. Esos doce tendrían mi vida en sus manos y el tiempo asignado a elegirlos se había reducido a la mitad. Eso me había llevado a tomar medidas extraordinarias para intentar descubrir quiénes eran esas personas.

La selección del jurado era una forma de arte. Implicaba investigación, conocimiento de datos sociales y culturales y, finalmente, instinto. Lo que quieres en definitiva es un grupo de gente atenta que esté allí por la verdad. Lo que esperas y deseas erradicar es a aquellos individuos que ven la verdad bajo un prisma polarizado: racial, político, cultural, etcétera; y a aquellos que tienen motivos ulteriores a los que servir.

El proceso empieza con la jueza eliminando jurados con conflictos de agenda, que no pueden sentarse para juzgar a otros o no pueden captar el significado de principios legales como la duda razonable. Luego se pasa a los abogados, que pueden interrogar más en profundidad a los jurados para determinar si deben descartarlos por causa fundada: razones de predisposición o historial. A la acusación y la defensa también se les concede un número igual de recusaciones sin causa que les permiten rechazar jurados por razones que no deben exponer. Y allí es donde entra en juego el instinto.

Todo esto debe sintetizarse en decisiones sobre a quién mantener y a quién rechazar. Ese es el arte, llegar finalmente a un grupo de doce personas que crees que estarán abiertas a tu causa. Reconozco que hay una ventaja para la defensa en el hecho de que solo necesita ganarse la fe de un jurado para tener éxito, alguien que dude de los planteamientos de la fiscalía. Cualquier obstáculo para la defensa puede paralizar un jurado y forzar a la acusación a empezar de nuevo o incluso a reconsiderar si seguir adelante con un segundo juicio. El estado debe ganarse a los doce corazones y mentes para conseguir una condena. Aun así, las ventajas de la acusación más allá de esta circunstancia son tan enormes como para hacer desdeñable la ventaja de la defensa con el jurado. Pero tomas lo que te dan, y, por consiguiente, la selección del jurado siempre ha sido sagrada para mí, mucho más esta vez, porque yo era el acusado.

Eran las dos de la tarde y la jueza esperaba –no: exigía– que el jurado estuviera decidido al cierre de la sesión, en tres horas. Yo podía llevarlo hasta el día siguiente, porque la jueza en última instancia no querría imponer una exigencia que era potencialmente reversible en apelación. No obstante, si forzaba la cuestión, habría consecuencias más adelante en términos de dictámenes del estrado.

Además, solo me quedaba una recusación sin causa y sabía que no había forma de demorarla tres horas más. Llenaríamos la tribuna del jurado antes de que se apagaran las luces de la sala y la vista por el asesinato de Sam Scales empezaría por la mañana con la fase de la acusación.

La buena noticia era que el jurado estaba formado en gran medida por personas que creía que, en el contador de la defensa, iban desde el amarillo –el punto medio– al verde intenso para los prodefensa. Por la empedernida y legítima desconfianza de la policía en comunidades minoritarias, los jurados negros y latinos siempre eran evaluados por la defensa, porque tendían a ver con suspicacia los testimonios de los agentes. Había logrado mantener cuatro afroamericanos y dos latinas en el grupo, desviando los esfuerzos de Dana Berg para rechazar a los negros en particular. Cuando una mujer negra reveló durante las preguntas que había hecho una donación a la organización local de Black Lives Matter, Berg primero solicitó que la mujer fuera rechazada por causa. Hacer esa solicitud a una jueza afroamericana exigía cierto valor, pero también subrayaba el singular propósito de Berg para condenarme. Cuando la jueza denegó la moción, la fiscal intentó entonces usar una recusación sin causa. Fue entonces cuando yo protesté, argumentando que la medida estaba basada en la raza, una clara excepción a las reglas de las recusaciones sin causa. La jueza aceptó la protesta y la mujer se mantuvo en el jurado. El dictamen puso a Berg sobre aviso en relación con futuros intentos de esculpir el jurado según líneas raciales, pero luego se me permitió hacer precisamente eso.

Fue una gran victoria para la defensa, pero la última ronda de recusaciones había dejado tres nuevas caras en la tribuna y solo me quedaba una recusación. Las tres personas eran blancas: dos mujeres y un hombre. Y ahí fue donde entraron en juego mis extraordinarias dotes para perfilar un jurado. Esa mañana, Cisco se había apostado en el garaje de la calle Uno, donde se indicaba a los jurados que se dirigieran a aparcar. En ese punto, varios centenares de potenciales jurados habían sido convocados para cumplir con ese deber. Cisco no tenía forma de saber quién terminaría en mi grupo, pero tomó nota de aspectos que definían el carácter de la gente que llegaba, cosas como la marca y el modelo de los coches, matrículas, pegatinas en los parachoques, contenido interior, etcétera. Una persona que conducía un Mercedes SL va a tener una visión del mundo diferente a la de alguien que conduce un Toyota Prius.

En ocasiones quieres un Mercedes en el jurado. En otras ocasiones quieres el Prius.

Después de la primera sesión matinal con el centenar de personas llamadas para el jurado de mi caso, Cisco volvió al garaje a la hora de comer y luego otra vez al final del día. En su cuarta vez, el miércoles por la mañana, ya estaba reconociendo a las personas asignadas a mi caso y recopilando información sobre muchas de ellas.

Cuando la sala reinició la sesión, Cisco volvió del garaje, se sentó en la galería y comunicó lo que sabía de cada potencial jurado a mi codefensora. No estaba solo en la mesa, pero tampoco estaba con Jennifer Aronson. Mi nueva codefensora era Maggie McPherson, que había tomado una excedencia de la Oficina del Fiscal del Distrito y había respondido a mi llamada de angustia. No se me ocurría que pudiera haber nadie mejor sentado a mi lado cuando me enfrentara al reto más difícil de mi vida.

Nunca quieres usar tu última recusación, porque nunca sabes quién va a ocupar el asiento del potencial jurado que rechazas. Podrías abrir el camino a una nueva cara que sea el sueño de todo fiscal y no te quedaría nada con lo que pararlo. Así que siempre te reservas la última recusación solo para circunstancias de emergencia. Eso lo aprendí por las malas siendo abogado novato cuando estaba defendiendo a un hombre acusado de agredir a un agente de policía y resistirse a la detención. Estaba seguro de que la acusación de agresión era falsa, un añadido del agente que lo detuvo por animosidad personal. El agente era blanco, y mi cliente, negro. Durante la selección del jurado, jugué con mi última recusación para eliminar a un potencial jurado que a mi juicio era asiático. Todavía había varios afroamericanos en la reserva esperando para ser llamados aleatoriamente a la tribuna. Supuse que la probabilidad de que uno de ellos ocupara la silla libre para el interrogatorio era del cincuenta por cien. La medida dio resultado. Llamaron a una mujer negra, pero durante las preguntas reveló que era la hija de un agente retirado que había servido durante treinta y dos años en el Departamento del Sheriff. La interrogué largo y tendido, pero ella mantuvo su posición de que podía analizar el caso con imparcialidad. El juez denegó mi solicitud de rechazarla, así que ahí estaba, con la hija de un policía en mi jurado de un caso por agresión a un policía y sin ninguna recusación para cambiarlo. Mi cliente fue condenado por todos los cargos y pasó un año en un centro de detención del condado por un crimen que creía que no había cometido.

Seguí mi rutina habitual para clasificar y monitorizar a los jurados a través del proceso de selección. Tenía abierta una carpeta lisa en la mesa de la defensa. Había dibujado lo que llamaba «la cubitera» en ambas solapas: un rectángulo largo dividido en catorce cuadrados para el jurado de doce y dos suplentes. Cada cubo tenía cinco centímetros de lado, el tamaño de un pósit pequeño. Anotaba las ideas más destacadas y los detalles de cada posible jurado en el cubo numerado que correspondía al asiento de la tribuna del jurado que ocupaba el candidato. A medida que los jurados eran rechazados y nuevas personas ocupaban los asientos, usaba pósits para cubrir los detalles que ya no necesitaba y empezar de nuevo. Hacer un gráfico de todo ello en la carpeta me permitía cerrarla si alguna mirada inquisitiva vagaba desde la mesa de la acusación.

La acusación interrogaba antes a los nuevos añadidos al panel. Y mientras Berg hacía sus preguntas de rutina, Maggie y yo verificábamos los mensajes de texto de Cisco que llegaban a su portátil. Él tenía que disimular lo que estaba haciendo, porque nadie más que los abogados del caso estaba autorizado a usar dispositivos electrónicos en la sala. Escondía su teléfono de los agentes manteniéndolo en el banco, al lado de uno de sus enormes muslos.

Para proteger el anonimato del jurado en un caso penal, los futuros miembros eran llamados por un número que se les asignaba cuando se presentaban en el centro de coordinación del jurado, en la planta baja. Los mensajes de texto de Cisco hacían lo mismo.

17 aparcado en discapacitado, sin identificador.

Esa referencia era para el único varón del nuevo trío. Era una información interesante, pero no algo que pudiera utilizar directamente sin desvelar cómo la había obtenido. Revelar que tenía un investigador detrás de potenciales jurados no le haría gracia a la jueza ni al Colegio de Abogados de California. Tampoco le hacía gracia a Maggie McFierce. Estaba recibiendo una formación rápida en defensa penal y no siempre le gustaba lo que estaba aprendiendo. Pero no me preocupaba. Ahora estaba comprometida por la relación abogado-cliente.

Yo había visto al 17 levantarse en la galería cuando citaron su número. Salió de la fila rozando a los otros y luego pasó a la tribuna del jurado para que lo interrogaran sin mostrar ningún signo de dificultad física ni discapacidad. Por supuesto, podía haber otras cuestiones no evidentes que pudieran haber resultado en que recibiera una tarjeta de discapacitado. Pero me molestaba. Si el hombre era un tramposo, no lo quería en el jurado.

Cisco inmediatamente continuó su primera misiva con un mensaje sobre una de las mujeres:

68 fuera. Pegatina de Trump 2020 en parachoques.

Eso era buena información. La política era una buena ventana al alma de una persona. Si la número 68 apoyaba al presidente, era posible que fuera fanática de la ley y el orden, y eso no era bueno para alguien acusado de asesinato. El hecho de que esa persona continuara apoyando al presidente después de que los medios hubieran desvelado sus más que numerosas mentiras también era un factor que considerar. Mostraba lealtad ciega a una causa, un indicador de que la veracidad no constituía una parte importante de su marco de referencia.

Coincidía con Cisco: había que echarla.

Sobre la tercera jurado potencial –número 21– Cisco tenía información limitada:

21 conduce un Prius.
Pegatina de Extinction Rebellion en la ventana trasera.

No sabía qué era Extinction Rebellion, pero pensé que comprendía el mensaje de la pegatina. Ambas informaciones eran casi inútiles. Ambas podían ser indicadores de una personalidad juiciosa, particularmente cuando se trataba del medioambiente y el crimen. Yo conducía un Lincoln que devoraba gasolina y eso sin duda saldría en el juicio. Y estaba acusado de un crimen violento al tiempo que era una persona relacionada con otros acusados de actos violentos.

Estuve atento al proceso mientras Berg cuestionaba a los nuevos candidatos, pero también me arrimé a Maggie cuando ella sacó los cuestionarios que los tres habían rellenado al presentarse para servir como jurados.

Inmediatamente cambié de impresión sobre la número 21. Me gustó lo que leí. Tenía treinta y seis años, estaba soltera, vivía en Studio City y trabajaba como ayudante de cocina en uno de los restaurantes de lujo del Hollywood Bowl. Eso me decía que le gustaban la música y la cultura y había elegido trabajar en un sitio que tenía ambas. También mencionaba la lectura como la primera de sus aficiones. No creía que nadie que leyera pudiera evitar encontrarse con historias –de ficción y de no ficción– que subrayaran las fragilidades del sistema judicial, la principal de las cuales era que la policía no siempre tenía razón y que en ocasiones gente inocente era acusada y condenada por crímenes que no había cometido. Creía que eso daría amplitud de miras a la número 21. Escucharía mi caso con atención.

–La quiero –susurré.

–Sí, tiene buena pinta –respondió Maggie con otro susurro.

Pasé a los otros dos cuestionarios. Vi que el 68, la otra mujer, era de mi edad y se había casado el mismo año que se graduó en Pepperdine, una escuela cristiana conservadora de Malibú. Si añadía todo eso a la pegatina de Trump del parachoques, estaba convencido: tenía que sacarla.

Maggie estaba de acuerdo.

–¿Quieres usar tu última recusación? –preguntó.

–No, voy a interrogarla –dije–. Intentaré que la eliminen por causa justificada.

–¿Y el tipo? No hay nada aquí.

Se estaba refiriendo al 17. Examiné su cuestionario y tuve que coincidir con Maggie. Nada en toda la página levantaba ninguna alerta. Tenía cuarenta y seis años, estaba casado y era subdirector en una escuela privada de Encino. Conocía la escuela porque Maggie y yo habíamos fantaseado con enviar a Hayley allí para la primaria muchos años antes. Hicimos la gira y fuimos a una presentación para padres, pero en última instancia nos dio malas vibraciones. La mayoría de los estudiantes eran de familia adinerada. Nosotros no es que fuéramos para nada pobres, pero Maggie era funcionaria civil y yo siempre estaba buscando casos que dieran dinero. Algunos años eran buenos y otros no tanto. Pensamos que la presión de grupo no sería sana para nuestra hija. La apuntamos a otra escuela.

–¿Recuerdas a este tipo? –pregunté–. Seguro que estaba cuando fuimos a ver la escuela.

–No lo reconozco –dijo Maggie.

–Veré qué puedo sacar con las preguntas y las respuestas. ¿Te parece bien que me ocupe de los tres?

–Claro. Es tu caso. No quiero influir.

Mientras Berg terminaba su sondeo del jurado, yo tomé notas sobre los tres en pósits que pegué a los cuadrados correspondientes en mi cubitera. Escribí en verde para el 21 y en rojo para el 68. Para el 17 escribí un signo de interrogación amarillo. Luego cerré la carpeta.

38

Cuando llegó mi turno para cuestionar a la gente que podría decidir mi futuro, la jueza me humilló verbalmente antes de que pudiera llegar al atril.

–Tiene quince minutos, señor Haller –dijo ella.

–Señoría, técnicamente tenemos tres sillas vacantes y luego los suplentes –protesté–. La acusación acaba de tomarse más de quince minutos para interrogar a estos tres.

–No, se equivoca. Lo he cronometrado. Catorce minutos. Le daré quince. A partir de ahora. Puede usar el tiempo para discutir conmigo o para interrogar a los jurados.

–Gracias, señoría.

Fui al atril y empecé con la número 68.

–Jurado 68, estaba mirando su cuestionario y no he visto a qué se dedica su marido.

–A mi marido lo mataron en Irak hace diecisiete años.

Eso produjo un momento de silencio –una retención de aire colectiva– mientras yo reformulaba mi enfoque. No podía dejar que los jurados que ya estaban sentados me vieran tratar a la mujer con nada que no fueran guantes de seda.

–Lo lamento –dije–. Y lamento haber avivado el recuerdo.

–No se preocupe –dijo–. El recuerdo nunca se pierde.

Asentí. Aunque había tropezado, tenía que encontrar una forma de salir con finura.

—Eh, en el cuestionario no ha marcado que fue víctima de un crimen. ¿No considera que la pérdida de su marido fue en cierto modo un crimen?

—Fue la guerra. Era diferente. Dio la vida por su país.

Dios y la patria: la pesadilla de un abogado defensor en un jurado.

—Entonces, fue un héroe —propuse.

—Y todavía lo es —dijo ella.

—Exacto. Todavía lo es.

—Gracias.

—¿Ha estado antes en un jurado, señora?

—Era una de las preguntas del formulario. No, nunca. Y, por favor, no me llame señora. Hace que me sienta como mi madre.

Hubo alguna risita en la sala. Sonreí e insistí.

—Me contendré de hacerlo. Deje que le haga una pregunta: si un agente de policía testifica una cosa y luego un ciudadano común testifica y dice lo contrario, ¿a quién cree?

—Bueno, supongo que habría que valorar lo que cada uno dice y tratar de descubrir quién está diciendo la verdad. Podría ser el agente. O no.

—Pero ¿daría al agente de policía el beneficio de la duda?

—No necesariamente. Tendría que oír más sobre el agente. Bueno, quién es, qué impresión causa... Cosas así.

Asentí. Estaba quedando claro que era una Jury Judy, alguien que quiere estar en el jurado y da la respuesta correcta a cada pregunta tanto si refleja sus verdaderos sentimientos como si no. Siempre sospecho de la gente que quiere estar en un jurado, de las personas que quieren juzgar a otras.

—Bueno, como explicó la jueza ayer, sabrá que soy tanto el acusado como el abogado defensor en este caso. Si al final de este juicio cree que probablemente cometí el crimen de asesinato, ¿cómo votará en la sala del jurado?

—Tendría que confiar en mi instinto después de sopesar las pruebas.

—¿Qué significa eso? ¿Cómo votaría?

—Si estoy convencida más allá de toda duda razonable, votaría culpable.

—¿Pensar que probablemente lo hice es convincente? ¿Está diciendo eso?

—No; como he dicho, tendría que sentir que es culpable más allá de toda duda razonable.

—¿Qué significa para usted *duda razonable*, señora?

Antes de que el 68 pudiera responder, intervino la jueza.

—Señor Haller, ¿está tratando de provocar a la jurado? —dijo Warfield—. Le ha pedido que no la llame así.

—No, señoría —dije—. Lo había olvidado. Mis modales sureños. Pido disculpas.

—Eso está muy bien, pero sé que nació usted aquí en Los Ángeles, porque conocí a su padre.

—Es una forma de hablar, señoría. No volveré a decir esa palabra ofensiva.

—Muy bien, continúe. Está usando todo su tiempo con este único jurado. No voy a darle una extensión.

Quince minutos para interrogar a las personas que podrían decidir tu destino. Pensaba que ya tenía el primer argumento para mi apelación si el juicio no iba por el camino que yo quería. Devolví mi atención a la mujer en la tribuna del jurado.

—Si es posible, ¿puede decirnos qué cree que significa *duda razonable*?

—Solo que no hay ninguna otra explicación posible; que, basándonos en las pruebas y en su evaluación de ellas, no podría haber sido nadie más.

Me di cuenta de que no iba a poder avanzar con ella. Tenía sus respuestas ensayadas. Tuve que preguntarme si había seguido el caso en los medios.

—Ayer por la mañana la jueza pidió que quien hubiera leído sobre este caso en los medios levantara la mano. ¿Usted no levantó la mano?

—No. Nunca había oído nada antes.

No la creía. Conocía el caso y por alguna razón quería estar en el jurado. Miré mi reloj y pasé al señor 17. No tenía otra opción.

—Señor, es usted subdirector en una escuela primaria, ¿es correcto?

—Sí, es correcto.

—Veo en el cuestionario que tiene un máster en Educación y está trabajando en un doctorado.

—Sí, a tiempo parcial en el doctorado.

—¿Hay alguna razón por la que haya escogido no dar clases en la universidad?

—La verdad es que no. Me gusta trabajar con niños más pequeños. Me siento satisfecho con eso.

Asentí.

—Dice que también entrena al equipo de baloncesto de los chicos en la escuela. ¿Eso requiere mucha actividad física por su parte?

—Bueno, creo que los chicos deberían ver a su entrenador como alguien que puede seguirles el ritmo. Alguien en forma.

—¿Hace ejercicios de musculación con ellos?

–Eh, a veces.

–¿Corre con ellos?

–Doy vueltas al gimnasio con ellos.

–¿Cuál es su filosofía deportiva? ¿Ganar lo es todo?

–Bueno, soy competitivo, sí, pero no creo que todo se reduzca a ganar.

–¿Qué piensa, entonces?

–Pienso que ganar es mejor que perder.

Eso produjo algunas risas educadas. Y yo cambié la dirección de mis preguntas.

–Su mujer, según la hoja informativa, también es profesora.

–Sí, en la misma escuela. Nos conocimos allí.

–Entonces, supongo que van a la escuela en el mismo coche.

–No, yo tengo el entrenamiento después de las clases y ella tiene un trabajo a tiempo parcial en una tienda de artesanía. Así que diferentes horarios y diferentes coches.

–¿Cree que hay delitos serios y delitos no serios?

–¿Disculpe?

–¿Cree que hay algunos delitos que no deberían considerarse como tales?

–La verdad es que no lo entiendo.

–Supongo que estoy hablando de altibajos. El asesinato es un crimen, ¿no?

–Sí, por supuesto.

–Y aquellos que asesinan deben pagar por sus crímenes, ¿está de acuerdo?

–Por supuesto.

–¿Y los delitos pequeños, en los que no hay víctimas? ¿Deberían preocuparnos?

–Un delito es un delito.

La jueza intervino otra vez.

–Señor Haller, ¿pretende cuestionar a la jurado 21 con el tiempo que le queda? –preguntó.

Estaba molesto con la interrupción. Estaba construyendo una decisión con el número 17 y ella no debería haber interrumpido.

–En cuanto termine aquí, señoría –dije con una frustración clara en la voz–. ¿Puedo continuar?

–Adelante –dijo Warfield.

–Gracias.

–De nada, señor Haller.

Me volví hacia el número 17 y traté de recuperar mi impulso interrumpido.

–Señor, ¿un delito es un delito sea grande o pequeño?

–Sí. Por supuesto.

–¿Y cruzar en rojo? Va contra la ley, pero ¿cree que es un delito?

–Bueno, si la ley es eso, pues sí, supongo que es un delito. Un delito menor.

–¿Y aparcar en una zona para discapacitados cuando no se tiene ninguna discapacidad?

Era una apuesta. Todo lo que sabía sobre el número 17 era lo que había leído en el cuestionario y lo que había sabido gracias al mensaje de Cisco de que había aparcado en una plaza reservada para discapacitados. Tenía que tomar una decisión con él, pero no podía abordar directamente la cuestión esencial: ¿era un tramposo?

Nos miramos el uno al otro en comunicación silenciosa antes de que el 17 hablara por fin.

–Podría haber una explicación razonable para que alguien hiciera eso –dijo.

Ahí estaba. No creía que tuviera que cumplir las reglas. Era un tramposo y tenía que eliminarlo.

—Entonces, lo que está diciendo es que…

Warfield interrumpió otra vez.

—Su tiempo ha concluido, señor Haller —dijo—. Letrados, acérquense.

Maldije entre dientes y me aparté del 17.

Habíamos estado ocupándonos de las recusaciones en el estrado de la jueza para que las objeciones a jurados —posiblemente embarazosas para ellos— no se hicieran en público. Pero cuando llegué al estrado de la jueza estaba demasiado irritado para mantener la voz baja.

—Señoría, necesito tiempo para interrogar a la última jurado —dije—. No puede establecer mi tiempo arbitrariamente sobre la base de lo que necesita la acusación. Esto es evidentemente injusto para la defensa.

Maggie se había unido a la conferencia en el estrado. En ese momento me tocó el brazo con suavidad mientras la jueza respondía: me advirtió que actuara con precaución.

—Señor Haller, su control del tiempo no es mi problema —dijo Warfield—. Lo he dejado sumamente claro desde el inicio de la sesión de ayer y desde el inicio de la sesión de hoy y desde el inicio de su más reciente interrogatorio de potenciales jurados: vamos a terminar con la selección del jurado hoy y las declaraciones iniciales son mañana. Son casi las tres de la tarde y tenemos que sentar a los suplentes y supongo que al menos uno o dos jurados. Su tiempo ha terminado. Ahora, ¿alguno de los dos tiene una recusación?

Antes de que Berg pudiera decir nada, me pronuncié.

—Me gustaría hablar con la abogada primero –dije–. ¿Podemos tomar la pausa de la tarde y luego considerar las recusaciones?

—Muy bien –dijo la jueza–. Diez minutos. Atrás.

Los letrados regresaron a sus mesas mientras la jueza informaba a la sala de la pausa de la tarde. Dijo con severidad que la sesión se reanudaría en diez minutos exactos. Me deslicé en mi asiento y me acerqué a Maggie.

—Esto es una locura –dije–. ¿Quince minutos para interrogar a tres jurados? Está loca, y esto es reversible.

—Mira, tienes que calmarte, Mick –dijo Maggie–. No puedes entrar en conflicto con una jueza antes de que empiece el juicio. Es un suicidio.

—Lo sé, lo sé. Me calmaré.

—Bueno, ¿qué vamos a hacer? Solo tenemos una recusación.

Antes de responder levanté la mirada y vi a Berg también agachada con su ayudante, el tipo de la pajarita. Tuve una idea. Miré a Maggie.

—¿Cuántas recusaciones les quedan? –pregunté.

Ella miró la hoja en la que llevaba la cuenta.

—Tres - dijo.

—No quiero renunciar a las nuestras –dije–. Quiero intentar algo. Quiero que vayas al pasillo durante el descanso. No vuelvas hasta que pasen los diez minutos.

—¿Qué?

—No te preocupes por las recusaciones. Ve.

Ella se levantó no sin vacilación y salió al pasillo. Miré la mesa de la acusación y luego me volví hacia Chan, el secretario del tribunal, y le hice señas para que se acercara. Abrí mi carpeta, revelando la cubitera. Rápidamente cambié los pósits que había usado para marcar los jurados 21 y 17, dando luz verde al maestro.

Chan se acercó.

–Tengo que ir al lavabo –dije–. ¿Alguien puede acompañarme?

–Levántese –ordenó.

Hice lo que me ordenaron. Chan me esposó y me llevó a la sala de custodia.

–Tiene unos cinco minutos –dijo.

–Solo necesito dos –contesté.

Me llevó a la zona de custodia y a una celda con lavabo. Había dos hombres sentados en un banco en la celda, a esa hora seguramente esperando a que los transportaran de regreso a Twin Towers después de sus comparecencias en sala. Me puse en un ángulo que impedía que vieran lo que hacía y oriné mientras Chan esperaba en el pasillo fuera de la celda.

Me tomé mi tiempo para lavarme las manos en el lavabo. Quería darle al de la pajarita el tiempo suficiente para ver que había dejado la cubitera a la vista en la mesa de la defensa.

–Vamos, Haller –dijo Chan desde fuera de la celda.

–Voy –dije.

Después de regresar a mi asiento en la mesa de la defensa, cerré la carpeta y miré a la mesa de la acusación. Berg y su cohorte ya no estaban hablando, sino mirando adelante y esperando a que se reanudara la sesión.

Pronto varios miembros de la reserva de jurados empezaron a regresar a la sala. Maggie volvió a la mesa de la defensa y se sentó.

—Entonces, ¿qué vamos a hacer?

—Voy a intentar que eliminen al 68 por causa —dije—. Y espero que la acusación se cargue al maestro.

—¿Por qué iban a hacerlo? Es perfecto para ellos. Sé que lo querría si fuera mi caso.

Abrí la carpeta y señalé los pósits. Maggie los estaba mirando, intentando comprender mi jugarreta, cuando la jueza retornó al estrado y llamó a los letrados.

En el estrado, la acusación empezó.

—Señoría, la acusación usará una recusación para rechazar al número 17 —dijo Berg.

Eché la cabeza atrás como si me hubieran dado un bofetón y luego la agité con decepción. Esperaba no estar sobreactuando.

—¿Está segura? —dijo Warfield.

—Sí, señoría —dijo Berg.

La jueza tomó nota en una libreta.

—Señor Haller, ¿algo de la defensa?

—Sí, señoría —dije—. La defensa solicita el rechazo justificado de la número 68.

—¿Por qué motivo? —preguntó la jueza.

—Clara animadversión exhibida hacia la defensa —dije.

—¿Porque no le gusta que la llamen señora? —preguntó Warfield—. A mí tampoco me gusta.

—Eso y un tono general combativo, señoría —dije—. Claramente no le gusto y eso es base para una causa.

—Señoría, ¿puedo hablar sobre esto? —dijo Berg.

—No es necesario —dijo Warfield—. Voy a negar la moción de rechazo justificado. Mi contador muestra que le queda una recusación sin causa, señor Haller. ¿Quiere usarla?

Hice una pausa para considerarlo. Si usaba mi última recusación, no me quedaría nada cuando sentaran a los sustitutos de 68 y 17. No quería a la partidaria de Trump en el jurado, pero era arriesgado no poder controlar los últimos dos puestos en la tribuna. Los suplentes se manejarían por separado, con recusaciones sin causa adicionales.

–Señor Haller –dijo la jueza–, estoy esperando.

Apreté el gatillo.

–Sí, señoría –dije–. Damos las gracias y excusamos a la jurado 68.

–¿Y eso usando su última recusación? –preguntó Warfield.

–Sí, señoría.

–Muy bien, pueden retroceder.

Sabía que sería inútil solicitar recusaciones adicionales. Berg se opondría a ello y la jueza, con su adherencia de línea dura a su cronograma, no se vería inclinada a ser generosa. Regresé a mi lugar en la mesa de la defensa y decidí centrarme en lo único bueno que acababa de ocurrir: había conseguido desembarazarme de dos jurados potencialmente problemáticos con un veto. Nunca sabría si haber dejado mi cubitera a la vista de los potenciales espías de la mesa de la acusación había tenido que ver en el rechazo del maestro de escuela, pero tenía que pensar que sí. Escuché que la jueza le daba las gracias y lo despedía junto con la viuda del héroe de guerra.

Por el momento, la ayudante de cocina del Hollywood Bowl estuvo a salvo.

La jueza se refirió con rapidez a una lista de números seleccionados aleatoriamente por un ordenador y llamó a los dos siguientes potenciales jurados a la tribuna.

Nos quedaba poco más de una hora para terminar.

39

Jueves, 20 de febrero

Era el momento. Eran las diez de la mañana del jueves y el juicio pasaría de los preliminares a las declaraciones iniciales de los abogados. El jurado y los suplentes habían ocupado su lugar el día anterior sin mayor angustia para mí. Mi apuesta con mi última recusación había dado resultado, porque los candidatos finales para ser ubicados en el jurado no habían planteado alertas serias para la defensa. Se tomó juramento a todos ellos y estuvimos listos para empezar.

Me sentía cómodo con la tribuna del jurado. No había enemigos proacusación, y, de hecho, creía que tres miembros del jurado en realidad se inclinaban hacia el lado de la defensa en la balanza. En muchos juicios tienes suerte si consigues uno.

Aun así, mi comodidad con el jurado quedaba malograda por el nudo en el estómago. Estaba plenamente recuperado de la agresión en el furgón, pero la tensión de una noche sin dormir se había trasladado a ese día. Estaba nervioso. Había participado en muchos juicios y sabía que cualquier cosa podía ocurrir. No era un conocimiento reconfortante. Estaba completamente preparado para entrar en esa batalla, pero sabía que habría bajas y no podía garantizar que la verdad no terminara siendo una de ellas. Hombres inocentes declarados culpables. No quería ser uno de ellos.

Una declaración inicial es simplemente un borrador del caso por venir. Mi estrategia de defensa era la culpabilidad de un tercero. Eso era una forma legal de decir que el asesinato lo cometió otro y que yo fui intencionadamente engañado o la policía fue tan incompetente que echó a perder el caso y en su error me acusó a mí. Era plenamente consciente de que sería extraño y posiblemente poco atractivo para mí situarme delante de un jurado y abrazar esa línea de defensa. Por eso había asignado la declaración inicial a Maggie McPherson. Quería que me señalara con el dedo y reuniera toda su ferocidad cuando dijera que era inocente y que el estado no tenía caso para demostrar la culpa más allá de toda duda razonable.

Al mismo tiempo, no quería que Maggie dijera mucho más que eso. En cuanto a las declaraciones iniciales, era de la escuela de *Legal* Siegel. Siempre decía que ahorrara pólvora, es decir, menos es más; no reveles tu caso ni sus sorpresas hasta que llegue el momento de presentar tus pruebas. Ese era el momento importante. *Legal* Siegel también decía que no valía la pena dedicar mucho tiempo a las declaraciones iniciales, porque pronto se olvidarían, en cuanto la acusación presentara el caso y a continuación la defensa.

Existía la opción de contener nuestra declaración inicial hasta el inicio de la fase de la defensa. Había tomado esa opción en ocasiones en casos anteriores, pero nunca me gustaba hacerlo. Siempre sentía que no era prudente perder la oportunidad de dirigirse al jurado en un primer momento, aunque fuera con brevedad. Como estábamos comenzando ese juicio un jueves, sabía que pasarían seis o siete días antes de que se iniciara la fase de la defensa, y eso parecía mucho tiempo sin oponerme a la fiscalía con mi propia visión del caso.

Transmití todas estas ideas a Maggie, aunque esos consejos no eran ni remotamente necesarios para ella. Había protagonizado y escuchado más que suficientes declaraciones iniciales y ya sabía que menos siempre era más.

No obstante, esta prudencia aparentemente nunca formó parte de la formación de Dana Berg. Se levantó ante el jurado en primer lugar y soltó un discurso que duró casi noventa minutos. Habría preferido dormir durante ese rato, pero tuve que controlarlo con atención y tomar notas. Una declaración inicial era una promesa al jurado de lo que presentarías en tu fase del caso. Por eso tomé notas. Llevaría un marcador a medida que el caso progresara y no dudaría en señalárselo al jurado cuando el estado fallara en la entrega de los bienes prometidos.

Berg empezó por detallar la noche de mi detención y el hallazgo de Sam Scales en el maletero de mi coche. Allí fue donde cometió su primer error, al decir al jurado que oirían del agente Roy Milton que una parada rutinaria de tráfico –iniciada al ver que mi coche no llevaba matrícula– condujo al hallazgo de la víctima de asesinato.

Anoté sus palabras al pie de la letra, porque las usaría contra el agente Milton cuando lo llevaran a testificar en la sala. No hubo nada rutinario en la parada de tráfico ni en nada de lo ocurrido esa noche.

En un primer punto de su declaración, Berg introdujo una nota sobre Sam Scales, describiéndolo como un estafador de poca monta que nunca llevó una vida recta.

–De hecho, el señor Scales conocía al señor Haller porque él fue el abogado que lo defendió más a menudo –dijo Berg–. Pero no importa qué delitos contemplara o cometiera el señor Scales, no merecía ser asesinado en el maletero del coche de su abogado. Deben recordar que no importa lo que escuchen de Sam Scales: él es la víctima en este caso.

Aunque Berg se extendió, fue también bastante directa, ciñéndose a lo que decía que mostrarían las pruebas del caso. Había mucho, pero era pura fachada, hecha con los elementos clave del caso: que la víctima fue encontrada en mi maletero y que las pruebas balísticas mostrarían que el asesinato se produjo en mi garaje.

Hubo unas cuantas veces en que podría haber protestado cuando Berg pasó de la declaración al argumento, pero estaba pendiente de las percepciones. No quería que el jurado me viera como un árbitro incordio que interrumpía, así que dejé que continuara el sermón. La fiscal lo cerró al cabo de ochenta y cinco minutos con un resumen de su resumen, repitiendo los puntos principales que había prometido demostrar durante el juicio y sonando muy similar a un alegato de clausura.

–Damas y caballeros, las pruebas que presentaremos a lo largo de los próximos días mostrarán que el señor Haller tenía una larga disputa económica con Sam Scales. Mostrarán que sabía que su mejor y única oportunidad de conseguir su dinero era matar a Sam Scales y conseguirlo de su herencia. Y mostrarán más allá de toda duda razonable que, de hecho, llevó a cabo ese plan para matar al señor Scales en el garaje de su casa. Habría sido el asesinato perfecto de no ser por la mirada aguda de un agente de policía que se fijó en la ausencia de una matrícula en una calle oscura. Les pido que presten atención a las pruebas y no se dejen arrastrar por los esfuerzos de distraerlos de su muy importante trabajo. Gracias.

La jueza dictó un receso de quince minutos antes del turno de la defensa. Yo, por supuesto, no iba a ninguna parte. Me volví para examinar la galería mientras la gente se levantaba para usar los lavabos o simplemente para estirar las piernas. Vi que la sala se había llenado a medida que avanzaba el caso: más medios y más observadores, tanto dentro como fuera de la sala. Vi varios abogados que conocía y otros trabajadores del tribunal. En la fila delantera estaban mi equipo y mi familia. Cisco y Lorna. Bosch estaba allí e incluso había traído a su hija Maddie, que estaba sentada junto a mi hija. Les sonreí.

Kendall Roberts no estaba en la sala. Después de encerrarme, había considerado su situación y decidido dejarlo conmigo una segunda vez. Se había ido de mi casa y no había dejado ninguna dirección. No podía decir que tuviera el corazón roto. La tensión que el caso había puesto en nuestra relación había sido clara incluso antes de que me encarcelaran por segunda vez. De hecho, no podía culparla por liberarse de todo ello. Había tratado de contármelo en persona, viniendo a la sala en una de mis comparecencias, pero las circunstancias no lo permitieron. Así que me había escrito una nota y la había enviado a prisión. Y eso fue lo último que supe de ella.

Hacia el final de la pausa, Hayley se levantó y se coló por la fila hasta llegar a la barandilla detrás de la mesa de la defensa y delante de Cisco. Como estaba bajo custodia, no se me permitió tocarla ni acercarme. Pero Maggie deslizó su silla hasta la barandilla.

—Gracias por estar aquí, Hay —dije.

—Claro —dijo ella—. No me lo perdería por nada del mundo. Vas a ganar, papá. Y mamá. Vais a demostrar lo que ya sabemos.

—Gracias, peque —dije—. ¿Cómo está Maddie?

—Está bien —dijo Hayley—. Me alegro de que haya podido venir. Y también me gusta ver al tío Harry.

—¿Cuánto tiempo puedes quedarte? —preguntó Maggie.

—Me he despejado todo el día —dijo Hayley—. No tengo que ir a ninguna parte. Quiero decir, mamá y papá en el mismo equipo, ¿qué puede haber mejor que eso?

—Espero que no te quedes atrás en clase —dijo Maggie.

—No te preocupes por eso —dijo nuestra hija y futura abogada—. Preocúpate por esto.

Hizo un gesto hacia la parte delantera de la sala para referirse al caso.

—Estamos preparados —dije—. Tranquila.

—Eso está bien —dijo Hayley.

—Hazme un favor y mantén tu atención en el jurado —dije—. Si ves algo, cuéntamelo en los descansos.

—¿Como qué?

—Cualquier cosa —dije—. Una sonrisa, alguien que niega con la cabeza, alguien que se queda dormido... Yo también estaré observando. Pero nos vendrá bien cualquier lectura que tengamos.

—Vale —contestó.

—Gracias por estar aquí —dije con voz sombría—. Te quiero.

—Yo también te quiero –dijo ella–. Os quiero a los dos.

Hayley se echó atrás en su asiento y Cisco y Bosch se inclinaron sobre la barandilla para hablar de modo confidencial, aunque yo tuve que mantener la misma separación de ellos.

—¿Tenemos todo listo? –pregunté.

—Todo en orden –dijo Cisco.

Entonces miró a Bosch para buscar su acuerdo y aquel asintió.

—Bien –dijo Maggie–. Mirando la lista de testigos de Dana, supongo que el caso del estado durará hasta el martes. Así que deberíamos estar listos con citaciones y todo lo demás el lunes, por si acaso.

—Hecho –dijo Cisco.

—Bien –dijo Maggie.

La gente estaba volviendo a sus asientos. El receso casi había concluido.

—Bueno, es el momento –dije–. Aquí estamos. Quiero daros las gracias por todo.

Ambos asintieron.

—Es nuestro trabajo –dijo Cisco.

Volví a la mesa y luego me incliné hacia Maggie, que ya estaba estudiando notas garabateadas en una libreta que tenía delante.

—¿Estás lista? –pregunté.

—Por supuesto –dijo–. Rápido y sucio.

La sala se calmó y la jueza volvió al estrado.

—Señor Haller –dijo–, su declaración inicial.

Asentí, pero fue Maggie quien se levantó y se dirigió al atril con su libreta y un vaso de agua. No habíamos informado ni a la jueza ni a la acusación de quién haría la declaración inicial para la defensa. Capté una nota de sorpresa en la cara de Berg cuando se volvió en su asiento hacia el atril, esperando verme. Confiaba en que sería la primera de muchas veces en que la pillaría con la guardia baja.

–Damas y caballeros del jurado, buenos días –dijo Maggie–. Soy Maggie McPherson y soy coabogada de la defensa en este caso. Como ya ha dicho este tribunal, el acusado, Michael Haller, también se representa a sí mismo en este juicio. Las más de las veces será el señor Haller quien estará aquí para interrogar a los testigos y dirigirse a la jueza. Pero para esta declaración inicial hemos coincidido en que sería mejor que hable en su nombre.

Tenía una visión clara de toda la tribuna del jurado y mis ojos viajaron de una cara a otra. Primero en la fila delantera y luego detrás. Vi interés y atención reales, pero sabía que esa era la primera exposición del grupo al caso de la defensa. También sabía que podrían sentirse decepcionados por no conseguir los detalles más finos en el discurso de Maggie.

–Seré breve –dijo ella–. Pero primero dejen que les felicite. Todos ustedes forman parte de algo que es sagrado y uno de los puntales de nuestra democracia. De hecho, ninguna institución de la sociedad moderna es más democrática que un jurado. Mírense. Son doce desconocidos reunidos al azar por una causa. Elegirán un presidente y cada uno de ustedes tendrá un voto igual. Su deber es muy importante, porque tienen el poder de arrebatar la vida, la libertad y el medio de vida a un ciudadano. Es una responsabilidad asombrosa y urgente. Y una vez que cumplen con su deber, se separan y vuelven a su vida. No hay nada más importante que el deber que han aceptado tomar en esta sala de justicia.

Cuando estábamos casados observé a Maggie en juicios decenas de veces y ella siempre alababa en las declaraciones de apertura la democracia del jurado. No había ningún cambio ahí, salvo que ahora se situaba –por primera vez– con la defensa. Después del preámbulo, fue al caso que nos ocupaba.

–Así que ahora empieza su trabajo –dijo–. Recuerden en el durante que el alegato de apertura es básicamente una charla. No pruebas. La señora Berg les ha hablado durante noventa minutos, pero no les ha dado ninguna prueba. Era solo una charla. La defensa quiere llegar a las pruebas, o, en el caso del estado, a la falta de pruebas. Queremos demostrarles que el estado ha cometido un terrible error y ha acusado a un hombre inocente de este crimen.

Maggie levantó la mano y me señaló en la mesa de la defensa.

–Ese hombre es inocente –dijo Maggie McFierce–. Y no hay mucho más que añadir. No tenemos que probar su inocencia para que den un veredicto de no culpable. Pero les prometo que lo haremos.

Hizo una pausa para subrayar la declaración enfática y consultó las notas de su libreta.

–Van a escuchar dos historias en este juicio –continuó–. La historia de la acusación y nuestra historia. La acusación señalará con el dedo al acusado. Mostraremos que un hombre cuyo nombre el estado nunca mencionará y ni siquiera quiere que conozcan es responsable de la muerte de Sam Scales. Solo una de estas historias puede ser cierta. Pedimos su paciencia y su diligencia y confiamos en que mantendrán una mentalidad abierta y esperarán al caso de la defensa. Una vez más, solo una historia puede ser cierta y ustedes la elegirán. Presten cuidadosa atención a los hechos. Pero sean precavidos, porque los hechos se pueden retorcer. Lo mostraremos por el camino. A todos les han dado libretas. Anoten quién está retorciendo los hechos y quién no. Anótenlo para que, cuando entren en deliberaciones al final de este juicio, conozcan los hechos y sepan quién contó la verdad y quién no.

Maggie hizo una pausa para tomar un trago de su vaso de agua. Era un truco de abogado penalista: siempre llevar un atrezo como un vaso de agua al atril cuando vas a dar una declaración inicial o un alegato de clausura; tomar un trago de agua permite subrayar una declaración importante o reflexionar antes de continuar.

Después de dejar el vaso, Maggie se dispuso a concluir.

—Un juicio es una búsqueda de la verdad —dijo—. Y en este juicio ustedes son los buscadores de la verdad. Deben ser imparciales e impávidos. Deben cuestionar todo. Cuestionar todo lo que dice cada testigo desde el estrado. Cuestionar sus palabras, cuestionar sus motivos. Cuestionar a la acusación, cuestionar a la defensa. Cuestionar las pruebas. Si hacen eso, encontrarán la verdad. Y la verdad es que el hombre que se sienta en la mesa de la defensa es inocente, mientras que todavía hay un asesino suelto. Gracias.

Maggie cogió su vaso y su libreta y regresó a la mesa de la defensa. Me volví hacia ella mientras se sentaba y asentía.

—Buen comienzo —susurré.

—Gracias —respondió ella con un susurro.

—Mejor de lo que lo habría hecho yo.

Ella entrecerró los ojos, como si no estuviera segura de que lo que acababa de escuchar fuera cierto.

Pero lo decía en serio. Era cierto.

40

A la acusación siempre se le encarga establecer la cronología, presentar las pruebas con un inicio y un final claros. Es una narración lineal y en ocasiones larga y laboriosa, pero requerida. Para llegar al cadáver hallado en el interior de mi Lincoln, Dana Berg tenía que contar al jurado cómo me hicieron parar el coche y abrir el maletero. Eso significaba que tenía que empezar con el agente Roy Milton.

Este fue llamado al estrado justo después de la pausa para comer y Berg rápidamente estableció a través del testimonio dónde se encontraba y qué estaba haciendo el agente cuando se fijó en que mi coche no tenía matrícula trasera y me hizo parar. A continuación, Berg usó a Milton para presentar los vídeos de su coche y su cámara corporal, y el jurado tuvo una experiencia en persona del hallazgo de Sam Scales en el maletero de mi Lincoln.

Observé con atención a los miembros del jurado durante la reproducción del vídeo de la cámara corporal. Algunos claramente sintieron repulsión cuando se abrió el maletero del Lincoln y se reveló el cadáver. Otros se inclinaron hacia delante, al parecer fascinados por el descubrimiento del asesinato.

Mientras avanzaba el testimonio, Maggie cotejaba lo que Milton estaba diciendo con una transcripción de su testimonio del día de la vista de solicitud de pruebas de diciembre. Cualquier contradicción podría sacarse a relucir y denunciarse durante el contrainterrogatorio. Pero Milton se ciñó a la historia previa, en algunos casos usando las mismas expresiones: una señal de que antes del juicio había sido preparado por Berg para que no se desviara de lo que ya constaba en actas.

El único propósito de Milton como testigo era presentar los vídeos como pruebas y reproducirlos delante del jurado. Era un inicio poderoso para la acusación. Pero luego llegó mi turno de abordar a Milton en el contrainterrogatorio. Había esperado dos meses para eso y mi interrogatorio mesurado y educado durante la vista de diciembre sería cosa del pasado. Ajusté el micrófono en el atril y fui directo a por Milton con la primera pregunta. Mi objetivo era agitarlo de todas las formas posibles durante el mayor tiempo posible. Sabía que, si tenía éxito, estaría agitando también a Dana Berg.

–Agente Milton, buenas tardes –empecé–. ¿Puede hacer el favor de decirle al jurado quién le dijo que siguiera y luego obligara a parar al Lincoln Town Car que yo estaba conduciendo la noche del veintiocho de octubre?

–Eh, no, no puedo –dijo Milton–. Porque eso no ocurrió.

–¿Está diciendo a este jurado que no recibió ningún aviso ni instrucción anterior para que me hiciera parar después de que yo saliera del Redwood Bar?

–Es correcto. Vi su coche y me fijé en que no tenía matrícula y…

–Sí, ya hemos oído lo que le ha dicho a la señora Berg. Pero lo que ahora me está diciendo a mí y a este jurado es que no recibió ninguna instrucción de pararme. ¿Es correcto?

–Sí.

–¿Recibió una llamada de radio diciéndole que me parara?

–No.

–¿Recibió un mensaje en el terminal informático de su coche?

–No.

–¿Recibió una llamada o un mensaje de texto en su teléfono móvil personal?

–No.

Berg se levantó y protestó, diciendo que estaba planteando la misma pregunta repetidamente.

–La pregunta se ha formulado y se ha respondido, señoría –repuso.

Warfield admitió la objeción.

–Es hora de avanzar, señor Haller –dijo.

–Sí, señoría –dije–. Así pues, agente Milton, si yo aportara a este juicio un testigo que dijera que lo alertó del hecho de que yo estaba saliendo del bar, entonces esa persona estaría mintiendo, ¿es así?

–Sí, sería una mentira.

Levanté la mirada hacia la jueza y pregunté si los abogados podían acercarse al estrado. La jueza nos hizo una seña para que subiéramos. Llegué el primero y esperé a que se unieran Berg y McPherson.

–Señoría –dije–, me gustaría preparar mi propia reproducción de los vídeos del coche patrulla y de la cámara corporal del agente Milton.

Berg levantó las palmas hacia arriba como diciendo «¿para qué?».

—Acabamos de ver los vídeos —dijo—. ¿Estamos intentando matar de aburrimiento al jurado?

—Señor Haller, explíquese —me pidió Warfield.

—Mi técnico los ha puesto uno junto al otro en una pantalla y ha coordinado los tiempos de ambos —expuse—. El jurado los verá simultáneamente y podrá ver lo que ocurre en el interior del coche en el mismo momento en que las cosas están ocurriendo en la calle.

—Señoría, la acusación protesta —dijo Berg—. No tenemos forma de saber si estos vídeos han sido editados o alterados por este llamado técnico. No puede permitirlo.

—Señoría, no sabemos si la acusación editó o alteró lo que ha mostrado al jurado —dije—. Proporcionaré una copia a la acusación y podrán examinarlo todo lo que quieran. Si encuentran que fue alterado, entregaré mi licencia al Colegio de Abogados. Pero lo que está ocurriendo aquí es que la acusación sabe perfectamente adónde voy con esto, sabe que es verdaderamente probatorio y simplemente no quiere que el jurado lo vea. Esto es una búsqueda de la verdad, señoría, y la defensa tiene el derecho a presentar esto ante el jurado.

—No sé de qué está hablando, señoría —dijo Berg—. La acusación sigue protestando sobre la base de la falta de fundamento. Si quiere reproducirlo durante la fase de la defensa, puede traer a ese técnico y tratar de establecer fundamento. Pero ahora estamos en la exposición de la acusación y no debería permitírsele que la sabotee.

—Señoría —intervino Maggie—, la acusación ya ha presentado el fundamento al reproducir los vídeos para el jurado. Permitir que la acusación muestre lo que quiere mostrar al jurado pero impedir que lo haga la defensa supondría un perjuicio completamente inaceptable para la defensa.

Hubo una pausa mientras la jueza consideraba la intensidad del argumento inesperado de Maggie. Me dio que pensar a mí también.

—Vamos a adelantar la pausa de la tarde y volveré con mi dictamen —dijo Warfield—. Prepare su equipo, señor Haller, por si acaso lo permito. Ahora retírense.

Regresé a la mesa de la defensa, complacido con nuestros argumentos, especialmente con la fuerte insinuación de Maggie de que impedir que la defensa reprodujera su vídeo podría ser un error reversible.

La jueza suspendió la sesión para hacer una pausa de quince minutos. Maggie y yo no nos alejamos de la mesa de la defensa. Yo me quedé porque mi única opción sería volver al calabozo de la sala. Ella lo hizo porque estaba conectando su portátil con el sistema audiovisual de la sala. Si obteníamos la aprobación de la jueza, reproduciríamos los vídeos simultáneamente en la gran pantalla montada en la pared, sobre la ubicación del secretario y frente a la tribuna del jurado.

Mientras Maggie trabajaba, examiné la sala y vi a Hayley y a Maddie Bosch todavía en los mismos asientos. Asentí y sonreí y ellas hicieron lo mismo.

Cuando la jueza retomó su puesto, inmediatamente dictó que podía reproducir los vídeos simultáneos. Cuando Dana Berg protestó de nuevo, me volví hacia Maggie.

–¿Estamos listos? –pregunté.

–Listos –dijo.

–Muy bien, ¿y dónde están los códigos de tiempo?

–Espera.

Maggie abrió su maletín y miró en una pila de documentos antes de sacar una página en la que constaban los códigos de tiempo de los vídeos que necesitaba para el contrainterrogatorio de Milton. Me levanté y fui al atril con el documento y un control remoto para la reproducción. La jueza denegó la protesta de Berg y yo comencé.

Expliqué a Milton que le mostraría los vídeos de su coche y su cámara corporal uno al lado del otro y sincronizados. Empecé con la reproducción desde antes de que Milton me siguiera y mientras yo todavía estaba en el Redwood. La imagen desde la cámara del coche patrulla se captaba a través del parabrisas, mirando al oeste por la calle Dos hacia el cruce de Broadway y hasta dos manzanas más allá del túnel. En el lado sur de la Dos, el neón rojo del Redwood era visible desde media manzana. La cámara corporal de Milton estaba enfocaba hacia abajo, porque aparentemente él estaba arrellanado en su asiento. La pantalla mostraba el volante y el salpicadero del coche. Su brazo y su mano izquierdos eran visibles: tenía el brazo apoyado en la base de la ventanilla abierta del conductor y la mano en la parte superior del volante.

Pedí a Milton que describiera al jurado qué estaba viendo en la pantalla y accedió a regañadientes.

–No mucho, la verdad –dijo–. En la izquierda está la cámara del coche que está enfocada al oeste por la calle Dos. Luego, a la derecha, está mi cámara corporal, y yo simplemente estoy sentado en el coche.

La cámara corporal captaba el sonido intermitente de la radio policial en el coche patrulla. Dejé que se reprodujera y consulté mi lista de códigos de tiempo. Entonces levanté la vista hacia la pantalla.

—Veamos, ¿ve la entrada del Redwood en el lado derecho de la calle Dos? —pregunté.

—Sí, la veo —dijo Milton.

La puerta del bar se abrió y salieron dos figuras. Estaba oscuro para identificarlas bajo el brillo rojo del neón. Los dos hombres hablaron en la acera unos segundos y luego uno de ellos caminó hacia el oeste, en dirección al túnel, y el otro se fue hacia el este, moviéndose hacia la cámara.

A esto le siguió un zumbido grave que claramente procedía de un teléfono móvil. Usé el mando a distancia para detener la reproducción.

—Agente Milton, ¿estaba recibiendo un mensaje de correo o de texto en su móvil? —pregunté.

—Eso parece —dijo Milton como si tal cosa.

—¿Recuerda cuál fue el mensaje?

—No. En el curso de una noche puedo recibir cincuenta mensajes. No los recuerdo todos al día siguiente y mucho menos al cabo de tres meses.

Pulsé el botón de reproducción y los vídeos continuaron. Pronto la figura que caminaba hacia el este por la Dos pasó bajo una farola. Era claramente yo.

Cuando fui reconocible a la luz, el ángulo en la cámara corporal cambió, porque Milton aparentemente se enderezó en su asiento.

—Agente Milton, parece que se ha puesto alerta ahí —dije—. ¿Puede decirle al jurado qué está haciendo?

—En realidad, no estoy haciendo nada —contestó Milton—. Vi a alguien en la calle y lo observé. Resultó que era usted. Puede interpretar lo que quiera, pero no significó nada para mí.

—Su coche está en marcha en este momento, ¿es correcto?

—Sí, es protocolo estándar.

—¿Ese mensaje en su teléfono era una alerta de que yo estaba saliendo del Redwood?

Milton frunció el ceño.

—No —dijo—. No tenía ni idea de quién era usted, de qué estaba haciendo ni de adónde estaba yendo.

—¿En serio? —dije—. Entonces, tal vez pueda explicar la siguiente secuencia.

Pulsé el botón de reproducción y observamos. Miré al jurado y vi que todos observaban la pantalla. El primer testigo en el juicio y ya cabalgaban conmigo. Lo notaba.

En la pantalla, yo doblé la esquina y luego desaparecí de la imagen al dirigirme al aparcamiento para entrar en mi Lincoln. Pasaron los segundos sin que aparentemente ocurriera nada, pero no quería pasar la grabación a velocidad rápida. Quería que los jurados supieran exactamente lo que estaba ocurriendo ahí.

Entonces el Lincoln apareció en la cámara del coche patrulla cuando yo accedí al carril de giro a la izquierda de Broadway con la Dos. El coche se detuvo allí mientras yo esperaba a que el semáforo se pusiera verde.

En el vídeo de la cámara corporal, el brazo derecho de Milton se levantó y cambió la marcha de P, que corresponde a aparcar, a D, que corresponde a conducir. El movimiento se registró en el salpicadero digital, donde apareció una D en la pantalla. Congelé la imagen ahí y miré a Milton. Todavía no parecía preocupado.

–Agente Milton –dije–, en el interrogatorio directo ha contado al jurado que no decidió perseguir mi coche hasta que vio que faltaba la matrícula trasera. ¿Puede ver la matrícula trasera desde este ángulo?

Milton miró la pantalla grande y actuó como si estuviera aburrido.

–No.

–Pero está claro por su cámara corporal que acaba de poner la transmisión del coche en D. ¿Por qué lo hizo si no había visto el parachoques trasero de mi coche?

Milton se quedó en silencio un buen rato mientras sopesaba su respuesta.

–Yo, eh, supongo que fue instinto policial –dijo por fin–. Para estar listo para moverme si lo necesitaba.

–Agente Milton –dije–, ¿quiere cambiar alguna parte de su testimonio anterior para reflejar mejor los hechos, tal y como se ven y oyen en el vídeo?

Berg se levantó como un resorte para protestar por mi acoso al testigo. La jueza lo denegó.

–Quiero escuchar su respuesta –dijo.

Milton declinó la oportunidad de cambiar su testimonio.

–Así pues –dije–, su testimonio jurado es que no estaba específicamente esperándome como objetivo. ¿Es correcto?

–Así es –dijo Milton.

Había un tono desafiante en su voz. Eso era lo que quería que el jurado oyera. El tono de «cómo te atreves» de la policía que al menos algunos de ellos conocían muy bien. Un tono que creía que desencadenaría sus sospechas de que algo no estaba bien.

–¿Y no quiere cambiar ni corregir su testimonio anterior? –pregunté.

–No –dijo Milton enfáticamente–. No quiero.

Hice una pausa para subrayar esa respuesta y hurté una mirada al jurado antes de consultar mis notas. Estaba seguro de que Berg y Milton pensaban que iba de farol, que estaba haciendo teatro para dar a entender que tenía un testigo en la sombra que podría hacer saltar por los aires a Milton y su historia. Pero ellos no me preocupaban. Estaba más preocupado por lo que pensaba el jurado. Al dar a entender eso, había creado una apuesta tácita con el jurado. Una promesa. Tendría que cumplirla o lo pagaría.

–Vamos a adelantarlo –dije.

Avancé el vídeo hasta el punto donde Milton abre el maletero y descubre el cadáver. Sabía que era un movimiento arriesgado volver a mostrar el cadáver al jurado. Cualquier víctima de asesinato mostrada en reposo después de un final violento provocaba la compasión de un jurado y podría disparar las necesidades instintivas de justicia y venganza, todo lo cual podía dirigirse a mí, el acusado. Aun así, pensaba que el equilibrio riesgo-recompensa estaba a mi favor.

Durante su reproducción de los vídeos, Berg había mantenido el sonido bajo. Yo no. Puse el audio a un nivel que podía oírse con claridad. Cuando se abrió el maletero y se vio el cuerpo, se oyó muy claramente: «Oh, mierda», seguido por una risa contenida con un inconfundible tono de regodeo.

Detuve la reproducción.

–Agente Milton, ¿por qué se rio cuando encontró el cadáver? –pregunté.

–No me reí –dijo Milton.

—¿Qué es eso, entonces?, ¿una risotada?

—Me sorprendió lo que había en el maletero. Fue una expresión de sorpresa.

Sabía que había preparado eso con Berg.

—¿Una expresión de sorpresa? —dije—. ¿Está seguro de que no se estaba regodeando de la situación en la que iba a encontrarme yo?

—No, para nada —insistió Milton—. Sentí que una noche bastante aburrida se ponía interesante. Después de veintidós años iba a hacer mi primera detención por homicidio.

—Solicito que se tache como no pertinente —dije a la jueza.

—Usted ha hecho la pregunta y él ha contestado —respondió Warfield—. Denegado, señor Haller.

—Vamos a escucharlo otra vez —dije.

Reproduje el momento en el vídeo, subiendo el volumen. La risa de regodeo era inconfundible, por más que Milton tratara de camuflarla.

—Agente Milton, ¿está diciendo al jurado que no se rio cuando abrió el maletero y descubrió el cadáver? —pregunté.

—Estoy diciendo que podría estar un poco emocionado, pero no regodeándome —dijo Milton—. Fue una risa nerviosa, nada más.

—¿Sabía quién era yo?

—Sí, tenía su documentación. Usted me dijo que era abogado.

—Pero ¿me conocía de antes de hacerme parar?

—No. No presto mucha atención a abogados y todo eso.

Sentía que había obtenido todo lo que podía del momento. Al menos había arrojado cierta sospecha sobre el primer testigo de la acusación. Decidí dejarlo ahí. No importaba lo que viniera a continuación; sabía que había abierto el juicio con una fuerte muestra de contestación a las pruebas del estado.

–No hay más preguntas –dije–. Pero me reservo el derecho de volver a llamar al agente Milton al estrado durante la fase de la defensa del juicio.

Regresé a la mesa de la defensa. Berg ocupó el atril y trató de mitigar los daños en el segundo interrogatorio, pero no había mucho que pudiera hacer con la prueba de vídeo que había presentado. Condujo a Milton otra vez por su historia, pero él no pudo expresar una razón buena y creíble para haber puesto la transmisión del coche en modo D antes de ver el parachoques trasero de mi coche. Y el zumbido del móvil justo antes de eso había cimentado la posibilidad de que le hubieran ordenado que me parara.

Me incliné hacia Maggie.

–¿Tenemos la citación lista para su móvil? –pregunté susurrando.

–Todo listo –dijo–. La llevaré a la jueza en cuanto se levante la sesión.

Íbamos a pedir a la jueza que nos permitiera solicitar los registros de llamadas y mensajes de texto del teléfono personal de Milton. Habíamos planeado que la orden siguiera a su testimonio y la reproducción de los vídeos para no mostrar nuestra mano a Milton ni a Berg. Mi apuesta era que, si conseguíamos los registros del móvil, no habría ninguna llamada ni mensaje de texto que coincidiera con el zumbido en el vídeo que acabábamos de reproducir para el jurado. Eso era porque estaba convencido de que Milton habría usado un teléfono de prepago para un trabajo así. En cualquier caso, sería una victoria cuando lo volviera a hacer testificar durante la fase de la defensa. Si no había constancia de un mensaje de texto en su teléfono registrado, Milton tendría que explicar al jurado de dónde había salido el zumbido. Y cuando preguntara si llevaba encima un móvil de prepago esa noche, su negación sonaría falsa al jurado, que claramente había oído ese zumbido inexplicado.

En general, sentía que el contrainterrogatorio de Milton había sido un punto para la defensa, y Berg aparentemente ya necesitaba reorganizarse. Con media hora todavía por delante, pidió a Warfield que terminara la sesión antes para poder revisar las pruebas con su siguiente testigo, el detective Kent Drucker. Había anticipado que tanto la declaración inicial de la defensa como el contrainterrogatorio de Milton iban a durar más.

Warfield accedió de mala gana, pero advirtió a ambas partes que esperaba jornadas de tribunal completas y que deberíamos planearlas con los testigos teniendo eso en cuenta.

Inmediatamente después del aplazamiento, Maggie acudió al secretario con la orden para los registros del móvil de Milton. Me despedí del resto de mi equipo y mis seres queridos y me llevaron de nuevo al calabozo. Me cambié del traje al mono azul, preparándome para ser conducido a Twin Towers en un coche patrulla del sheriff. Mientras esperaba en la celda para ser escoltado en el ascensor de seguridad al garaje de carga de presos, Dana Berg entró en la zona del calabozo y me miró a través de los barrotes.

–Hora de irse, Haller –dijo–. Punto uno para la defensa.

—El primero de muchos –dije.

—Eso ya lo veremos.

—¿Qué quieres, Dana? ¿Has venido a decirme que has visto la luz y vas a retirar los cargos?

—Ya quisieras. Solo quería decirte que buena jugada. Nada más.

—Sí, bueno, no ha sido ninguna jugada. Podría serlo para ti, pero para mí es a vida o muerte.

—Entonces, por eso debes saborear la victoria de hoy. No habrá muchas más.

Entregado el mensaje, dio la espalda a los barrotes y desapareció para dirigirse a la sala.

—Eh, Dana –la llamé.

Esperé y al cabo de unos segundos estaba otra vez junto a los barrotes.

—Qué.

—La ayudante de cocina del Hollywood Bowl...

—¿Qué pasa con ella?

—La quería en el jurado. Cambié las etiquetas en mi gráfico durante la pausa, porque sabía que enviarías al hombre de la pajarita a mirar a hurtadillas.

Vi la sorpresa momentáneamente en su rostro. Luego desapareció. Asentí.

—Eso sí fue una jugada –dije–. Pero ¿lo de hoy? Lo de hoy iba en serio.

41

Viernes, 21 de febrero

Posiblemente fue una reacción al testimonio de Milton del día anterior, pero Dana Berg llegó el viernes por la mañana con el plan de no solo igualar la puntuación en el libro de contabilidad del jurado, sino de inclinar permanentemente la balanza del lado del estado. Había coreografiado un día en el que apilaría los bloques de pruebas y el motivo contra mí tan alto que los jurados no podrían ver nada más y se adentrarían en el fin de semana con mi culpa impregnando su cerebro. Era una buena estrategia y yo necesitaba hacer algo al respecto.

Kent Drucker era el detective al mando del caso. Eso lo convertía también en el narrador. Berg lo usó para conducir al jurado a través de la investigación a ritmo pausado. Pude protestar en alguna ocasión y lo hice, pero todo ello se redujo a un zumbido de mosquitos. No podría interrumpir el flujo de información unilateral y sin contrarrestar al jurado hasta que pudiera hacer el contrainterrogatorio del testigo. Y el objetivo de Berg era impedir que eso ocurriera hasta después del fin de semana.

La sesión matinal se dedicó en gran medida a establecer lo básico. Berg condujo a Drucker a través de la fase inicial de la investigación, desde que recibió la llamada en su casa en Diamond Bar hasta la investigación plena de la escena del crimen. Ella hizo lo inteligente y asumió todos los errores cometidos, revelando a través de Drucker que la cartera de la víctima había desaparecido de algún modo de la escena del crimen o de la oficina del forense.

–¿Y en algún momento recuperó la cartera? –preguntó Berg.

–Todavía no –dijo Drucker–. Simplemente ha… desaparecido.

–¿Hubo una investigación sobre el robo?

–Hay una investigación en curso.

–¿Y la pérdida de la cartera dificultó la investigación del homicidio?

–Hasta cierto punto, sí.

–¿En qué sentido?

–Bueno, pudimos identificar muy pronto a la víctima por las huellas dactilares, de manera que eso no fue un problema. Pero los antecedentes de la víctima indicaban que cambiaba de identidad con frecuencia para adoptar un nombre, una dirección, una cuenta bancaria, etcétera, nuevos con cada estafa que perpetraba. Mi idea era que la cartera contenía la documentación de la identidad que estaba usando en el momento del asesinato. Eso había desaparecido y habría sido útil tenerlo desde el principio.

–¿Finalmente encontró esa identidad?

–La encontramos, sí.

–¿Cómo?

–La descubrimos en el proceso de divulgación de pruebas de este caso. El equipo de la defensa tenía esa información y finalmente la conocimos cuando pusieron el nombre de la casera de la víctima en su lista de testigos.

—¿El equipo de defensa? ¿Por qué iban a llevar la delantera a la policía?

Protesté, diciendo a la jueza que la pregunta invitaba a la especulación, pero la jueza quiso oír la respuesta y denegó mi objeción. Eso animó a Drucker, que contaba con larga experiencia en testificar en casos de asesinato, a dar un paso más.

—No tengo claro cómo se nos adelantó la defensa —dijo—. El acusado ejerció sus derechos y dejó de hablar después de la detención.

—¡Protesto! —bramé—. El testigo acaba de denigrar mi derecho a la Quinta Enmienda a permanecer en silencio y no ser obligado a testificar contra mí mismo.

—Acérquense al estrado —dijo la jueza claramente enfadada, lanzando una mirada a Berg mientras ella se acercaba al aparte.

Maggie se unió a mí en el estrado. Me di cuenta de que estaba tan enfadada como yo por el golpe bajo de Drucker.

—Señor Haller, ha hecho su protesta —dijo Warfield—. ¿Va a solicitar un juicio nulo?

—Señoría, no creo que… —interrumpió Berg.

—Silencio, señora Berg —espetó Warfield—. Es fiscal desde hace el suficiente tiempo como para saber que debe instruir a sus testigos para que nunca comenten sobre el derecho de un acusado a permanecer en silencio después de una detención. Considero esto una falta de ética de la acusación y lo tendré en consideración para ocuparme de ello en otro momento. Por ahora, quiero oír al señor Haller.

—Me gustaría una instrucción –dije–. En los términos más fuertes posibles. Tengo un…

—Soy capaz de dar una instrucción adecuada, señor Haller –dijo Warfield–. Pero quiero asegurarme de que renuncia a cualquier remedio posterior.

—No voy a solicitar un juicio nulo, señoría –dije–. Estoy en juicio por un asesinato que no cometí. Estoy aquí para conseguir la exoneración, no solo una sentencia exculpatoria. Aunque esta sala concediera la moción para una desestimación irrevocable por mala praxis de la acusación, quedaría para siempre una sombra de sospecha sobre mí. Quiero mi juicio y me contentaré con una instrucción judicial en términos claros.

—Muy bien –dijo Warfield–. Su moción se acepta y daré instrucción al jurado. Pueden volver a su lugar.

Una vez que todos estuvimos sentados, la jueza se volvió hacia el jurado.

—Miembros del jurado, el detective Drucker acaba de hacer un comentario injusto sobre el derecho constitucional del señor Haller a permanecer en silencio –dijo–. Una campana que ha sonado no puede dejar de oírse, pero les instruyo para que no hagan caso del comentario y no infieran de ello ninguna prueba de culpa. La Quinta Enmienda de la Constitución de Estados Unidos concede a toda persona acusada de un crimen el derecho a permanecer en silencio y no ser obligada a incriminarse. Este derecho es tan antiguo como este país. Existen buenas razones para ello, pero son demasiado numerosas para revisarlas ahora. Baste con decir que en este caso, como han oído, el señor Haller es abogado defensor penal y tiene una idea firme de por qué un acusado no debería querer someterse a un interrogatorio por parte de sus acusadores. Tenía todo el derecho a negarse a hablar después de su detención. El detective Drucker, por su parte, debería saber que ni siquiera debe mencionar la reivindicación del derecho constitucional a permanecer en silencio. Así pues, ya que se trata de algo tan fundamental e importante para nuestro sistema de justicia, repito: no tengan en cuenta el comentario respecto a que el señor Haller invocó su derecho de permanecer en silencio después de su detención y no infieran de ello ninguna prueba de culpabilidad.

La jueza se volvió entonces ligeramente para centrarse en Drucker. Tenía la cara colorada de humillación.

–Ahora, detective Drucker –dijo–, ¿necesita tiempo para revisar con la señora Berg cómo testificar sin comentarios inconstitucionales, injustos y en absoluto profesionales?

–No, señoría –murmuró Drucker, mirando al frente.

–Míreme cuando me dirijo a usted –dijo Warfield.

Drucker movió todo su cuerpo en el estrado de los testigos para mirar a Warfield. La mirada penetrante de la jueza sostuvo la suya durante lo que al detective debió de parecerle una eternidad. Luego, Warfield dirigió sus láseres a Berg.

–Puede reanudar el interrogatorio, señora Berg –dijo.

Recuperando su posición en el atril, esta preguntó:

–Detective, ¿sabe si el acusado conocía a Sam Scales?

–Durante años el señor Haller ha constado como abogado en casi todos los casos penales contra Sam Scales. Tuvo una relación de larga duración con la víctima y lo más probable es que conociera sus rutinas y sus prácticas.

—¡Protesto! —dije con indignación—. Una vez más, señoría, especulación.

La jueza fulminó al testigo con la mirada.

—Detective Drucker —dijo—, limitará su testimonio a lo que sabe por su observación personal y su experiencia. ¿He sido clara?

—Sí, señoría —respondió el detective, llamado al orden ya dos veces.

—Continúe, señora Berg —dijo Warfield.

Berg estaba tratando de convertir un fallo en la investigación por parte de la policía en sospechas sobre la defensa y el acusado. Yo sabía que podría llamar la atención respecto a las sospechas que la acusación me estaba lanzando, pero unas pocas advertencias severas de la jueza a la acusación eran una victoria inesperada y se combinaban bien con mi estrategia de exponer la torpeza y la injusticia de la investigación y la acusación.

Era bueno conseguir esas pequeñas victorias en medio de una larga lista de testimonios favorables a la acusación. Aprovechas lo que puedes. Pronto volví a tomar notas en mi libreta para acordarme de pulsar más fuerte esos botones de estrategia durante el contrainterrogatorio, cuando se produjera finalmente.

Berg continuó con el interrogatorio de Drucker hasta la pausa para comer y para entonces solo había cubierto la primera noche de la investigación. Habría más en la sesión de tarde y estaba quedando cada vez más claro que no tendría mi oportunidad con el detective hasta después del fin de semana. Examiné a los miembros del jurado mientras salían de la tribuna para comer. Vi a muchos estirando los brazos y mostrando signos de apatía. La ayudante de cocina incluso bostezó. Estaba bien que se cansaran de los argumentos de la acusación, siempre y cuando no hubieran tomado ya una decisión sobre mí.

Comí en el calabozo con Maggie y Cisco. La jueza había autorizado que me llevaran comida durante las pausas de las sesiones. La comida del viernes era del Little Jewel y devoré el *po' boy* como un hombre al que acaban de rescatar de una balsa hallada flotando en medio del Pacífico. Hablamos del caso, aunque tuve la boca llena casi todo el tiempo.

—Hemos de hacer descarrilar este tren —dije—. Berg va a llegar hasta el final de la sesión de la tarde y entonces esos jurados se irán a casa el fin de semana con mi culpa en la cabeza.

—Es obstruccionismo —dijo Maggie—. Así es como lo llamamos en la Oficina del Discal del Distrito. Mantener al testigo lejos de la defensa el mayor tiempo posible.

Sabía que en la sesión de tarde Berg probablemente pasaría a la parte de la investigación que apuntalaba los cargos contra mí. También empezaría a señalar los motivos y al final del día su caso estaría prácticamente completo. Luego pasarían más de cuarenta y ocho horas antes de que yo tuviera la oportunidad de defenderme mediante el contrainterrogatorio.

Siendo realistas, la sesión de la tarde duraría tres horas. La pausa para comer terminaba a las 13.30 y ningún juez del edificio mantendría al jurado hasta más allá de las 16.30 un viernes por la tarde. Necesitaba recortar una buena parte de esas tres horas y de alguna manera llevar la presentación del caso de Berg a la semana siguiente. No importaba cuánto tiempo monopolizara ella el lunes: yo intervendría con el contrainterrogatorio en cuanto terminara. Era el fin de semana lo que no podía concederle: dos días enteros con solo un lado de la historia en la mente de un jurado era una eternidad.

Miré lo que quedaba de mi sándwich. La gamba frita estaba delicadamente envuelta en una remolada casera.

—Mickey, no —dijo Maggie.

La miré.

—Qué.

—Sé lo que estás pensando. La jueza no se lo va a tragar. Fue abogada defensora y se conoce todos los trucos.

—Bueno, si vomito en la mesa de la defensa, se lo creerá.

—Venga ya. Intoxicación alimentaria… Patético.

—Vale, pues a ver si a ti se te ocurre una forma de retrasar a Dana *Corredor de la Muerte* y hacerla descarrilar.

—Mira, casi todas las preguntas son sugestivas. Empieza a protestar. Y cada vez que Drucker dé una opinión, repréndelo.

—Entonces pareceré un quisquilloso para el jurado.

—Pues lo haré yo.

—Lo mismo; somos un equipo.

—Mejor parecer un quisquilloso que un asesino.

Asentí. Sabía que las protestas retrasarían las cosas, pero no bastarían. Frenarían a Berg, pero no la detendrían. Necesitaba algo más. Miré a Cisco.

—Vale. Escucha, tu deber una vez que volvamos es observar al jurado —dije—. Mantén tu atención en ellos. Ya parecían cansados esta mañana y ahora acaban de comer. Si alguien empieza a dormitar, envía un mensaje a Maggie y lo plantearemos a la jueza. Eso nos dará algo de tiempo.

–De acuerdo –dijo Cisco.

–Entretanto, ¿has mirado las redes sociales desde ayer? –pregunté.

–Tendré que preguntarle a Lorna –dijo Cisco–. Ella estaba observando todo ese material para que yo estuviera libre para lo que necesitaras.

Parte de su trabajo de rastreo de los jurados consistía en seguir acumulando información sobre ellos. A través de su trabajo en el garaje, Cisco había podido encontrar nombres mediante registros de vehículos y otros medios. Luego se valió de eso para monitorizar sus cuentas en las redes sociales siempre que fuera posible en busca de referencias al juicio.

–Vale, llámala antes de que empecemos la sesión de la tarde –dije–. Dile que te informe. A ver si alguien está alardeando de estar en el jurado, diciendo algo que la sala debería conocer. Si hay algo ahí, podemos sacarlo a relucir, tal vez conseguir una vista por mala praxis de un jurado. Eso retrasaría el plan de Berg hasta el lunes.

–¿Y si es uno de los nuestros? –preguntó Maggie.

Se estaba refiriendo a uno de los siete jurados que tenía como verdes en mi gráfico de simpatías. Posiblemente sacrificar a uno de ellos por un retraso de dos horas sería pagar un precio demasiado alto.

–Ya lo veremos si llega el caso –dije–. Si es que llegamos ahí.

La discusión terminó cuando el agente Chan vino a la puerta del calabozo y dijo que era hora de volver a la sala para empezar con la sesión de tarde.

Una vez reanudada la sesión, empecé con una protesta a Berg por su uso continuado de preguntas sugestivas en el interrogatorio del detective Drucker. Como había anticipado, eso produjo una respuesta enfurecida de Berg, que calificó mi queja de infundada. La jueza vio mérito en su argumento.

–El abogado de la defensa sabe que protestar *a posteriori* no es una objeción aceptable –dijo Warfield.

–Con la venia de la sala –dije–. Mi protesta es para alertar a la sala de que esto está ocurriendo de manera reiterada. No es infundada y creo que una instrucción de su señoría podría poner fin a ello. No obstante, la defensa está más que de acuerdo en hacer protestas en su momento cuando continuemos.

–Por favor, hágalo, señor Haller.

–Gracias, señoría.

La disputa se había prolongado diez minutos de reloj y había sacado un poco de sus casillas a Berg cuando devolvió a Drucker al estrado de los testigos y continuó con su interrogatorio. Sin querer darme la satisfacción de una protesta aceptable al planteamiento de sus preguntas, prestó un interés extra y se tomó tiempo con ellas. Eso era lo que yo quería, y esperaba que el ritmo más lento añadiera un plus de fatiga al jurado justo después de comer. Si alguno se quedaba dormido, podría lograr más tiempo solicitando a la jueza una directiva al jurado.

Sin embargo, todos esos esfuerzos se demostraron vanos cuando, una hora después de iniciada la sesión, Berg me entregó todo lo que necesitaba para agotar el tiempo yo mismo. Había desplazado el testimonio de Drucker a una zona que exploraba quién era Sam Scales y qué podría haber estado tramando en el momento de su asesinato. Drucker contó cómo había descubierto que Scales había estado usando el alias de Walter Lennon y había encontrado solicitudes de tarjetas de crédito y subsiguientes facturas bajo el nombre y la dirección usados por Scales. Berg pasó luego a introducir esas facturas como pruebas documentales de la acusación.

Me incliné hacia Maggie y susurré.

—¿Tenemos este material? —pregunté.

—No lo sé —dijo Maggie—. No lo creo.

Berg nos entregó copias después de dejar duplicados al secretario del tribunal. Coloqué las páginas sobre la mesa entre Maggie y yo y las estudiamos rápidamente. Un caso de asesinato genera una gran cantidad de documentos y, en ocasiones, hacer un seguimiento de todo es un trabajo a tiempo completo. Ese caso no era diferente. Además, Maggie había entrado en el caso, reemplazando a Jennifer, solo dos semanas antes. Ninguno de los dos tenía el control de todo el papeleo. Eso había sido más trabajo de Jennifer que mío, porque yo quería tener un número mínimo de documentos en la cárcel.

Aun así, estaba bastante seguro de que nunca antes había visto esos papeles.

—¿Tienes el informe de divulgación de pruebas aquí? —pregunté.

Maggie buscó en su maletín y sacó un archivo. Localizó una copia impresa con una descripción de una línea de cada documento recibido de la Oficina del Fiscal del Distrito como parte del proceso. Pasó el dedo por la columna y luego miró una segunda página.

—No, no están aquí —dijo.

Inmediatamente, me puse de pie.

—¡Protesto! —dije con un fervor que rara vez usaba en un tribunal.

Berg se detuvo a mitad de una pregunta a Drucker. La jueza se sobresaltó como si hubieran cerrado violentamente la puerta de acero del calabozo.

—¿Cuál es su objeción, señor Haller? —preguntó.

—Señoría, una vez más, la acusación ha violado intencionadamente las reglas de divulgación de pruebas —dije—. Los esfuerzos por mantener a la defensa alejada de las pruebas a las que legítimamente debería tener acceso han sido asombrosos en…

—Deje que lo pare ahí —dijo rápidamente la jueza—. No entremos en esto delante del jurado.

Warfield a continuación les dijo a los miembros del jurado que la sesión se suspendía para hacer un breve descanso. Les pidió que volvieran a la sala de sesiones en diez minutos.

Esperamos mientras los miembros del jurado salían lentamente de la tribuna y se dirigían a la puerta de la sala del tribunal. Mi ira crecía con cada segundo de silencio. Warfield esperó a que la puerta se cerrara detrás del último miembro del jurado antes de abordar finalmente la situación.

—Está bien, señor Haller —dijo—. Hable ahora.

Me acerqué al atril. Había tenido la esperanza de elaborar una táctica de demora que empujara la parte más dañina del testimonio de Drucker hasta el lunes, cuando podría abordarlo y mitigarlo de manera oportuna. No me importaba si la demora era legítima, pero me acababan de entregar una violación de la divulgación de pruebas que era tan justa como cualquier cosa que pudiera haber imaginado. Coloqué la pelota y chuté con fuerza.

–Señoría, esto es sencillamente increíble –comencé–. Después de todos los problemas que ya hemos tenido con la divulgación de pruebas, simplemente lo hacen de nuevo. Nunca he visto estos documentos, no están en ninguna lista de pruebas complementaria, son una completa sorpresa. ¿Y ahora son pruebas documentales? Quieren que el jurado los vea, pero no me dejan verlos a mí, y yo soy el que está siendo juzgado por asesinato aquí. Es decir, vamos a ver, señoría. ¿Cómo puede seguir sucediendo esto una y otra vez? Y sin sanciones ni castigos disuasorios.

–Señora Berg, el señor Haller dice que no ha recibido esto en el proceso de divulgación de pruebas. ¿Cuál es su respuesta? –inquirió Warfield.

Durante todo el tiempo que había estado hablando había sido consciente de que Berg estaba hojeando una gruesa carpeta blanca que tenía la palabra PRUEBAS en el lomo. La estaba revisando por segunda vez, esta vez de atrás adelante, cuando la jueza le pidió que respondiera. Se puso de pie y se dirigió a la sala desde su mesa.

–Señoría, no puedo explicarlo –dijo–. Se suponía que estaba en un paquete de pruebas entregado hace dos semanas. Encargué a alguien que revisara el correo electrónico para el abogado de la defensa, pero estoy mirando la lista maestra y no veo los documentos en cuestión. Lo único que puedo decir es que fue un descuido, señoría. Un error. Y puedo asegurar a la sala que no fue intencionado.

Negué con la cabeza como si me estuvieran ofreciendo comprar una fábrica de hielo en Siberia. No estaba impresionado.

–Señoría, «uy» no es una excusa legal –dije–. Soy incapaz de evaluar la autenticidad, relevancia o materialidad de estas pruebas documentales y tampoco estoy preparado para confrontar e interrogar a este testigo sobre ellas. Me he visto severamente perjudicado en mi capacidad de preparar y presentar mi defensa. La falta de respeto del estado por mis derechos debe corregirse. Respeto el sistema, respeto esta sala, respeto las reglas que hemos aprendido y por las que debemos regirnos.

La jueza frunció los labios al darse cuenta de que se confirmaba la violación del proceso de divulgación de pruebas y que debía ocuparse de ello.

—Muy bien, señor Haller, creyendo la palabra de la letrada, la infracción parece ser un error —dijo—. Sin embargo, ahora la cuestión es cómo proceder y eso depende de lo que esta prueba signifique para el caso de la acusación y la capacidad del acusado de confrontar el testimonio y la prueba contra él. Señora Berg, ¿cuál es la relevancia y la materialidad de esta prueba y este testimonio? ¿Con qué cuestiones se relaciona?

—Son documentos relacionados con las finanzas y las cuentas bancarias del alias Walter Lennon de Sam Scales —dijo Berg—. Son relevantes en relación con el motivo del acusado para matarlo. Son cruciales para la acusación de circunstancias agravantes.

—Señor Haller —dijo Warfield—, ¿puede hacerme el favor de mirar los documentos que se le han proporcionado y decirme cuánto tiempo necesitará para revisarlos e investigarlos?

—Señoría, puedo decirle ahora mismo que necesitaré al menos el fin de semana, posiblemente más, porque los bancos están cerrados el fin de semana y mi capacidad para investigar estará limitada. Pero esa es solo una de las cuestiones. Estos documentos y el testimonio relacionado con ellos deberían ser excluidos de las pruebas. La acusación, en su celo por…

—Estamos perdiendo el día, señor Haller —dijo la jueza—. Por favor, vaya al grano.

—Exactamente —intervino Berg—. Señoría, está claro que el abogado tiene una táctica de retrasar el testimonio de mi testigo. Nada le gustaría más que…

—Señoría —la corté en voz alta—, ¿me he perdido algo? Soy la víctima aquí y ahora la acusación está tratando de culparme por su infracción, intencionada o no.

—¡Fue un error! —gritó Berg—. Un error, señoría, y está tratando de hacer que parezca el fin del mundo. Él…

—¡Basta! ¡Ya está bien! —gritó la jueza—. Que todo el mundo se calme y se calle.

En California los jueces no usan mazas —se supone que tiene que ser un sistema judicial más amable y agradable—, de lo contrario, seguramente Warfield habría descargado la maza con fuerza. En el silencio que siguió al arrebato de la jueza, vi que su mirada se elevaba por encima de los abogados que tenía delante para ver el reloj situado en la pared del fondo de la sala.

—Ya son más de las tres —dijo—. Se están caldeando los ánimos. De hecho, los dos están aportando más calor que luz a este proceso. Voy a hacer que vuelva el jurado y lo enviaré a casa para el fin de semana.

Berg bajó la cabeza en expresión de derrota cuando Warfield continuó.

—Abordaremos este asunto el lunes por la mañana —dijo—. Señor Haller, quiero que presente a mi secretario su propuesta de soluciones antes del lunes a las ocho de la mañana. Enviará una copia a la señora Berg por correo electrónico con un borrador de su presentación el domingo por la noche. Señora Berg, usted también presentará su alegato de por qué esta prueba no debería excluirse o por qué otras sanciones propuestas serían inapropiadas. Como he dicho repetidamente en esta sala, me tomo muy en serio las reglas de divulgación de pruebas. No hay errores sin mala fe cuando se trata de la revelación de pruebas. Es la columna vertebral de la preparación del caso, y las reglas deben cumplirse con rigor y celo. Cualquier infracción, intencionada o no, debe ser tratada seriamente como una violación del derecho fundamental del acusado a un juicio justo. Ahora traigamos al jurado aquí para que puedan comenzar ya el fin de semana.

Volví a la mesa de la defensa y me senté.

—Esto sí que es caer en la mierda y levantarse oliendo a rosas —le susurré a Maggie.

—¿Ahora te alegras de que no te dejara fingir una intoxicación alimentaria? —dijo.

—Eh, eso queda en el privilegio abogado-cliente y no debe volver a mencionarse.

—Mis labios están sellados. Escribiré la moción y la presentaré. ¿Y qué hay de las sanciones?

—Creo que acabamos de obtenerlas. Que tenga que esperar al lunes es una gran victoria para nosotros.

—Entonces, ¿nada de sanciones?

—No he dicho eso. Nunca hay que dejar pasar la oportunidad de conseguir sanciones contra la fiscalía. Es demasiado raro que pase. Pero no quiero un juicio nulo, y, si es cierto lo que dice Iceberg acerca de que las pruebas son cruciales para su caso sobre circunstancias especiales, la jueza no las excluirá. Pensémoslo durante el fin de semana. Me llevaré las copias y leeré todo mañana, tal vez se me ocurra algo. ¿Puedes venir a verme el domingo a Twin Towers?

–Allí estaré. Tal vez coma con Hayley antes.

–Bien. Me parece un buen plan.

Se abrió la puerta de la sala de sesiones y los jurados empezaron a ocupar las dos filas de asientos de la tribuna. Era el final del segundo día de la fase de la acusación y según mis cuentas seguía por delante.

42

Domingo, 23 de febrero

No empezaron a llevarme a una de las salas de conferencias de abogados hasta casi las tres en punto. El agente que me condujo llevaba una mascarilla a juego con el verde de su uniforme. Eso me decía que el Departamento del Sheriff había empezado a distribuir mascarillas, una señal de que la ola que se avecinaba era una amenaza real.

Cuando me hicieron pasar por la puerta de la sala de entrevistas, Maggie ya estaba esperando allí. Y también ella llevaba mascarilla.

–¿Estás de broma? –dije–. ¿Esto es real? ¿Está llegando?

No dijo nada mientras el agente me acercaba a una silla, me quitaba las esposas y recitaba las reglas.

–Ningún contacto –dijo–. Nada de dispositivos electrónicos. La cámara está encendida. Nada de audio, pero estaremos observando. Si se levanta de la silla, entramos. ¿Entendido?

–Sí –contesté.

–Entendido –dijo Maggie.

El agente salió y cerró la puerta de la sala. Levanté la mirada a la cámara montada en la esquina del techo. A pesar del escándalo y la investigación interna que yo había desencadenado, seguía en su lugar y se esperaba que tuviéramos fe en que nadie estuviera escuchando nuestra conversación.

—¿Cómo estás, Mickey? —preguntó Maggie.

—Estoy preocupado —dije—. Todo el mundo lleva mascarillas menos yo.

—¿No tienes tele en el módulo? ¿La CNN? La gente está muriendo en China por este virus. Creen que probablemente ya está aquí.

—Han cambiado turnos y los que tienen ahora los mandos a distancia solo nos ponen ESPN y Fox News.

—Fox esconde la cabeza como un avestruz. Siguen protegiendo al presidente, que todavía dice que todo va a ir bien.

—Bueno, si lo ha dicho, será verdad.

—Ya, sí, claro.

Vi que Maggie tenía algunos documentos esparcidos sobre la mesa delante de ella.

—¿Cuánto tiempo llevas aquí? —pregunté.

—No te preocupes por eso —dijo—. He estado trabajando.

—¿Has visto a Hayley hoy?

—Sí, hemos comido en Moreton Fig. Ha sido agradable.

—Me encanta ese sitio. Lo echo de menos. Echo de menos estar con ella.

—Vas a salir de aquí, Mickey. Tenemos un caso sólido.

Me limité a asentir con la cabeza. Deseaba poder ver su rostro completo para interpretarla mejor. ¿Me lo estaba diciendo para animarme o realmente creía lo que estaba diciendo?

—Mira, no lo tengo, sea lo que sea —dije—. Me refiero al virus. No es necesario que te pongas la mascarilla.

—Es posible que no lo sepas si lo tienes —dijo—. De todos modos, no estoy preocupada por ti, sino por la recirculación de aire en este lugar. Dicen que las cárceles y las prisiones serán vulnerables. Al menos, ya no estás en esos furgones que van y vienen del tribunal.

Asentí de nuevo, estudiándola. La mascarilla acentuaba sus ojos oscuros e intensos. Esos ojos fueron lo primero que me atrajo de ella veinticinco años atrás.

—¿En qué dirección crees que va a ir Hayley? —pregunté—. ¿Fiscalía o defensa?

—Es difícil de decir —dijo—. No lo sé, en realidad. Tomará su propia decisión. Dijo que no irá a clase esta semana. Quiere ver el juicio a tiempo completo.

—No debería. Se va a retrasar mucho.

—Lo sé, pero hay demasiado en juego para ella. No he podido convencerla de que no lo haga.

—Es cabezota. Ya sé de dónde le viene.

—Yo también.

Creí detectar una sonrisa detrás de la mascarilla.

—Tal vez entre en defensa criminal y tengamos un bufete de abogados familiar —dije—. Haller, Haller y McFierce Abogados.

—Es gracioso —dijo—. Quizá.

—¿De verdad crees que te volverán a aceptar después de esto? Has traicionado a la tribu, has cruzado al lado oscuro..., todo eso. No estoy seguro de que te permitan hacer eso de forma temporal.

—¿Quién sabe? ¿Y quién dice que quiera volver? Veo a Dana en esa sala del tribunal y realmente me pregunto si quiero seguir con eso. No sé. Una vez que me sacaron de Delitos Graves para dejar espacio a los jóvenes duros como ella, supe que mi carrera... no había terminado exactamente, pero se había... estancado. Ya no era importante.

–Anda ya. Proteges el medioambiente. Lo que haces sigue siendo importante.

–Si tengo que perseguir a otra tintorería por verter productos químicos al alcantarillado, creo que me acabaré suicidando.

–No te suicides. Ven a trabajar conmigo.

–Qué gracioso.

–Lo digo en serio.

–Bueno.

Lo tomé como un golpe. Su rápida negativa me recordó lo que se había interpuesto entre nosotros y había terminado con nuestra relación, a pesar de que nuestra hija nos unía inextricablemente de por vida.

–Siempre pensaste que era un sucio por lo que hago –le dije–. Como si calara en mí de alguna manera. No soy un sucio, Mags.

–Bueno, ya conoces el dicho: el que con niños se acuesta...

–Entonces, ¿qué estás haciendo aquí?

–Te lo dije. No importa lo que piense de lo que hagas; te conozco y sé que no hiciste esto. No podrías haberlo hecho. Y, además, Hayley vino a verme. Me pidió que te ayudara. No, me lo dijo. Me dijo que me necesitabas.

No sabía nada de eso. Eso de Hayley era nuevo y me llegó al alma.

–Guau –exclamé–. Hayley nunca me ha dicho nada.

–La verdad es que no tenía que decírmelo –dijo Maggie–. Quería hacerlo, Mickey. En serio.

A eso siguió un silencio. Asentí en señal de agradecimiento. Cuando miré hacia arriba, Maggie se estaba quitando las correas elásticas de las orejas y se estaba retirando la mascarilla.

—¿Nos ponemos manos a la obra? —dijo—. Solo nos han dado una hora.

—Claro —dije—. ¿Sabemos ya algo del teléfono de Milton?

—Están demorándolo, pero acudiré a la jueza si es necesario.

—Bien. Quiero cabrearlo a base de bien.

—Lo haremos.

—¿Sanciones?

Maggie no llevaba lápiz de labios y supuse que era porque no quería manchar la mascarilla con maquillaje. Al ver su cara entonces, sentí esa punzada en el pecho. Ella había sido la única que me había provocado eso. Con mascarilla o sin ella, con o sin maquillaje, Maggie era hermosa para mí.

—Propongo que nos juguemos el todo por el todo —dijo—. Le decimos a la jueza que vuelva a poner la fianza sobre la mesa.

Salí de mi ensueño.

—¿Como sanción? —pregunté—. Dudo que Warfield acepte eso. El juicio terminará en una semana. No va a soltarme si cabe la posibilidad de que tenga que volver a mandarme aquí si hay un veredicto de culpabilidad. Y no creo que quiera pagar una caución equivalente a cuatro o cinco días de libertad.

—Lo sé —dijo Maggie—. La jueza no lo aceptará y es un argumento perdido, pero eso es todo. Es una argumentación y vamos a comenzar la semana con ella, y Dana tendrá que gastar toda su energía del lunes por la mañana en eso.

—Le hará perder impulso —dije.

–Exactamente. Es una gran distracción de su plan de juicio.

Asentí. Me gustó.

–Inteligente –dije–. Vamos a hacerlo.

–Está bien –coincidió Maggie–. Lo escribiré y lo llevaré a todas las partes antes de las seis. Mañana también me ocuparé de la argumentación.

No pude evitar sonreír. Admiré cómo Maggie estaba justificando su reputación de McFierce a ambos lados del pasillo y para mi beneficio.

–Perfecto –dije–. ¿Qué pedimos cuando Warfield nos lo niegue?

–Nada –dijo–. Simplemente nos lo guardamos.

–Vale.

Parecía complacida de que no hubiera rechazado su plan.

–Entonces, ¿dónde estamos en todo lo demás? –pregunté.

–Opparizio –dijo Maggie–. Sabe que algo está sucediendo y se fue de la ciudad ayer. En coche. Cisco tenía a sus hombres con él.

–No me digas que se ha ido del estado. ¿Las Vegas?

–No, probablemente pensó que lo localizarían allí fácilmente. Se ha ido a Arizona. Scottsdale. Se registró en un hotel llamado Phoenician. Cisco saldrá mañana y le soltará la citación.

–¿Qué pasa si sabe que no necesita responder a una citación de otro estado? Probablemente sea la razón por la que se ha ido.

–Algo me dice que no lo sabe y que se marchó de la ciudad porque estaba notando la presión. Tiene que saber que hay un juicio por el asesinato del que es responsable. Mejor marcharse de la ciudad hasta que termine. De todos modos, Cisco dice que lo grabarán todo en vídeo, harán una entrega hermética que parezca completamente legítima. La cuestión es ¿qué día lo quieres aquí?

Teníamos que pensar en eso. Teníamos la lista de testigos de Dana Berg y, a partir de ella, podíamos extrapolar cuánto tiempo tardaría en presentar su caso ante el jurado. Ya habíamos retrasado las cosas el viernes con Drucker, pero, antes de eso, la fiscal había estado extendiendo el testimonio del detective para intentar llevarlo hasta el fin de semana. Berg probablemente cambiaría de estrategia y avanzaría más deprisa con él, tratando de ganar impulso. Luego tenía un forense en su lista de testigos, el investigador principal de la escena del crimen, y, por último, algunos testigos auxiliares.

—Creo que a Dana le quedan dos días como máximo —dije.

—Lo mismo pienso yo —dijo Maggie—. Entonces, ¿vamos con Opparizio el miércoles?

—Sí, el miércoles. Bien. Significa que contaré mi versión de esto en menos de setenta y dos horas. No puedo esperar.

—Yo tampoco.

—¿Y nuestros otros testigos están listos?

—Todos están listos para comenzar. El tipo jubilado de la APA, Art Schultz, volará el miércoles por la mañana. El resto son todos de aquí. Por lo tanto, deberíamos tener a todos a mano y puedes ponerlos en el orden que decidamos que va a funcionar mejor.

—Perfecto.

—Dependiendo de lo que consigamos en los registros telefónicos, puedes colar a Milton en cualquier lugar o convertirlo en el gran final. Sacas a Moira del bar y luego a él como un golpe uno-dos al final.

Asentí. Era bueno preparar testigos para que pudiéramos manejar cualquier sorpresa o ausencia. Nada molestaría más a Warfield o a cualquier juez que tener al jurado listo sin testigos que presentarles. Necesitábamos evitar eso a toda costa.

—¿Cuál es nuestra alternativa si Opparizio no vuelve o envía un abogado para anularlo? —pregunté.

—He estado pensando en eso —dijo Maggie—. Podríamos acudir a Warfield por una orden de detención. Eso funcionará entre fronteras estatales. Solo tendremos que hacer que los de Arizona lo detengan.

—Eso podría retrasar las cosas varios días.

—Por eso jugamos con Warfield. Nadie más que tú quiere que acabe este juicio. Pero ella es la segunda en esa lista, y le haremos ver que tiene que usar su poder para traer a Opparizio. Él es la pieza central del caso de la defensa. Podríamos ganar una apelación si no tenemos la oportunidad de ponerlo en el estrado.

—Bueno, esperemos que no llegue a eso.

Hubo una pausa en la conversación y luego la orienté por otro camino difícil.

—¿Qué pasa con el FBI? —pregunté—. ¿Nos hemos rendido?

—No, todavía no —dijo Maggie—. He hablado con algunas personas de allí, entrando a escondidas en mi oficina y usando el teléfono. Es útil que la Oficina del Fiscal del Distrito aparezca en su identificador de llamadas, así las contestan. Solo estoy tratando de tener una reunión extraoficial con la agente Ruth.

—Eso es improbable.

–Lo sé, pero creo que, si consigo hablar con ella, podrá resolver algo. Sé que nunca le van a dar permiso para testificar, pero, si acepta venir y sentarse en el tribunal cuando sea nuestro turno de contar la historia, podríamos convencerla.

–¿Para hacer qué, testificar sin el permiso del FBI?

–Puede ser. No sé.

–Eso sería fantástico. Pero no va a ocurrir.

–Nunca se sabe. Ya te ayudó una vez. Tal vez vuelva a hacerlo. Solo tenemos que encontrar una manera de que lo haga. Es posible que venga al tribunal de todos modos para ver qué sale sobre Opparizio y Bio-Green.

–Bueno, envíale una invitación con relieves. Le guardaremos un asiento en la primera fila. Pero creo que será un asiento que va a quedarse libre.

Parecía que lo habíamos cubierto todo. La siguiente semana determinaría el futuro de mi vida. Tenía confianza en Maggie, en mí y en nuestro caso. Pero el pavor seguía presente. Nunca se iba. Cualquier cosa podía pasar en una sala de justicia.

Maggie recogió su mascarilla y comenzó a colocarse las tiras detrás de las orejas. Incluso con el elástico le quedaba demasiado apretada y le empujaba las orejas ligeramente hacia delante. En ese momento vi a nuestra hija cuando era más pequeña y sus orejas eran uno de sus rasgos más pronunciados.

–¿Qué? –preguntó Maggie.

–¿Qué? –dije.

–¿Por qué sonríes?

–Ah, por nada. La mascarilla te separa las orejas. Me ha recordado a Hay. ¿Te acuerdas de cuando decíamos que tenía que crecer tanto como sus orejas?

–Sí. Y lo hizo.

Asentí ante el recuerdo y vi a Maggie ocultar su sonrisa.

–Bueno –dije–, ¿con quién estás saliendo ahora?

–Eh, eso no es asunto tuyo –dijo.

–Cierto. Pero quiero invitarte a salir. No quiero que sea un problema.

–¿En serio? ¿Por qué? ¿Salir adónde?

–El próximo domingo por la noche, dentro de una semana. Salimos y celebramos el gran veredicto. Te llevaré a Mozza.

–Desde luego, confianza no te falta.

–No me puede faltar. Es el único camino. ¿Aceptas o no?

–¿Qué hay de Hayley?

–Hayley también. Todo el bufete: Haller, Haller y McFierce, dando un nuevo significado al derecho de familia.

Maggie se rio.

–Vale. Tú lo has querido.

Maggie recogió sus papeles y se levantó. Llamó a la puerta de acero y luego se volvió hacia mí.

–Cuídate, Mickey.

–Ese es el plan. Tú también.

Un agente, este sin mascarilla, abrió la puerta y la vi salir. Cuando se cerró, me di cuenta de que me estaba enamorando otra vez de Maggie McFierce.

43

Lunes, 24 de febrero

Ya estaba en la mesa de la defensa cuando llegó Maggie. Dejó caer la sección metropolitana doblada del *Times* frente a mí mientras sacaba su silla.

–Supongo que no has visto el periódico –dijo.

–No –contesté–. Pedí que me lo entregaran con el desayuno todas las mañanas, pero nunca llega.

Maggie tocó con el dedo un artículo en la esquina inferior de la página. El titular lo decía todo: «"El recluso actuó solo en el asalto al Abogado del Lincoln", dice el sheriff».

Comencé a examinar el artículo, pero Maggie lo resumió mientras yo leía.

–Dicen que Mason Maddox actuó completamente por su cuenta cuando intentó matarte. Nadie lo incitó a hacerlo y el Departamento del Sheriff sale impoluto, aunque fue la oficina del sheriff la que se ocupó de la investigación.

Dejé de leer y tiré el periódico sobre la mesa.

–Y un cuerno –dije–. Entonces, ¿por qué lo hizo?

–Según el artículo, dijo a los investigadores que te confundió con otro preso al que guardaba rencor –dijo Maggie.

–Sí, ya… Como he dicho…

—Y un cuerno.

—Todavía voy a demandarlos cuando salga de aquí.

—Ese es el espíritu.

La conclusión de la investigación no me sorprendió, pero me hizo sentir más vulnerable. Si el ataque de Maddox había sido orquestado como venganza por los agentes de la cárcel, no había nada que les impidiera volver a intentarlo. El primer intento se había encubierto; también se encubriría el segundo.

No tuve mucho tiempo para pensar en ello. La jueza Warfield pronto ocupó el estrado y el jurado permaneció en la sala de sesiones mientras continuaba la moción sobre el problema de divulgación de pruebas que se reveló el viernes. Maggie McFierce presentó un sólido argumento a favor del restablecimiento de la fianza como sanción contra la acusación, pero se rechazó sin que Dana Berg ni siquiera tuviera que responder. Warfield simplemente lo rechazó de plano: «No vamos a hacer eso».

Luego, la jueza preguntó si la defensa quería considerar otras sanciones. Maggie rechazó y el tema quedó abierto, lo cual significaba que podría entrar en juego y darle a la defensa una ventaja más adelante si había un fallo poco claro que implicara la discreción judicial. La esperanza era que la jueza recordara la violación no remediada del proceso de divulgación de pruebas por parte de la fiscalía e inclinara su discreción hacia nosotros.

El detective Kent Drucker fue devuelto al estrado y la fiscalía continuó en el punto donde se había visto obligada a dejarlo el viernes. Como esperaba, Berg acortó sus preguntas y aceleró el ritmo, utilizando la sesión de la mañana para hacer que Drucker explicara la investigación posterior a la escena del crimen. Eso incluyó el registro de mi casa la mañana siguiente a mi detención, lo que condujo al descubrimiento de la sangre y la bala en el suelo de mi garaje.

Para mí, esa era la prueba más condenatoria en todo el caso, pero también la más confusa. Para creer que era inocente, había que creer que estaba durmiendo durante el asesinato que ocurrió justo debajo de mi casa y que luego, sin saberlo, conduje con el cuerpo en mi maletero durante un día. Para creer que era culpable, había que creer que salí de casa, drogué y secuestré a Sam Scales, o que le encargué a alguien que lo hiciera por mí, y que luego lo metí en el maletero del Lincoln y le disparé antes de pasar el día siguiente con su cadáver todavía en el maletero mientras conducía hacia y desde el juzgado. Cualquiera de las dos opciones era difícil de vender. Y tanto la fiscalía como la defensa lo sabían.

En un momento, Berg puso varias fotos ampliadas de mi casa en caballetes frente a la tribuna del jurado para ayudar a construir el caso del escenario de culpabilidad. La casa estaba situada en una ladera que descendía desde la parte trasera de la propiedad hacia el frente. A pie de calle estaba el garaje de dos plazas. Unas escaleras situadas a la derecha ascendían al espacio residencial, que incluía la terraza delantera, donde había tenido el encuentro con los agentes Aiello y Ruth. La puerta principal daba a la sala de estar y al comedor, que se hallaban justo encima del garaje. En la parte de atrás estaban mi dormitorio y mi oficina doméstica.

Berg obtuvo de Drucker su testimonio relacionado con sus pruebas de disparos con y sin diversos supresores de sonido, los llamados silenciadores, y con la puerta del garaje abierta o cerrada, todo ello para intentar determinar si alguien podría haber irrumpido en el garaje para meter a Sam Scales drogado en el maletero y luego dispararle varias veces sin que yo lo oyera desde arriba.

Antes de que Berg pudiera preguntarle al detective cuáles eran sus conclusiones, me opuse y pedí un aparte. La jueza nos pidió que nos acercáramos.

—Señoría, sé lo que está haciendo la letrada —comencé—. Preguntará si todas esas pruebas con disparos se podían oír arriba, pero el testigo no es un experto en balística ni en la ciencia del sonido. No puede opinar sobre eso. Nadie puede. Hay demasiados factores que no se tienen en cuenta. ¿Estaba encendida la televisión? ¿Estaba encendido el equipo de música? ¿Qué pasa con la lavadora y el lavavajillas? ¿Ve, señoría? No se puede permitir esto. ¿En qué parte de la casa me encontraba yo cuando supuestamente estaba ocurriendo eso? ¿En la ducha? ¿Dormido con tapones para los oídos? La fiscal está tratando de refutar una posición de defensa antes de que siquiera hayamos presentado una defensa.

—El argumento del abogado es sensato, señora Berg —dijo Warfield—. Me inclino a detener esta línea de preguntas.

—Señoría —dijo Berg—, hemos seguido este camino durante los últimos veinte minutos. Si no se me permite terminar, el estado será injustamente mal visto por el jurado. El testigo describe los esfuerzos realizados por la policía para ver si el sospechoso podría ser realmente inocente. ¿Qué va a suceder durante la fase de la defensa, cuando el señor Haller saque a relucir su manida y limitada defensa? Acusará al detective Drucker de centrarse únicamente en su culpabilidad, excluyendo posibles pruebas exculpatorias. No puede tener las dos cosas.

—Usted también tiene un buen argumento, señora Berg —dijo Warfield—. Vamos a tomar ya el descanso para almorzar y tendré una decisión sobre la objeción cuando regresemos a la una en punto.

Se suspendió la sesión y me llevaron de regreso a la celda contigua a la sala para el descanso de una hora. Maggie no se reunió conmigo allí hasta pasada una media hora, cuando finalmente llegó con un sándwich que Lorna había comprado en Cole's, así como con noticias de Arizona.

—Lo tienen —dijo—. Estaba en su *suite*, pidiendo comida, y pensaron que iban a tener que llamar a la puerta con la citación en la mano cuando se aventuró a la piscina. Lo pillaron en bañador y albornoz.

—Tony Soprano —dije, recordando al mafioso de la televisión al que le gustaba pasear en torno a la piscina en albornoz.

—Exactamente lo que pensé.

—¿Lo tienen en vídeo?

—Todo. Lo tengo en mi teléfono. Te lo puedo mostrar en la sala, pero no me lo han dejado traer aquí.

Desenvolví mi sándwich. Era de rosbif con pan de hamburguesa. Di un mordisco y hablé con la boca llena.

—Bien. Así que tenemos a Opparizio para el miércoles…, si aparece.

Di otro mordisco. El sándwich estaba delicioso, pero entonces me fijé en que ella no estaba comiendo.

—¿Quieres un trozo? —pregunté—. Está muy bueno.

–No, estoy demasiado nerviosa para comer –dijo Maggie.

–¿Por el juicio?

–¿Por qué va a ser?

–No lo sé. Pensaba que Maggie McFierce nunca se ponía nerviosa.

–Te sorprendería.

–Entonces, ¿a quién usa ahora Opparizio? Durante el caso de Lisa Trammel, usó a Zimmer y a Cross para tratar de anular nuestra citación. Fracasaron. Oí que los despidió después de eso.

–Por lo que sabemos de los documentos que hemos localizado en BioGreen, usa la firma de Dempsey y de Geraldo para muchas de sus cosas. No sé si proporcionan defensa penal.

–Interesante.

–¿Por qué?

–Me he encontrado con ellos antes. Representan a muchos polis. Sobre todo Dempsey. Parece que con Opparizio están en el otro lado del espectro.

Maggie apretó los labios y supe que estaba considerando algo.

–Qué –dije.

–Estoy pensando, nada más –dijo–. Me gustaría tener una lista de sus clientes polis. A ver si hay alguna conexión con el agente Milton.

–Puedes conseguirla.

–No me la van a dar sin más.

–No, pero tienes acceso a la base de datos de los tribunales del condado. Pon los nombres y conseguirás resultados de todos los casos en los que participaron.

–Estoy de excedencia, Mickey, ¿recuerdas? Podrían despedirme si hiciera eso.

—Ayer me dijiste que te estabas colando en tu oficina para usar el teléfono.

—Eso es diferente.

—¿Cómo…?

El agente Chan abrió la puerta de la celda y nos dijo que era hora de volver a la sala. Maggie y yo dejamos la conversación ahí.

Una vez que regresamos a la mesa de la defensa, Maggie sacó su teléfono y me mostró el vídeo que había recibido de Cisco en Scottsdale. Tenía el sonido muy bajo, pero escuché lo suficiente. Y me di cuenta por el rostro enrojecido y contorsionado de Opparizio que estaba rabioso por haber recibido la citación. Estaba igualmente molesto con la cámara que grabó el proceso. Se abalanzó sobre ella, se le abrió el albornoz y se vio su tripa blanca como la harina colgando sobre sus pantalones cortos. El hombre de detrás de la cámara, uno de los indios de Cisco, tenía los pies más ligeros y la lente se movió rápidamente fuera del alcance de la mano oscilante de Opparizio sin siquiera sacarlo del encuadre.

La referencia a Tony Soprano había sido acertada y me pregunté si el propio Opparizio cultivaba el parecido.

Después de no poder hacerse con la cámara, Opparizio siguió el impulso de la oscilación de su brazo y se volvió hacia Cisco. Dio dos pasos hacia él mientras mi investigador se mantenía firme y sin perder la calma. Vi que tensaba hombros y brazos. Opparizio también, pero se lo pensó mejor y se detuvo en seco. Usó el dedo en lugar del brazo, apuntando a la cara de Cisco y gritándole una amenaza vacía. En ningún momento dijo nada sobre la invalidez de la citación por entregarse en otro estado. Claramente, no lo sabía.

Maggie cortó el vídeo cuando Chan pidió orden en la sala.

—Eso es el final —susurró Maggie—. Vuelve corriendo a su habitación después de maldecir a Cisco.

Maggie dejó el teléfono en su maletín mientras la jueza Warfield ocupaba el estrado.

Antes de volver a traer al jurado, la jueza se pronunció sobre la objeción que yo había presentado.

—Señora Berg, ha conseguido lo que buscaba mostrar —dijo—. El detective Drucker ha testificado sobre los experimentos en la casa del acusado, pero sus opiniones sobre lo que significan son irrelevantes. Pasará a otra área de investigación.

Otra victoria menor para la defensa.

Se hizo pasar al jurado y el detective Drucker regresó al estrado. Berg terminó con su testimonio directo al cabo de una hora, finalizando con una línea de preguntas concebidas para subrayar el motivo para matar a Sam Scales: dinero.

A través del testimonio de Drucker sobre la búsqueda de registros en mi almacén, Berg introdujo la carta que había enviado a Scales para intentar por fin cobrar el dinero que me debía. La carta constó en acta como prueba documental del estado sin mi objeción. No quería ocultarla al jurado. Creía que era un arma de doble filo y que quedaría claro cuando lo planteara en mi defensa.

Por medio de su interrogatorio, Berg trató de conseguir que el jurado tuviera la sensación de que la carta era una pieza probatoria clave que yo había tratado de ocultar sepultándola en registros ocultos en un gran almacén lleno de posesiones y trastos.

—¿Dónde encontró esta carta, en qué parte del almacén del señor Haller?

—Había un armarito hacia la parte de atrás. La puerta estaba medio escondida detrás de un perchero con ropa. Pero la encontramos y dentro había algunos archivadores. Los cajones estaban llenos de carpetas y realmente no parecían seguir ningún orden. Encontramos una carpeta sobre Sam Scales y la carta estaba dentro.

—Y cuando leyó la carta, ¿la reconoció como una potencial prueba del caso?

—Sí, enseguida. Era una petición, una petición definitiva, del dinero que Haller creía que se le debía.

—¿Percibió la carta como una amenaza a Sam Scales?

Maggie me dio un toque en el brazo y señaló hacia el estrado de los testigos. Quería que protestara antes de que Drucker respondiera, dando una opinión sobre lo que debería ser una decisión del jurado. Pero negué con la cabeza. Quería la respuesta de Drucker para que pudiera volverme contra él cuando llegara mi momento.

—Sí, definitivamente, era una amenaza —dijo Drucker—. Dice en la carta que era una petición definitiva antes de emprender acciones más serias.

Gracias, detective —dijo Berg—. Ahora lo último que quiero hacer es presentar un vídeo en el cual usted habla con el acusado, pero en calidad de abogado. ¿Recuerda esa conversación?

—Sí.

—¿Y está grabada en vídeo?

—Sí.

—Vamos a reproducirlo para el jurado.

Maggie se inclinó hacia mí.

—¿Qué es esto? —susurró.

—Su último intento para que confiese —respondí con otro susurro—. Le dije que se fuera al cuerno.

El vídeo se reprodujo en una gran pantalla en la pared, encima del puesto del secretario. Era de una sala de interrogatorios en Twin Towers. Ya llevaba una semana entre rejas cuando Drucker y su compañero, Lopes, vinieron a verme para contarme lo que tenían y ver si podían convencerme.

—Vemos que va a defenderse en este caso —decía Drucker en el vídeo—. Así que estamos aquí hoy para hablar con usted como su abogado, no como acusado, ¿de acuerdo?

—Como quieran —dije—. Si van a hablar conmigo como abogado, deberían haber traído un fiscal. Pero llevas desde el inicio dando palos de ciego, Drucker. ¿Por qué me toca el par de detectives más tontos de la brigada que no ven lo que está pasando?

—Siento que seamos tan tontos. ¿Qué es lo que no estamos viendo?

—Es una trampa. Alguien me ha hecho esto y ustedes han mordido el anzuelo, el sedal y la plomada. Son patéticos.

—Bueno, por eso estamos aquí. Sé que dijo que no hablaría con nosotros, y está en su derecho. Así que le vamos a contar a usted, el abogado de este caso, lo que tenemos y lo que muestran las pruebas. Tal vez cambie la opinión de su «cliente», tal vez no. Pero ahora es el momento si quiere intentar hablar con nosotros.

—Adelante, cuéntenme lo que tienen.

—Bueno, tenemos el cadáver de Sam Scales en el maletero de su coche. Y podemos probar a través de balística y otras pruebas que lo mataron en su garaje cuando usted supuestamente estaba arriba cruzado de brazos.

–Esto es absurdo. Están tratando de engañarme. ¿Creen que soy tan estúpido?

–Tenemos sangre en el suelo y las pruebas balísticas. Encontramos la bala en el suelo de su garaje, Haller. Hizo esto y podemos probarlo. Y debo decirle que parece que fue planeado. Eso es primer grado y es cadena perpetua sin libertad condicional. Tiene, su cliente tiene, una hija. Si alguna vez quiere volver a verla fuera de la prisión, ahora es el momento de que venga y nos cuente exactamente lo que sucedió. ¿Fue en el fervor del momento?, ¿una pelea?, ¿qué? ¿Ve a lo que me refiero, abogado? Su cliente está jodido. Y hay una pequeña oportunidad aquí para ir a la fiscalía, explicar esto y conseguirle a usted, eh, a él, el mejor trato posible.

Hubo un largo silencio en el vídeo mientras yo miraba a Drucker. Me di cuenta de que eso era lo que Dana Berg quería que viera el jurado. La vacilación podía dar la sensación de que estaba considerando la oferta de Drucker, y solo un hombre culpable se detendría a sopesar la elección. Eso, por supuesto, no era lo que estaba haciendo. Estaba tratando de pensar en una forma de obtener más información sobre el caso. Drucker acababa de mencionar dos pruebas clave que en ese momento eran nuevas para mí. Sangre y balística; un casquillo de bala encontrado en mi garaje. Quería sacarle más y esa era la razón de la pausa. Pero el jurado no lo interpretaría así.

–¿Quieren que haga un trato? –dije en el vídeo–. A la mierda el trato. ¿Qué más tienen?

Drucker claramente sonrió en el vídeo. Sabía lo que yo estaba haciendo. Había dado todo lo que iba a dar.

–Vale –dijo–. Solo recuerde este momento, esta oportunidad.

Drucker empezó a levantarse de la mesa. Berg puso fin al vídeo.

–Señoría –dijo–, en este momento no tengo más preguntas para el detective Drucker, pero solicito permiso para volver a llamarlo y que ofrezca más testimonio cuando progrese el caso de la acusación.

–Muy bien –dijo la jueza Warfield–. Es un poco pronto para la pausa de la tarde. Señor Haller, señora McPherson, ¿tienen preguntas para este testigo?

Me levanté y me acerqué al atril.

–Señoría –empecé–, el detective Drucker será un testigo clave durante la fase de la defensa del juicio y postergaré para entonces el grueso de mis preguntas. Pero si se me permite formularé al testigo ahora unas preguntas relacionadas con el testimonio que ha dado desde la pausa para comer. Se han dicho cosas incompletas e intolerables y no quiero que languidezcan en la mente de los jurados ni durante un día.

Berg se levantó de inmediato.

–Señoría, protesto a la caracterización del testigo y su testimonio –dijo ella–. El abogado está tratando de…

–Aprobada –dijo Warfield–. Su pregunta, señor Haller. No argumente. Guárdese para usted mismo su tono y sus opiniones.

–Gracias, señoría –dije, actuando como si no hubiera habido ninguna reprimenda.

Había consultado las notas que había garabateado en una libreta solo unos minutos antes.

—Bien, detective Drucker —comencé—. Hablemos de esta carta que dice haber interpretado como una amenaza violenta.

—He dicho una amenaza —dijo Drucker—. No he dicho una amenaza violenta.

—Pero ¿no es eso lo que realmente está diciendo, detective? Estamos aquí porque este es un caso de asesinato, ¿correcto?

—Sí, este es un caso de asesinato. Pero no he dicho que la carta fuera una amenaza violenta.

—No lo ha dicho, pero quiere que el jurado dé ese salto por usted, ¿correcto?

Berg protestó, diciendo que ya estaba acosando al testigo con tres preguntas en el contrainterrogatorio. La jueza me dijo que vigilara mi tono, pero también que el testigo podía responder a la pregunta.

—Estoy exponiendo hechos —respondió Drucker—. El jurado puede sacar cualquier conclusión o establecer la conexión que considere adecuada.

—Ha dicho que ese misterioso armario donde encontró esa carta estaba escondido detrás de un perchero de ropa, ¿correcto? —pregunté.

—Sí, había un perchero de ropa que ocultaba la puerta y que tuvimos que mover.

—Entonces, ¿ahora estaba oculta y no escondida?

—¿Eso es una pregunta?

—Ese perchero de ropa que escondía u ocultaba la puerta del armario ¿tenía ruedas, detective Drucker?

—Eh, sí, eso creo.

—Entonces, cuando dice que usted y los compañeros que llevaron a cabo el registro tuvieron que moverlo, quiere decir que simplemente lo hicieron rodar para apartarlo, ¿correcto?

–Sí.

–Y, por cierto, ¿estuve presente durante ese registro?

–Lo estuvo.

–Pero no ha mencionado eso antes en su testimonio, ¿verdad?

–No, no ha surgido.

–¿Y no fui yo quien le dijo que moviera el perchero de ropa para acceder al armario donde guardaba mis registros financieros?

–No lo recuerdo.

–¿En serio? ¿No recuerda que vino a mi casa con su orden de registro y que voluntariamente lo llevé a mi almacén, donde guardaba los registros que quería buscar?

–Accedió a reunirse con nosotros en el almacén y a abrirlo para que no tuviéramos que romper la cerradura.

–Vale. Y, una vez que estuvimos allí y encontraron el supuesto armario escondido, ¿no le dije en qué cajón de archivos buscar las comunicaciones entre Sam Scales y yo?

–No lo recuerdo de esa manera, no.

–Bueno, ¿cuántos archivadores había en la sala de almacenamiento, detective?

–No lo recuerdo.

–¿Más de uno?

–Sí.

–¿Más de dos?

–No recuerdo cuántos había.

Me desconecté de Drucker y miré a la jueza.

–Protesto, señoría –dije–. El testigo no responde la pregunta formulada.

–Responda la pregunta, detective –le ordenó la jueza.

–Había más de dos –dijo Drucker–. Puede que hubiera hasta cinco.

–Gracias, detective –le dije–. ¿Buscó en los cinco archivadores?

–No. Usted dijo que la mayoría de ellos contenían archivos de clientes y estaban bajo el privilegio abogado-cliente. Se negó a abrirlos.

–Pero abrí el archivador que contenía mis registros económicos, ¿no es así, detective?

–No recuerdo si estaba cerrado.

–Sin embargo, recuerda que se le prohibió registrar algunos archivadores, pero no el que registró, ¿es correcto?

–Supongo que es correcto.

–Entonces, primero no recordaba que le mostré el archivador que contenía mis documentos financieros, pero ahora admite que, de hecho, le mostré dónde buscar mis registros financieros. ¿Me equivoco, detective?

–¡Protesto! –gritó Berg.

Warfield levantó la mano para impedir que continuara.

–Esto es un contrainterrogatorio, señora Berg –dijo–. El cuestionamiento de la credibilidad del testigo es una cuestión de indagación adecuada. Responda la pregunta, detective.

–Nos dirigió al archivador –dijo Drucker–. Pido disculpas por mi error. No estaba visualizando los hechos como los experimenté.

–Está bien, sigamos adelante –dije–. Ha dicho que registró el archivador, encontró el archivo de Sam

Scales y se llevó el documento ahora marcado como prueba documental L del estado. ¿Me equivoco?

–No.

–¿Buscó o se llevó otros documentos durante la exploración de mis registros?

–Sí. Había dos cartas anteriores a Sam Scales de naturaleza similar: pidiendo dinero.

–¿Se refiere a pedirle que pagara sus facturas legales?

–Sí.

–¿Incluían amenazas de violencia si no pagaba?

–No, que yo recuerde.

–¿Por eso no se han presentado hoy en esta sala?

Berg objetó y pidió un aparte. Estaba en una buena racha con Drucker y no quería perder impulso. Retiré la pregunta para anular la objeción y la necesidad de un aparte y luego seguí adelante.

–¿Se llevó algo más de mis archivos de almacenamiento, detective Drucker?

–No. La orden cubría solo las comunicaciones financieras entre usted y la víctima.

–Entonces, ¿no le pidió permiso al juez que firmó la orden para verificar mis declaraciones de impuestos para ver si había cancelado la deuda de Sam Scales como una pérdida comercial?

Drucker tuvo que pensar un momento antes de responder. Esa era una información completamente nueva que considerar.

–Es una pregunta simple, detective –lo insté–. ¿Pidió…?

–No, no pedimos declaraciones de impuestos –dijo Drucker.

–¿Cree que, si hubiera sabido que esa deuda se convirtió en una deducción de impuestos, habría mitigado su creencia de que fue el motivo del asesinato de Sam Scales?

–No lo sé.

–¿Cree que podría haber sido una buena información de la que disponer mientras investigaba el caso?

–Es bueno tener toda la información. Nos gusta lanzar una red amplia.

–Pero no lo suficientemente amplia en este caso, ¿correcto?

Berg protestó a la pregunta, diciendo que era especulativa. La jueza admitió la protesta y eso era lo que yo buscaba. No quería que Drucker respondiera la pregunta. Estaba destinada al jurado.

–Señoría –dije–, no tengo más preguntas en este momento, pero llamaré al detective Drucker como testigo de la defensa.

Regresé a la mesa de la defensa mientras Berg llamaba a su siguiente testigo. Maggie me dio el visto bueno por mi primer golpe a Drucker.

–Buen material –dijo–. ¿Debería pedir a Lorna que vaya al almacén y saque la declaración de impuestos? Podríamos usarla como prueba documental de la defensa.

–No –susurré–. No hay ninguna deducción.

–¿Qué quieres decir?

–No lo sabes porque te has pasado la vida en el servicio público. Lo mismo les pasa a Berg y a Drucker. Incluso la jueza era defensora pública antes de ser elegida. Pero un abogado privado no puede deducir los honorarios no cobrados como una pérdida comercial. Hacienda no lo permite. Te tienes que comer la pérdida.

–¿Así que era un farol?

–Sí, casi tanto como decir que la carta que le envié a Sam era una amenaza de muerte sin decirlo realmente.

Maggie se inclinó hacia atrás y miró al frente mientras lo asimilaba.

–Bienvenida a la defensa penal –susurré.

44

Lineal, metódico y rutinario: Dana Berg estaba presentando un caso de manual. La acusación normalmente tenía tanta ventaja en términos de riqueza y alcance que normalmente no se requería nada más. El estado abrumaba con su potencia y su poder. Los fiscales podían permitirse ser poco imaginativos, incluso aburridos. Machacaban con sus argumentos al jurado como si se tratara de instrucciones de muebles de Ikea. Paso a paso, con grandes ilustraciones y todas las herramientas necesarias incluidas. Sin necesidad de buscar en otro lado. Sin necesidad de preocuparse. Y al final terminabas con un resultado sólido al tiempo que elegante y funcional.

Berg agotó la tarde con el testimonio y el vídeo del criminalista principal que había estado a cargo de la escena del crimen y luego con el forense que había realizado la autopsia de la víctima. Ambos testigos eran partes fundamentales del argumentario del estado, aunque no ofrecieran ninguna prueba que me implicara directamente. Con el criminalista, dejé pasar la oportunidad de hacer preguntas. No había nada que ganar ahí. Con el forense, Berg llevó su interrogatorio directo más allá de la hora habitual de las 16.30 que marcaba el final de los testimonios. A la jueza

Warfield le gustaba usar la última media hora de la jornada para despedir al jurado con advertencias para que evitaran los informes de los medios y no discutieran el caso en las redes sociales ni en ningún otro lugar, y luego consultar con los abogados cualquier asunto nuevo que considerar.

Sin embargo, me levanté para dirigirme al tribunal antes de que ella lo hiciera.

—Señoría, solo tengo unas preguntas para el testigo —dije—. Si puedo hacerlas hoy, la acusación puede empezar mañana con un nuevo testigo y el doctor Jackson podrá volver a su importante trabajo en la oficina del forense.

—Si está seguro, señor Haller... —respondió la jueza con tono suspicaz.

—Cinco minutos, señoría. Tal vez menos.

—Muy bien.

Me acerqué al atril solo con mi copia del informe de la autopsia y saludé con la cabeza al testigo, el doctor Philip Jackson.

—Doctor Jackson, buenas tardes —empecé—. ¿Puede decirle al jurado si en su opinión la víctima de este caso era obesa?

—Tenía sobrepeso, sí —dijo Jackson—. No estoy seguro de si lo consideraría obeso.

—¿Cuánto pesaba en el momento de la autopsia?

Jackson consultó su propia copia del informe de la autopsia antes de responder.

—Pesaba noventa y tres kilos y medio —dijo.

—¿Y qué altura tenía? —continué.

—Metro sesenta y siete.

—¿Es consciente de que la tabla de peso ideal del Instituto Nacional de Salud para adultos sitúa el peso máximo óptimo de un adulto de metro sesenta y siete de altura en setenta y dos kilos?

–No de memoria, la verdad.

–¿Quiere revisar la tabla, doctor?

–No. Eso suena coherente. No lo discuto.

–Vale. ¿Cuánto mide usted, doctor Jackson?

–Eh, metro ochenta.

–¿Y su peso?

Como esperaba, Berg se levantó y protestó, aduciendo irrelevancia.

–¿Adónde vamos con esto, señoría? –preguntó.

–Señor Haller –dijo la jueza–, vamos a levantar la sesión y continuaremos con esto…

–Señoría –la interrumpí–, tres preguntas más y llegaremos a ello. Y la relevancia quedará clara.

–Dese prisa, señor Haller –dijo Warfield–. Puede responder la pregunta, señor Jackson.

–Ochenta y seis kilos la última vez que me pesé.

Se produjo un ligero murmullo de risas en las galerías del jurado y el público.

–Está bien, así que es un hombre relativamente grande –dije–. Cuando llegó el momento de examinar posibles heridas en la espalda de la víctima, ¿dio la vuelta al cadáver usted solo?

–No, me ayudaron –dijo Jackson.

–¿Por qué?

–Porque es difícil mover un cadáver que pesa más que tú.

–Me lo imagino, doctor Jackson. ¿Quién le ayudó?

–Que yo recuerde, el detective Drucker presenció la autopsia y pedí su ayuda para dar la vuelta al cadáver.

–Señoría, no tengo más preguntas.

Berg no hizo un segundo interrogatorio y Warfield pasó a levantar la sesión. Mientras le daba al jurado las advertencias rutinarias, Maggie se estiró y me dio un golpecito en la mano.

—Eso ha estado bien —susurró.

Asentí y me gustó cómo me tocó. Tenía la esperanza de que mi contrainterrogatorio de cinco minutos de Jackson dejara al jurado con algo que pensar al irse a casa por la noche.

Hasta el momento, Berg no había ofrecido ningún testimonio ni prueba que explicara cómo había metido yo a Sam Scales, que tenía básicamente la constitución de un buzón, en el maletero de mi coche para dispararle. Las posibilidades iban desde tener un cómplice que me ayudara a meter a un Sam incapacitado en el maletero hasta drogarlo y ordenarle que se metiera en el maletero a punta de pistola antes de que esas drogas causaran efecto. No sabía si Berg estaba planeando evitar la cuestión por completo o si aportaría algo más adelante.

Eso sí, por el momento, al menos yo tenía el control de la cuestión. Y era un plus que mi pérdida de peso desde mi detención inicial hubiera alcanzado ya los trece kilos, lo que me dejaba al menos veintidós kilos más delgado que Sam Scales en el momento de su muerte. Había observado al jurado durante mis preguntas finales a Jackson y muchos estaban mirándome a mí en lugar de al testigo, muy probablemente sopesando si podía haber metido el buzón de noventa y pico kilos en mi maletero.

Ir a juicio siempre es una apuesta. La acusación siempre es la banca en el juego. Tiene el dinero y reparte las cartas. Te llevas cualquier victoria que puedas conseguir. Cuando el agente Chan vino a recogerme y me devolvió al calabozo del tribunal, me sentí satisfecho con el día. Había pasado menos de quince minutos contrainterrogando a los testigos del estado, pero sentía que había anotado algunos puntos y había asestado un golpe a la banca. En ocasiones, no podías pedir más. Plantas semillas que ayudan a mantener a los jurados pensando y con suerte germinan y florecen durante la fase de la defensa del juicio. Por tercer día consecutivo, sentía que aumentaba el impulso.

Me puse la ropa azul en el calabozo y esperé a que un ordenanza viniera a recogerme y me llevara al muelle. Sentado en el banco, pensé adónde llevaría el juicio Dana Berg a continuación. Me parecía que el caso en gran medida se había presentado al jurado a través de Drucker.

El día siguiente sin duda se centraría en mi garaje. La lista de testigos del estado incluía otro criminalista, que se había ocupado de la búsqueda allí la mañana después del crimen, un experto en ADN, que testificaría que la sangre recogida en el suelo del garaje era de Sam Scales; y un experto en balística, que testificaría sobre el análisis de las balas.

Pero no podía evitar pensar que iba a haber algo más. Algo que no estaba en la lista. Una «sorpresa de octubre», como a los miembros de la abogacía les gustaba llamar a un bofetón de la acusación.

Había una pista de que se avecinaba algo. Me había fijado en que Kent Drucker abandonó la sala después de concluir su testimonio. No fue sustituido por su compañero Lopes, lo cual significaba que Berg había estado volando a ciegas durante el resto de la tarde, sin ningún detective a mano en caso de que hubiera necesitado documentos o que le refrescaran aspectos de la investigación. Esto rara vez ocurría en un juicio por asesinato y me decía que había algo en marcha. Drucker y Lopes estaban trabajando en algo. Tenía que estar relacionado con el caso, porque los habrían retirado de la rotación de homicidios una vez que se inició el juicio. Estaba seguro de que se acercaba una sorpresa de octubre.

Así era como se subvertían las reglas de justicia en el procedimiento del juicio. Al postergar el trabajo de investigación de un testigo o un elemento probatorio hasta que el juicio está en marcha, el fiscal puede reclamar que es un testigo recién encontrado o una prueba nueva y que por esa razón no se ha avisado al letrado opuesto. La defensa también lo había hecho: yo había tenido a gente preparada para soltar una citación a Louis Opparizio, que sería mi propia sorpresa de octubre. Pero había algo inapropiado e injusto en esa maniobra cuando la hacía la acusación, que contaba con todo el poder y todas las cartas. Era como los Yankees de Nueva York, que siempre fichaban a los mejores jugadores porque tenían más dinero. Por eso mi equipo de béisbol favorito era cualquiera que se enfrentara a los Yankees.

Mis pensamientos se interrumpieron cuando el ordenanza llegó al calabozo para escoltarme al muelle de transporte de presos del sótano del tribunal. Al cabo de veinte minutos, estaba en la parte de atrás de un coche del sheriff siendo conducido solo a Twin Towers, cortesía de la orden de la jueza Warfield. Me fijé en que el conductor era un agente diferente al que me había llevado esa mañana y la semana anterior. Ese conductor me resultaba familiar, pero no lo situaba. Entre la prisión y la sala de justicia había visto a tantos agentes diferentes en los últimos cuatro meses que no había forma de que pudiera recordarlos a todos.

Después de salir del complejo del tribunal hacia Spring Street, me incliné adelante, hacia la reja metálica que separaba al conductor del compartimento trasero.

–¿Qué le pasa a Bennet? –pregunté.

Me había fijado en el nombre en el uniforme del tipo nuevo cuando me metí en el coche. Pressley. También el nombre me resultaba familiar, pero no lo situaba.

–Cambio de asignación –dijo Pressley–. Lo llevaré yo el resto de la semana.

–Me parece bien –dije–. ¿Ha trabajado en el módulo de aislamiento últimamente?

–No, estoy en transporte.

–Pensaba que lo conocía.

–Es porque he estado sentado detrás de usted en la sala varias veces.

–¿En serio? ¿En este caso?

–No, hace tiempo. Alvin Pressley es mi sobrino. Lo tuvo de cliente un tiempo.

Alvin Pressley. Recordé el nombre y a continuación una cara. Un chico de veintiún años de los barrios pobres pillado pasando droga con una cantidad suficiente en sus bolsillos como para que le cayera una sentencia de prisión de larga duración. Conseguí sacarle un mejor trato: un año en la prisión del condado.

–Ah, sí, Alvin –dije–. ¿Usted dio la cara por él en la condena? Recuerdo que su tío era agente.

–Sí.

Ahí venía la pregunta difícil.

–Bueno, ¿cómo le va a Alvin?

–Le va bien. Fue una advertencia. Se centró, se mudó a Riverside y se alejó de toda la mierda. Vive con mi hermano allí. Tienen un restaurante.

–Me alegro de oírlo.

–En todo caso, en mi opinión lo hizo bien con Alvin, así que yo lo voy a hacer bien con usted. Hay gente en la prisión que no está contenta con usted.

–No me diga. Ya lo sé.

–Hablo en serio. Tenga mucho cuidado.

–Créame, lo sé. Me lleva en coche porque un hombre me intentó estrangular en el furgón. ¿Lo sabía?

–Todo el mundo lo sabe.

–¿Y antes? ¿Alguien sabía que me iba a pasar?

–No lo sé. Yo no.

–El artículo que han publicado en el periódico hoy es ridículo.

–Sí, bueno, ocurren cosas como esa cuando se causa alboroto. Recuérdelo.

–Lo he sabido toda mi vida, Pressley. ¿Hay algo que quiera decirme que no sepa?

Esperé. No dijo nada, así que intenté darle pie.

–Parece que corrió un riesgo al pedir llevarme –dije–. Convendría que me lo contara.

Giramos en Bauchet Street hacia el garaje de recepción de reclusos de Twin Towers. Dos agentes se acercaron al coche para cogerme y llevarme al módulo de aislamiento.

–Tenga cuidado –dijo Pressley.

Hacía mucho que había asumido que era el objetivo de muchos de los cuatro mil quinientos reclusos que había dentro de los muros octogonales de la prisión. Cualquier cosa podía hacer saltar la violencia: un corte de pelo, el color de tu piel, la expresión de tu mirada... Que te advirtieran de los agentes encargados de mantenerte a salvo era otra cuestión.

—Siempre —dije.

La puerta se abrió y un agente se estiró para abrirme las esposas que me sujetaban al asiento y luego sacarme.

—Hogar, dulce hogar, capullo —dijo.

45

Martes, 25 de febrero

La sesión matinal en el juzgado no había ido bien para la defensa. A través del análisis de la escena del crimen, del ADN y de la balística, los testigos de la acusación habían ofrecido convincentemente pruebas de que a Sam Scales lo habían matado a tiros en el maletero de mi Lincoln cuando estaba aparcado en mi garaje. Aunque al caso le faltaba el arma homicida y ninguna de las pruebas me situaba en el garaje apretando el gatillo, era lo que los abogados defensores llaman «prueba de sentido común». A la víctima la mataron en el coche del acusado en el garaje del acusado. El sentido común dicta que el acusado es responsable. Por supuesto, había espacio para la duda razonable en esa cadena de circunstancias, pero en ocasiones el sentido común era un factor abrumador en una decisión del jurado. Y siempre que examinaba la cara de los jurados durante la sesión matinal, nunca veía ningún escepticismo. Estaban cautivados por el desfile de testigos que querían enterrarme en culpa.

A dos de los testigos ni siquiera me molesté en cuestionarlos en el turno de réplica. No había nada en su testimonio que pudiera atacar, ningún cabo suelto que pudiera usar para desenredar sus afirmaciones.

Con el experto en balística, pensé que me había anotado un punto cuando pregunté si alguno de los casquillos de bala recuperados en el caso mostraba marcas de que se había usado un silenciador en el arma. Su respuesta, como sabía, fue que los dispositivos de supresión de sonido no entraban en contacto con la bala descargada, así que era imposible decir si el arma homicida contaba con ese añadido.

Pero entonces Dana Berg me quitó ese punto y se anotó uno cuando usó mi pregunta en el segundo interrogatorio para sacar de su experto la información de que los supresores de sonido no reducían el ruido de un disparo a nada que se acercara siquiera al silencio.

Comparaba ir al calabozo contiguo a la sala durante la pausa para comer con ir al vestuario en el descanso de un partido. Mi equipo iba perdiendo y sentí el peso del temor cuando el agente Chan me condujo al calabozo. Después de esposarme, haría pasar a Maggie McPherson con comida, y estaba seguro de que diseccionaríamos la sesión matinal para ver si había alguna forma de reparar el daño cuando pasáramos a la fase de defensa del juicio.

Esos pensamientos desaparecieron como humo después de franquear la puerta de acero de la sala del tribunal y de que Chan me dirigiera por el pasillo hacia la sala de abogados y clientes. Inmediatamente oí una voz que resonaba en las paredes de acero y hormigón. Una voz femenina. Cuando pasamos por las celdas de ambos lados, miré a través de los barrotes de la derecha y vi a Dana Berg sentada en un banco de la celda. Recordé entonces que se había levantado de la mesa de la acusación en el momento en que la jueza dejó el estrado. Ahora estaba en el calabozo, pero no era su voz la que había oído. Venía de otra mujer, pero no pude verla, porque la celda se extendía hacia la derecha a lo largo de una pared de hormigón, más allá de la puerta enrejada.

Conocía la voz. Simplemente no podía situarla.

Chan me llevó a la sala de abogados y clientes.

—Eh, ¿con quién está Berg? —pregunté casualmente.

—Con tu antigua novia —dijo Chan con indiferencia.

—¿Qué novia?

—Lo descubrirás muy pronto.

—Vamos, Chan. Si voy a averiguarlo, puedes decírmelo.

—En realidad no lo sé. Es todo muy secreto. Lo único que sé es que la han traído de Chowchilla.

Chan deslizó la sólida puerta de acero para cerrarla detrás de mí y me quedé solo con la única pista de quién estaba en la celda con Berg. Chowchilla estaba en el valle central de California y era la ubicación de una de las prisiones para mujeres más grandes del estado. Si bien mi lista de clientes estaba compuesta por un ochenta por ciento o más de hombres, también tenía algunas mujeres en el sistema penitenciario. Por lo general, no rastreaba a mis clientes una vez que eran juzgados y enviados a prisión, pero sabía de una antigua clienta que, según mis últimas noticias, estaba cumpliendo una pena de quince años por homicidio culposo en Chowchilla. Era su voz, distorsionada por ecos de acero y cemento, la que en ese momento reconocí.

Lisa Trammel. Ella era la sorpresa de octubre.

La puerta se abrió y Maggie entró con la bolsa que contenía nuestro almuerzo. Pero acababa de perder el apetito. Después de que la puerta se cerrara de golpe de nuevo, le expliqué por qué.

–Van a traer una testigo y tenemos que luchar para que la excluyan –comencé.

–¿Quién? –preguntó Maggie.

–¿Oyes las voces en la otra celda? Es ella. Lisa Trammel.

–Lisa Trammel. ¿Por qué conozco ese nombre?

–Era una clienta. La acusaron de asesinato y la saqué.

Vi que la fiscal que había en Maggie reaccionaba.

–Cielos, ahora lo recuerdo –dijo.

–Acaban de traerla de Chowchilla para testificar –dije.

–¿Sobre qué?

–No sé. Pero conozco la voz y sé que está aquí con Dana Berg. Su caso fue el que le colgué a Opparizio en el tribunal. Él era el hombre de paja. Conseguí que se acogiera a la Quinta.

–Está bien, vamos a pensar.

Maggie empezó a abrir la bolsa y a sacar los sándwiches envueltos que Lorna había encargado en Nickel Diner. Lorna sabía que me gustaba el de beicon, lechuga y tomate, y eso recibí.

Maggie levantó su sándwich para darle un mordisco, pero primero dijo:

–Vamos, Mickey. No traen a nadie de Chowchilla por capricho. Hay algo. Piensa.

–Mira, tienes que entender que es una mentirosa –le dije–. Y buena. Me convenció hace nueve años cuando fuimos a juicio. Quiero decir que me convenció del todo.

–Vale. Entonces, ¿sobre qué puede mentir que ayude a la fiscalía?

Negué con la cabeza. No lo sabía.

–Podría ser cualquier cosa –dije–. Era clienta desde hacía mucho tiempo. Me ocupé de su defensa de ejecución hipotecaria, luego del asesinato… Se parecía mucho a Sam Scales, una hábil mentirosa que al final me engañó y nunca…

Chasqueé los dedos cuando lo entendí.

–Dinero. Como Sam, ella no me pagó. Berg la usará para apoyar el motivo. Va a mentir sobre el dinero, dirá que la amenacé o algo.

–Vale. Debería ocuparme yo de esto. Primero, la objeción, y luego, el contrainterrogatorio si se le permite testificar. Se verá mal que vayas a por ella.

–De acuerdo.

–Así que dime todo lo que necesito saber.

Treinta minutos después terminó el almuerzo y regresé a la sala. Cisco, de regreso de Arizona, estaba de pie junto a la barandilla. Parecía que tenía algo urgente que decir. Hablé con Chan mientras me quitaba las esposas.

–¿Está bien si hablo con mi investigador aquí?

–Que sea deprisa. La jueza está lista para salir.

Me acerqué a la barandilla para hablar confidencialmente.

–Dos cosas –dijo Cisco–: Primero, perdimos a Opparizio en Scottsdale.

–¿Qué quieres decir? –dije–. Pensé que tus chicos se iban a quedar con él.

–Estaban con él. Se instalaron en su habitación y estaban listos para actuar cuando él hiciera algún movimiento, pero nunca lo hizo. Acabo de recibir una llamada. El servicio del hotel ha limpiado su habitación esta mañana. No está. Su coche sigue allí, pero se ha ido.

–Maldita sea.

–Lo siento, Mick.

–Algo está pasando. Diles que sigan buscándolo. Podría volver a por su coche.

–Están con el coche. También están tratando de averiguar cómo ha salido de la habitación. Tenían cámaras instaladas en el pasillo.

–Vale. ¿Qué es la otra cosa?

–Bueno, ¿recuerdas a Herb Dahl, ese productor de películas depravado que se lio con Lisa Trammel en su día?

–¿Qué pasa con él?

–Está sentado en el pasillo junto a la puerta de la sala del tribunal. Creo que podría estar aquí como testigo.

Asentí. La imagen se estaba aclarando.

–También han traído a Lisa de Chowchilla –dije–. Está esperando.

–No estaban en la lista de testigos –dijo Cisco.

–Sí, es una sorpresa de octubre. Escucha, acabo de pensar en algo… Sal y llama a Lorna; dile que saque el archivo de Lisa Trammel y que traiga las cartas que me ha enviado a lo largo de los años. Llévaselas a Maggie lo antes posible. Eso significa que quizá tengas que esperarla en Spring Street.

–Hecho.

–Y avísame en cuanto sepas algo de Opparizio.

–Lo haré.

Cisco se marchó. Yo llegué a mi asiento justo cuando el agente Chan anunciaba que el tribunal estaba en sesión y la jueza salía de su despacho. Maggie se levantó cuando yo me senté: una señal a la jueza de que había asuntos que atender antes de traer al jurado. No tuve ocasión de contarle nada de Herb Dahl ni las cartas de odio que Lisa Trammel me había enviado desde la prisión. Miré a la mesa de la acusación y vi que Berg se ponía de pie, como Maggie.

—Otra vez en actas —dijo Warfield—. Señora McPherson, he visto que se ha levantado primero. ¿Quiere dirigirse a esta sala?

—Sí, señoría —dijo Maggie—. Ha llegado a conocimiento de la defensa que el estado va a presentar una testigo que no está en ninguna de las listas proporcionadas. La testigo es una asesina convicta que ha mentido bajo juramento en el pasado y lo hará hoy otra vez si se le permite testificar.

—Bueno, todo esto es nuevo para mí —dijo Warfield—. Señora Berg, también la veo de pie. ¿Desea abordar este problema?

—Sí, señoría —dijo Berg.

Mientras Berg identificaba a Lisa Trammel como la testigo y daba su argumento para ponerla en el estrado, tiré de la manga de Maggie y ella se inclinó para escucharme susurrar.

—Tiene un testigo de respaldo en el pasillo —dije—. Un productor de cine llamado Herb Dahl. Lisa y Dahl estuvieron compinchados contra mí durante el juicio.

Maggie se limitó a asentir; luego se enderezó y volvió a concentrarse en la declaración de Berg a la jueza.

—Es una prueba de patrón, señoría —dijo Berg—. Prueba de malos actos previos en términos de cómo el acusado trató a sus clientes, exigiéndoles dinero y luego amenazándolos y cumpliendo esas amenazas cuando no recibía el dinero. Además, tengo un segundo testigo llamado Herbert Dahl, que tiene conocimiento de primera mano de esas actividades y también fue amenazado por dinero por el señor Haller.

—Todavía no ha explicado por qué estos testigos aparecen de repente en mi sala hoy sin notificación a la defensa o a este tribunal —dijo Warfield—. Sé cuál va a ser el siguiente argumento de la señora McPherson: que esto ha sido un bofetón a la defensa. Creo que es un argumento muy válido.

Berg no estuvo de acuerdo y dijo que no había bofetones, porque ni siquiera conocía a Trammel y Dahl antes del sábado, cuando abrió una carta que Trammel había enviado desde la prisión después de que viera un reportaje televisivo sobre el caso de Sam Scales. La fiscal ofreció la carta a la jueza para que la examinara, incluido el sobre con matasellos. Le entregó una copia a Maggie para que la compartiéramos.

—Señoría, esa carta llegó a mi escritorio el miércoles pasado —dijo Berg—. Verá que tiene matasellos del día anterior. Como sabe, estuvimos en juicio la semana pasada. No tuve tiempo de revisar el correo. Lo hice el sábado y encontré la carta. Inmediatamente, me comuniqué con el detective Drucker y fuimos a Chowchilla para hablar con la señora Trammel y evaluar su potencial como testigo. Escuchamos su historia y creímos que era algo que el jurado debería escuchar si encontrábamos una manera de respaldarla. Nos había dado el nombre de Herbert Dahl. Mientras la señora Trammel era transportada aquí ayer, el detective Drucker terminó su testimonio y luego fue a entrevistar al señor Dahl. Aquí no hay subterfugios ni bofetones. Trajimos estos testigos a la atención del tribunal en cuanto se determinó que eran veraces e importantes para que el jurado los escuchara.

Mientras Maggie retrocedía, estudié la carta. Presentaba una historia unilateral de lo mal que supuestamente había tratado a Lisa Trammel. Ella me culpaba de meterla en prisión y dejarla sin un centavo. Afirmaba que yo trabajaba con base en la codicia y la constante necesidad de la adoración de los medios, las dos cualidades que creía que describían mejor a la propia Lisa.

Al final, Maggie no pudo convencer a la jueza. Warfield dictaminó que Trammel y Dahl podían testificar y que correspondería al jurado decidir si eran sinceros y sus historias tenían algún valor.

–Sin embargo –dijo Warfield–, le concederé a la defensa tiempo suficiente para prepararse para estos testigos si es necesario. Señora McPherson, ¿cuánto tiempo necesitaría?

–¿Puedo consultar con el abogado? –preguntó Maggie.

–Por supuesto –dijo la jueza.

Maggie se sentó y se arrimó a mí.

–Lo siento –se disculpó–. Debería haber podido detener esto.

–No te preocupes –dije–. Lo has hecho lo mejor posible. Pero no te preocupes. La acusación acaba de cometer un gran error.

–¿En serio? Me parece que se ha salido con la suya.

–Sí, pero podemos usar a Trammel para abrir la puerta a Opparizio. Luego la destruiremos en el estrado.

–Entonces, ¿cuánto tiempo necesitamos para prepararlo?

—Nada. Vamos directo a por ella.

—¿Estás seguro?

—Acabo de decirle a Cisco que haga que Lorna saque el archivo de Lisa Trammel. Creo que podemos contrarrestar su sorpresa de octubre con nuestra pequeña sorpresa.

—Bien. Cuéntame más.

46

Había oído la voz de Lisa Trammel, pero no la había visto en el calabozo del tribunal. En ese momento el agente Chan la hizo entrar en la sala. Vi a una mujer que me resultó casi irreconocible. El pelo se le había vuelto gris y lo llevaba muy corto, con un estilo masculino. Su piel blanca como el papel parecía extendida sobre sus huesos y daba la impresión de pesar la mitad que la mujer que conocí y defendí una década antes. Llevaba un mono naranja suelto y tenía un tatuaje azul borroso –una línea de estrellas– que se arqueaba sobre la ceja izquierda. Todos los miembros del jurado se fijaron en esa curiosidad cuando se levantó para que le tomaran juramento.

Una vez que Trammel se sentó en el estrado, Dana Berg se desplazó al atril y empezó a sacarle su historia.

–Señora Trammel, ¿dónde reside en la actualidad?

–Estoy en la penitenciaría central de California para mujeres, en Chowchilla.

–¿Y cuánto tiempo lleva allí?

–Eh, seis años. Antes pasé tres años en Corona.

–¿Corona es también una prisión?

–Sí.

–¿Por qué la encarcelaron?

–Me sentenciaron a quince años por homicidio.

–¿Y cuáles fueron los detalles de ese crimen?

–Maté a mi marido. Era una relación abusiva y yo le puse fin.

Estaba mirando a los jurados más que a Trammel. Cómo reaccionaran a ella marcaría la forma en que Maggie conduciría su contrainterrogatorio. Por el momento, estaban atentos, a pesar de que acababan de venir de comer. Trammel suponía un cambio de ritmo suficiente para mantenerlos interesados y alerta. Me fijé en que la ayudante de cocina del Hollywood Bowl estaba inclinada hacia delante y sentada en el borde de la silla.

–¿Conoce al acusado de este caso, Michael Haller? –preguntó Berg.

–Sí, fue mi abogado –dijo Trammel.

–¿Puede señalarlo para el jurado?

–Sí.

Trammel me señaló y por primera vez nos miramos. Vi el odio ardiendo en sus pupilas.

–¿Puede hablarnos de esa relación? –preguntó Berg.

Trammel tardó en apartar su mirada de mí.

–Sí –dijo–. Lo contraté hace once años para tratar de salvar mi hogar. Yo era madre soltera de un niño de nueve años e iba retrasada en la hipoteca y el banco me iba a desahuciar. Lo contraté para que me ayudara después de ver un folleto en el buzón.

Trammel acudió a mí durante la ola de desahucios que barrió el país después de la crisis económica de 2008. La defensa de ejecuciones de hipotecas era un sector en auge en el terreno legal y yo me apunté al carro, como muchos otros abogados defensores penales. Gané mucho dinero, mantuve a mucha gente en su casa y por desgracia conocí a Lisa Trammel y accedí a defenderla.

–¿Tenía empleo entonces? –preguntó Berg.

–Era maestra –dijo Trammel.

–De acuerdo. ¿Y el señor Haller pudo ayudarla?

–Sí y no. Retrasó lo inevitable. Presentó papeles y cuestionó las acciones del banco y retrasó las cosas más de un año.

–¿Y entonces qué ocurrió?

–Me detuvieron. Me acusaron de matar al hombre del banco que me estaba quitando mi casa.

–¿Cómo se llamaba?

–Mitchell Bondurant.

–¿Y la llevaron a juicio por el asesinato de Mitchell Bondurant?

–Sí.

–¿Y quién fue su abogado?

–Fue él. Haller. El caso recabó mucha atención. En la prensa y eso. Y él como que me rogó que dejara que me defendiera.

–¿Sabe por qué lo hizo?

–Como he dicho, el caso captó mucha atención de los medios. Era publicidad gratis para él y ese era el trato. No tenía dinero para un abogado, así que dije que sí.

–¿Y el caso fue a juicio?

–Sí, y me declararon inocente.

–¿Quiere decir no culpable?

–Sí, no culpable. Por un jurado.

Trammel se volvió y miró al jurado mientras decía la última parte, como si dijera: «Un jurado me creyó antes y deben creerme ahora». Examiné las dos filas de jurados –todos concentrados en Trammel– y luego continué por la poblada galería. Vi a mi hija observando, embelesada.

–¿En algún momento tuvo alguna disputa económica con el señor Haller? –preguntó Berg.

–Sí –dijo Trammel.

–¿Y sobre qué fue?

–Había un productor de cine que había asistido al juicio y estaba interesado en hacer una película sobre el caso. Como la cosa iba de una ejecución de hipoteca, era una historia que hablaba de esa época y la gente estaría interesada, sobre todo porque yo era inocente, ¿sabe?

–¿Cómo se llamaba el productor de cine?

–Herb Dahl. Tenía un contrato con Archway Pictures y les llevaba proyectos. Dijo que estaba interesado en la película.

–¿Y cómo se convirtió eso en una disputa con el señor Haller?

–Bueno, él me dijo que quería que le pagara. A mitad del juicio, dijo que quería parte del dinero de la película.

Negué lentamente con la cabeza al escuchar la mentira. Fue una respuesta involuntaria que no estaba pensada para el jurado. Pero Berg se fijó y su atención pasó de Trammel a la jueza.

–Señoría, ¿puede indicar al señor Haller que no haga demostraciones que distraigan al jurado?

Warfield me miró.

–Señor Haller, sabe que no le conviene –dijo–. Por favor, conténgase de reaccionar al testimonio.

–Sí, señoría –dije–. Pero es difícil no reaccionar a mentiras sobre tu…

–Señor Haller –bramó la jueza–, también sabe que no le conviene hacer ese comentario.

La jueza apretó los labios mientras probablemente contemplaba sacudirme con una citación por desacato. Se lo pensó mejor.

–Ha sido advertido –dijo por fin–. Continúe, señora Berg.

–Gracias, señoría –prosiguió la fiscal–. Señora Trammel, ¿le dijo el señor Haller cuánto dinero quería?

–Sí –dijo Trammel–. Un cuarto de millón de dólares.

–¿Y aceptó pagarle eso?

–No, no tenía ese dinero, y Herb Dahl dijo que tendría suerte si el estudio me daba la mitad de eso como pago directo por mi historia.

–¿Cómo le respondió el señor Haller?

–Me amenazó. Me dijo que habría consecuencias si no le pagaba lo que merecía.

–¿Qué ocurrió a continuación?

–Me declararon no culpable y le dije que un trato era un trato. Él consiguió publicidad por el caso, sobre todo cuando salió el veredicto. Dije que probablemente le pagarían cuando hicieran una película, porque necesitarían usar su nombre y lo que hizo en el juicio y eso.

–¿Lo aceptó?

–No. Dijo que habría consecuencias y que lo lamentaría.

–¿Qué ocurrió entonces?

–La policía vino a mi casa con una orden de registro y encontraron a mi marido. Estaba enterrado en el jardín de atrás. Tenía miedo de que nadie creyera lo del abuso y de perder a mi hijo.

Trammel estaba llorosa; era algo que se percibía en su voz más que vérsele en la cara. Para mí todo era una actuación. Buena. Berg subrayó el momento con una pausa estratégica y vi que el jurado observaba a la testigo con atención, con miradas de compasión en algunos de los rostros, incluido el de la ayudante de cocina del Hollywood Bowl.

Era un desastre no mitigado.

Me incliné hacia Maggie y susurré.

—Esto es todo mentira —dije—. Es mejor estafadora de lo que lo era yo entonces.

En ese momento pensé que vi compasión también en el rostro de Maggie. Eso hizo que no quisiera volverme para mirar a mi hija.

—¿El señor Haller la representó en el nuevo caso sobre la muerte de su marido? —preguntó Berg.

—No, ni hablar —dijo Trammel—. Él fue el que les dijo que había enterrado a Jeffrey. Necesitaba a alguien que pudiera...

—Protesto, especulación —dijo Maggie.

—Ha lugar —dijo Warfield—. La respuesta es no. El jurado no tendrá en cuenta el resto de la respuesta.

Berg reflexionó un momento, evidentemente buscando una forma de llegar a la respuesta que quería: que yo presioné a Trammel cuando no me pagó. No habría un gran salto desde eso hasta creer que maté a Sam Scales porque no me pagó.

—¿Llegó un momento en el que empezó a sospechar que no podía fiarse del señor Haller como su abogado? —preguntó.

—Sí —dijo Trammel.

—¿Y cuándo fue eso?

—Cuando encontraron el cadáver de mi marido y me detuvieron por asesinato. Supe que se lo había contado a la policía.

—Protesto otra vez —dijo Maggie—. Supone hechos que no están probados. La señora Berg está tratando de presentar ante el jurado algo que es pura especulación. No hay en ninguna parte ningún registro de que el señor Haller o algún miembro de su equipo rompiera las reglas de la relación abogado-cliente; sin embargo, la acusación insiste en…

—¡Usted se lo dijo! —gritó Trammel, señalándome con el dedo—. Era el único que lo sabía. Fue la revancha por…

—Silencio —gritó Warfield—. Hay una protesta ante esta sala y la testigo permanecerá en silencio.

La voz de la jueza había cortado a Trammel como un hachazo. Hizo una pausa y miró a todas las partes antes de continuar.

—Señora Berg, necesita aleccionar y controlar a su testigo sobre lo que es especulación y lo que no —dijo—. Otro arrebato inapropiado y las dos serán acusadas de desacato. —Luego se volvió hacia el jurado—: El jurado no tendrá en cuenta las afirmaciones de la testigo. Son especulaciones y no pruebas. —Y por último se volvió hacia los letrados—: Puede continuar, señora Berg. Con precaución.

Cuando la atención de la sala regresó a Berg, oí un susurro detrás de mí y me volví para ver a Cisco ofreciendo una carpeta por encima de la barandilla. Le di un golpecito en el brazo a Maggie y le hice señas para que cogiera la carpeta. Inmediatamente la abrió en la mesa entre nosotros.

Entretanto, Berg se mostró encantada de terminar su interrogatorio directo a Trammel. Había enviado el mensaje al jurado de que yo era vengativo cuando se trataba de dinero.

—Señoría, no tengo más preguntas para esta testigo —dijo.

La jueza cedió el turno a la defensa y Maggie pidió un breve receso antes de interrogar a la testigo. La jueza nos dio quince minutos y pasamos ese rato leyendo la correspondencia que habíamos recibido de Trammel a lo largo de los años.

Cuando se reanudó la sesión, Maggie estaba lista. Se levantó con su libreta y se acercó al atril. Salió agresiva.

—Señora Trammel, ¿ha mentido alguna vez a la policía? —preguntó.

—No —dijo Trammel.

—¿Nunca ha mentido a la policía?

—He dicho que no.

—¿Y bajo juramento? ¿Ha mentido alguna vez bajo juramento?

—No.

—¿No está mintiendo ahora mismo bajo juramento?

—No...

Berg protestó, diciendo que McPherson estaba acosando a la testigo, y la jueza admitió la objeción, diciéndole a Maggie que pasara a otra cosa. Lo hizo.

—¿No es cierto, señora Trammel, que previamente había accedido a compartir cualquier ingreso de una película sobre su historia con el señor Haller?

—No; él quería publicidad, no dinero. Ese era el acuerdo.

—¿Mató usted a Mitchell Bondurant?

Trammel involuntariamente se apartó del micrófono del estrado, porque la pregunta la pilló desprevenida. Berg se levantó y protestó otra vez, recordando a la jueza que Trammel había sido declarada no culpable en el caso Bondurant.

–Todo el mundo sabe que un veredicto de no culpable no es una prueba de inocencia –argumentó Maggie.

La jueza dictaminó que Trammel podía responder a la pregunta.

–No, no maté a Mitchell Bondurant –respondió sin rodeos.

–Entonces, ¿en el juicio se determinó quién lo hizo? –preguntó Maggie.

–Se nombró a un sospechoso, sí.

–¿Quién era?

–Un hombre llamado Louis Opparizio. Un mafioso de Las Vegas. Lo llevaron a testificar, pero se acogió a la Quinta Enmienda para no hacerlo.

–¿Por qué Louis Opparizio era sospechoso del asesinato del señor Bondurant?

–Porque tenían negocios turbios juntos y el señor Bondurant había contactado con el FBI al respecto. Se inició una investigación y entonces mataron al señor Bondurant.

–Después de que la declararan no culpable, ¿acusaron del crimen a Opparizio?

–No.

Ahora teníamos a Opparizio en las actas del juicio y el jurado lo conocería. Si no salía nada más del contrainterrogatorio de Maggie, eso sería lo que tendríamos para trabajar en la fase de la defensa.

Pero Maggie no había terminado. Pidió a la jueza un momento y luego se acercó a la mesa de la defensa, donde cogió las cartas de la carpeta de Trammel. Lo había planeado así. Quería que ella siguiera sus movimientos mientras iba a buscar las páginas sueltas. Quería que supiera lo que se avecinaba.

—Veamos, señora Trammel, claramente culpa al señor Haller por su actual situación en prisión, ¿es correcto? —preguntó.

—Me gané lo que hice —dijo Trammel—. No fui a juicio. Me declaré culpable y asumí toda la responsabilidad.

—Pero culpó al señor Haller de que la policía encontrara el cadáver de su marido en el patio de atrás, ¿no?

—Pensaba que la jueza había dicho que no podía responder a eso.

—Puede hablar por usted misma. No puede hablar por él.

—Entonces, sí, lo culpo.

—Pero ¿no es cierto que fue usted la que amenazó al señor Haller y repetidamente le dijo que habría consecuencias para sus acciones?

—No, eso no es cierto.

—¿Recuerda haberle escrito al señor Haller una serie de cartas desde la prisión?

Trammel hizo una pausa antes de responder.

—Fue hace mucho tiempo —dijo por fin—. No lo recuerdo.

—Y más recientemente —insistió Maggie—, pongamos hace un año, ¿envió una carta desde la prisión al señor Haller?

—No lo recuerdo.

—¿Cuál es su número de reclusa en la prisión de Chowchilla?

—A-V-uno-ocho-uno-siete-cuatro.

Maggie miró a la jueza.

—Señoría, ¿puedo acercarme a la testigo? —preguntó.

Después de recibir el permiso de la jueza, Maggie entregó un sobre a Trammel y le pidió que lo abriera y sacara la carta que estaba en su interior.

–¿Reconoce que es una carta que envió el pasado nueve de abril al señor Haller? –preguntó.

Berg se levantó para protestar. No podía conocer el contenido de la carta, pero sabía que era malo.

–Señoría, no se me ha mostrado el documento –dijo–. Podría ser de cualquiera.

–Denegada –dijo Warfield–. Tendrá ocasión cuando termine la señora McPherson de autentificar la carta a través de esta testigo inesperada, señora Berg. Puede continuar, señora McPherson.

–¿Es su número de reclusa el que figura en el exterior del sobre, señora Trammel? –preguntó Maggie.

–Sí, pero yo no lo escribí ahí –dijo Trammel.

–Pero es, de hecho, su firma la que está al pie de la carta, ¿correcto, señora Trammel?

–Parece que sí, pero no puedo estar segura. Podría estar falsificada.

–Por favor, examine estas otras cartas y confirme que también contienen su firma y su número de reclusa.

Trammel miró las cartas que le habían puesto delante.

–Sí –dijo por fin–. Parece que es mi firma, pero no estoy segura. Hay un montón de mujeres en prisión que están ahí porque falsificaron firmas en cheques.

–¿Y dice que es posible que falsificaran cartas suyas a su abogado durante un período de nueve años? –inquirió Maggie.

–No lo sé. Cualquier cosa es posible.

Salvo que no era así y Maggie la estaba destruyendo.

—Señoría —dijo—, la defensa ofrece las pruebas que serán marcadas como pruebas documentales de la defensa de la A a la E.

Maggie entregó las muestras al secretario para que las marcara.

—Si se requiere una mayor autentificación —prosiguió—, la gerente de la oficina del señor Haller puede declarar que recibió las cartas y las guardó en un fichero durante años.

—Vamos a echar un vistazo a estas cartas —dijo Warfield.

Seguí a Maggie hasta el estrado para el aparte. La jueza enseguida examinó las cartas originales mientras se entregaban copias a Berg.

—Como agente del tribunal y fiscal durante más de veinte años, puedo asegurar a esta sala que las prisiones estatales no permiten enviar cartas de manera anónima —explicó Maggie—. Por eso su número de reclusa estaba anotado en la dirección de remite de cada sobre.

—Aunque las cartas sean de ella, hay una cuestión de relevancia aquí, señoría —dijo Berg.

—Oh, son relevantes, señora Berg —dijo la jueza—. Esta mujer acaba de sentarse aquí para incriminar al acusado de amenazarla por dinero. Las pruebas se admiten. Señora McPherson, puede continuar.

Regresamos a nuestras posiciones y Maggie se acercó al estrado. Puso otra carta delante de Trammel.

—Señora Trammel, ¿escribió y envió esto al señor Haller desde Chowchilla? —preguntó.

Trammel miró la carta y se tomó un buen rato para leerla.

—La cuestión —dijo— es que me diagnosticaron un trastorno bipolar en la admisión de reclusos hace nueve años, así que a veces tengo fugas disociativas y hago cosas que no siempre recuerdo haber hecho.

—¿Su número de reclusa es el del sobre?

—Sí. Pero no sé quién lo escribió ahí.

—¿Es su nombre el que consta en la carta?

—Bueno, sí, pero cualquiera podría haberlo escrito.

—¿Puede hacer el favor de leer la carta al jurado?

Trammel miró a Berg y luego a la jueza, esperando que alguien dijera que no tenía que leer lo que me había enviado.

—Adelante, señora Trammel —dijo Warfield—. Lea la carta.

Trammel miró la carta un buen rato antes de empezar a leer por fin.

Querido abogado de mierda:

Solo quería que supieras que no me he olvidado de ti. Nunca. Lo has arruinado todo y un día responderás por ello. No he visto a mi hijo en seis años. ¡Por tu culpa! Eres un mierda integral. Dices que eres abogado, pero no eres nada. Espero que hayas encontrado a Dios, porque lo vas a necesitar.

Observé al jurado mientras ella leía. Pude ver que la credibilidad de Trammel se desintegraba con cada palabra que leía. Y parte de ello probablemente se trasladaba a Berg. La fiscal se sentó a su mesa, dándose cuenta de que la había cegado la avaricia; avaricia por tener más pruebas contra mí. Conoció la historia de Trammel a través de Drucker y pensó que era lo que me encerraría en la prisión.

Pero la sorpresa de octubre se había convertido en una trampa de diciembre. Ni siquiera se molestó en llamar a Herb Dahl a la sala a testificar. Le dijeron que se fuera a casa.

No estaba claro si el traspié con Lisa Trammel tendría mucho impacto en el jurado, especialmente después de la exhibición matinal de pruebas concluyentes de que Sam Scales había sido asesinado en mi garaje mientras yo aparentemente me encontraba en mi domicilio. De una forma o de otra, al final del día, Berg se sentía lo suficientemente satisfecha para concluir. Cualquier testigo potencial que le quedara en la recámara lo contendría para la refutación y un gran final.

–Señoría –dijo–, el estado ha concluido.

47

Miércoles, 26 de febrero

Pasé una noche de inquietud en mi celda, oyendo los ecos aleatorios de hombres desesperados que gritaban en la oscuridad. Oí golpes de puertas de acero y risas incongruentes de los agentes del turno de noche. En ocasiones, me temblaba el cuerpo, una reacción física a la gravedad del momento. ¿Cómo iba a dormir si sabía que los próximos dos días determinarían el resto de mi vida? ¿Cuándo supe en el fondo que, si las cosas salían mal, elegiría no vivir así por mucho tiempo? Escaparía de una forma u otra y sería libre.

El encarcelamiento te hace eso. Te hace pensar en lo que hay más allá del último muro. Pueden quitarte el cinturón y los cordones de los zapatos, pero no pueden evitar que salves ese muro. Tres de mis clientes lo hicieron en las semanas posteriores a la condena. Después de haber experimentado personalmente la perspectiva de un encarcelamiento a largo plazo, comprendí su elección y la respeté. Sabía que también sería mi elección.

El agente Pressley me llevó temprano al juzgado, y estaba en el calabozo del tribunal, esperando a que comenzara el juicio, cuando a Maggie y a Cisco se les permitió venir para una conferencia previa a la sesión. Por las caras me di cuenta de que había malas noticias.

–Todavía no hay señales de Opparizio –adiviné.

–No –dijo Maggie–. Es peor.

–Está muerto –dijo Cisco.

–Tenemos que repensarlo todo –dijo Maggie–. Necesitamos reiniciar la orden de tes...

–Espera un momento, espera un momento –dije–. Rebobina. ¿Qué ha pasado? ¿Qué quiere decir que está muerto?

–Lo han eliminado –dijo Cisco–. Han encontrado su cuerpo esta noche. Lo tiraron en una cuneta cerca de Kingman.

–Eso está en la carretera a Las Vegas. ¿Cómo ha podido pasar cuando hace veinticuatro horas lo tenías supuestamente controlado?

–¿Recuerdas que te dije que tenían una cámara en su puerta? Han revisado la cinta esta mañana, y Opparizio recibió una visita del servicio de habitaciones el lunes por la noche. Nada importante, comía siempre en la habitación. Pero esta vez su cena se la llevaron en un carrito con un mantel que lo cubría.

–¿Así lo sacaron?

–Sí, escondido en el carrito. Creo que un tipo que se hizo pasar por camarero del servicio de habitaciones lo liquidó en la habitación, lo metió debajo del carrito y se lo llevó. Había interceptado la entrega de comida en el montacargas. Mis hombres encontraron al tipo del servicio de habitaciones real en su apartamento. Reconoce que le pagaron por entregar su chaquetilla roja e irse a casa. El tipo estaba completamente borracho.

–Entonces, ¿cómo sabía este sicario del servicio de habitaciones dónde estaba?

–Supongo que Opparizio llamó a alguien y reveló que le habían entregado la citación. Le dijeron que lo sacarían de allí y prepararon la jugada del servicio de habitaciones. Solo que entonces lo eliminaron.

–¿Por qué?

–¿Quién sabe? Probablemente no querían arriesgarse a que testificara. Sabían que estaba en peligro.

Miré a Maggie para ver si tenía una opinión.

–Podría ser por muchas razones –dijo–. Está claro que se convirtió en un riesgo. Pero no podemos perder el tiempo en eso, Mickey. Esto lo cambia todo. ¿Cuál es tu defensa ahora? ¿Cómo señalamos a Opparizio ahora que está muerto?

–¿Y Bosch? –pregunté–. ¿Sabe esto?

–Se lo he contado –dijo Cisco–. Tiene contactos en Arizona y Nevada de su época en la policía. Iba a hacer algunas llamadas, a ver qué podía averiguar.

Me quedé un buen rato sentado en silencio. Estaba meditando, tratando de averiguar cómo reiniciar una defensa de culpabilidad de un tercero sin el tercero. Sabía que la muerte de Opparizio no cambiaba la teoría de la defensa, pero, como había dicho Maggie, dificultaba señalarlo con el dedo.

–Bueno –dije finalmente–. Tenemos que aguantar como podamos y luego reagruparnos y ver esta noche dónde estamos. ¿A quién tenemos que esté listo para empezar?

–Bueno, tenemos a Schultz, el tipo de la APA –dijo Maggie–. Llegó anoche. Le dije que probablemente lo retendríamos hasta mañana, pero que podemos prepararlo para hoy. Está en el Biltmore.

–Hazlo –le dije–. También tenemos a Drucker. Podemos ponerlo primero. Y después el tipo de la APA.

—Supuestamente, el detective del condado de Ventura que detuvo a Sam la última vez llega hoy –dijo Cisco–. Harry lo ha convencido. Pero no es una citación, así que lo creeré cuando lo vea. Y tenemos bajo citación a Moira, del Redwood, y al experto en Rohypnol. En cuanto terminemos aquí, veré quién está en el pasillo.

—¿Qué hay de la novia de Opparizio? –pregunté.

—La citamos la misma noche que a él –dijo Cisco–. Tiene que presentarse el jueves, pero ahora que él está muerto probablemente se haya largado para esconderse. Dejamos de vigilarla para vigilar a Opparizio, así que…

—No sabemos dónde está –terminé–. Y no la tenemos, a menos que decida cumplir con la citación. Calculo que las posibilidades son nulas.

—También te tenemos a ti –dijo Maggie.

—Yo no iba a testificar –dije.

—Bueno, ahora puede que tengas que hacerlo –dijo ella–. Sin Opparizio para colgarle el muerto, probablemente vamos a necesitarte para explicarlo todo.

—Si testifico, a saber qué saca a relucir Dana *Corredor de la Muerte* –dije–. Toda mi historia estará allí. Las pastillas, la rehabilitación…, todo.

—No me preocupa –dijo Maggie–. Puedes resistir frente a ella.

Me quedé unos segundos en silencio mientras lo meditaba.

—Muy bien, empecemos con Drucker y luego los otros –dije al fin–. Con suerte no tendremos que decidir sobre mí hasta mañana. ¿Qué pasa con Ruth, la agente del FBI?

—He llamado, he dejado mensajes… –dijo Maggie–. Seguiré intentándolo.

La puerta se abrió y el agente Chan asomó la cabeza y nos dio la advertencia de los cinco minutos. Me levanté para seguirlo, pero entonces pensé en algo.

—¿Y Milton? ¿Conseguimos los mensajes del móvil?

—Sí, iba a hablarte de eso después —dijo Maggie—. No quería apilar las malas noticias. Tenemos los registros, pero no ayudan.

—¿Por qué no? —pregunté.

—Recibió un mensaje de texto en el momento exacto del vídeo —dijo Maggie—. Pero era de otro policía de Metro que estaba en la vigilancia del centro cívico esa noche. Solo estaba preguntando cuándo iban a comer algo y dónde.

—¿Alguna posibilidad de que lo falsificara? —pregunté.

—Los documentos que recibimos parecen auténticos —dijo Maggie—. Podemos buscar una manipulación, pero no vamos a poder hacer nada con eso esta semana.

—Bueno, supongo que hay que desestimarlo —dije.

—El problema es que esto también lo va a recibir Dana —dijo Maggie—. Ella no va a dejarlo estar. Puedes contar con que lo presentará en refutación.

Esas eran malas noticias y lamenté haberlo mencionado. Entre perder a Opparizio y entregar a la fiscalía algunas pruebas sólidas de refutación, la defensa se estaba tambaleando antes incluso de salir a escena. Sabía que volver a enfrentarse cara a cara con Drucker iba a ser un desafío, pero necesitaba asestar un par de golpes.

Cinco minutos después, estaba en la mesa de la defensa cuando entró la jueza Warfield y ocupó su lugar.

Hizo pasar al jurado; luego me miró y me dijo que llamara a mi primer testigo. Pareció un poco sorprendida y decepcionada cuando llamé a Kent Drucker. Creo que pensó que volver a llamar a un testigo de la acusación era una forma débil de comenzar mi caso.

El mismo Drucker pareció sorprendido. Estaba sentado en la galería, pero en ese momento cruzó la verja y se dirigió al estrado, deteniéndose junto a la mesa de la acusación para recuperar el expediente del caso por si le preguntaban por detalles que no recordaba del todo.

La jueza le recordó al detective que aún estaba bajo juramento desde su primera ronda de testimonios.

—Detective Drucker, ¿cuántas veces registró mi casa? —pregunté.

—Dos veces —dijo Drucker—. El día después del crimen y luego en enero, cuando volvimos a registrarlo.

—¿Y cuántas veces registró mi almacén?

—Solo una vez.

—¿Mis otros dos Lincoln?

—Una vez.

—¿Describiría esas búsquedas como minuciosas?

—Intentamos ser lo más minuciosos posible.

—¿Lo intentan?

—Somos minuciosos.

—Si fueron tan minuciosos en el registro de mi casa, ¿por qué necesitaron registrarla una segunda vez?

—Porque la investigación seguía en curso y cuando se reunió nueva información nos dimos cuenta de que necesitábamos buscar otra vez pruebas diferentes.

—Veamos. Uno de los expertos de la acusación testificó ayer que las marcas balísticas en las balas que mataron a Sam Scales indicaban que el arma homicida era una pistola Beretta de calibre 22. ¿Está de acuerdo con eso?

–Sí.

–¿Y después de todos los registros minuciosos de mis propiedades y mis coches encontraron un arma de esas características?

–No.

–¿Encontraron munición para un arma así?

–No.

–Sus expertos también declararon ayer que había pruebas convincentes de que el asesinato de Sam Scales se produjo en el garaje situado debajo de mi casa. ¿Está de acuerdo con eso?

–Sí.

–En su declaración, el forense situó la hora de la muerte entre las diez y la medianoche. ¿Está de acuerdo con esa estimación?

–Sí.

–¿Llevaron a cabo un barrido del barrio donde se produjo el asesinato?

–No yo personalmente, pero lo llevamos a cabo.

–¿Quién lo hizo?

–Otros detectives y agentes de patrulla bajo la dirección de mi compañero.

–¿Cuánto tiempo duró?

–Tardamos unos tres días en hablar con toda la manzana. Tuvimos que ir volviendo hasta que localizamos a todos.

–¿Estaban siendo minuciosos?

–Sí. Teníamos un listado de todas las casas de la manzana y nos aseguramos de hablar con alguien de cada domicilio.

–¿Cuántos dijeron que oyeron disparos entre las diez y la medianoche de la noche de autos?

–Nadie. Nadie oyó nada.

–Y sobre la base de su experiencia y su conocimiento, ¿sacó alguna conclusión de ello?

–En realidad, no. Podrían haberse dado muchos factores.

–Pero ¿está seguro, basándose en las pruebas, de que al señor Scales lo mataron en mi garaje?

–Sí.

–¿Da por hecho que la puerta del garaje estaba cerrada en el momento del crimen para impedir que los disparos se oyeran?

–Consideramos eso, pero es especulación.

–Y no quiere especular con un caso de asesinato, ¿correcto?

–Correcto.

–Ahora, sin revelar ningún resultado, le dijo al jurado en su anterior testimonio que el Departamento de Policía de Los Ángeles llevó a cabo un test de sonido en el garaje ¿es correcto?

–Sí, lo hicimos.

–Una vez más: sin haber obtenido ningún resultado, ¿midicron cl sonido dcl disparo dcsdc dentro de la casa?

–No estoy seguro de que lo entienda.

–Cuando estaban haciendo disparos de prueba en mi garaje, ¿había alguien en el dormitorio para determinar si esos disparos podían oírse?

–No.

–¿Por qué no?

–Simplemente no formaba parte de nuestra investigación en ese momento.

Tenía la esperanza de que las respuestas de Drucker dieran credibilidad a la posibilidad de que yo había estado durmiendo en el momento en que mataron a Sam Scales en el garaje de debajo de mi casa.

–Muy bien, sigamos –dije–. ¿Su peinado del barrio dio lugar a informes de otros sonidos o sucesos inusuales en el momento del crimen?

–Una vecina informó de que escuchó voces de dos hombres discutiendo la noche de los disparos –dijo Drucker.

–¿En serio? Pero ¿no le contó al jurado eso en su anterior testimonio?

–No, no lo hice.

–¿Por qué? ¿Que dos hombres discutieran la noche del crimen no era importante para el caso?

–Después de recibir el informe de toxicología del forense, determinamos que era improbable que Sam Scales estuviera consciente en el momento en que le dispararon.

–Entonces, ¿la vecina que oyó a dos hombres discutiendo estaba equivocada o mintiendo?

–Creemos que estaba confundida. Podría haber oído una televisión o podría haber sido a otra hora. No estaba claro.

–Así que lo descartó y no se molestó en contárselo al jurado.

–No, no se descartó. Era...

–¿Es eso lo que hace, detective? Si algo no encaja en su teoría del caso, ¿simplemente se lo esconde al jurado?

Berg protestó por diversas razones y Warfield las admitió todas y me amonestó, diciendo que dejara que el testigo terminara sus respuestas.

–Continúe, detective –dije–. Concluya su respuesta.

–Evaluamos todos los testigos potenciales –dijo Drucker–. Encontramos que la información de esta testigo no era creíble. Nadie más había oído la discusión y no había ninguna indicación de que la testigo no se hubiera confundido sobre la noche en cuestión. No hemos escondido nada al jurado.

Pedí un momento a la jueza y me acerqué a la mesa de la defensa para hablar a Maggie.

–¿Tienes el informe de detención de Ventura? –susurré.

Maggie estaba lista con el informe y me pasó una carpeta.

–Vale –dije–. ¿Algo más que debería estar en registro antes del gran final?

Maggie pensó un buen rato antes de responder.

–No lo creo –dijo–. Creo que es hora de ir a por ello.

Asentí.

–¿Schultz ya está aquí? –pregunté.

–Cisco ha enviado un mensaje de texto –dijo ella–. Está en el pasillo y listo para entrar.

Sostuve el informe de detención.

–¿Y el tal Rountree? –pregunté.

–También está ahí, sentado con Harry –dijo Maggie–. Pero hasta el momento la camarera no ha venido.

–Muy bien, pues. Depende de cómo vaya la parte siguiente, podría sacar al detective Rountree a continuación.

–Suena bien. Y, por cierto, no mires ahora, pero la agente Ruth está sentada en la fila de atrás.

Miré a Maggie un buen rato. No sabía qué conclusión sacar de la presencia de la agente del FBI. ¿Estaba allí para observar e informar? ¿O la muerte de Louis Opparizio había cambiado las cosas?

–¿Señor Haller? –dijo la jueza–. Estamos esperando.

Asentí una vez a Maggie y volví al atril. Mi foco regresó a Drucker.

–Detective, testificó antes que Sam Scales estaba usando el nombre de Walter Lennon en el momento de su muerte, ¿es cierto?

–Sí; si testifique eso, es cierto. No tiene que volver a preguntar.

–Lo recordaré, detective. Gracias. ¿Qué más descubrió sobre Walter Lennon?

–Dónde vivía. Dónde supuestamente trabajaba.

–¿Dónde supuestamente trabajaba?

–Le dijo a su casera que trabajaba en una refinería llamada BioGreen, cerca de donde vivía en San Pedro. No pudimos confirmarlo.

–¿Lo intentó?

–Fuimos a BioGreen. No tenían ninguna constancia de ningún Walter Lennon ni Samuel Scales como empleado. El director de Recursos Humanos no reconoció una foto de Sam Scales.

–¿Lo dejo ahí?

–Sí.

–¿Sabe qué hace BioGreen?

–Es una refinería. Recicla aceite. Hacen combustible limpio.

–¿El aceite que reciclan se consideraría grasa?

Drucker dudó al darse cuenta de que acababa de pisar un agujero.

–No lo sé –dijo por fin.

–No lo sabe –dije–. ¿Lo preguntó?

–Estábamos hablando con el director de personal. Dudo que conociera la respuesta a esa pregunta.

Casi sonreí. Drucker estaba quedando como un testigo a la defensiva y tratando de convertir un fallo evidente en su investigación en un contraataque contra mí.

–Gracias, detective –dije–. ¿Puede decirme si alguna vez ha oído la expresión *sangrar a la bestia*?

Una vez más, Drucker se tomó su tiempo para pensar.

–Creo que no –dijo.

–Entonces, continuemos –dije–. ¿Puede decirle al jurado qué papel desempeñó Louis Opparizio en este caso?

–Eh, no puedo.

–¿Conoce ese nombre?

–Sí, lo he oído.

–¿En qué contexto?

–Surgió en este caso. Una testigo lo mencionó ayer, y, antes de eso, me habían hablado de los métodos de distracción que usaría y para los que debía estar preparado.

–Bueno, no quiero distraerlo, detective, así que continuemos. ¿Puede decirle al jurado si investigó los antecedentes penales de Sam Scales después de identificarlo como la víctima?

–Sí, por supuesto.

–¿Y qué encontró?

–Que tenía un historial extenso de estafas y fraudes. Pero eso ya lo sabe.

Ahora Drucker se estaba poniendo hosco, pero no me importaba. Significaba que le estaba comiendo la moral. Eso no era malo.

–¿Puede contar al jurado los detalles de su última detención?

Drucker abrió el expediente del caso.

–Fue detenido por llevar a cabo una trama de recogida de fondos fraudulenta para las víctimas del tiroteo en el festival musical de Las Vegas –dijo Drucker–. Fue condenado y...

–Deje que lo pare ahí, detective –dije–. Le he preguntado por la última vez que fue detenido, no condenado.

–Son uno y lo mismo. El caso de Las Vegas.

–¿Y su detención en el condado de Ventura once meses antes de su muerte?

Drucker bajó la mirada al expediente del caso que tenía delante.

–No tengo nada sobre eso –dijo.

Abrí el archivo que me había dado Maggie. Qué momento tan precioso. Sabía que estaba a punto de anotarme otro punto, uno grande, y era un momento que cualquier abogado defensor saborearía.

–Señoría, ¿puedo acercarme al testigo? –pregunté.

La jueza concedió el permiso y me acerqué con el informe de detención que me habían pasado por debajo de la puerta de la calle. Entregué una copia al secretario y luego una a Dana Berg antes de colocar una tercera delante de Drucker. Cuando me dirigí al atril, examiné como si tal cosa la galería, asentí subrepticiamente a mi hija y miré la fila de atrás. Vi a la agente Dawn Ruth. Nos sostuvimos la mirada un momento antes de volverme hacia Drucker. Sabía que tenía que actuar con rapidez, porque, en cuanto Berg confirmara que no había una copia del informe en la carpeta de pruebas de la defensa, iba a montar un escándalo.

–¿Qué es eso, detective Drucker? –pregunté.

–Parece un informe de detención de la Oficina del Sheriff del Condado de Ventura –dijo.

–¿Y quién es el detenido?

–Sam Scales.

–¿Detenido cuándo y por qué?

–Uno de diciembre de 2018, por operar una recogida de fondos fraudulenta por un tiroteo en un bar de Thousand Oaks.

–¿Es un informe de detención estándar?

–Sí.

–En la parte inferior del formulario hay una serie de casillas que están marcadas. ¿Qué indican?

Miré a la mesa de la acusación. El ayudante de Berg, con su pajarita, estaba mirando los archivos.

–Uno dice «fraude interestatal» –dijo Drucker.

–¿Y qué significa la referencia FBI-LA? –pregunté con rapidez.

–Que la oficina del FBI en Los Ángeles fue notificada de la detención.

–¿Por qué esta detención no apareció en su búsqueda de antecedentes de Sam Scales?

–Probablemente no fue acusado y la detención no se pasó al ordenador.

–¿Por qué iba a ocurrir eso?

–Tendrá que preguntarlo al sheriff de Ventura.

–¿Es lo que veríamos en caso de que alguien que es detenido accediera a cooperar con las autoridades de alguna manera?

–Como he dicho, tendrá que preguntarlo a Ventura.

Miré otra vez a los fiscales. El de la pajarita estaba susurrando a Berg.

–¿No es un procedimiento estándar de los cuerpos policiales? –pregunté–. ¿Detener a alguien por un delito para garantizar su cooperación en una investigación más relevante sobre un pez más gordo?

–No sé nada de esta detención –dijo Drucker en tono enfadado–. Tiene que preguntarlo a Ventura. Fue su caso.

En mi visión periférica vi que Berg se levantaba para protestar.

–Sam Scales era confidente del FBI, ¿no es así, detective Drucker? –pregunté.

Antes de que Drucker respondiera, Berg formuló la protesta y solicitó un aparte. La jueza miró el reloj de la pared de atrás y decidió tomar la pausa de media mañana. Dijo que escucharía la protesta de Berg en su despacho durante la pausa.

Cuando los jurados salieron, me volví a la mesa de la defensa y me senté. Maggie se inclinó hacia mí.

–Lo tienes –susurró–. No importa lo que ocurra ahora, el jurado sabe que era un confidente.

Asentí. Ese era el gran final. El punto de oro.

48

La jueza Warfield estaba molesta y Dana Berg estaba lívida. Ninguna de las dos se tragó mi explicación de la violación del proceso de divulgación de pruebas. Fue entonces cuando intervino Maggie McFierce, dispuesta a asumir la culpa para que la defensa –mi defensa– pudiera salir ilesa.

–Señoría, es culpa mía –dijo–. Ha sido fallo mío.

Warfield la miró con suspicacia.

–Cuénteme, señora McPherson.

–Como sabe, el señor Haller perdió a su codefensora y accedí a participar. Iba con retraso y he estado tratando de coger el ritmo, familiarizándome con las pruebas, la teoría de la defensa y el caso de la acusación. Algunas cosas se han colado por las rendijas. Como ha explicado el señor Haller, el origen del informe policial en cuestión es desconocido. Se deslizó…

–No lo creo ni por un segundo –la cortó Berg–. Y si eso es lo que va a intentar, no debería volver nunca a la fiscalía y no deberían aceptarla.

–Señora Berg, déjela terminar –dijo Warfield–. Y no convierta esto en algo personal cuando le llegue la oportunidad de responder. Continúe, señora McPherson.

–Como iba diciendo –dijo Maggie–, el origen de este documento es desconocido y, francamente, cuestionable. Tenía que confirmarse y teníamos un investigador en ello. Lo confirmó y se pasó al archivo de la presentación del caso al inicio de la semana. He estado toda la semana en el tribunal y organizando la presentación de la defensa por la noche. Hubo un fallo de comunicación entre el señor Haller y yo. No ayudó que esté encarcelado y no disponible al momento. Yo había entendido que no íbamos a presentar el informe de detención hasta el final de la semana, y eso iba a darme tiempo para entregar copias a la fiscalía y al tribunal hoy. Todo eso ha cambiado esta mañana, cuando nuestro investigador se ha enterado de que el detective Rountree, del Departamento del Sheriff del Condado de Ventura, estaba en la ciudad y podía testificar.

Hubo una ligera pausa mientras esperábamos a que la jueza reaccionara a la explicación. Pero Berg reaccionó primero.

—Menuda sarta de mentiras —dijo—. Lo planificaron así desde el principio para pillar por sorpresa a mi detective delante del jurado.

—No lo habría pillado por sorpresa si su investigación hubiera sido tan minuciosa como ha afirmado —dije.

—Alto ahí —dijo Warfield—. No vamos a convertir esto en un combate de boxeo. Y, señora Berg, en su lugar moderaría ese lenguaje si no quiere ser la única que salga de aquí con sanciones.

—Señoría, esto no puede ir en serio —rugió Berg—. ¿Va a dejarlo pasar?

La rabia era clara en su voz.

—¿Qué querría que hiciera, señora Berg? —dijo la jueza—. El documento es claramente importante para este caso. ¿Cuál es su solución? ¿Retirarlo del jurado por la mala praxis de la defensa, intencionada o no? Eso no va a ocurrir. No en mi sala. Esto es una búsqueda de la verdad, y no hay forma en la tierra verde de Dios de que yo le oculte al jurado el documento o la investigación de la defensa. Mírese usted misma, señora Berg; esto es una prueba que debería haber entregado el estado. Y si descubro que esto es algo que la Oficina del Fiscal del Distrito tenía y ocultó, entonces sí que habrá algunas sanciones.

Berg pareció encogerse dos tallas en su asiento ante la respuesta devastadora de la jueza. Dejó la ofensiva y de inmediato pasó a su propia defensa.

—Puedo asegurarle, señoría, que ni yo ni nadie de la fiscalía sabía nada sobre esto hasta que la defensa lo ha sacado a colación en la sala –dijo ella.

—Me alegra oírlo –dijo Warfield–. Y permita que la sala le recuerde que ha habido múltiples violaciones del proceso de divulgación de pruebas por parte de la acusación que no han dado lugar a ninguna sanción y solo a una instrucción al jurado. Estoy dispuesta a dar una instrucción al jurado sobre este asunto, pero me preocupa que eso recalque la causa de la defensa al presentar este documento.

La jueza estaba diciendo que estaba dispuesta a decir al jurado que la defensa había infringido las reglas, pero que la amonestación podría servir solo para subrayar la importancia del informe de detención.

—No es necesario –dijo Berg–. Pero, señoría, una vez más, las reglas se han roto intencionadamente y no debería permitirse que la defensa se vaya de rositas. Debería haber consecuencias.

Warfield miró a Berg un buen rato antes de hablar.

–De nuevo, ¿qué querría que hiciera, señora Berg? –preguntó–. ¿Quiere que acuse al abogado de desacato? ¿Quiere que multe a los dos? ¿Cuál es la multa económica apropiada para esto?

–No, señoría –dijo Berg–. Creo que la penalización debería ser el testigo. El abogado ha mencionado que el detective del condado de Ventura está en la ciudad y va a testificar. Solicito que el tribunal no autorice su testimonio como…

–La defensa protesta ante eso –dijo Maggie–. Como mínimo, necesitamos al detective Rountree para que autentifique el informe. También necesita explicar lo que ocurrió con el FBI. Ha conducido desde…

–Gracias, señora McPherson –interrumpió Warfield–. Pero creo que la señora Berg ha encontrado una solución equitativa a esta violación de las reglas de divulgación de pruebas. El informe entra como prueba documental de la defensa, pero no el testigo.

–Señoría –presionó Maggie–, ¿cómo le explicamos al jurado el significado de lo sucedido?

–Es usted una letrada inteligente –dijo Warfield–. Encontrará una manera.

La respuesta dejó a Maggie sin palabras.

–Creo que hemos terminado aquí –prosiguió–. Volvamos. El señor Haller podrá continuar con su interrogatorio al detective.

–Señoría –dije–, creo que he terminado con el detective y estoy listo para seguir adelante.

–Muy bien –dijo Warfield–. Señora Berg, puede contrainterrogar si lo desea. La sesión se reanudará en diez minutos.

Salimos del despacho y nos dirigimos a la sala del tribunal; Berg siguió hoscamente a Maggie, a mí y al agente Chan, una parte obligatoria de la procesión, dado que yo estaba bajo custodia.

--Espero que pueda vivir tranquila después de esto –dijo Berg a la espalda de Maggie.

Esta se volvió hacia ella sin interrumpir el paso.

–Espero que usted también –repuso.

Cuando se reanudó la sesión, Berg tenía varias preguntas para Drucker, pero se mantuvo alejada de la detención del condado de Ventura e hizo poco más que un trabajo de aclaración sobre las respuestas anteriores del detective. Mientras tanto, Maggie salió al pasillo para decirle al detective Rountree que había conducido un largo camino desde Ventura para nada, y para preparar a Art Schultz y hacerlo pasar cuando Drucker finalmente bajara del estrado.

Por acuerdo previo, Schultz iba a ser un testigo de Maggie. Yo quería que jugara como una fiscal y usara a Schultz para obtener los detalles del crimen que creía que estaban en el meollo del caso.

Schultz era un caballo de Troya. Lo habíamos agregado a nuestra lista de testigos como biólogo jubilado de la Agencia de Protección Ambiental e iba a hablar del material encontrado debajo de las uñas de la víctima. Eso era para que pareciera intrascendente. La esperanza era que los investigadores de Berg ni se molestaran en hablar con él o que estuvieran tan limitados con otras prioridades del caso que no pudieran hacerlo antes de su testimonio. Eso había funcionado y ahora iba a subir al estrado, donde Maggie lo usaría para plantar el poste de la tienda que sostendría la teoría y el caso de la defensa.

Schultz tenía aspecto de haberse jubilado anticipadamente, tal vez para pasar a una carrera como testigo experto en todo lo relacionado con la APA. Tendría entre cincuenta y cincuenta y cinco años, y estaba delgado y en forma, con un bronceado intenso. Llevaba gafas con montura de acero y una alianza de boda.

–Buenos días, señor Schultz –comenzó Maggie–. ¿Podemos empezar diciéndole al jurado quién es usted y a qué se dedica?

–Estoy jubilado ahora, pero pasé treinta años en la Agencia de Protección Ambiental –dijo Schultz–. Estuve en la División de Cumplimiento y trabajé principalmente en el oeste. Mi última oficina estaba en Salt Lake. Me quedé allí cuando me jubilé hace tres años.

–¿Es biólogo de formación?

–Sí. Tengo un título de la UNLV y otro de la Universidad de San Francisco.

–Y le pidieron que analizara el material encontrado debajo de las uñas de la víctima en este caso, ¿es así?

–Sí, así es.

–¿Y cómo identificó el material?

–Estuve de acuerdo con los hallazgos del médico forense en que se trataba de una mezcla de materiales. Había grasa de pollo y aceite vegetal. Un pequeño porcentaje de caña de azúcar. Era lo que llamamos «materia prima». Básicamente, es grasa de restaurante.

–Cuando usa el plural, señor Schultz, ¿a quién se refiere?

–A mis colegas de la División de Cumplimiento de la APA.

–¿Y trabajaban con materia prima, es decir, grasa de restaurante, en la División de Cumplimiento de la APA?

–Sí. Fui asignado a la imposición de regulaciones relacionadas con el programa de biocombustible de la

APA. El programa tiene por objeto el combustible renovable, reciclar la materia prima en combustible biodiésel. Es un programa diseñado para reducir nuestra dependencia nacional a Oriente Próximo en materia de combustible.

–¿Y por qué había una necesidad de imposición?

Berg se levantó y protestó, extendiendo las manos y expresando su desconcierto ante lo que esa línea de interrogatorio tenía que ver con el caso que nos ocupaba.

–Señoría –respondió Maggie–, estoy pidiendo la indulgencia de esta sala. Quedará meridianamente claro muy pronto que esto tiene que ver con el asesinato de Sam Scales.

–Proceda, señora McPherson, pero dese prisa –dijo Warfield–. El testigo puede responder la pregunta.

Maggie la repitió. Yo me había posicionado para poder observar a la mayoría de los jurados. Hasta el momento nadie se había mostrado aburrido, pero estábamos avanzando a una fase donde las distancias entre los puntos de apoyo del caso de la defensa se hacían más largas. Necesitábamos su plena atención y paciencia.

–Se requería la imposición porque donde hay dinero siempre va a haber fraude –dijo Schultz.

–¿Está hablando de dinero público? –preguntó Maggie.

–Sí. Subsidios gubernamentales.

–¿Cómo funcionaba eso? Me refiero al fraude.

–Es un proceso costoso. El combustible desperdiciado, la materia prima, como quiera llamarlo, tiene que recogerse antes de que llegue a la refinería. No se extrae del subsuelo, como el petróleo crudo. Se recoge a través de centros de reciclaje, se lleva en camiones a la refinería, luego se procesa, se vende y se vuelve a embarcar. Para alentar la conversión de las refinerías al biocombustible, el Gobierno empezó un programa de subsidios. Básicamente, el Gobierno paga al fabricante dos dólares por barril de biocombustible manufacturado.

–¿Qué significaría eso en términos de, digamos, un camión cisterna lleno de combustible renovable?

–Un camión cisterna lleva unos doscientos barriles. Así que eso serían unos cuatrocientos dólares pagados a la refinería cada vez que el camión sale con su carga.

–¿Y es ahí donde está el fraude?

–Sí. Mi último gran caso fue una refinería de Ely, en Nevada. Habían urdido un plan: sacaban de la planta el combustible y volvían a meter el mismo. Tenían una flota de camiones cisterna que entraban y salían con la misma carga. Solo cambiaban las etiquetas. En términos básicos, decía MATERIA PRIMA cuando entraba y BIODIÉSEL cuando salía. Pero era el mismo material y cobraban cuatrocientos dólares por viaje. Estaban sacando veinticinco camiones y llevándose cien mil dólares del Gobierno a la semana.

–¿Cuánto duró eso?

–Unos dos años antes de que los cazáramos. El Gobierno perdió unos nueve millones.

–¿Hubo detenciones y una acusación?

–El FBI se ocupó y lo cerró. Hubo detenciones y gente que fue a prisión, pero nunca detuvieron al pez gordo.

–¿Y quién era?

–Desconocido. El FBI me contó que estaba dirigido por la mafia de Las Vegas. Usaron a alguien como tapadera para comprar en la refinería y luego empezó el fraude.

–¿Esta estafa tiene nombre?

–Los estafadores lo llaman *sangrar a la bestia*.

–¿Sabe por qué lo llaman así?

–Decían que el Gobierno de Estados Unidos era la bestia. Y era tan grande y tenía tanto dinero que nunca se notaría la sangría de la estafa.

Berg se levantó otra vez.

–Protesto, señoría –dijo–. Esto es una historia interesante, pero ¿cómo se vincula con que se hallara a Sam Scales muerto a tiros en el garaje del acusado y luego se hallara el cadáver en el maletero de su coche?

Tuve que admirar a Berg por mencionar los dos elementos clave de su argumentación en su protesta, recordando al jurado que mantuviera sus ojos en la presa.

–Esa es la cuestión, señora McPherson –dijo Warfield–. Tengo que reconocer que me estoy cansando un poco de esperar a que las cosas se conecten aquí.

–Señoría, solo unas preguntas más y ya estamos –dijo Maggie.

–Muy bien –dijo Warfield–. Proceda.

Oí el suave golpe en la puerta de la sala cerrándose y me volví para mirar a la galería. La agente Ruth se había ido. Supuse que sabía al menos cuál sería una de las dos últimas preguntas a Schultz.

–Señor Schultz, ha llamado a este el último gran caso en el que participó –dijo Maggie–. ¿Cuándo fue?

–Bueno –dijo Schultz después de una pausa para recordar los detalles–, por lo que sabemos, el fraude empezó en 2015, y los pillamos y lo cerramos dos años después. Las acusaciones de algunos de los participantes secundarios se produjeron después de retirarme.

—Bien, y ha dicho que cuando se descubrió el fraude usted se lo notificó al FBI. ¿Correcto?

—Sí, el FBI se hizo cargo.

—¿Recuerda los nombres de los agentes del caso que se ocuparon de la investigación?

—Había muchos agentes, pero los dos que pusieron al mando eran de aquí, de Los Ángeles: Rick Aiello y Dawn Ruth.

—¿Y le dijeron que el caso en el que estuvo implicado era el único?

—No, dijeron que estaba ocurriendo en refinerías de todo el país.

—Gracias, señor Schultz. No tengo más preguntas.

49

El testimonio de Art Schultz era clave para nuestro caso, pero más que nada eran sus dos últimas respuestas las que nos ponían en juego. La mención de dos agentes del FBI por su nombre nos daba una posición privilegiada y pretendíamos usarla. Con Opparizio muerto, podría ser mi único camino a un veredicto de no culpable.

Mientras observaba a Dana Berg completar un contrainterrogatorio superficial del biólogo jubilado de la APA, Maggie McFierce salió al pasillo con su portátil para redactar un mandato judicial que entregaría a la jueza para su consideración. Ella ya había vuelto cuando Berg terminó con Schultz. Me levanté y dije que la defensa necesitaba dirigirse a la jueza fuera de la presencia del jurado y los medios. Warfield consideró la solicitud y luego a regañadientes hizo salir a los miembros del jurado para que almorzaran temprano e invitó a los abogados a su despacho.

Como de costumbre, por mi estatus de custodiado, el agente Chan entró en el despacho con nosotros y se posicionó junto a la puerta.

–Señoría –dije mientras todavía estábamos eligiendo asientos y sentándonos–. ¿Puedo pedir que el agente Chan se sitúe al otro lado de la puerta? No es nada personal, pero vamos a discutir un asunto muy delicado.

La jueza me miró un buen rato. Sabía que no tenía que recordarle la investigación, instigada por esa misma sala, sobre escuchas ilegales y actividades de recogida de información por parte del departamento de Chan. Pero antes de que pudiera hablar, Berg protestó a mi petición.

—Es una cuestión de seguridad, señoría –dijo–. El señor Haller puede llevar su mejor traje, pero sigue bajo custodia y acusado de asesinato. No creo que deba haber ningún momento en el que no esté bajo la supervisión y el control del Departamento del Sheriff. Personalmente, no me siento cómoda con el agente fuera de la sala.

Negué con la cabeza.

—Todavía piensa que quiero escapar –dije–. Estoy a dos días de obtener un veredicto de no culpable en este caso y todavía cree que quiero fugarme. Demuestra lo perdida que está.

La jueza levantó la mano para impedir que continuara.

—Señor Haller, ya debería saber que los ataques personales no llegan a ninguna parte en mi sala –dijo–. Y eso incluye mi despacho. El agente Chan lleva cuatro años asignado a mi sala. Confío plenamente en él. Se queda, y lo que usted diga aquí no será filtrado ni distribuido más que por cauces oficiales.

Hizo una seña al taquígrafo de la sala, que estaba en su lugar habitual de la esquina, con su taburete y su máquina estenográfica.

—Veamos –continuó Warfield–, ¿qué estamos haciendo aquí?

Hice una seña a Maggie.

—Señoría –dijo–, acabo de redactar y enviar una orden a su secretario para conseguir su firma. Es un auto de *habeas corpus ad testificandum*, por el que se ordena que uno de los agentes del FBI que se acaban de nombrar en esta sala se presente y dé testimonio.

–Espere –dijo Warfield.

Cogió su teléfono fijo, llamó a su secretario y le pidió que descargara e imprimiera tres copias de la orden de Maggie y las trajera al despacho. Luego colgó y le pidió a Maggie que continuara.

–Señoría, queremos una orden para que la agente del FBI Dawn Ruth se presente en esta sala para dar testimonio –dijo Maggie.

–¿No firmé una citación para el FBI hace un mes? –preguntó la jueza.

–Y no hicieron caso, porque el FBI puede y tiene la costumbre de hacer eso –dijo Maggie–. Es un procedimiento operativo estándar entre los federales. Por eso queremos que emita el auto. Será difícil que el fiscal federal y la agente Ruth no le hagan caso, sobre todo si el auto va acompañado de una orden judicial.

Esta última parte era una pista. En caso de que la jueza emitiera el auto, podía darle fuerza. El fiscal federal podría no hacer caso o decirle a la agente Ruth que no respondiera. Pero si el incumplimiento resultaba en una orden de detención, entonces, la agente Ruth y el fiscal serían vulnerables a ser detenidos en cuanto salieran del edificio federal y entraran en el territorio donde tenía jurisdicción la jueza Warfield. Sería un movimiento audaz, pero Maggie y yo habíamos intuido que Warfield era el tipo de jueza que estaría dispuesta a hacerlo.

–La acusación se opone –dijo Berg–. Todo esto forma parte de un intento cuidadosamente orquestado para distraer al jurado de las pruebas. Es la especialidad de Haller, señoría. Lo hace en todos los casos, en todos los juicios. No va a funcionar aquí, porque es una estafa, quiere sangrar a la bestia. Pero no tiene absolutamente nada que ver con las pruebas.

—Esto no es una distracción, señoría —le dije, interrumpiendo antes de que nadie más pudiera hablar—. Los agentes Rick Aiello y Dawn Ruth acaban de ser nombrados por un testigo frente al jurado. La agente Ruth ha estado en la sala del tribunal antes de eso, controlando este caso. Cada uno de esos miembros del jurado...

—Espere un segundo, señor Haller —dijo Warfield—. ¿Conoce de vista a la agente Ruth?

—Sí —dije—. Ella y Aiello se presentaron en mi casa cuando mi equipo comenzó a investigar esto. Son los agentes que fueron al condado de Ventura para llevarse a Sam Scales de las manos del Departamento del Sheriff.

Eso era solo una conjetura educada por mi parte, pero parecía lógico, ya que estaba seguro de que el informe de detención filtrado provenía de Ruth. Seguí presionando.

—Ahora tenemos los nombres de Ruth y Aiello en el registro y ante el jurado —dije—. Esperan tener noticias de al menos uno de ellos, y la defensa tiene derecho a su testimonio.

—También tienen el nombre de Louis Opparizio —dijo Berg—. ¿Lo vamos a ver?

Me volví para mirar a Berg. Tenía una sonrisa en el rostro. Fue un desliz. Evidentemente, sabía que Opparizio estaba en nuestra lista de testigos y que Warfield había firmado una citación de la defensa para él. Pero saber ya que Opparizio estaba muerto era un indicio importante. Significaba que la fiscalía había estado rastreando a Opparizio en mayor medida de lo que pensaba. También significaba que Berg había estado al acecho y estaba lista para hacer un movimiento para impedir su aparición o neutralizarlo si se le permitía testificar. Su desliz me había permitido echar un vistazo detrás de la cortina.

Todo eso aparentemente se le pasó por alto a Maggie en el fervor del momento y siguió adelante con su argumento.

–Señoría –dijo–, es su obligación asegurarse de que el acusado tenga un juicio justo. Eso no puede suceder aquí sin el testimonio del FBI. Todo el caso depende de ello. La única alternativa es desestimar los cargos.

–Sí, claro –dijo Berg sarcásticamente–. Eso no va a ocurrir. Señoría, no puede hacer esto. Esta es una distracción gigante. Solo quieren sacar al FBI para alejar al jurado de la verdad. No puede...

–Usted no habla por el tribunal, señora Berg –dijo Warfield–. Déjeme plantear la pregunta obvia aquí. Se ha hecho referencia a los agentes en un testimonio sobre un caso de fraude de hace tres años en Nevada. ¿Dónde está la relevancia para este caso?

–Le dijeron a Schultz que esto estaba ocurriendo por todo el país –dijo Maggie.

–La defensa mostrará a través del testimonio de la agente y otras pruebas que el caso de Nevada es más que relevante para el asesinato de Sam Scales –añadí–. Mostraremos que Sam Scales estuvo implicado en una imitación de la estafa en BioGreen y el puerto de Los Ángeles.

–Pero el detective Drucker testificó que no podía confirmar que Sam Scales trabajara allí –dijo Warfield.

–Por eso precisamente necesitamos que testifique la agente Ruth –dije–. Ella puede confirmarlo, porque es la que lo envió allí como confidente. Estaba trabajando para ellos y por eso lo mataron.

Me fijé en que Maggie se había vuelto en su asiento y me estaba mirando. Sabía que estaba revelando más de lo que debería y prometiendo más de lo que podía entregar. Pero instintivamente sentí que era el momento clave del caso. Necesitaba poner a la agente Ruth en el estrado y en ese punto estaba dispuesto a hacer cualquier cosa para conseguirlo.

–Señoría –dijo Maggie–, es un caso de culpabilidad de un tercero y que la agente Ruth testifique es nuestra forma de demostrarlo.

Berg negó con la cabeza.

–No puede estar considerando esto en serio –dijo–. Esto es más fino que una tela de araña. Puede verse a través. Aquí no hay nada más que conjeturas. No hay pruebas, no hay testimonio que remotamente vincule lo que esté ocurriendo en BioGreen con el asesinato de Sam Scales en su garaje.

Puntuó su protesta señalándome con el dedo.

Hubo una pausa, durante la cual Warfield consideró todos los argumentos y luego falló.

–Gracias por sus argumentos –dijo–. Voy a firmar un auto ordenando que la agente Ruth se presente mañana a las diez de la mañana. Esta vez lo transmitiré al fiscal federal y le recordaré que tiene que salir del edificio antes del final del día, y cuando lo haga estará en mi territorio. Además, le diré que este caso ha recibido mucha atención de los medios y que puedo garantizar que los periodistas presentes en la sala mañana oirán mis pensamientos sobre el FBI y el fiscal federal si no cumplen.

—Gracias, señoría —dijo Maggie.

—Señoría, la acusación sigue protestando —dijo Berg.

—Su objeción ha sido denegada —dijo Warfield—. ¿Tiene algo más?

—Sí, una objeción continuada —dijo Berg—. Con todo el debido respeto, desde el inicio de este juicio la sala ha fallado de manera continuada de un modo que ha sido perjudicial para la acusación.

Eso produjo un silencio de asombro. Berg estaba acusando a la jueza de faltar a su imparcialidad y favorecer a la defensa con sus decisiones. Como jurista que venía de la abogacía de defensa, Warfield sería particularmente sensible a esa acusación. Berg le estaba lanzando el anzuelo para provocar un arrebato que pudiera justificar la protesta.

Pero la jueza pareció calmarse antes de responder.

—Su protesta continuada se registra, pero queda denegada —dijo con calma—. Si la declaración de la letrada pretende inflamar o intimidar a la sala, le aseguro que ha fracasado en el intento y que la sala continuará emitiendo sus dictámenes con imparcialidad e independencia basándose en la ley y aplicándose al caso.

Warfield hizo una pausa para ver si Berg tenía otra réplica, pero la fiscal permaneció en silencio.

—¿Hay alguna otra cuestión que discutir? —preguntó Warfield—. Me gustaría preparar esta orden y luego comer algo.

—Señoría —dijo Maggie—, hemos perdido a nuestro principal testigo para hoy y...

—¿Y quién era ese testigo?

—Louis Opparizio —dijo Maggie.

–¿Se entregó la citación? –preguntó Warfield.

–Sí –dijo Maggie.

–Entonces, ¿por qué no está aquí? –preguntó Warfield.

–Lo han asesinado –dijo Maggie–. Su cadáver se encontró ayer.

–¿¡Qué!? –gritó la jueza.

–Sí –dijo Maggie–. En Arizona.

–¿Y tiene algo que ver con este caso? –preguntó Warfield.

–Eso creemos, señoría –dijo Maggie.

–¿Y por eso necesitan que venga el FBI y testifique? –dijo Warfield.

–Sí, señoría –dijo Maggie–. Y aparte de Opparizio solo teníamos otro testigo programado para hoy, el detective Rountree, a quien no le ha permitido testificar.

–¿Está diciendo que no tienen más testigos para su caso? –preguntó Warfield.

–Solo tenemos uno: el señor Haller –dijo Maggie–. Y no queremos que testifique hasta que podamos oír al FBI y a la agente Ruth. Sería nuestro último testigo.

Warfield parecía dolorida. Estaba claro que no quería perder la tarde.

–Me parece recordar más nombres en su lista de testigos –dijo.

–Eso es cierto, pero el curso del juicio ha dictado cambios en nuestra estrategia –dije–. Hemos descartado algunos testigos esta mañana. Teníamos un experto en toxicología listo para presentarse hoy, pero el detective Drucker y el auxiliar del forense ya han cubierto el mismo terreno. Teníamos a la casera en citación, pero el detective Drucker también ha cubierto su información.

—Me parece recordar que tenía una camarera en su lista –dijo Warfield.

Dudé. Habíamos incluido a Moira Benson en la lista de los testigos para que testificara que yo no bebí en la celebración del veredicto de no culpable y que estaba completamente sobrio cuando salí. Pero eso fue un disfraz para ocultar el auténtico valor de su testimonio. Lo que iba a decir realmente al jurado era que recibió una llamada telefónica en el Redwood la noche de la fiesta y una persona anónima le preguntó si ya me había ido. En ese momento, yo había pagado la cuenta y me estaba dirigiendo a la puerta, frenado por los apretones de mano, los agradecimientos y los buenos deseos de aquellos que habían disfrutado de su ingesta nocturna de alcohol a mi costa. Moira le dijo a quien llamaba que iba hacia la puerta. Según la teoría de la defensa, esa llamada dio lugar a un mensaje de texto a Milton alertándole de que estaba saliendo. Pero ahora, con los registros del móvil que habíamos recibido, no podíamos completar el golpe decisivo que la defensa había estado esperando. Eso no significaba que no hubiera ocurrido de ese modo. Los registros telefónicos podían haberse adulterado o Milton podría haber recibido el mensaje en un prepago. Pero no podíamos mover la suposición de la teoría al hecho ni poner a la camarera en el estrado.

—Su testimonio tampoco es necesario ya sobre la base de registros recientes que hemos adquirido –dije.

La jueza pensó un momento y decidió no inquirir más sobre la camarera.

—Así que lo único que les queda es el FBI, del que no sabemos nada, y el señor Haller –dijo.

–Y realmente cambiaría nuestra estrategia si tuviera que testificar antes de que tengamos noticias de la agente Ruth –repuso Maggie.

–Si tenemos noticias de la agente Ruth –dijo Warfield.

–Señoría, esto es ridículo –dijo Berg–. No tenían ninguna estrategia. Toda esta cuestión de Ruth ha surgido hoy.

–La letrada se equivoca –intervino Maggie–. El FBI ha estado en nuestro radar desde el inicio. Y siempre ha sido el plan terminar con un contundente rechazo de los cargos por parte del señor Haller. Nos gustaría mantenerlo así.

–Muy bien –dijo Warfield–. Voy a dejar que el jurado se retire por hoy. Con suerte, mañana escucharemos al FBI y luego al acusado. En todo caso, se advierte a todos que usen el tiempo que no estemos en sesión esta tarde para trabajar en los alegatos de clausura. Podrían darlos mañana por la tarde.

–Jueza, introduciremos pruebas en refutación –dijo Berg–. Y posiblemente un testigo, en función del testimonio de mañana.

–Eso será su prerrogativa –dijo Warfield.

Me fijé en que Berg había dejado de dirigirse a Warfield como señoría. Me pregunté si la jueza también se había fijado.

–Creo que hemos terminado aquí –dijo Warfield–. Veré a todos otra vez en la sala a la una en punto, cuando despida al jurado.

Volviendo a la sala a través del pasillo exterior al despacho de la jueza, me acerqué a Berg, que en esa ocasión iba por delante.

–Sabías que Opparizio estaba muerto antes de que entráramos ahí –dije–. Si todo esto ha sido solo un intento coreografiado de distraer al jurado, ¿por qué estabas tan encima de él?

–Porque te veo venir de lejos, Haller –respondió Berg–. Y estamos preparados para Opparizio, vivo o muerto. Evidentemente, tú no.

Siguió caminando con rapidez y yo frené para que Maggie me diera alcance.

–¿Qué ha sido eso? –preguntó.

–Nada –dije–. Solo más bravuconadas. Entonces, ¿cuáles crees que son nuestras posibilidades con el auto?

–¿Poner a un agente en el estrado? –dijo Maggie–. Entre cero y cero. Creo que esto se va a reducir a ti ganándote al jurado. Así que prepárate y da lo mejor de ti.

Caminamos en silencio después de eso. Sabía que, fueran cuales fueran los riesgos que tenía por delante, todo dependía de mí.

50

Con el jurado enviado a casa y la sala del tribunal a oscuras, se nos permitió a Maggie McPherson y a mí quedarnos a trabajar en la sala para abogados y clientes del calabozo del tribunal hasta que llegara el momento de mi transporte privado de regreso a Twin Towers.

Hicimos mucho. En lugar de centrarnos, como había sugerido la jueza, en un alegato de clausura, trabajamos en preguntas para los dos últimos testigos: la agente especial Dawn Ruth y yo. Y la parte más crítica era la de la agente Ruth, porque se trataba de las preguntas que probablemente contendrían la información que queríamos hacer llegar al jurado. Anticipamos que, si teníamos la suerte de llevar a Ruth al estrado, en el mejor de los casos sería una testigo reacia. No preguntaríamos: «¿Sam Scales era confidente del FBI?», sino que preguntaríamos: «¿Cuánto tiempo fue Sam Scales confidente del FBI?». De esa manera, los miembros del jurado obtendrían la información que necesitábamos que escucharan, tanto si las preguntas se respondían como si no.

Se acordó que yo interrogaría a Ruth si respondía al auto de la jueza y que Maggie, por supuesto, me interrogaría a mí. Me convenció durante la sesión de trabajo de que tenía que testificar. Una vez superado ese obstáculo, acepté la idea y comencé a pensar en las preguntas y las respuestas que estábamos componiendo juntos.

No me quité el traje mientras trabajábamos; no quería pasar ese tiempo con Maggie vestido como un preso. Era un detalle, y probablemente a ella ni siquiera le importaba, pero a mí sí. Aparte de nuestra hija, Maggie siempre había sido la mujer más importante de mi vida y me preocupaba lo que pensara de mí.

Sabía que había una cámara enfocándonos todo el tiempo y que tocarnos estaba prohibido, pero en un momento no pude evitarlo. Me estiré sobre la mesa y puse mi mano sobre la suya mientras ella intentaba escribir una de las preguntas que me haría al día siguiente.

—Maggie, gracias —le dije—. No importa lo que pase: estás aquí por mí y significa más de lo que jamás sabrás.

—Bueno —dijo ella—. Consigamos tu veredicto favorito y todo irá bien.

Retiré la mano, pero ya era demasiado tarde. Una voz salió del altavoz situado junto a la cámara y me dijo que no la volviera a tocar. Actué como si ni siquiera lo hubiera escuchado.

—¿Sigues pensando en volver a la fiscalía después de esto? —pregunté—. ¿Ahora que conoces los entresijos del trabajo de defensa de alto riesgo?

Sonreí afablemente, con ganas de tomarme un pequeño descanso.

—No lo sé —dijo Maggie—. Estoy segura de que los jefes están recibiendo una dieta constante de quejas sobre mí por parte de Dana. El pozo quizá esté envenenado, especialmente cuando ganemos. Tal vez me acostumbre a ir contra el poder.

Lo dijo con total sarcasmo, pero sonrió y yo le devolví la sonrisa.

A las cuatro de la tarde, Chan me avisó de que me iban a trasladar en quince minutos y de que tenía que quitarme el traje. Maggie dijo que se iba a ir.

—Cuando salgas de aquí, llama a Cisco —le dije—. Consigue una copia del vídeo con el tipo del servicio de habitaciones en Arizona y llévalo al tribunal mañana. Podríamos necesitarlo.

—Buena idea —dijo.

Veinte minutos más tarde, estaba en la parte trasera de un coche patrulla conducido por el agente Pressley en dirección a Twin Towers. Pressley tomó la ruta normal desde el palacio de justicia, cruzando la autopista 101 en Main Street y bajando por Cesar Chavez Avenue hasta Vignes Street.

Sin embargo, en Vignes, en lugar de girar a la izquierda hacia Bauchet Street y la cárcel, giró a la derecha.

—Pressley, ¿qué pasa? —dije—. ¿Adónde vamos?

No respondió.

—Pressley —repetí—, ¿qué está pasando?

—Cálmese —dijo Pressley—. Lo va a descubrir muy pronto.

Pero su respuesta no me calmó. Al contrario, me causó una gran preocupación. Las historias sobre los ayudantes de sheriff que cometían u orquestaban atrocidades en las cárceles habían impregnado el sistema de justicia local. Nada era inimaginable. Aun así, realidad o ficción, todas las historias se producían dentro de la cárcel, donde las situaciones estaban controladas y no podían presenciarlas testigos externos. Pressley me estaba alejando de la cárcel y estábamos circulando por detrás del complejo ferroviario de Union Station, rebotando por encima de las vías y entrando en un área de mantenimiento donde los trabajadores habían fichado a las cinco en punto.

–Pressley, vamos, hombre –le dije–. No tienes que hacer esto. Pensaba que teníamos un acuerdo. Me dijiste que tuviera cuidado. ¿Por qué está haciendo esto?

Me estaba inclinando hacia delante tanto como me lo permitían el cinturón de seguridad y la cadena que me unía las piernas. Vi una leve sonrisa en su rostro y me di cuenta de que me la había jugado. No era un simpatizante: era uno de ellos.

–¿Quién te ha propuesto esto, Pressley? –pregunté–. ¿Berg? ¿Quién?

De nuevo, solo silencio por parte de mi secuestrador. Pressley metió el coche en una zona de trabajo cubierta con un techo de metal corrugado y oxidado. Luego abrió las puertas traseras y salió del vehículo.

Lo seguí con la mirada mientras caminaba por la parte delantera del coche. Pero se detuvo ahí y me miró a través del parabrisas. Me quedé perplejo. ¿Me iba a sacar o qué?

Se abrió la puerta trasera que tenía delante y me volví y vi a la agente especial Dawn Ruth deslizarse por el asiento de plástico hasta ponerse a mi lado.

–Agente Ruth –espeté–, ¿qué diablos está pasando?

–Cálmese, Haller –dijo–. Estoy aquí para hablar.

Me volví y miré de nuevo a través del parabrisas a Pressley. Me di cuenta de que acababa de interpretarlo completamente mal.

–Y debería hacerle la misma pregunta –dijo Ruth–. ¿Qué demonios está pasando?

La miré, recuperando algo de compostura y calma.

–Sabe lo que está pasando –le dije–. ¿Qué quiere?

–En primer lugar, esta conversación no ha ocurrido –dijo–. Si en algún momento intenta decir que sí, tendré cuatro agentes listos para darme una coartada y quedará como un mentiroso.

–Bien. ¿Cuál es exactamente la conversación?

–Su jueza está fuera de control. ¿Ordenarme que comparezca para testificar? Eso no va a suceder.

–Bien, no se presente. Así podrá leerlo en el *Times*. Pero, si me pregunta, esa no es forma de mantener una investigación en secreto.

–¿Y cree que testificar en audiencia pública lo es?

–Mire, si coopera, podemos coreografiar su testimonio. Podemos proteger lo que necesita proteger. Pero tengo que dejar constancia de que Sam Scales era confidente y de que Louis Opparizio se enteró y lo mató.

–¿Incluso si no es eso lo que pasó?

La miré unos segundos antes de responder.

–Si no fue eso lo que pasó, entonces, ¿qué pasó? –pregunté por fin.

–Piénsalo –dijo–. Si Opparizio pensaba que Sam era confidente, ¿habría seguido ejecutando la estafa en BioGreen? ¿O habría matado a Sam y cerrado la operación?

–Vale. Entonces, está diciendo que la estafa continúa en marcha, incluso después de la muerte de Sam. Así que la operación del FBI también está en curso.

Traté de comprenderlo, pero no pude.

–¿Por qué mataron a Sam? –pregunté.

—Probablemente usted lo conocía mejor que nadie —dijo Ruth—. ¿Por qué cree?

Noté el clic.

—Estaba llevando a cabo su propia estafa —dije—. Al FBI y a Opparizio. ¿Qué era?

Ruth vaciló. Estaba inmersa en una cultura que nunca revelaba secretos. Pero era el momento: una conversación que podía ser negada y lo sería.

—Estaba desviando fondos —dijo Ruth—. Nos enteramos después de que muriese. Fundó su propia empresa de distribución de petróleo en secreto. Sociedad anónima, registrada con el Gobierno. Llevaba camiones cisterna de ida y vuelta al puerto, pero la mitad de los subsidios iban a parar a él.

Asentí. La historia era fácil de seguir a partir de ahí.

—Opparizio se enteró y tuvo que matarlo —le dije—. No quería que llegara una investigación a BioGreen y vio la oportunidad de ajustar cuentas conmigo.

—Y no voy a testificar nada de esto —dijo.

—No hay razón para no hacerlo. Opparizio está muerto, en caso de que no se haya enterado.

—¿Cree que Opparizio estaba a cargo de esto? ¿Cree que el objetivo era él? Estaba dirigiendo una operación. Estamos vigilando seis refinerías en cuatro estados. Hay operaciones en marcha. Opparizio no estaba dando las órdenes, las estaba siguiendo. Y por eso fue fácil para ellos decidir que tenía que morir. Vengarse de usted por su cuenta demuestra su mal criterio para los negocios, y eso estas personas no lo toleran. En absoluto. ¿Cree que huyó a Arizona para evitar una citación? No sea tonto. Se estaba escondiendo de ellos, no de usted.

—¿También lo estaban vigilando?

—Yo no he dicho eso.

A través del parabrisas vi a Pressley paseando por delante del coche. Tenía la sensación de que el tiempo apremiaba. Era una parada no autorizada.

—¿Él también trabaja para ustedes? —pregunté—. Pressley. ¿O tiene algo sobre él?

—No se preocupe por él —dijo Ruth.

Mis pensamientos volvieron a mi propia situación.

—Entonces, ¿qué se supone que debo hacer? —dije—. ¿Sacrificarme? ¿Aceptar una condena para que su caso continúe? Eso es una locura. Está loca si cree que voy a hacer eso.

—Esperábamos que nuestra investigación estuviera en la fase de detención antes de que su caso llegara a los tribunales —dijo—. Íbamos a aclararlo entonces. Pero eso no sucedió; se negó a retrasar el caso. Muchas cosas que se suponía que iban a pasar no sucedieron.

—No me diga. Deje que le pregunte una cosa. ¿Estaban vigilando cuando mataron a Sam? ¿Simplemente dejaron que sucediera, para proteger su caso?

—Nunca dejaríamos que sucediera algo así. Y menos para proteger un caso. Lo agarraron dentro de la refinería. No teníamos a nadie más dentro. No supimos que estaba muerto hasta que el Departamento de Policía revisó sus huellas después de encontrar el cadáver en su maletero.

A través del parabrisas, vi que Pressley comenzaba a hacer una señal a Ruth. Indicó su reloj y luego hizo girar un dedo en el aire. Le estaba diciendo que terminara. Cuando cruzamos la 101 antes, Pressley usó la radio del coche para informar de que estaba trasladando a su preso a Twin Towers. No pasaría mucho tiempo antes de que se dieran cuenta de que no habíamos llegado.

–Entonces, ¿por qué no acudieron al Departamento de Policía o a la Oficina del Fiscal del Distrito para exponer todo esto? –pregunté–. Podrían haberles dicho que se apartaran de mí, y nada de esto habría sucedido.

–Eso habría sido un poco difícil con Sam en el maletero, en su garaje, y la tormenta mediática que siguió –dijo Ruth–. Todo esto ha sido un desastre inevitable desde el principio.

–Y le entró sentimiento de culpa. Por eso pasó el informe de detención de Ventura por debajo de mi puerta.

–No estoy diciendo que hiciera eso.

–No es necesario. Pero gracias.

Ruth abrió su puerta.

–Entonces, ¿qué va a pasar mañana? –pregunté.

Ella me miró.

–No tengo ni idea –dijo–. No está en mi mano, eso desde luego.

Salió y cerró la puerta; luego se alejó caminando hacia la parte trasera del coche y no me molesté en volverme para verla irse. Pressley se puso rápidamente al volante. Dio marcha atrás y salió del cobertizo por el mismo sitio por el que habíamos llegado.

–Lo siento, Pressley –dije–. Me dio pánico y lo interpreté mal.

–No es la primera vez que me pasa –dijo.

–¿Es un agente o simplemente trabaja con ellos?

–¿Cree que se lo diría?

–Probablemente no.

–Entonces, si nos dicen algo en prisión por llegar tarde, diré que me detuve porque se mareó.

Asentí.

–Respaldaré eso –dije.

–Ni siquiera le van a preguntar –dijo Pressley.

Estábamos de vuelta en Vignes Street. A través del parabrisas vi Twin Towers delante.

51

Jueves, 27 de febrero

Por la mañana me despertaron temprano y me pusieron en el coche antes de las ocho. Nadie en la prisión me dijo por qué.

—Pressley, ¿sabe por qué me llevan tan temprano? —pregunté—. La sala ni siquiera estará abierta hasta dentro de una hora.

—Ni idea —dijo Pressley—. Solo me han dicho que lo lleve allí.

—¿Alguna consecuencia de nuestro pequeño desvío de anoche?

—¿Qué desvío?

Asentí y miré por la ventanilla. Esperaba que, se tratara de lo que se tratase, hubieran avisado a Maggie McPherson.

Cuando llegamos al tribunal, me pasaron a un ordenanza que me llevó al ascensor de los calabozos y usó una llave para accionarlo. Fue entonces cuando empecé a atar cabos. Normalmente, me llevaban a la novena planta, donde estaba situada la sala de la jueza Warfield. El ordenanza giró la llave situada junto al botón de la planta dieciocho. Todos los abogados penales de la ciudad sabían que la Oficina del Fiscal del

Distrito estaba en la decimoctava planta del edificio del tribunal penal.

Fuera del ascensor me condujeron a una sala de interrogatorios cerrada que supuse que se usaba para interrogar a sospechosos de crímenes cuando accedían a cooperar. No era buena práctica dejar que acuerdos así se demoraran. La gente cambia de opinión, tanto sospechosos de crímenes como abogados. Si alguien que se enfrentaba a una acusación o una sentencia duras hacía una oferta en la sala para proporcionar ayuda sustancial a las autoridades, no establecías una cita para el día siguiente: los llevabas arriba y les sacabas la información que se pudiera sacar. Y eso ocurría en la sala en la que yo me encontraba en ese momento.

Esposado mediante una cadena unida a la cadera y todavía con mi mono azul, estuve sentado solo en la sala durante quince minutos antes de que empezara a mirar a la cámara de la esquina del techo y a gritar que quería ver a mi abogado.

Eso no provocó ninguna respuesta en los siguientes cinco minutos, y entonces se abrió la puerta y entró el ordenanza. Me escoltó por un pasillo y a través de una puerta. Entré en lo que parecía una sala de juntas, seguramente el lugar donde se establecían las políticas y donde fiscales y supervisores discutían los casos grandes. Había diez sillas de respaldo alto alrededor de una mesa ovalada y la mayoría de ellas estaban ocupadas. Me condujeron a un sitio libre al lado de Maggie McPherson. Yo reconocí o adiviné quiénes eran la mayoría de los presentes. En un lado estaba sentada Dana Berg junto a su segundo, el de la pajarita, así como John *Big John* Kelly, el fiscal del distrito, y Matthew Scallan, de quien sabía que era el jefe de Berg y director de la Unidad de Delitos Graves. En calidad de tal también había sido jefe de Maggie antes de que la trasladaran a la Unidad de Protección Ambiental.

Alineados al otro lado de la mesa de los fiscales del estado estaban los federales. Vi a la agente Ruth, a su compañero Rick Aiello, al fiscal federal del distrito del sur de California, Wilson Corbett, y a otro hombre al que no reconocí, pero que supuse que era un fiscal de nivel medio que muy probablemente estaba supervisando la operación sobre BioGreen.

—Señor Haller, bienvenido —dijo Kelly—. ¿Cómo se encuentra hoy?

Miré a Maggie antes de responder y ella negó ligeramente con la cabeza. Bastó para comunicarme que ella tampoco sabía de qué se trataba.

—Acabo de pasar otra noche en su maravilloso hotel Twin Towers —dije—. ¿Cómo cree que me siento, Big John?

Kelly asintió como si hubiera sabido que esa iba a ser mi respuesta.

—Bueno, creemos que tenemos buenas noticias para usted —dijo Kelly—. Si llegamos a un acuerdo sobre algunas cuestiones, retiraremos los cargos contra usted. Podrá dormir en su propia cama esta noche. ¿Qué le parecería?

Examiné las caras de la sala, empezando por la de Maggie. Parecía sorprendida. Dana Berg parecía mortificada y Rick Aiello tenía el mismo aspecto que la última vez que lo vi en mi terraza: enfadado.

—¿Retirar los cargos? —pregunté—. Se ha tomado juramento a un jurado. Hay una cuestión de doble incriminación.

Kelly asintió.

–Así es –dijo–. No puede volver a ser juzgado por la cláusula de doble incriminación. No hay segundas partes. Se acabó. Terminado.

–¿Y cuáles son las cosas sobre las que tenemos que llegar a un acuerdo? –pregunté.

–Dejaré que el señor Corbett se ocupe de eso –dijo Kelly.

Sabía poco sobre Corbett, salvo que no tenía ninguna experiencia como fiscal previa a ser nombrado fiscal federal por el presidente actual.

–Tenemos un conflicto –dijo–. Existe una investigación en marcha que es mucho más profunda de lo que usted sabe. No termina con Louis Opparizio. Pero exponer aunque sea una pequeña parte en un tribunal pondría en peligro el caso principal. Necesitamos que acceda a guardar silencio hasta que este se complete y juzgue.

–¿Y cuándo será eso? –preguntó Maggie.

–No lo sabemos –dijo Corbett–. Está en curso. Es lo único que puedo decirle.

–Entonces, ¿cómo funciona esto? –pregunté–. ¿Se retiran los cargos sin explicación?

Kelly recuperó la palabra. Yo estuve mirando a Dana Berg mientras él hablaba.

–Vamos a retirar los cargos por ser contrarios al interés público –dijo–. Afirmaremos que la Oficina del Fiscal del Distrito ha tenido conocimiento de información y pruebas que arrojan serias dudas sobre la validez y la justicia de nuestro caso. Dichas información y pruebas se mantendrán confidenciales como parte de una investigación en curso.

–¿Nada más? –dije–. ¿Es todo lo que van a decir? ¿Y ella? ¿Qué dice Dana? Lleva cuatro meses llamándome asesino.

—Queremos atraer la mínima atención posible –dijo Kelly–. No podemos fanfarronear y al mismo tiempo proteger la investigación federal.

Berg estaba mirando la mesa que tenía delante. Quedaba claro que no estaba de acuerdo con el plan. Tenía fe en su caso, hasta el final.

—Entonces, ¿ese es el trato? –dije–. Retiran los cargos, pero nunca podré decir por qué y ustedes nunca dirán que se han equivocado. –Nadie respondió–. Creen que me están haciendo un favor. Creen que esto es un trato en el que dejan libre a un asesino por el bien común.

—No estamos aquí para juzgar –dijo Kelly–. Sabemos que tiene información que podría ser perjudicial para el bien común si sale a la luz.

Señalé a Dana Berg.

—Ella sí –dije–. Ella me juzgó cuando me puso en prisión. Cree que maté a Sam Scales. Todos lo creen.

—No sabes lo que pienso, Haller –dijo Berg.

—Paso –dije.

—¿Qué? –dijo Kelly.

Maggie me puso la mano en el brazo para tratar de pararme.

—He dicho que paso –respondí–. Llévenme al juicio. Me arriesgaré con el jurado. Si me declaran no culpable, estaré limpio. Y le contaré a todo el mundo que me tendieron una trampa ante las narices del FBI y que luego la Oficina del Fiscal del Distrito me la jugó. Me gusta más ese trato.

Comencé a empujar mi silla hacia atrás con las piernas y me volví para buscar al agente que me había traído.

—¿Qué quiere, Haller? –preguntó Corbett.

Lo miré de nuevo.

–¿Qué quiero? –dije–. Quiero que me devuelvan mi inocencia. Quiero que se diga que su información y sus pruebas nuevas me exoneran claramente de este cargo. Quiero que lo diga usted, Big John o Dana. Primero, en una moción al tribunal, y luego, a la jueza en audiencia pública, y después lo quiero en la conferencia de prensa en los escalones del tribunal. Si no pueden darme eso, lo obtendré del jurado y sanseacabó.

Kelly miró al otro lado de la mesa, a su homólogo federal. Vi el asentimiento y la transmisión de aprobación.

–Creo que podemos adaptarnos a eso –dijo Kelly.

Berg se echó hacia atrás abruptamente, como si le hubieran abofeteado la cara.

–Bien –dije–. Porque eso no es todo.

–Cielo santo –soltó Aiello.

–Quiero dos cosas más –dije, sin hacer caso a Aiello y mirando directamente a Kelly–. No quiero ninguna reacción violenta hacia mi codefensora. Ella vuelve a trabajar para usted después de esto. Sin recortes salariales, sin cambios de trabajo.

–Ese ya iba a ser el caso –dijo Kelly–. Maggie es una de nuestras mejores y…

–Genial –dije–. Entonces, no será un problema para usted ponerlo por escrito.

–Michael –dijo Maggie–. No…

–No, lo quiero por escrito –dije–. Quiero todo esto por escrito.

Kelly asintió lentamente.

–Lo tendrá por escrito –dijo–. ¿Qué es lo segundo?

–Bueno, creo que hemos dejado claro en el juicio que el agente Roy Milton me estaba esperando esa noche hace cuatro meses –dije–. Su historia sobre la matrícula que faltaba es ridícula. Me incriminaron por esto y luego me golpearon y casi me mataron mientras arrastraban mi nombre y mi reputación repetidamente por el fango. La Policía de Los Ángeles nunca lo va a investigar, pero ustedes tienen la Unidad de Integridad Pública. Voy a presentar una queja y no quiero que se quede en el cajón. Quiero que se investigue hasta su conclusión. Esto no habría ocurrido sin ayuda interna, y Milton es el punto de partida. Estoy seguro de que en alguna parte hay un vínculo con Opparizio, comenzando por sus abogados, y quiero saber cuál es ese vínculo.

–Abriremos un expediente –dijo Kelly–. Investigaremos de buena fe.

–Entonces, creo que estamos de acuerdo –dije.

Berg negó con la cabeza ante mi lista de demandas. Maggie vio que me concentraba en aquella y me puso la mano en el brazo de nuevo, esperando retenerme. Pero era mi momento y no podía dejarlo pasar.

–Dana, sé que nunca vas a creer que esto fue una trampa –le dije–. Como mucha gente. Pero tal vez algún día, cuando los federales lleven a cabo esta investigación hasta el final, se tomen tiempo para demostrar en que os habéis equivocado tú y el departamento de policía.

Por primera vez, Berg se volvió y me miró.

–A la mierda, Haller –dijo ella–. Eres escoria y ningún trato va a cambiar eso. Te veré en la sala del tribunal. Quiero terminar con esto lo antes posible.

A continuación, se levantó de su asiento y se marchó. Hubo un largo silencio y pasé la mayor parte de ese tiempo atento a la agente Ruth. Quería ayudarla, pero no quería echarla a los pies de los caballos por haberme ayudado.

–¿Hemos terminado aquí? –preguntó Corbett, poniendo las manos en los reposabrazos de la silla y haciendo una pausa antes de levantarse.

–Tengo algo para los agentes –dije.

–No queremos nada de usted –repuso Aiello.

Hice una seña a Maggie.

–Tenemos un vídeo –dije–. Sale su asesino. El hombre que mató a Opparizio y sacó su cadáver del hotel en Scottsdale. Se lo daremos. Podría ayudarles.

–No se moleste –dijo Aiello–. No necesitamos su ayuda.

–No –dijo Ruth–. Sí lo queremos. Gracias.

Me miró y asintió. Me di cuenta de que sus palabras eran sinceras y de que al menos una persona en la sala no creía que estuvieran poniendo en libertad a un asesino.

52

Una hora más tarde iba de traje y me hallaba en la sala del tribunal ante la jueza Warfield. Ella había informado a los miembros del jurado de que podían irse, pero también les dijo que podían quedarse si querían y todos lo hicieron. Dana Berg, en una declaración reticente pero cuidadosamente redactada, informó al tribunal de que habían salido a la luz nuevas pruebas de naturaleza confidencial que me exoneraban de los cargos. Dijo que la Oficina del Fiscal del Distrito iba a retirar el cargo con sobreseimiento libre y a eliminar mi registro de detención.

Tenía a mi lado a Maggie McPherson, mientras que mi hija y los miembros de mi equipo estaban detrás de mí. A pesar de la advertencia de la jueza de contener las emociones, la gente en la sala del tribunal aplaudió cuando la fiscal terminó su anuncio. Miré hacia la tribuna del jurado y vi que la ayudante de cocina del Hollywood Bowl era una de ellos. Asentí. La había apuntado correctamente en mi cuadrícula.

Llegó el turno de la jueza.

—Señor Haller —dijo Warfield—, se ha cometido una grave injusticia contra usted y el tribunal tiene la sincera esperanza de que pueda recuperarse y continuar su carrera como funcionario del tribunal y defensor de los derechos de los acusados. Ahora que usted mismo ha vivido esta experiencia, tal vez esté mejor capacitado para cumplir con su función. Le deseo todo lo mejor, señor. Es libre para irse.

–Gracias, señoría –dije.

Se me quebró la voz cuando hablé. La magnitud de lo que había sucedido en las últimas dos horas me había dejado temblando dentro del traje.

Me volví y abracé a Maggie; luego extendí la mano hacia mi hija. Al poco los tres estábamos unidos en un abrazo, con la barandilla de la sala del tribunal entre la hija y los padres, un incómodo obstáculo. Seguí con apretones de manos y sonrisas con Cisco y Bosch. No dije nada porque no me salían las palabras. Sabía que todo vendría después.

Viernes, 28 de febrero

Esperamos un día antes de organizar una celebración en el Redwood. Para entonces se había corrido la voz a través de conferencias de prensa y medios de comunicación de que había sido absuelto de todos los cargos y exonerado. Me pareció apropiado reunirme en el lugar donde había comenzado toda la agitación de mi vida. No hubo invitaciones ni lista de asistentes. Era una invitación abierta a todo el tribunal, con la tarjeta de crédito de la empresa de Lorna en la barra para pagar la cuenta.

El bar se llenó con rapidez, pero me había asegurado de que el equipo de la defensa contara con la gran mesa redonda del fondo, reservada solo para nosotros. Me senté allí como un padrino en una película de la mafia, rodeado de mis capos y recibiendo los buenos deseos y los apretones de mano de quienes habían ido a la fiesta para celebrar una rara victoria de la defensa.

Las bebidas fluían, aunque yo mantuve mi sobriedad y tomé zumo de naranja con hielo con algunas cerezas al marrasquino para darle estilo. Moira, la camarera, aliviada por no haber tenido que testificar, lo llamó Sticky Mickey, y se puso de moda, aunque la mayoría de los presentes lo tomaban con un par de chupitos de vodka.

Me senté entre mis dos exesposas, Maggie McFierce a mi izquierda, con nuestra hija a su lado, y Lorna a mi derecha, seguida de Cisco. Harry Bosch estaba justo al otro lado de la mesa. La mayor parte del tiempo permanecí callado, asimilándolo todo y de vez en cuando levantando mi bebida para hacer tintinear los vasos con algún amigo que se inclinaba sobre el hombro de Bosch para decirme que bien hecho.

–¿Estás bien? –me susurró Maggie en un momento dado.

–Sí, estoy genial –dije–. Me estoy acostumbrando a que haya terminado, ¿sabes?

–Deberías irte. Ve a algún lado y sácate de la mente todo esto.

–Sí. Estaba pensando en ir unos días a Catalina. Acaban de reabrir el Zane Grey y es realmente agradable.

–¿Ya has estado?

–Eh, en línea.

–Me pregunto si todavía tienen esa habitación con la chimenea.

Pensé en eso: el recuerdo de cuando estábamos juntos e íbamos a Catalina en las escapadas de fin de semana. Había muchas posibilidades de que nuestra hija hubiera sido concebida allí. ¿Había arruinado el recuerdo al llevar a Kendall allí?

–Podrías venir conmigo –le dije.

Maggie sonrió y vi el brillo que tan bien recordaba en sus ojos oscuros.

–Puede ser –dijo.

Eso fue suficiente para mí. Sonreí mientras miraba a la multitud. Todos estaban allí para beber gratis. Pero también por mí. Me di cuenta de que me había olvidado de Bishop. Debería haberlo invitado.

Entonces me di cuenta de que Cisco y Bosch tenían las cabezas juntas y hablaban en tono serio.

—Eh —dije—, ¿qué pasa?

—Solo estábamos hablando de Opparizio —dijo Cisco.

—¿Qué pasa con él? —pregunté.

—Bueno, por qué lo eliminaron y eso —dijo Cisco—. Harry dice que tenían que hacerlo.

Miré a Bosch e incliné la cabeza hacia atrás. Quería oír su opinión. No había hablado con nadie de mi conversación con la agente Ruth en la parte de atrás del coche del agente Pressley.

Bosch se inclinó todo lo que pudo sobre la mesa. Había mucho ruido en el bar y no era el entorno apropiado para explicar teorías de asesinato en voz alta.

—Dejó que sus asuntos personales se interpusieran en el verdadero negocio —dijo Bosch—. Debería haberse ocupado de Scales limpiamente. Matarlo, enterrarlo, meterlo en un barril de petróleo y tirarlo al canal. Cualquier cosa menos lo que hizo. Usó la situación, fuera la que fuese, para tratar de saldar una vieja deuda contigo. Ese fue su error y lo hizo vulnerable. Tenía que caer y la cuestión es que lo sabía. No creo que estuviera en Arizona escondiéndose de ti ni de una citación. Se estaba escondiendo de una bala.

Asentí. El antiguo detective de homicidios estaba muy cerca.

—¿Crees que lo encontraron a través de nosotros? —pregunté—. ¿Nos siguieron hasta él?

—Querrás decir que me siguieron a mí —dijo Cisco.

–No te sientas mal –dije–. Yo te envié allí.

–¿Por Opparizio? –dijo Cisco–. No me da ninguna pena.

–Puede ser, sí –coincidió Bosch–. Quizá cometió un desliz él mismo. Contárselo a su novia o a alguien. Hacer una llamada.

Negué con la cabeza.

–El truco del servicio de habitaciones... –dije–. Eso me dice que el sicario sabía que lo estábamos vigilando. Creo que nos usaron para llegar hasta él.

Pensé en el vídeo que habían grabado los indios y que yo entregué a la agente Ruth. El sicario del servicio de habitaciones era blanco, tal vez de cuarenta años, pelirrojo y un poco calvo. No tenía un aspecto amenazador, sino anodino. Parecía que pertenecía al servicio de habitaciones, con la chaquetilla roja que había usado para acercarse hasta la habitación de Opparizio.

–Bueno, lástima –dijo Maggie–. Trató de colgarte un asesinato, Mickey. Igual que le pasa a Cisco, me costaría mucho tener algo de compasión por Louis Opparizio.

La conversación pasó a la especulación sobre quién era el objetivo federal y concluimos que probablemente era un empresario mafioso, alguien del mundo del casino de Las Vegas que había estado respaldando la jugada del biocombustible. Pero todo eso estaba por encima de nosotros. Solo podía esperar que un día me llamara la agente Ruth y dijera: «Lo tenemos». Entonces conocería la identidad del hombre que había sido en última instancia responsable de casi destruirme la vida.

Al poco estaba otra vez limitándome a disfrutar el momento y a observar a la gente en el bar. Al final, mi mirada se posó en una mujer que estaba de pie en la barra y me excusé de la mesa para unirme a ella.

–¿Has probado el Sticky Mickey? –pregunté.

Jennifer Aronson se volvió y vio que era yo. Una amplia sonrisa se dibujó en su rostro. Me dio un abrazo largo.

–¡Felicidades!

–¡Gracias! ¿Cuándo has vuelto?

–Hoy. En cuanto me he enterado, he sabido que tenía que volver para esto.

–Te repito que siento lo de tu padre.

–Gracias, Mickey.

–¿Cómo fue todo después?

–Fue bien. Terminé cuidando de mi hermana, que se enfermó.

–Pero ¿tú estás bien?

–Me siento bien. Pero basta de hablar de mí. Cisco me ha contado que Maggie es una abogada defensora nata. ¿Es cierto?

–Sí, lo ha hecho genial. Pero no se va a quedar. Vuelve con la fiscalía.

–Supongo que lo suyo es para toda la vida.

–Y sabes, tú hiciste todo el trabajo básico, Bullocks. No estaría aquí en libertad si no hubiera sido por ti.

–Me alegro de oírlo.

–Es cierto. Ven a sentarte con nosotros. Todo el equipo está allí.

–Lo haré, lo haré. Solo quería darme una vuelta y saludar. Hay mucha gente de los tribunales.

La observé abriéndose paso entre la multitud y empezando a dar abrazos y a saludar a los amigos. Volví hacia la barra para apoyar allí la espalda y contemplar toda la escena. Miré a lo largo de la sala y me di cuenta de que pocos de los que había delante de mí estaban verdaderamente celebrando que era inocente y que había derrotado a las fuerzas congregadas contra mí. La mayoría de ellos simplemente creían que había ganado el caso, que era no culpable según el criterio legal, lo cual para nada significaba que fuera inocente.

Fue un momento desgarrador. Supe entonces cómo me mirarían siempre en la sala, en el tribunal, en la ciudad…

Me volví hacia la barra y vi a Moira.

–¿Puedo servirte algo, Mick? –preguntó.

Dudé. Miré todas las botellas alineadas contra el espejo de la parte posterior de la barra.

–No –dije finalmente–. Creo que estoy bien.

Epílogo

Lunes, 9 de marzo

No había papel de cocina ni papel higiénico. No había agua embotellada ni cartones de huevos. Estaba comentando con Maggie por el móvil lo que no había, con la lista manuscrita que ella había preparado con las aportaciones de Hayley. Muchos elementos de la lista ya se habían agotado. Hacía mucho. Yo empecé a llevarme lo que hubiera.

—¿Y judías pintas? —pregunté—. Acabo de conseguir cuatro latas.

Estábamos hablando a través de mi auricular Bluetooth, lo cual me dejaba las dos manos libres para coger cosas de los estantes.

—Haller, ¿qué vamos a hacer con judías pintas? —preguntó.

—No lo sé —dije—. ¿Nachos? Aquí no hay nada. Voy a coger lo que quede y ya nos apañaremos con eso. Y todavía tengo muchas cosas en casa. ¿Has mirado la despensa al hacer la lista?

Localicé un tarro solitario de salsa de espaguetis Newman en el estante de la pasta, pero se me adelantó otro comprador.

—Mierda —dije.

—Qué –preguntó Maggie.

—Nada. Acabo de perder un Newman's Own.

—Ve donde las verduras a ver qué queda. Compra cosas para ensaladas. Luego vuelve. Esto es una locura.

Decir que era una locura era quedarse corto. Había llegado el caos. Pero, en medio de él, había al menos un núcleo de calma para mí. Mi familia estaba unida por primera vez en muchos años. Habíamos decidido que los tres nos cobijaríamos juntos hasta que pasara la amenaza del virus. Incluso con mi despacho doméstico convertido en dormitorio para mi hija, mi casa tenía más espacio y terreno libre comparada con el apartamento de Hayley o el condominio de Maggie. El núcleo familiar superaría la pandemia unida, y ese era el momento de la preparación. Era mi segunda parada en un supermercado y la primera había sido igual de decepcionante. Aun así, tenía suministros para casos de terremoto en casa y una despensa bien abastecida. Solo me faltaba la lista de deseos que habían preparado mis chicas. Vino tinto, buenos quesos y varios ingredientes para las recetas de Maggie.

Logré llenar el carrito con cosas que estaba seguro de que nunca usaría y ninguna de las que sí usaríamos. Maggie llevaba tiempo conmigo. Fuimos juntos a mi casa al final de la celebración en el Redwood y luego turnamos las casas, hasta que nos instalamos en la mía. La relación parecía nueva y buena, y a menudo me decía a mí mismo que, si la contrapartida era haber pasado cuatro meses de miedo y agitación para volver a tener a Maggie en mi vida, entonces era un trato que podía hacer cualquier día de la semana.

—Vale, ya está –dije–. Ahora estoy en la cola.

–Espera, ¿has conseguido zumo de naranja? –preguntó.

–Sí, tenían zumo de naranja. Dos briks.

–¿Sin pulpa?

Miré el carrito para ver lo que había cogido.

–A falta de pan, buenas son tortas –dije.

–Genial –dijo Maddie–. Lo tomaremos con pulpa. Date prisa en volver.

–Voy a pasar por el cajero y luego voy a casa.

–¿Por qué? No vas a necesitar dinero. Todo está cerrando.

–Sí, bueno, el efectivo será el rey si los bancos cierran y las tarjetas dejan de funcionar.

–Señor Optimista, ¿de verdad crees que puede pasar eso?

–Este año es la muestra de que puede pasar cualquier cosa.

–Cierto. Trae efectivo.

Y así seguimos. Tardé casi una hora en llegar a la caja. Estábamos en una situación cercana a la histeria. Me sentía contento de tener a mi familia cerca, aunque temía lo que nos ocurriría si la situación se tornaba desesperada.

El aparcamiento estaba tan lleno que un coche se detuvo cuando estaba descargando el carrito y esperó a que dejara mi sitio.

–Este sitio es un desastre –le dije a Maggie–. Se va a ir de madre.

El tipo que esperaba estaba reteniendo a los coches tras él. Alguien tocó el claxon, pero el hombre no se movió. Así que traté de darme prisa en meter todas las bolsas en el maletero del Lincoln.

–¿Qué era eso? –preguntó Maggie.

–Un tipo quiere mi sitio, está haciendo esperar a todos –dije.

Volví la cabeza ante el sonido de otro claxon y me fijé en un hombre con el cabello negro y hombros caídos que empujaba un carrito en mi dirección. Una mascarilla negra le cubría la mitad del rostro. Solo llevaba una bolsa marrón en el asiento para bebés del carrito. Lo miré dos veces, porque la bolsa decía Vons y estaba en un Gelson's. Miré al hombre otra vez y pensé que me resultaba familiar: la forma en que extendía las manos en la barra del carrito, la espalda encorvada hacia delante, la caída de los hombros…

En ese momento lo reconocí. Era el hombre del vídeo que empujaba el carrito del servicio de habitaciones en el hotel de Louis Opparizio en Scottsdale. Llevaba el pelo diferente, pero los hombros eran los mismos.

Era él.

Me alejé un paso del maletero y miré alrededor en busca de una ruta de escape. Tenía que correr.

Empujé mi carrito hacia delante para que chocara con el suyo y luego corrí a lo largo de mi coche y al siguiente carril del aparcamiento. Miré por encima del hombro al desviarme hacia mi derecha. Vi que venía a por mí mientras sacaba una pistola de la bolsa de Vons y me perseguía.

Seguí corriendo y crucé bruscamente entre otros dos coches para pasar al carril de al lado. Sonaron dos disparos rápidos y me agaché, pero sin dejar de moverme. Oí que un cristal se hacía añicos y el impacto de la bala en metal, pero no sentí ningún impacto en mi cuerpo.

La voz de Maggie sonó brusca en mi oído.

–Mickey, ¿qué está ocurriendo? ¿Qué pasa?

Entonces se oyeron gritos detrás de mí, rematados por otro bocinazo de coche.

–¡FBI! ¡Alto!

No sabía quién le estaba gritando a quién, pero no me detuve. Bajé la cabeza todavía más y seguí corriendo. Y entonces sonaron más tiros: esta vez una andanada ruidosa y temible de disparos solapados de armas potentes. Miré atrás otra vez y no vi rastro del hombre del vídeo. Cambié de ángulo y lo vi en el suelo mientras cuatro hombres armados y una mujer avanzaban hacia él. Reconocí a la mujer: la agente especial Dawn Ruth.

Dejé de correr y traté de recuperar el aliento. Solo entonces registré la voz de Maggie en mi oído.

–¡Mickey!

–Estoy bien, estoy bien.

–¿Qué ha pasado? ¡He oído disparos!

–Todo está bien. El tipo del vídeo, el que mató a Opparizio, estaba aquí.

–Ay, Dios mío.

–Pero también estaba el FBI. Veo a la agente Ruth. Lo tienen. Está en el suelo. Ha terminado.

–¿El FBI? ¿Te estaban siguiendo?

–Eh, a mí o a él.

–¿Lo sabías, Mick?

–No, claro que no.

–Más vale.

–Te acabo de decir que no. Mira, todo está bien, pero tengo que colgar. Me están haciendo señas para que me acerque. Probablemente querrán que declare o algo.

–Solo vuelve a casa pronto, por favor. No me lo puedo creer.

Necesitaba colgar, pero no quería hacerlo sin reconfortarla.

–Mira, esto significa que ha terminado. Todo ha terminado.

–Solo vuelve a casa.

–En cuanto pueda.

Colgué y caminé hacia donde se había reunido un grupo con el hombre en el suelo. No se movía y nadie se preocupaba en hacerle una reanimación cardiopulmonar. La agente Ruth me vio y se apartó del grupo para reunirse conmigo a medio camino.

–¿Está muerto? –pregunté.

–Sí –dijo.

–Gracias a Dios.

Miré el cadáver. La pistola que había visto estaba en el suelo, a su lado. Estaban acordonando la escena.

–¿Cómo lo supieron? –pregunté–. Me dijo que había terminado. Me dijo que no vendrían a por mí.

–Solo estábamos tomando precauciones –contestó–. En ocasiones a esta gente no le gusta dejar cabos sueltos.

–¿Y yo soy un cabo suelto?

–Bueno…, digamos que sabe cosas. Y que hizo cosas. A lo mejor no les gustaron.

–Entonces, ¿era solo él? ¿Lo hizo a solas?

–No lo sabemos con certeza.

–¿Qué saben? ¿Sigo en peligro? ¿Mi familia está en peligro?

–Su familia está bien y usted está bien. Probablemente esperó a que estuviera lejos de casa porque su familia está allí. Cálmese. Deme un día o dos para analizarlo y lo llamaré.

–¿Y ahora? ¿Hago una declaración o algo?

–Debería irse. Lárguese de aquí antes de que la gente empiece a reconocerlo. No queremos que pase eso.

La miré. Siempre protegiendo su caso.

–¿Cómo va la investigación? –pregunté.

–Está avanzando –dijo–. A paso lento pero seguro.

Señalé el cadáver con la cabeza.

–Lástima que no hayan podido conseguir que hable –dije.

–Tipos como él nunca hablan –dijo Ruth.

Asentí y ella se alejó. La escena del crimen estaba empezando a congregar una multitud. Gente con mascarillas. Gente con guantes de látex y pantallas de protección facial. Entonces fui a mi coche y encontré el maletero aún abierto y mis compras todavía intactas en sus bolsas.

Cerré el maletero y revisé el parachoques, un hábito nacido de la experiencia reciente. La matrícula estaba en su lugar con sus letras anunciando mi destino y mi posición ante el mundo.

INCNTE

Me metí en mi coche y me dirigí a refugiarme en mi hogar.

Agradecimientos

El autor reconoce con agradecimiento la ayuda de muchas personas en la investigación, la redacción y la edición de esta novela. Entre ellas, Asya Muchnick, Bill Massey, Emad Akhtar, Pamela Marshall, Betsy Uhrig, Terrill Lee Lankford, Rick Jackson, Linda Connelly, Jane Davis, Heather Rizzo, Dennis Wojciechowski y John Houghton. Tengo una gran deuda de agradecimiento con el astuto abogado Dan Daly, así como con Roger Mills, Rachel Bowers y Greg Hoegee.